CAMINHOS
cruzados

© 2018 por Maurício de Castro
© iStock.com/Squaredpixels

Coordenadora editorial: Tânia Lins
Coordenador de comunicação: Marcio Lipari
Capa e projeto gráfico: Equipe Vida & Consciência
Preparação e revisão: Equipe Vida & Consciência

1ª edição — 2ª impressão
5.000 exemplares — agosto 2020
Tiragem total: 7.000 exemplares

**CIP-BRASIL — CATALOGAÇÃO NA PUBLICAÇÃO
(SINDICATO NACIONAL DOS EDITORES DE LIVROS, RJ)**

H474c

    Hermes (Espírito)
    Caminhos cruzados / ditado pelo espírito Hermes ;
[psicografado por] Mauricio de Castro. - 1. ed., reimpr. - São Paulo :
Vida e Consciência, 2018.
    352 p. ; 23 cm.

    ISBN 978-85-7722-570-5

    1. Romance espírita. 2. Obras psicografadas. 3. Romance
brasileiro. I. Título.

18-52257   CDD: 133.93
                              CDU: 133.9

Todos os direitos reservados. Nenhuma parte desta edição pode
ser utilizada ou reproduzida, por qualquer forma ou meio, seja ele
mecânico ou eletrônico, fotocópia, gravação etc., tampouco apro-
priada ou estocada em sistema de banco de dados, sem a expressa
autorização da editora (Lei nº 5.988, de 14/12/1973).

Este livro adota as regras do novo acordo ortográfico (2009).

Vida & Consciência Editora e Distribuidora Ltda.
Rua das Oiticicas, 75 – Parque Jabaquara – São Paulo – SP – Brasil
CEP 04346-090
editora@vidaeconsciencia.com.br
www.vidaeconsciencia.com.br

CAMINHOS
cruzados

MAURÍCIO DE CASTRO

Romance ditado pelo espírito Hermes

CAMINHOS

cruzados

MAURICIO DE CASTRO

Romance dirstadó pelo espírito Herminia

CAPÍTULO 1

Aquela cidade litorânea de São Paulo marcaria para sempre a vida de três almas que se reencontrariam ali para harmonizar o passado.

A linda e encantadora São Sebastião foi o palco que a vida escolheu para mostrar mais uma vez seus reais valores, quase sempre diferentes daqueles que o homem cultiva na Terra.

Gustavo, Sérgio e Fabrício, jovens rapazes, haviam prestado concurso para um banco que possuía uma grande filial na cidade; haviam sido aprovados e convocados.

Gustavo nasceu e foi criado em São Sebastião, já Sérgio e Fabrício tinham origens diferentes. Sérgio, com 25 anos, nascera no Rio de Janeiro, mas, quando tinha cinco anos de idade, seu pai foi chamado para trabalhar em São Paulo, numa empresa de segurança, mudando-se para lá com toda a família. Sérgio tinha duas irmãs: Sara e Joana.

O tempo passou. Sérgio concluiu o ensino médio e iniciou, em seguida, o curso de Farmácia, mas a situação financeira da família estava difícil, e ele resolveu estudar para alguns concursos a fim de encontrar um bom emprego para ajudá-los. Não sabia exatamente por que escolhera São Sebastião, mas a cidade lhe dera sorte, pois passara no concurso e fora chamado.

Fabrício nasceu e cresceu em São Paulo. Tinha 26 anos e, quando resolveu prestar um concurso, o fizera porque não tinha nenhuma vocação nem desejava fazer um curso universitário. Para ele, bastava um bom trabalho onde pudesse ganhar bem e custear suas despesas sem ter que ficar pedindo dinheiro aos pais.

Fabrício era de uma família classe média baixa, que trabalhava duro para viver. Seus pais, Salomão e Cristina, durante quase duas décadas, foram sócios numa construtora de porte médio, o que lhes garantiu uma vida farta por longo tempo. Mas, não se sabia bem o motivo, a empresa faliu, o que obrigou todos a mudaram radicalmente de vida: venderam a casa, compraram outra bem menor em um bairro distante, e assim iniciou--se uma fase difícil para todos. Seu irmão mais velho, Fábio, trabalhava num restaurante como garçom. Não era aquele tipo de emprego que ele, Fabrício, queria. Possuía um vício e teria de ter muita grana para sustentá--lo. O trabalho no banco lhe traria um bom dinheiro, e ele resolveu estudar para o concurso, mesmo sendo, às vezes, atrapalhado pelo vício. A sugestão para prestar concurso para a cidade de São Sebastião viera do irmão, que lhe dissera que lá a concorrência era menor que em outras cidades nas quais ele pretendia se inscrever. Fábio tinha um amigo que morava naquela cidade e havia lhe dito que era um lugar ótimo para se viver. Ao saber que fora aprovado e chamado para o trabalho, agradeceu muito ao irmão pela indicação.

Gustavo era o mais novo dos três. Tinha 23 anos e vivia com a mãe doente e viúva. Seu pai morreu quando ele tinha apenas quatro anos, e dele guardava poucas lembranças. Seu sonho era ser médico, mas não tinha como estudar num cursinho pré-vestibular porque não tinha dinheiro. Sua mãe era pensionista do INSS por causa de um grave problema cardíaco, e ele costumava fazer pequenos serviços nas mansões da cidade em troca de algum dinheiro.

Quando soube que haveria um concurso em um grande banco e que em sua cidade havia três vagas, resolveu arriscar. Comprou uma apostila na banca de jornal e pôs-se a estudar. Sua grande dedicação fez com que fosse aprovado em primeiro lugar.

Margarida, a mãe do rapaz, muito emocionada, abraçou o filho chorando:

— Como Deus é bom! Meu filho está empregado e ganhará bem. Minhas preces foram ouvidas.

Aquele abraço caloroso comoveu também Gustavo, que deixou que lágrimas de emoção escorressem por seu rosto branco.

***

Finalmente, chegara o dia dos três se apresentarem na agência. Haveria um treinamento ali mesmo na cidade, com três instrutores, e outro treinamento em São Paulo, com duração de uma semana.

Às oito horas em ponto, os três se encontravam reunidos na ampla sala conversando com o responsável pelo treinamento: o gerente Raimundo.

Muito simpático, Raimundo fez as apresentações e, logo, os três simpatizaram uns com os outros.

Conversaram e ficaram sabendo questões superficiais da vida de cada um. Até que foram chamados para a reunião com os demais profissionais.

Na hora do almoço, Sérgio e Fabrício perguntaram a Gustavo:

— Onde há um bom restaurante aqui? Estamos num hotel, mas que não tem restaurante.

Gustavo foi solícito:

— Posso levá-los a um bom restaurante, garanto que vão gostar. Vocês ainda não sabem onde vão morar?

Foi Sérgio quem respondeu primeiro:

— Penso em alugar uma pequena casa, comprar o básico para me manter nos primeiros tempos. Você me ajudaria a encontrar uma casa com um aluguel barato?

— As casas de aluguel barato ficam em bairros distantes e perigosos. Por que você e o Fabrício não vão morar juntos? Podem alugar uma casa melhor e dividirem o valor.

Fabrício gostou da ideia:

— Eu toparia. Não gosto de ficar sozinho, quero ter companhia para conversar durante a noite. Aqui não conheço ninguém, não tenho amigos. Se você, Sérgio, aceitar, podemos sim morar juntos.

— É realmente uma excelente ideia. Podemos até dividir os valores dos móveis e utensílios que iremos usar.

Eles, alegres, prosseguiram a conversa até que Gustavo os lembrou:

— Vamos logo almoçar. Só temos uma hora de almoço.

Eles foram até o restaurante indicado por Gustavo, que se recusou a almoçar com os dois colegas dizendo que a mãe o estava esperando com o almoço pronto. Combinaram de se ver logo mais.

***

A tarde de treinamento prosseguiu intensa, até que chegou a hora de eles irem embora. Gustavo tornou:

— Foi muito bom conhecer vocês. Se quiserem, podemos dar uma volta pela cidade hoje à noite, para que conheçam melhor o ambiente.

Sérgio recusou:

— Prefiro deitar cedo e dormir, estou muito cansado.

Fabrício gostou do convite:

— Já eu desejo conhecer a cidade e as lindas gatinhas que tem por aqui — riu maroto.

Gustavo, animado, disse:

— Então vou te levar ao lugar certo.

Despediram-se e partiram.

Quando Gustavo chegou em casa, encontrou a mãe lendo um livro. Ao ver o filho entrar, a senhora perguntou:

— Como foi a tarde? Está gostando do treinamento?

— Muito! Já percebi que é maravilhoso trabalhar com números. Mas o que mais gostei foi de meus colegas. Parece que já os conheço há muito tempo. Fizemos amizade imediatamente.

Margarida não gostou:

— Cuidado com essa gente da capital, a maioria não presta. Podem ser bandidos, pervertidos.

— Acalme-se, minha mãe. A senhora acha mesmo que bandidos estariam trabalhando duro para viver?

— Tem razão, filho, mas é que você é a única coisa que me restou na vida, tenho muito medo que lhe aconteça algo ruim.

— Pare de pensar assim. A Mila disse que nossa vida é feita pelos nossos pensamentos e nossas crenças. De tanto a senhora pensar negativo, pode ficar pior.

A simples menção ao nome de Mila, fez com que Margarida se irritasse:

— Já disse que não quero você de namorico com aquela vadia.

— Já lhe disse que Mila não é uma vadia, é uma moça muito boa, direita. Estuda e trabalha. Não sei por que a senhora implica tanto com ela.

— Não gosto do jeito dela. O homem que se casar com ela levará a vida tomando chifres. Além disso, ela segue aquela seita do demônio.

— Já lhe disse que Espiritismo não é seita, muito menos do demônio.

Margarida começou a falar as coisas de sempre, mas Gustavo a cortou abraçando-a e disse que tomaria um banho e logo jantariam juntos. Ela alegrou-se e, enquanto o filho tomava banho, retomou à leitura, mas, dessa vez, sem conseguir se concentrar. Gustavo era tudo que lhe restara, não podia de forma alguma deixar que amigos ou mulheres o afastassem dela. Faria de tudo para que Gustavo, seu filho querido, vivesse para sempre somente para ela. Custasse o que custasse. Mataria, se preciso fosse, mas nada tiraria o filho de sua vida.

Jantaram conversando amenidades, e Margarida estranhou ao ver o filho se arrumando para sair em plena noite de segunda-feira. Perguntou:

— Para onde vai?

— Vou levar um dos colegas de trabalho para passear e conhecer a cidade.

— Sabe que não gosto que saia durante a semana e me deixe sozinha à noite.

— Fique tranquila, não vou demorar. Vou levá-lo à Praça Quinze.

Margarida não desejava contrariar o filho. Sabia que aquela praça ficava em frente a um cursinho pré-vestibular e, durante o intervalo, rapazes e moças saíam para paquerar e namorar. Não gostou desse amigo que já estava tirando o filho de sua rotina, mas resolveu não dizer nada.

***

Gustavo chegou à porta do hotel e já encontrou Fabrício, muito à vontade em roupas descontraídas, esperando-o:

— Vamos, quero muito conhecer a cidade. De uma coisa já gostei, o ar é puro, muito diferente de São Paulo.

— E vai gostar muito mais. Você é solteiro?

— Sim. Graças a Deus! — ambos riram.

— Então vai gostar mais ainda da praça aonde vou levá-lo.

Eles seguiram conversando até que chegaram a uma bonita praça arborizada, cheia de bancos e uma linda fonte luminosa. O prédio de três andares onde ficava o cursinho era bonito, moderno e bem iluminado.

Sentaram-se num banco, e Gustavo disse:

— Ali é o cursinho. Daqui a uns vinte minutos, o pessoal sai para o intervalo, e essa praça enche. É muito animado.

Fabrício estava adorando o local, principalmente por poder aspirar ar puro, coisa difícil de acontecer onde ele morava.

De repente, surgiu um rapaz alto, moreno escuro, cabelos crespos, sorrindo com simpatia:

— Olá, Gustavo! Que surpresa você por aqui. Não costuma sair à noite.

— É, vim para trazer meu novo colega de trabalho para conhecer um pouco a cidade, e nada melhor do que esta praça para iniciar, não é?

— Com certeza. Se você é solteiro, ainda melhor.

Eles riram, e Gustavo os apresentou:

— Este é Guilherme, amigo de longa data, e este é Fabrício, passou no concurso do banco e vai morar aqui.

Guilherme ficou surpreso:

— Fabrício? Você é irmão do Fábio?

Fabrício, também surpreso, tornou:

— Sim! Como conhece meu irmão?

— Conheci o Fábio quando trabalhamos juntos numa pizzaria. Aqui muitos jovens saem para trabalhar na capital, a chance de emprego é maior. Seu irmão ligou-me há poucos dias dizendo que você viria para cá.

Só naquele momento, Fabrício lembrou-se de que Fábio tinha um amigo que morava em São Sebastião. Alegrou-se:

— Muito prazer em conhecê-lo. Meu irmão sempre fala de você.

— Gosto muito dele. Pena que não continuei no trabalho, fui demitido porque precisaram cortar pessoal. Gosto de São Paulo e da vida agitada.

A conversa dos três foi interrompida quando notaram vários jovens saindo do prédio do cursinho. Uns foram para uma lanchonete próxima, outros ficaram nos bancos da praça, enquanto os demais andavam um pouco enquanto conversavam.

Fabrício exclamou:

— Nossa! São muitas mulheres bonitas, fica difícil escolher.

Guilherme riu:

— Aqui você será o escolhido. As meninas daqui gostam de rapazes de fora.

Logo, três delas se aproximaram e dirigiram-se a Gustavo:

— Não vai nos apresentar seu amigo?

— Sim, com todo o prazer! Este é Fabrício, novo funcionário do banco. Passou no concurso e vai morar aqui.

As moças se interessaram ainda mais depois que souberam a profissão do rapaz. Deram-se as mãos, e Fabrício as beijou no rosto.

A conversa seguiu agradável, até que, de repente, Fabrício viu-se encantado com uma jovem que passou sozinha ao lado deles e foi em direção ao prédio.

— Quem é aquele encanto de moça?

Carina, uma das moças que estava ali, respondeu com desagrado:

— É uma esnobe. Não fez amizade com ninguém do cursinho. Conversa conosco o trivial, mas não se aprofunda na amizade. Não gostamos dela.

— Pois eu gostei muito e pretendo me aproximar.

— Isso se ela te der bola, o que duvido muito. Luana é rica, filha de uma das famílias mais importantes daqui.

Fabrício gostou ainda mais:

— Não tem namorado?

— Não. É extremamente seletiva, iniciou alguns namoros, mas não foi adiante. Deve estar esperando um milionário para se casar e unir as fortunas.

— Deixe de ser maldosa, Carina! — disse Gustavo em tom de censura. — Vejo Luana como uma moça diferente das demais, só isso. Não a acho esnobe, é muito educada, mas gosta de selecionar as amizades. É como Mila.

Carina irritou-se:

— Você é apaixonado por Mila, que é outra esnobe. Mas Mila é pobre, deveria ser mais aberta, só os ricos têm direito ao esnobismo. Odeio pobre metido!

Os rapazes ficaram calados, mas não se sentiram bem diante delas.

A conversa terminou, e elas voltaram para o prédio.

Quando ficaram às sós, Guilherme comentou:

— Não se impressione com o que essas aí disseram. Acredito que é inveja. Tanto Luana quanto Mila são diferentes, mas não esnobes. Elas são reservadas, têm outra filosofia de vida, não são como Carina e suas amigas, que são liberais até demais. Se é que me entende...

— Entendo sim — disse Fabrício, distendendo um lindo sorriso. — Fiquei encantado por Luana e vou tentar uma aproximação. Vamos voltar novamente amanhã?

Gustavo ponderou:

— Amanhã não poderei vir com você, minha mãe é doente e não gosto de deixá-la sozinha à noite.

— Pode deixar que virei com você — tornou Guilherme. — Sou amigo de seu irmão e agora quero ser seu. Amanhã, estaremos aqui, e eu o ajudarei a se aproximar de Luana.

Os amigos se despediram e cada um voltou para suas casas alegres pelo encontro da noite.

CAPÍTULO 2

Um carro ia veloz na estrada. Ao volante um homem jovem, bem-vestido, tez clara, elegante e de rara beleza dirigia. Embora a estrada mostrasse belas paisagens, ele não as observava, imerso nos próprios pensamentos.

Ia para São Sebastião trabalhar e tentar se curar da grande perda que vivera recentemente. Sua mulher Laura e seu filho Ronaldo morreram tragicamente durante um assalto à sua casa, e ele ainda estava muito abalado com tudo aquilo. Ninguém roubara nada, certamente porque os vizinhos despertaram com o barulho, mas a vida de sua mulher com apenas 33 anos e a de seu filho de apenas quatro foram ceifadas. Por um tempo, pensou que não mais conseguiria viver. Uma grande melancolia abateu-se inclemente sobre a alma do rapaz.

Luciano era professor universitário. Possuía doutorado em Pedagogia e gostava de lecionar. Depois da tragédia que o abatera, não mais conseguiu voltar para a sala de aula. Pediu licença sem vencimento e passou a morar com a mãe, uma viúva rica que o provia de tudo de que precisava.

Contudo, mesmo com o carinho materno, sua tristeza era imensa. Até que o doutor Jaime, advogado amigo da família, o procurou em casa numa noite de sexta-feira. A senhora Elza o recebeu, e quando Luciano chegou começaram a conversar:

— Luciano, considero-o como um filho e não posso mais suportar essa sua apatia. Se continuar assim, poderá adoecer e morrer.

— Não consigo mais encontrar alegria de viver, às vezes, penso que a morte seria meu maior alívio.

— Procure não pensar assim. Você é jovem e pode refazer sua vida.

Luciano ia dizer que não queria refazer sua vida, queria a sua vida de volta. Mas sabia que dizer aquilo não adiantava, as pessoas pareciam não ouvir e prosseguiam com sermões positivos a respeito da vida. O rapaz ficou calado, até que o doutor Jaime continuou:

— Vim aqui lhe fazer uma proposta. Caso aceite, poderá voltar a trabalhar e superar a perda grave pela qual passou.

— O senhor quer me oferecer emprego em seu escritório? Desculpe-me, mas não aceito. Sou apaixonado por ensinar, não sei fazer outra coisa na vida.

Doutor Jaime sorriu feliz:

— Não vim convidá-lo para trabalhar comigo, ao contrário, vim lhe trazer o trabalho de que tanto gosta. — Percebendo que Luciano o ouvia com atenção, ele prosseguiu: — Um grande amigo meu está tendo dificuldades em educar seu único filho de apenas sete anos. É um homem que não teve sorte na vida. Casou-se e foi abandonado pela mulher alguns anos depois. Com ela teve também uma filha, que deve ter já uns 20 anos. Valéria o abandonou deixando-o com o filho caçula que, na época, tinha apenas um ano. Arthur foi criado pela irmã e pelas governantas, que nunca souberam impor limites ao garoto. O menino é muito levado, vive fazendo coisas erradas, e meu amigo Luiz já não sabe o que fazer para educá-lo. A criança não se adaptou em nenhuma escola e agora, como é início do ano letivo, o pai deseja que um professor vá ministrar as aulas em casa e educar Arthur como se deve.

Doutor Jaime fez uma pausa, e Luciano perguntou com curiosidade:

— O pai não sabe como educar o filho e você está me dando esse encargo?

— Sim. Não vejo melhor pessoa no mundo para fazer isso. Você é apaixonado por educação e longe daqui pode se curar dessa depressão que o abate.

— Longe? Como assim?

— Eles não moram na capital, moram em São Sebastião. É um pouco distante daqui, mas vale a pena. Meu amigo é riquíssimo, mora numa mansão rodeada de jardins e com um pomar a perder de vista.

Dona Elza interrompeu o advogado:

— Aceite, meu filho. É uma chance de você sair deste círculo vicioso que virou esta cidade, onde tudo lembra Laura e Ronaldo.

Os olhos dele marejaram. Não sabia o que fazer.

— Mas como ele vai fazer para que eu possa ministrar as aulas de uma forma legal?

— Luiz conversou com a diretora da escola, que vai passar as matérias para você. Quando chegar o período das avaliações, o menino fará as provas junto com os colegas. E então, o que me diz?

— Prometo pensar, amanhã ligo para o senhor.

Doutor Jaime se despediu e deixou mãe e filho a sós. Luciano olhou para dona Elza que, percebendo que o filho precisava naquele momento de palavras que o encorajassem, tornou:

— Vou pedir a Deus que você decida-se a ir. Dentro de meu coração de mãe tenho certeza de que essa viagem vai renovar sua vida.

Mãe e filho deram-se as mãos e depois se recolheram.

Ali, dirigindo naquela estrada, Luciano lembrou-se de que uma força maior o envolveu naquela noite e, movido por aquela estranha sensação, decidiu partir para a cidade de São Sebastião.

Os pensamentos de Luciano iam da preocupação do que iria encontrar naquela pequena cidade até as lembranças dos acontecimentos trágicos que levaram à morte sua mulher e seu filho.

De tanto pensar, não viu o tempo passar e surpreendeu-se ao avistar a cidade já muito próxima. Diminuiu a velocidade do carro e entrou por uma pequena rua arborizada que o levou à praça principal. Parou o carro em frente à igreja, baixou os vidros e esperou que alguém se aproximasse, para perguntar onde ficava a rua em que se localizava a casa do senhor Luiz, para onde ele deveria se dirigir.

Alguns minutos se passaram até que, impaciente, resolveu descer e dirigir-se a uma lanchonete próxima. Perguntou à senhora que estava no caixa:

— Bom dia, a senhora pode me informar onde fica esta rua?

A senhora baixou os pequenos óculos que usava a fim de observar melhor aquele homem. Concluiu que deveria ser de outra cidade, pois nunca o vira ali. Pegou o papel que ele lhe dera e, com olhos mais curiosos ainda, indagou:

— Posso saber o que o senhor quer nesta rua?

— Vim para trabalhar na casa do senhor Luiz Vasconcelos, serei professor do filho dele. Por que a pergunta?

A mulher pareceu pensar se dizia ou não, balançou a cabeça e, por fim, respondeu:

— É que quem lhe deu este endereço passou a informação errada. Esta rua não existe mais, ficava muito distante do centro, na verdade, fazia parte de um pequeno bairro da nossa cidade, mas o senhor Luiz, quando se casou com Valéria, comprou todas as casas, inclusive as desta rua, e construiu uma mansão que mais parece uma fazenda. O senhor Luiz comprou todos os lotes vizinhos de forma que sua mansão ficou isolada, no meio de uma grande mata. Sei desta história porque minha mãe me contou, mas aconteceu há mais de vinte anos. Naquela época, eu estava morando fora. — Fez uma pequena pausa e continuou: — Bem, se quiser chegar até lá, terá que pagar a alguém para ensinar o caminho.

Luciano sentiu algo estranho. Comentou:

— Como faço para conseguir alguém que me leve até lá? Não conheço a cidade. Como deve ter percebido, acabei de chegar.

A mulher apontou para um pequeno banco que ficava na pracinha e disse:

— Aqueles moleques ali podem fazer isso por você, especialmente o Sabino que tem amizade com as pessoas da casa. O senhor Luiz costuma ser bastante generoso com quem ele gosta. Sabino é filho de uma família muito pobre, a mãe é uma das lavadeiras das roupas da mansão.

Luciano agradeceu e foi procurar o rapaz. Sabino se identificou, e Luciano o convidou para entrar no carro. Uma vez dentro do veículo, o menino, muito curioso indagou:

— Posso saber o que o senhor vai fazer lá? Poucas pessoas vão ou entram naquela casa.

— Serei professor do menino Arthur, filho do senhor Luiz. Soube que você é amigo da família e com certeza conhece o garoto, que deve ser mais ou menos da sua idade.

Sabino fez uma careta estranha ao responder:

— O senhor terá coragem de ensinar àquele menino? Ele é uma peste. Minha mãe vai lá todas as semanas lavar as roupas na mansão. Algumas vezes, a acompanhei, e Arthur não quis saber de mim, xingou-me e pediu para que eu nunca mais entrasse lá. Ele é muito ruim e vai lhe dar muito trabalho. Gosto mesmo é da Luana, a filha mais velha do senhor Luiz. Além de linda, é educada, e sempre que fui lá me deu lanches e doces.

Luciano estava cada vez mais curioso para conhecer aquela criança e desvendar seu mistério, mas não deixou de achar graça pela forma que Sabino se expressou. Resolveu não dizer nada, e seguiram o resto do caminho em silêncio.

Luciano notou que realmente a casa era distante, pois entraram por uma autoestrada de terra e logo pode divisar a mansão ao longe. Era difícil para ele, que sempre vivera na cidade grande, imaginar que algum dia aquele local tivesse sido um bairro, pois mais se parecia a uma fazenda distante.

Quando chegaram próximos a um grande portão de madeira trabalhada, Sabino pediu que ele parasse o carro:

— É aqui. O senhor vai demorar?

— Na verdade, vou morar aí.

— Então o senhor me paga agora, pois não pretendo entrar na fazenda.

Luciano sorriu:

— Você parece estar com medo. Posso saber por quê?

— Além de o Arthur ser um menino mau, todos dizem que essa casa é assombrada. Não sei se lhe disseram, mas há um mistério envolvendo o sumiço da mulher do senhor Luiz, a dona Valéria. Ninguém sabe ao certo o que aconteceu com ela. Todos ficaram sabendo que ela fugiu daqui e abandonou o senhor Luiz quando o garoto tinha só um ano de idade, mas as pessoas comentam que ela pode ter sido assassinada pelo marido durante uma briga. Minha mãe diz que há uma espécie de cova no jardim da casa, e todos dizem que durante a madrugada um espírito de mulher aparece chorando e caminhando pelo jardim, depois entra na casa, mexe nos objetos e some. Tremo só de pensar nisso, por isso, quero que o senhor me pague agora, para que eu possa voltar.

Luciano achou aquela história muito interessante. Pouco antes de perder a mulher e o filho naquela tragédia, ele teve contato com o Espiritismo. No trabalho, uma colega lhe emprestou um livro de Chico Xavier que falava da vida após a morte. Ele achou interessante a filosofia e estudou alguns livros de Allan Kardec. Adotou a doutrina espírita como filosofia de vida, o que o ajudou muito a aceitar o que lhe acontecera. Embora tenha entrando em depressão, não se deixou levar pelo desespero. Por isso, achou aquela história interessante. Se realmente existisse um espírito naquela casa, Luciano tentaria comunicar-se com ele.

Saiu de seus pensamentos íntimos ao perceber a mão de Sabino aberta à espera do pagamento. Após dar a quantia pedida pelo menino, Luciano questionou:

— Você vai voltar a pé essa distância toda? Vai se cansar.

— Que nada! Sou acostumado a andar muito, e é muito melhor andar tudo isso de volta do que entrar nessa casa onde mora uma alma penada.

Sem nada mais a dizer, Sabino deu as costas e seguiu andando. Quando o menino sumiu de sua visão, Luciano se pôs a observar a propriedade. Realmente tratava-se de um lugar muito rico. Observou através das grades de ferro que circundavam a casa e viu que o imenso jardim, dividido em alamedas, era rico em flores e plantas das mais variadas espécies. Àquela hora da manhã, o sol ia alto, e ele notou várias borboletas pousando nas flores, pássaros saltando nos galhos das árvores e alguns beija-flores voando em seus belos espetáculos. Não conseguia entender como uma criança poderia ser infeliz vivendo num lugar daqueles que mais se parecia a um paraíso.

Luciano deixou-se envolver pelo delicioso cheiro da natureza que provinha dali e respirou profundamente várias vezes, na tentativa de purificar-se o máximo possível. Ele sabia que o ar puro, quando aspirado profundamente, tinha o poder de aumentar sua imunidade e trazer mais paz e alegria ao seu coração.

Quando terminou, apertou a campainha e esperou. Uma voz se fez ouvir pela pequena caixa de som fixada em uma das paredes. Era uma empregada pedindo que o rapaz se identificasse. Assim que disse quem era, ela pediu que ele esperasse. Logo um senhor de meia-idade e muito bem-vestido abriu a porta principal da casa e seguiu pela alameda indo em direção ao portão. A distância era grande, mas Luciano notou que se tratava do dono da casa.

Quando o senhor Luiz finalmente chegou ao portão e o abriu, cumprimentou Luciano com um aperto de mão e, sorrindo, disse:

— Dou graças a Deus que chegou. Estava com medo que desistisse no meio do caminho. Tenho certeza de que lhe passaram uma péssima impressão de meu filho e tinha medo de que não aceitasse o emprego.

— A impressão realmente não foi boa, mas eu precisava deste desafio. Desde já quero dizer que o admiro muito como pai. Não deve ter sido fácil ter criado um filho praticamente sozinho.

Luiz fez uma expressão triste ao dizer:

— Realmente não foi fácil, e acho que errei muito em minha forma de educar, tanto que preciso de alguém como você para me ajudar. Vamos entrar e conversar melhor lá dentro. Você pode ir com seu carro por esta alameda lateral, lá está a garagem. Assim que estacionar, entre que estarei esperando-o no escritório.

Enquanto Luciano estacionava o carro, ficou pensando na expressão triste de Luiz. Ele era professor, acostumado a lidar com o ser humano de perto, por isso, sabia reconhecer muito rapidamente o que a alma humana estava sentindo. Notou que Luiz guardava uma tristeza grande no coração, mas também uma grande culpa. Rapidamente lembrou-se do que Sabino lhe dissera. Será que ele realmente matou a esposa, ou a culpa era apenas por não ter conseguido criar o filho direito? Resolveu não pensar mais no assunto e seguiu para a casa.

Notou que a porta principal estava aberta e entrou. Observou o ambiente e constatou que, embora não fosse tão luxuoso, era de muito bom gosto. A grande sala era recoberta por imensos tapetes persas, e do teto desciam magníficos lustres. Os sofás eram forrados com pelo de um animal, que ele não identificou de pronto. Contudo, o que mais lhe impressionou foi a lareira que, embora não estivesse acesa, dava ao ambiente um tom aconchegante e acolhedor, o que fez Luciano pensar por instantes que estava em um rancho elegante na Europa.

Foi tirado de seus pensamentos por Dirce, uma das empregadas que, vendo-o impressionado com a lareira, tornou:

— Aqui faz frio, por isso, a lareira é usada algumas vezes no ano.

Luciano ia dizer alguma coisa, mas Dirce o cortou antes mesmo que começasse:

— O senhor Luiz pediu-me que o recepcionasse e o levasse ao escritório. Venha.

Seguiram por um pequeno corredor e, ao passar por uma das portas, Luciano quase esbarrou em uma moça que acabava de sair de um dos cômodos. Eles se olharam, e ela disse:

— Aposto que é o professor do meu irmão. Muito prazer, sou Luana, a filha mais velha de Luiz.

Luciano sentiu o coração descompassar. Nunca, em toda sua vida, vira uma moça tão linda quanto aquela. Luana possuía rosto redondo, olhos amendoados e expressivos, cabelos lisos na altura dos ombros, tez branca, lábios vermelhos e carnudos e possuía estatura mediana.

Luciano, de tão impressionado com a beleza da jovem, não viu que ela lhe estendia a mão em cumprimento. Luana, vendo-o absorto, repetiu:

— Meu nome é Luana, prazer.

Luciano, percebendo sua falta de atenção, apertou a mão da moça:

— Desculpe-me, de repente me distraí. Prazer, meu nome é Luciano e realmente estou aqui para dar aulas a seu irmão.

18

Luana o encarou com firmeza:

— Já deve saber que não será tarefa fácil. Espero que não desista. Você já é o quinto professor que papai contrata. Dê-me licença, preciso sair, fique à vontade.

Luciano continuou seguindo Dirce e notou que a empregada percebeu seu interesse por Luana. Tentou não pensar naquilo e se concentrar na conversa que teria com o senhor Luiz. Mas sentiu que seria difícil, pois Luana não saía de sua mente.

CAPÍTULO 3

Luciano observava o ambiente requintado à sua volta: cadeiras de couro, alguns objetos decorativos acobreados, uma mesa talhada em madeira escura. A sala era rodeada por uma grande estante. Curioso para conhecer o gosto literário da família com a qual conviveria, o rapaz levantou-se e começou a percorrer com os dedos os livros organizados ao modelo de uma biblioteca. Entre clássicos e romances modernos, consagrados pela crítica, havia muitos exemplares didáticos e de orientação pedagógica. O professor voltou seu olhar para cima: numa fileira, igualmente organizada, havia algumas publicações espíritas e a compilação da obra de Kardec. Suspirou satisfeito. A família parecia, a princípio, dedicar-se de forma verdadeira à formação do caráter, valorizando princípios éticos, morais e religiosos. Luciano ouviu a porta ser aberta e desconcertou-se diante da presença de Luiz.

— Perdoe-me, mas sou encantado por livros e vejo que vocês também o são.

Luiz apontou uma das cadeiras para Luciano e sorriu.

— Eu não esperaria outra reação de um professor tão capacitado. Jaime não só me enviou seu currículo como também me deu excelentes referências a seu respeito.

Luciano e Luiz sentaram-se, e Dirce entrou com uma bandeja com água e café e os serviu.

Luciano elogiou o sabor do café servido.

— O café está excelente. Bem diferente ao que estou acostumado.

Dirce recolheu a bandeja e, esboçando leve sorriso, agradeceu pelo elogio recebido.

— Temos uma moenda de café aqui. Os grãos são selecionados, e o café é preparado com muito capricho e cuidado.

Luiz sinalizou para que a empregada saísse. Estava ansioso para conversar com Luciano a respeito do filho. Ele esperou que ela fechasse a porta do escritório e começou a falar.

— Como já lhe foi dito, Arthur é um menino com sérios problemas de adaptação. Por mais que eu e Luana busquemos orientá-lo, não se adapta ao ensino tradicional e nem consegue criar vínculos ou amizades. Tornou-se conhecido em São Sebastião por sua irascibilidade. Já tentei de tudo. Psicólogos, professores, castigos, conversas. Nada surtiu resultado. Como pai, sei que cometi falhas. Fui abandonado por minha mulher quando ele contava apenas um ano de idade. Não creio que isso pode ter afetado a criação de meu filho.

Luciano compadeceu-se de Luiz. Ele, como educador, sabia o quanto o desequilíbrio emocional em uma família poderia interferir no comportamento de uma criança. Abriu a pasta e pegou uma agenda.

— Preciso fazer algumas anotações, Luiz. Qualquer detalhe é importante para que eu possa fazer uma avaliação mais precisa de Arthur. De fato, o que aconteceu desde o nascimento de seu filho?

Luiz remexeu-se na cadeira. Não se sentia à vontade para falar do passado. A lembrança de Valéria tornava-se viva nessas ocasiões.

— Não gosto de tocar nas feridas do passado, professor. Não sei o que isso pode influenciar o comportamento de Arthur. Ele era um bebê ainda. Os bebês não sofrem tantas influências assim. Criei meu filho com amor.

— Luiz, vamos tratar desse assunto com o mínimo de formalidade possível. Pode me chamar pelo nome sempre. Apenas na frente de Arthur, me trate pelo meu título. E outra coisa, os primeiros anos de vida de uma criança são fundamentais para o resto da vida dela.

Luciano abriu a agenda, segurou a caneta com firmeza e olhou para Luiz. O homem levantou-se, abriu uma garrafa de licor, serviu-se e ofereceu um cálice a Luciano.

— Tive um casamento feliz por muitos anos. Luana foi o fruto perfeito dessa felicidade. Foi criada por Valéria como todo o carinho possível. Quando namorávamos, tínhamos o sonho de viver num local afastado. Por essa razão, construí esta casa que costumávamos chamar de "abrigo contra a civilização". Éramos jovens e felizes. Luana nasceu e nos completou. Para celebrarmos o décimo aniversário de nossa amada filha, fomos a São Paulo com toda a família. Valéria encantou-se com o crescimento da cidade. Carregando Luana pelas mãos, levei minha esposa para conhecer as novas salas de cinema e teatro, fomos a festas onde havia muitos artistas. Ao retornarmos a São Sebastião, o castelo de felicidade, que eu julgara ter construído, ruiu sobre minhas vistas incrédulas. Valéria voltou completamente modificada. Já não apresentava o mesmo ânimo de antes, vivia taciturna, triste.

Luiz abaixou a cabeça e fez uma pausa. Luciano estimulou-o a continuar o relato.

— Luiz, até agora não chegamos à vida de Arthur. Por favor, continue.

Após outro gole de licor, Luiz fixou os olhos em Luciano para ganhar coragem.

— Naquela época, Valéria descobriu-se grávida de Arthur. Fez de tudo para interromper a gravidez que, para ela, era indesejada. Com muito custo, vigiei a gestação de minha esposa. Não permitia que ela saísse sozinha ou que recebesse visitas. Tinha verdadeiro pavor de que alguém de fora lhe pudesse trazer algum remédio para a indução do aborto. Arthur nasceu abaixo do peso, na maternidade da cidade. Ela recusou-se a amamentá-lo, e Luana aconchegava-o no colo para lhe dar as mamadeiras. Valéria repudiava o filho e passou a fazer viagens periódicas a São Paulo, contra minha vontade. Nossa vida transcorreu dessa forma até que ela desceu para o café da manhã carregando duas malas. Perguntei se ela iria viajar de novo, e ela me respondeu secamente: "Dessa vez, de forma definitiva, Luiz! Vou atrás de meus sonhos. Quero arte e não capim e céu estrelado para a minha existência. Não viverei enclausurada aqui pelo resto da vida!". Um carro já a esperava à entrada da casa. Luana segurava o irmão no colo para tentar acalmá-lo. Ele sempre chorava muito. Para dizer a verdade, Arthur gritava muito. Deixei Valéria cruzar a porta da casa em silêncio. Do rosto de minha filha, apenas uma lágrima discreta. A partir desse episódio, Arthur começou a ficar cada vez mais agitado. Cresceu e só piorou. Não tem limites e parece que olha para todos com muito ódio.

Luciano fechou a agenda, encerrando as poucas anotações que fizera. A dor com que Luiz havia narrado sua história pessoal o comoveu. Recordou-se do amor da família que lhe fora roubada pela violência. As duas histórias, diferentes na essência, cruzavam-se na dor comum a qualquer interrupção brusca. Estava decidido a utilizar-se de todo seu conhecimento e de sua intuição para auxiliar Arthur. Arriscou ainda uma pergunta.

— E Luana? O que sua filha fala dessa história?

Luiz esboçou um sorriso largo.

— Luana é um diamante. Ajudou a cuidar do irmão, estuda e é bastante diferente das outras moças da idade dela.

— Diferente de que forma?

Luiz apontou para os livros espíritas que estavam enfileirados na estante.

— Está vendo aqueles livros? É a literatura predileta de minha filha. Estuda, segundo ela, a espiritualidade. Não se envolve com qualquer rapaz. É muito seletiva com as amizades. Afirmou várias vezes que o irmão necessita de socorro material e espiritual, mas receio que esse tipo de contato possa piorar a cabeça e o comportamento de meu filho.

Luciano guardou a agenda na pasta. Não se enganara em relação ao encantamento imediato por Luana. Voltou-se para Luiz, fazendo-lhe uma pergunta direta:

— E de que forma o senhor espera que eu auxilie Arthur?

— Fazendo com que ele aprenda os conteúdos necessários à idade dele e melhorando um pouco o comportamento insuportável que ele sempre apresentou. Agora, vamos acomodá-lo. Dirce levará você ao seu quarto. Tudo está preparado com muito zelo. Caso não goste de algo ou precise de mais alguma coisa, é só avisar. Procure se recuperar da viagem. O jantar é servido sempre às oito horas da noite. Durante o jantar, poderá observar de perto seu aluno.

***

Já instalado em seu amplo quarto, Luciano abriu as malas e arrumou as roupas no armário. Abriu as janelas e debruçou-se sobre a grade da sacada, visualizando a paisagem natural, bastante diferente daquela a que estava acostumado. Esmiuçou, em pensamento, a história contada por Luiz. Certamente, a chave que abriria a alma do menino para a aprendizagem e para um bom relacionamento social estava trancada naquela narrativa. Relembrou o dia em que perdera o filho e a esposa. Sentiu o peito oprimido. Uma brisa suave fez com que ele mudasse a frequência dos próprios pensamentos.

— Nunca fui presenteado com uma visão como essa. Acho que Laura e Ronaldo ficariam felizes se eu recomeçasse a minha vida com mais alegria. Vou me dedicar a Arthur. E ainda há Luana. Ela também deve sofrer com tudo isso — sussurrou como se estivesse conversando com o vento.

Deitou-se na cama coberta por uma grossa manta e sentiu-se confortável. Programou o relógio de pulso para despertar às dezoito horas. Queria ainda barbear-se e vestir-se de forma adequada para conhecer Arthur. Aprendera ao longo da carreira que a aparência era um dos fatores importantes para impor limites ao alunato. Com Arthur não deveria ser diferente. Guardava também na consciência de que estava ali a trabalho e não a passeio, por isso, procurou evitar peças esportivas demais ou muito descontraídas. Conviveria com aquela família como profissional e não como parente.

Luciano pegou no sono e sonhou com a esposa envolta em muita luminosidade, sorridente e trazendo o pequeno Ronaldo pelas mãos. Despertou com o tilintar do despertador. Tentou em vão voltar ao sonho para dar continuidade ao contato com a esposa. Desde o dia da tragédia, ainda não havia sonhado com os dois. Decidiu levantar-se. Laura poderia estar apontando para ele o recomeço. Aproveitaria.

Faltavam dez minutos para as oito da noite quando Luciano desceu. Encontrou Arthur debruçado sobre um caderno de desenhos. O menino era magro, estava despenteado e rabiscava várias folhas de papel ao mesmo tempo. Arthur não se dera conta da presença de Luciano, que só o observava. Ouviu a voz de Dirce chamar mais de uma vez:

— Vamos, Arthur! Já está na hora do jantar e até agora nada de banho! Seu Luiz vai lhe chamar a atenção novamente! E o pior, a mim também! Vamos tomar pelo menos um banho rápido.

— Já disse que não quero tomar banho! Podem fazer o que quiserem. Não vou tomar banho!

Luiz chegou na hora que o filho esbravejava. Impostou a voz e ameaçou o menino.

— Você não vai se sentar à mesa conosco dessa forma! Vá para o banho, ou tiro também esses lápis e as folhas de papel como castigo!

O menino guardou os lápis em uma caixa, arrumou as folhas de papel desenhadas com cuidado e dirigiu-se para o pai:

— Isso é a única coisa que você não vai me tirar! Porque se tirar, eu mato você e me mato depois.

Arthur saiu sem se dar conta da presença de Luciano.

— Você está vendo o que lhe falei? Ele é sempre assim: desobediente, vive sujo, é desorganizado e sempre se pauta em ameaças violentas. Só consigo detê-lo quando lhe tomo o bloco de desenhos e os lápis de colorir.

— Posso ver o que ele desenha? — perguntou Luciano.

— Claro que sim. Eu não gosto desses desenhos. São sempre figuras horrendas, monstros, cenas de assassinatos. Fico arrepiado só de olhar. Não sei o que se passa na cabeça de meu filho!

Luciano apanhou as folhas e examinou os desenhos com cuidado: todos eram exatamente como Luiz descrevera. Sentiu um arrepio percorrer-lhe o corpo. Percebeu que os desenhos e as folhas estavam cuidadosamente ordenados, e que as figuras tinham relação entre si. Recolocou o material no envelope.

— Luiz, já iniciei a avaliação de Arthur. Um passo de cada vez. Vamos com calma e cautela. Não chame a atenção dele na minha frente. Preciso de mais tempo para ganhar a confiança de Arthur. Não seria bom para o meu trabalho um prejulgamento. Vamos com calma.

Luiz e Luciano sentaram-se à mesa. O professor estranhou a ausência de Luana.

— E sua filha, não vem jantar?

— Não. Ela janta quando chega. Faz um curso preparatório para o vestibular no centro de São Sebastião.

Arthur chegou à sala de jantar sendo puxado pela mão por Dirce.

— Pronto, seu Luiz! Arthur tomou um bom banho. Agora sente-se para jantar, Arthur.

O menino puxou a cadeira com violência e se sentou. Olhou para Luciano e perguntou com um riso sarcástico.

— Este daí é o próximo da minha lista, pai?

Luiz ia responder, mas Luciano sinalizou para que ele se mantivesse em silêncio. Com a voz pausada, o professor direcionou o olhar para Arthur.

— Acho que sou mesmo o próximo de sua lista, Arthur. Muito prazer. Sou o professor Luciano. Agora é melhor jantarmos. Fiz uma longa viagem e confesso estar com muito mais fome do que interessado em sua famosa lista.

Arthur calou-se. Estranhou a maneira como Luciano falava. De um modo geral, todas as pessoas que já haviam passado pela casa procuravam cercá-lo de agrados. Luciano era diferente. No lugar de tentar agradá-lo para garantir o emprego, fazia exatamente o inverso.

O jantar transcorreu sem grandes surpresas. Arthur não tinha modos, fazia questão de agredir o pai de todas as formas. Intuitivamente, Luiz percebeu a estratégia inicial de Luciano e se manteve em silêncio. O menino, entretanto, não parava quieto. Como não conseguiu nenhuma reação do pai, apanhou o prato com restos de comida e atirou no chão. Luiz não se conteve. Levantou-se abruptamente e segurou o filho pelo braço.

— Por que você faz isso? Por quê?

Arthur desvencilhou-se das mãos do pai, bebeu um pouco de suco, apanhou o envelope com os desenhos e subiu correndo para o quarto. Do alto da escada, gritou:

— Pode trazer pra cá quem você quiser! Não me importo!

Luiz desculpou-se com Luciano.

— Veja só, professor: é isso que enfrento todos os dias. Temo que você também não resista ao comportamento dele.

— Não se desculpe. Vamos dar ao tempo aquilo que pertence ao próprio tempo.

— O quê? — perguntou Luiz.

— O tempo! — respondeu Luciano sorrindo e descontraindo o semblante endurecido de Luiz.

Luciano e Luiz passaram algumas horas conversando na varanda do casarão. Vagalumes enfeitavam a noite, e Luciano experimentava uma sensação de liberdade que julgava já finda. Na realidade, sem se dar conta, deixava para trás o sofrimento pela família dilacerada.

CAPÍTULO 4

Guilherme e Fabrício posicionaram-se em frente ao cursinho. O movimento dos alunos, que os dois observavam nas janelas frontais do prédio, evidenciava o término das aulas. Fabrício ajeitou a camisa e passou a mão pelos cabelos. Guilherme riu.

— Pelo jeito, você está disposto a conseguir logo uma namorada!

Fabrício gargalhou, tirando um maço de cigarros do bolso da calça e ofereceu a Guilherme.

— Você fuma?

Guilherme fez um gesto de repulsa.

— Tenho pavor desse cheiro. Não sei como há pessoas que ainda fumam. Tanta propaganda mostrando e comprovando os prejuízos que o cigarro traz à saúde, e você ainda consegue fumar?

Fabrício sacudiu os ombros, tirou um cigarro do maço, acendeu e tragou com volúpia a fumaça. Olhou para o amigo com um sorriso sarcástico e disse:

— Tudo que vicia é bom e, se vicia, é porque dá prazer.

— Você tem outros vícios? — Guilherme perguntou curioso.

Fabrício tornou a tragar o cigarro, soltando baforadas para cima antes de responder.

— Tenho sim, e ele está em grupo bem à sua frente.

Guilherme olhou na direção do curso e viu algumas meninas descerem as escadas do prédio. Carina vinha na frente, gesticulando e procurando claramente destacar-se entre as outras moças. Quando avistou

Guilherme e Fabrício, sinalizou para que as outras a seguissem. O grupo aproximou-se dos dois de forma alegre.

Fabrício cumprimentou Carina.

— Como vai? Será que hoje, sendo sexta-feira, poderíamos aproveitar melhor a noite?

Guilherme olhou para um bar do outro lado da praça.

— Acho que poderíamos parar um pouco ali no bar do João. É bem agradável, Fabrício. Daqui a pouco, aquilo lá ficará lotado e não conseguiremos mais nenhuma mesa. Vamos até lá, meninas? Acho que Fabrício está disposto a pagar a conta hoje.

Fabrício não se intimidou com a brincadeira de Guilherme.

— Não me importaria de pagar, desde que eles aceitassem o meu primeiro salário do banco.

— Acho que aceitam — Carina brincou.

Guilherme colocou o braço no ombro do amigo.

— O único problema é que este robusto salário só chega no próximo mês. Vamos rachar a conta como de costume. Vocês aceitam?

— Somos independentes, mesmo que seja uma "independência" que depende do dinheiro de nossos pais. Para um refrigerante, acho que todas nós temos dinheiro.

Carina respondeu e caminhou à frente do grupo, chegando ao bar antes dos dois rapazes. Fabrício ainda ficou parado algum tempo em frente ao curso. Viu Luana descer as escadas e entrar num carro esportivo branco. Guilherme notou o brilho nos olhos do amigo e brincou:

— Desista, Fabrício. Essa daí não dá bola pra ninguém. Vamos aceitar a companhia das meninas. Estão lá no bar nos esperando.

Fabrício puxou outro cigarro do maço.

— Essa aí me viciaria com facilidade. Com muita facilidade.

— Essa aí não é para nosso bico, meu camarada! Ela anda nas nuvens, nas alturas e nós somos pobres mortais.

No bar, os dois se reuniram com Carina e o restante das moças. Discutiram amenidades e interrogavam Fabrício sobre os hábitos dos jovens de São Paulo. Fabrício, enquanto bebia cerveja, fazia questão de contar vantagens e de inventar histórias que não havia vivido. O grupo foi se desfazendo aos poucos e, ao final, já de madrugada, apenas Carina, Guilherme e Fabrício permaneciam no bar. Os garçons começaram a empilhar as cadeiras, tentando mostrar aos três a intenção de fechar o estabelecimento. Guilherme levantou a mão para pedir a conta, e Fabrício demonstrou insatisfação.

— Guilherme, é cedo ainda. Quero ficar mais um pouco. Vamos tomar pelo menos nossa saideira.

— Fabrício, não estamos em São Paulo, onde a madrugada se funde com o dia. São Sebastião é uma cidade bem desenvolvida, mas a diversão por aqui só acontece e se prolonga mesmo aos sábados. Vou pagar a conta para irmos embora. Você fica me devendo essa. No seu primeiro salário, a conta será inteiramente sua, tenha certeza disso.

Guilherme levantou-se e dirigiu-se ao balcão do bar. Carina aproveitou a ausência de Guilherme e colocou a mão na perna de Fabrício.

— Vejo que você gosta de diversão como eu.

Fabrício passou a mão pelo rosto de Carina antes de responder.

— Gosto sim e muito, por sinal. Só não quero arrumar problemas com ninguém. Sou novo na cidade e não sei ao certo como as coisas funcionam por aqui.

Carina soltou uma gargalhada.

— As coisas funcionam exatamente como têm que funcionar. Da mesma forma que em todos os lugares do mundo. Acho até que aqui tudo é muito mais fácil. Você não quer me levar para casa? No caminho, posso explicar melhor a você como é São Sebastião em determinados aspectos.

Fabrício limitou-se a sorrir. Guilherme retornou do balcão e convidou os dois a se retirarem do bar.

— Vamos. Amanhã nos encontraremos novamente. Sábado tudo fica aberto até mais tarde. Vamos acompanhar você até sua casa, Carina. Já está muito tarde.

— Pode deixar, Guilherme. Eu faço isso. Estou sem sono e aproveito para conhecer melhor as ruas principais de São Sebastião — interrompeu Fabrício, piscando o olho para o amigo.

— Só não se perca. Você é novo aqui e pode acabar se perdendo.

— Fique tranquilo, Guilherme. Eu nunca me perco. Ao contrário, sempre me acho. Vou deixar Carina em casa e volto para o hotel. Amanhã nos falamos.

Guilherme se despediu, e Fabrício afastou-se com Carina. Caminharam por cerca de dez minutos, até que Fabrício resolveu perguntar:

— Você mora muito longe, Carina?

A moça mordeu os lábios antes de responder.

— Não é longe o suficiente.

— Suficiente para quê? — indagou Fabrício, simulando ingenuidade.

Carina segurou com força a mão de Fabrício e apontou um pequeno mirante cercado por arbustos.

— Vamos até ali. Você vai conhecer um pouco de São Sebastião hoje.

Fabrício deixou-se conduzir para o local sem nenhuma iluminação. Os dois debruçaram-se sobre a mureta do mirante, e Carina estendeu o braço apontando para baixo.

— Veja! Aqui está São Sebastião.

— À noite, com esta escuridão, não vejo quase nada — provocou Fabrício.

Carina enfiou uma das mãos sob a blusa de Fabrício, sentindo a musculatura rígida do abdome do rapaz.

— Talvez você não veja mesmo muita coisa a essa hora. É melhor irmos embora.

Fabrício apertou Carina de encontro a seu corpo.

— Acho que tudo que preciso conhecer hoje é apenas um pedaço de São Sebastião. E, para isso, não preciso enxergar quase nada. Ou melhor, nada. Posso tatear esse pedaço de São Sebastião — disse percorrendo o corpo da moça com ambas as mãos.

Carina ainda estava ofegante quando Fabrício tirou de dentro do bolso um minúsculo frasco dourado.

— O que é isso? — Ela indagou curiosa.

— Coisa minha, Carina. Você se importa?

Fabrício tirou da carteira uma nota de dinheiro nova, que estava separada das demais. Enrolou-a cuidadosamente, abriu o frasco e, utilizando-se do pequeno canudo feito com a nota, segurou uma das narinas e com a outra inalou o conteúdo do frasco. Carina não se mostrou surpresa com a atitude de Fabrício.

— É cocaína?

— Sim. E da melhor qualidade. Trouxe de São Paulo, mas ainda não havia tido oportunidade de consumir. As pessoas aqui me parecem muito antiquadas. Não quero ganhar fama de viciado. Até porque não sou. Uso por gostar. Me dá ânimo.

— Posso experimentar?

Fabrício apertou a outra narina e tornou a aspirar o pó.

— Você quer arrumar problemas? Daqui a pouco sua boca grande vai espalhar para a cidade inteira que sou um viciado. Perco meu emprego se isso acontecer, garota.

— Uso maconha sempre que consigo, Fabrício. Muita gente lá no cursinho usa. Sempre quis experimentar outras drogas, mas não arrumo

30

gente com coragem para isso. Vamos, me deixe experimentar. Gosto de sensações novas.

Fabrício colocou uma pequena quantidade do pó sobre a folha de uma amendoeira.

— Tome. Essa é a quantidade máxima que você pode consumir. Mais do que isso, pode causar reações estranhas.

Carina e Fabrício passaram toda a madrugada no mirante. Quando o céu começou a clarear, a moça avisou:

— Preciso voltar para casa. Moro a poucos metros daqui. Tenho que estar deitada antes de meus pais acordarem. Também não quero problemas.

— Vou levar você até lá.

— Não precisa. Em minha rua, todos os cachorros me conhecem. Não vão latir. Se você for até lá comigo, os danados me denunciam e vão acordar a vizinhança toda.

Carina levantou-se e provocou-o:

— Eu não falei que te apresentaria a um pedaço de São Sebastião? Só não contava com essa novidade aí do seu frasquinho. Isso é muito bom. Deixa a gente num alerta danado.

Fabrício ficou sentado no mirante até o sol aparecer entre as nuvens cor de chumbo. Achou interessante a experiência com Carina. Depois de vê-la usando cocaína, teve certeza de que não teria problemas em arrumar a droga. Só não queria nenhum tipo de envolvimento com a menina. Não queria envolvimento com ninguém. Apenas com ele mesmo. Decidiu voltar para o hotel. Não queria perder o café da manhã. Não tinha muito dinheiro. Chegara a São Sebastião apenas com o necessário até receber o primeiro pagamento do banco. Os pais eram bastante humildes e muito trabalhadores. Às vezes, sentia remorso por não corresponder às expectativas dos dois. Sempre fora bem tratado, mas odiava a mediocridade a que era submetido em função dos escassos recursos deles. O irmão acostumara-se à vida sem objetivos, trabalhava como garçom para custear os estudos, mas não tinha ânsia de mudar. De certa forma, o uso das drogas o fazia sentir-se grande e poderoso. Nada temia sob o efeito da cocaína. Desceu a alameda que o separava do centro de São Sebastião com rapidez. Olhar fixo, coração vazio de sentimentos, alcançou o hotel em poucos minutos. Subiu silenciosamente os degraus que o levariam até o quarto. Entrou e jogou-se na cama. No quarto ao lado, Sérgio ouviu quando o amigo chegou. Não havia conseguido conciliar o sono à espera de Fabrício. Preocupava-lhe a ausência do amigo numa cidade desconhecida. Resolveu bater à porta do quarto dele para saber se tudo estava bem. Fabrício assustou-se. Julgou que fosse alguém para reclamar da hora ou do barulho. Levantou-se, encostou o ouvido na porta e perguntou baixinho.

— Quem é? Aconteceu alguma coisa?

— Sou eu, Fabrício.

— Eu quem?

— Sérgio. Ouvi quando você chegou. Está tudo bem?

Fabrício suspirou aliviado e abriu a porta com um largo sorriso no rosto.

— Que susto você me deu, rapaz. Achei que já era algum chato reclamando da hora ou do barulho.

Sérgio observou o olhar em alerta de Fabrício e foi logo perguntando:

— Você está bem? Onde estava até essa hora? Estava com Guilherme?

— Estou ótimo, Sérgio. Ótimo.

— Você estava com Guilherme? — insistiu Sérgio.

— Estive com Guilherme até tarde sim, mas não até agora. Sente-se aqui. Vou tomar um banho e já te conto.

Fabrício despiu-se, e Sérgio ficou constrangido. Embaixo do chuveiro, contou com detalhes a experiência com Carina.

— Olha, Sérgio, hoje conheci a santidade de São Sebastião. Santa santidade! — brincou.

Sérgio notou a agitação do amigo e preferiu sair. Chegou à porta do banheiro evitando olhar para dentro e avisou que voltaria para seu quarto. Finalizou:

— Acho que você precisa descansar. Tente dormir um pouco. Na hora em que forem servir o café, chamo você. Descanse. Quero procurar uma casa para alugarmos ainda hoje.

Fabrício permaneceu embaixo do chuveiro durante mais alguns minutos. Guardava sentimentos muito contraditórios todas as vezes que se relacionava com alguma garota desconhecida. No fundo, não gostava do comportamento de Carina, mas era instintivo no que se referia ao desejo. Lavou o corpo tantas vezes julgou necessário para sentir-se limpo. Ele mesmo estranhava o próprio comportamento. Enrolado em uma toalha, deitou-se e dormiu.

***

Sérgio olhou-se no pequeno espelho do banheiro. Havia feito a barba e procurava alguma falha no rosto. Era vaidoso e zelava bastante pela própria aparência. Escolheu no pequeno armário uma bermuda e uma camiseta de manga. Apanhou numa frasqueira um perfume e um creme. Borrifou o perfume pela nuca e nos pulsos e passou o creme pelo corpo. Vestiu-se e estava pronto para sair quando ouviu duas batidas de leve na porta. Abriu de imediato. Sabia que só poderia ser Fabrício.

Fabrício puxou o ar para sentir o aroma agradável do quarto.

— Nossa, meu amigo, você é cheiroso! Que perfume é esse?

Sérgio mostrou a frasqueira para Fabrício.

— Poxa, Sérgio, além de cheiroso é organizado. A minha mala não foi nem desfeita ainda. Será bom, muito bom dividir uma casa com você. Quem sabe você não põe ordem em minha vida?

Sérgio esboçou um sorriso meio sem graça.

— Se você não implicar com a minha mania de organizar tudo, vamos nos dar bem sim. Agora, me conte uma coisa, Fabrício. Como você consegue passar a noite em claro e estar com essa disposição tão cedo?

— Segredo de Estado, meu caro. Minha disposição é bem maior que essa. Com o tempo, você vai ver. Agora vamos ao café, que a fome é negra, branca e amarela. A fome tem todas as cores do arco-íris.

Fabrício e Sérgio tomaram o café da manhã na pequena varanda do hotel. Preferiram manter-se afastados dos demais hóspedes. Aguardavam com ansiedade a chegada de Gustavo para percorrerem as ruas da cidade e procurar um imóvel para locação. Estavam distraídos falando sobre as expectativas de cada um no banco quando ouviram um assovio e a voz do amigo.

— Que mordomia é essa de café da manhã na varanda do hotel?

Sérgio respondeu de forma tranquila.

— É mais agradável aqui. Não é mordomia.

Fabrício foi mais expansivo.

— Isso é só para os fortes, meu nobre. Não é para qualquer um não.

Os dois desceram e abraçaram Gustavo, que anunciou a novidade.

— Há uma pequena casa para alugar aqui perto. Está toda reformada, tem dois quartos e o proprietário é meu amigo. Acho que há grande possibilidade de vocês fecharem negócio ainda hoje. Vamos até lá?

***

Os três chegaram à porta da casa onde um homem de meia-idade os esperava. Gustavo adiantou-se para cumprimentá-lo.

— Bom dia, senhor Silas. Estes são os amigos lá do banco que lhe falei: Fabrício e Sérgio.

O homem abriu a porta e estendeu a mão para Gustavo.

— Entrem. A casa é pequena, mas está toda novinha. Cuido muito bem de meus imóveis. Vocês trabalham no banco com Gustavo, não é?

Sérgio saudou-o e respondeu afirmativamente.

— Somos colegas de trabalho do Gustavo sim. Prestamos concurso e tomamos posse recentemente. Como vamos trabalhar por aqui, nossa intenção é também fixar residência em São Sebastião. Iremos dividir o aluguel e outras despesas. Dessa forma, cada um poderá guardar dinheiro para o futuro.

— No nome de quem será feito o contrato? — interrogou Silas.

Sérgio adiantou-se.

— Em meu nome, senhor. Quais as exigências para que possamos alugar este imóvel?

Silas pediu que os três o acompanhassem.

— Vejam a casa e os cômodos. Enquanto isso, apanho o contrato. Precisarei de um mês de depósito. Uma garantia apenas.

Sérgio percebeu o constrangimento imediato de Fabrício. Esperou Silas se afastar e perguntou diretamente ao amigo:

— Por que fez essa cara?

Fabrício foi direto.

— Não tenho dinheiro este mês. Não posso pagar o aluguel adiantado. Fiz o concurso e cheguei até aqui com o dinheiro de meus pais. Já disse a você que eles são de origem humilde.

— Eu sei disso, Fabrício. Não se preocupe. Tenho dinheiro para pagar o depósito e um cartão de crédito para comprar alguns móveis. Depois que você começar a receber, vai me pagando aos poucos. Somos amigos e iremos dividir a mesma casa. Sem constrangimentos ou melindres, ok? Você já está bem velhinho para isso.

Fabrício sorriu para Sérgio.

— Você é um grande cara. Obrigado.

— Não agradeça. Mexa-se ou o senhor Silas vai pensar que está alugando a casa para uma múmia.

O contrato foi assinado, e Gustavo saiu para tirar cópia da documentação de Sérgio. Quando retornou, entregou o envelope a Silas, que examinou a documentação.

— Bem, a documentação está toda certa e o contrato assinado. Agora preciso do depósito.

Sérgio abriu a carteira e puxou um talão de cheques. Preencheu com o valor referente a um mês do aluguel, assinou e entregou a Silas.

— O senhor pode sacar em dinheiro no próprio banco em que trabalho. Sou correntista de lá.

Silas entregou as chaves da casa a Sérgio e voltou-se para Fabrício.

— Você é muito calado, rapaz, mas tem cara de farrista.

Fabrício esboçou um sorriso no canto da boca.

— Prefiro os números, senhor. Não gosto muito de falar.

Silas balançou a cabeça negativamente e riu.

— Só peço aos dois que não transformem minha casa num lugar para orgias. A vizinhança é bastante severa por aqui. Adoram uma fofoca. Prestem atenção nas janelas. Frequentemente, avistarão cortinas sendo cuidadosamente afastadas.

Silas se despediu dos três e saiu. Gustavo, Fabrício e Sérgio ficaram andando pela casa, analisando cômodo por cômodo.

— Gustavo, as lojas ficam abertas até mais tarde hoje?

— As do shopping ficam sim. Por que, Sérgio?

— Vamos até lá. Quero escolher e comprar os móveis e utensílios para nossa casa. Se não fizer isso hoje, não teremos tempo durante a semana. Quero sair logo do hotel. Gosto de ter minhas coisas.

Gustavo conduziu os amigos para o shopping de São Sebastião. Fabrício e Sérgio ficaram encantados. Sérgio percorreu várias lojas de móveis e escolheu o que havia de melhor e mais confortável. Depois dos móveis escolhidos e comprados, Sérgio iniciou uma busca a objetos de decoração e utensílios de culinária. Fabrício achou um exagero.

— Sérgio, daqui a pouco a casa vai ficar parecendo o castelo da Barbie! Não tenho jeito para peças decorativas. Vamos tomar uma cerveja que é melhor.

— Tenho bom gosto, só isso. E ter bom gosto não é transformar a casa em que vou viver em castelo de Barbie nenhum! Vocês dois podem ir. Ficarei por aqui fazendo o que me propus a fazer: transformar a casa que alugamos num lugar agradável. Depois nos encontramos para almoçar.

Os amigos observaram Sérgio se afastar e entrar em uma loja. Gustavo olhou para Fabrício e o repreendeu.

— Você não acha que foi grosseiro demais com ele?

Fabrício apontou para um quiosque na parte externa do shopping.

35

— E você, não acha que ele tem umas frescuras que não são muito comuns?

— Vamos tomar nossa cerveja que é melhor, Fabrício. Deixe Sérgio ser como gosta de ser — Gustavo interrompeu com firmeza o comentário maldoso do amigo.

CAPÍTULO 5

O início da semana foi bastante movimentado para Sérgio e Fabrício. Durante o horário de almoço, os dois se revezavam para esperar a entrega dos móveis. A casa já estava abarrotada de caixas e sacolas, com roupa de cama, mesa e banho e os objetos decorativos comprados por Sérgio. Vendo o esforço dos amigos, Gustavo teve a ideia de pedir à namorada para auxiliá-los. Mila tinha tempo livre durante as manhãs e poderia ficar na casa para receber os entregadores. Assim foi feito e, na véspera do fim de semana, todos os móveis já estavam na casa. Fabrício e Sérgio fecharam a conta no hotel, organizaram os pertences e dirigiram-se para a nova residência. Sérgio entregou uma cópia das chaves a Fabrício, com o outro molho abriu o portão e, em seguida, a porta da sala. Fabrício ficou boquiaberto. Tudo estava detalhadamente arrumado: os móveis no lugar, as camas forradas, toalhas no banheiro, geladeira cheia de alimentos.

— Foi você que arrumou tudo isso, Sérgio?

— Sim, fui eu. Sempre vinha para cá depois do trabalho. Escolha seu quarto.

— Qualquer um, meu amigo, desde que tenha uma cama diferente daquela do hotel. Aquela cama era horrível. Mais uma semana ali e eu acabaria com sérios problemas de coluna.

Fabrício ficou olhando para os dois quartos ao mesmo tempo. Os dois eram decorados em tons de cinza e azul-marinho.

— Você tem bom gosto, cara! O que é cinza em um, é azul no outro. Ficou muito bacana. E a sala, cara! O que é aquilo? Aquela luminária entre as duas cadeiras, a televisão enorme. Tanto faz, Sérgio. Tanto faz! — exclamou com alegria, apertando a mão do amigo e abraçando-o com firmeza.

Sérgio sentiu o rosto ficar ruborizado. O contato com o corpo de Fabrício o deixou desnorteado. Não queria aquele contato. Não ali. Não com Fabrício. Já sofrera todo o tipo de preconceito em São Paulo. Não queria ser novamente repudiado, rejeitado. Desvencilhou-se de Fabrício e apontou para os quartos.

— Então, Fabrício? Qual você prefere? Decida logo em qual quarto da Barbie prefere ficar!

Fabrício lembrou-se da brincadeira que fez no shopping e tentou desculpar-se.

— Você se aborreceu comigo? Só estava brincando, Sérgio. E tem mais um detalhe, além de bom gosto, isso aqui não se parece em nada com o castelo da Barbie. É casa de homem mesmo!

— E você acha que sou o quê? Sou homem! Na minha identidade está escrito sexo masculino. Meu corpo é exatamente como o seu! Não há diferença alguma na minha vida.

Fabrício apontou para o quarto com a janela lateral.

— Vou ficar nesse, se você não se importar. Ele é mais arejado e eu tenho o hábito de fumar no quarto. Fechando a porta e abrindo a janela, a casa não ficará com cheiro de cigarro.

— Então, vamos lá. Vou arrumar minhas coisas no armário. Veja se você tem roupas para lavar e coloque no cesto perto da máquina. Prefiro lavar minhas roupas e acho mais econômico que pagar uma lavadeira. Além das toalhas que estão no banheiro, há mais dois jogos no armário de seu quarto.

Fabrício entrou no quarto e arrumou as roupas no armário. Tirou a camisa e dirigiu-se ao quarto de Sérgio.

— Sérgio, coloco a roupa suja aonde mesmo?

Sérgio estava organizando a mesa que lhe serviria para usar o computador e para executar outros trabalhos quando ouviu a pergunta do amigo. Rodou a cadeira giratória em direção à porta e encantou-se com o corpo escultural de Fabrício. Sacudiu a cabeça e respirou profundamente antes de responder. Fabrício entendeu o gesto como impaciência.

— Sérgio, é melhor você se acostumar. Sou desligado mesmo.

— Não se preocupe. Não foi por isso que suspirei.

— Foi pelo que então?

Rapidamente Sérgio percebeu que se excedera e não respondeu à pergunta. Continuou:

— Coloque sempre a roupa suja no cesto ao lado da máquina de lavar, na área de serviço. Antes disso, apanhe aquela caixa. É para você.

— Não terei como pagar tanta coisa. O salário pago pelo banco é ótimo, mas...

Sérgio não deixou que Fabrício continuasse.

— Sei muito bem qual é o salário. Não há necessidade de você me pagar tudo de uma só vez. Vai me pagar aos poucos, conforme combinamos. E essa caixa não faz parte desse pacote de pagamento. É um presente para você. Será útil para trabalhar em casa.

Fabrício apanhou a caixa e abriu. Parecia um menino diante de um brinquedo novo. Olhou para Sérgio agradecido:

— Um computador! Muito obrigado, cara! O que eu tinha em São Paulo ficou para meu irmão Fábio. Pensava em comprar um mais a frente!

Sérgio achou graça da espontaneidade de Fabrício.

— Coloque em sua mesa. Já contratei um serviço para internet. É só conectar e começar a usar.

Fabrício apanhou o *laptop* e correu para o quarto, deixando para trás a caixa de papelão e a camisa suada. Sérgio levantou-se da cadeira, apanhou a camisa e a caixa e parou na porta do quarto de Fabrício.

— Você esqueceu isso lá no meu quarto, patrão. Organize as suas coisas que eu organizo as minhas. Não nasci para ser babá de marmanjo não!

Os dois riram. Fabrício apanhou a caixa de papelão e a blusa e se dirigiu para a área de serviço. Colocou a camisa no cesto e rasgou o papelão em pedaços, antes de colocar no lixo. Depois, retornou ao quarto e sentou-se à frente do computador. Lembrou-se dos papelotes de cocaína que havia trazido de São Paulo e resolveu escondê-los dentro de uma pasta de documentos. Não queria que ninguém soubesse que ele fazia uso de drogas. Carina era também usuária, portanto, não correria riscos com ela. Se alguém desconfiasse, temia perder o emprego. Guardou os papelotes cuidadosamente dentro da pasta e colocou-a na parte de cima do armário. Tinha certeza de que Sérgio não mexeria nos pertences dele.

Sérgio já havia tomado banho e resolveu bater à porta do quarto de Fabrício para chamá-lo para jantar. Fabrício estava esticado na cama, adormecido. Sérgio aproximou-se e sussurrou o nome do rapaz.

— Fabrício... Fabrício, vamos. Já são quase oito horas. Acorde!

Fabrício abriu os olhos e espreguiçou-se.

— Nossa! Desde que saí de São Paulo, não durmo tão pesado assim. Já escureceu! Que horas são?

— Oito horas e um pouquinho. Hoje vamos jantar fora. Já falei com Gustavo pelo celular e ele vai levar a namorada também. Amanhã penso em cozinhar.

Fabrício ficou sentado na cama, abraçado com o travesseiro.

— Vai me dizer que sabe cozinhar, Sérgio? Sua comida deve ser horrível!

— Bom, nunca reclamaram. Não sei fazer muita coisa, mas é muito dispendioso comer na rua todos os dias. Já basta durante a semana de trabalho. No básico, eu até que me viro bem. Aprendi com meu pai. Ele sim é um cozinheiro de mão cheia. Cozinha melhor que minha mãe.

— É. Meu irmão também gosta de cozinhar. Fábio adora inventar moda na cozinha. Acho que é porque ele trabalha como garçom. Vê tanta comida que acaba aprendendo.

— Vamos deixar de conversa. Marquei com Gustavo às nove horas no bar da Praça Quinze. De lá, vamos procurar um lugar melhor para jantarmos.

***

Gustavo e Mila já estavam na praça aguardando os dois amigos quando Luana desceu as escadas do cursinho e viu Mila. Antes de abrir a porta do carro, acenou para ela. Mila correspondeu ao aceno e sorriu para Luana.

Gustavo perguntou à namorada:

— Vocês duas são amigas?

— Conversamos algumas vezes sobre espiritualidade. Luana também é uma estudiosa do assunto.

— Chame-a para vir até aqui. Essa moça parece sempre tão solitária. Nunca anda com ninguém. Se vocês têm assuntos em comum, seria bom que se aproximassem mais.

Mila tomou coragem e chamou Luana. Por ser humilde, tinha receio de tentar uma aproximação maior e ser rejeitada. A posição e a fortuna de Luiz eram assuntos bem conhecidos em São Sebastião. Ele e a família eram tratados como se fossem mitos na cidade. Viviam isolados,

40

e apenas Luana transitava pelas ruas de São Sebastião, por conta do curso preparatório.

— Luana! Venha até aqui! — disse Mila aproximando-se do carro dela.

Luana estancou o gesto inicial para abrir o carro e aguardou a aproximação de Mila.

— Olá, Mila. Tudo bem?

— Tudo bem. Você não quer conversar um pouco? Estou com Gustavo, mas ele está esperando mais dois amigos, e aí fico sem ter o que e com quem conversar. Estou fazendo algumas leituras de *O Livro dos Médiuns* e gostaria de discutir isso com alguém. Que eu saiba, só você se dispõe a isso aqui na cidade. Pelo menos no que diz respeito à minha faixa etária, só você mesmo. Os demais estudiosos da doutrina, às vezes, me deixam muito irritada. Acabam colocando na minha cabeça mais dúvidas que respostas.

Luana tirou a chave da porta e se aproximou de Mila.

— Sabe, Mila, esse convite foi bem providencial. Estou também carregada de dúvidas sobre as leituras que faço. Mas será que seu namorado não vai se importar?

— Claro que não. Gustavo é bem aberto às ideias espiritualistas. E ele vai sair com os amigos. Prefiro ficar aqui e conversar com você. Amanhã é sábado e teremos tempo de sobra para namorar.

Mila e Luana se aproximaram de Gustavo. Mila formalizou a apresentação.

— Gustavo, esta é Luana.

Gustavo estendeu a mão para Luana e a beijou no rosto.

— Muito prazer, Luana. Mila e você têm em comum o gosto pelo Espiritismo, não é?

— Sim, Gustavo. Sua namorada e eu buscamos ou tentamos, não sei bem, sermos espíritas.

— Acho que estamos ainda bem distantes disso, Luana.

Gustavo ficou admirando a beleza singular de Luana, enquanto ela conversava com Mila. O rosto era diferenciado, marcante. Luana transparecia ser dona de uma personalidade também bastante diferente. Mila observou o silêncio do namorado.

— O que foi, meu amor? Nossa conversa está cansando você?

Gustavo não teve tempo de responder. Ouviu a voz rouca de Fabrício gritar seu nome. Ele acenou, chamando os dois amigos.

Fabrício e Sérgio chegaram perto dos três empolgados.

— Gustavo, você nem imagina o que Sérgio conseguiu aprontar naquela casa! Cara, é inacreditável! A casa está linda e toda organizada.

Mila, Luana e Gustavo se entreolharam.

— Fabrício e Sérgio, Mila vocês já conhecem. Essa é Luana, amiga de Mila. As duas vão ficar aqui conversando e nós vamos para o restaurante.

Fabrício se deu conta da presença das moças e tentou se desculpar.

— Me desculpa, Mila. E você é Luana, não é? Me desculpe também. Sou muito desligado.

— Desligado é pouco — falou Sérgio. Você vive no mundo da lua. Muito prazer, Luana. Eu sou o Sérgio e ele é o "Fabrício da Lua".

Todos riram da maneira descontraída de Sérgio de conduzir a situação. Fabrício olhou para Luana e se recordou da primeira vez que a viu.

— Você estuda no cursinho?

— Estudo sim.

— E por que não vão conosco para o restaurante? Poderíamos conversar. Eu e Sérgio chegamos há pouco tempo na cidade e queremos fazer novas amizades. Talvez seja um bom começo.

Luana rejeitou imediatamente a proposta.

— Obrigada. Agradeço pelo convite, mas ficará para outra ocasião. Eu e Mila precisamos conversar sobre alguns assuntos.

Fabrício insistiu.

— Converse conosco esses assuntos. Será bem mais agradável! Eu garanto!

Sérgio buscou interceder mais uma vez.

— "Fabrício da Lua", elas querem conversar a sós. Eu, você e Gustavo vamos para o restaurante como o combinado.

Gustavo beijou Mila e se despediu de Luana. Sérgio acenou para as duas e Fabrício aproximou o rosto o mais que pode do rosto de Luana, quase sussurrando.

— Não faltará oportunidade para que nos conheçamos melhor.

Luana deu dois passos para trás e falou entredentes:

— Tenho certeza de que não, Fabrício da Lua!

Os rapazes se afastaram, e Luana alertou Mila:

— Não gostei desse rapaz chamado Fabrício. Ele não é desligado como afirma ser. Ele é mal-educado.

Mila concordou com Luana.

— Também tenho essa opinião a respeito dele. Mas Gustavo afirma que ele é boa gente, trabalhador, dedicado ao banco. Prefiro Sérgio; é sempre educado e gentil.

Luana, olhando vagamente para o céu, falou numa entonação baixa:

— Talvez Sérgio venha a sofrer com essa amizade no futuro.

— Por que você diz isso?

— Nada. Só uma intuição. Não posso julgá-lo. É isso que procuramos pôr em prática com os estudos espíritas, não é mesmo?

Mila completou convicta:

— É um dos ensinamentos de Jesus mais difíceis de ser vivenciado. Passamos a vida julgando e sendo julgados. Por enquanto, apenas observo o comportamento dos dois. Se não me forem adequadas algumas atitudes ou alguns comportamentos, me afastarei. Certamente alguém por aí também me acha estranha e inapropriada.

— E a mim, então? Ninguém se aproxima mesmo. Já ouvi comentários maldosos a respeito de minha família. Procuro ficar em silêncio, analisando.

Luana e Mila permaneceram conversando. No restaurante, Fabrício mostrou interesse por Luana.

— Ela é muita linda! Luana é muita linda mesmo! Vou chegar junto rapidinho.

Sérgio sentiu o rosto pegar fogo. Uma onda de ciúmes oprimiu o peito do rapaz. "Meu Deus, eu preciso me livrar desse sentimento absurdo!", pensou.

Gustavo recriminou a forma grosseira de Fabrício se referir a Luana.

— Fabrício, Luana não é como as outras moças. É reservada e procura se manter sempre distante de quem não é como ela. Ela realmente é linda, mas acho muito difícil que se encante ou ceda ao seu jeito mais liberal.

— Que é isso, Gustavo? Estamos falando de mulheres do século 21. No fundo, todas são iguais!

O garçom chegou com o cardápio, e os três esqueceram o assunto.

43

CAPÍTULO 6

Luciano alertara Luiz sobre a necessidade de uma avaliação completa de Arthur. Luiz, entretanto, encontrava-se ansioso e esperava uma solução imediata.

— Você não acha que o caso de Arthur é urgente? — perguntou Luiz após ver o filho apontar-lhe uma faca, durante o almoço, e sair correndo em seguida para trancar-se no quarto.

— Sei que é difícil, mas procure manter a calma nesses momentos. Acho que a questão de Arthur transcende o que nossos olhos podem ver.

Luana, que sempre buscava se manter em silêncio a respeito do assunto, olhou para Luciano demonstrando concordância e voltou-se para o pai com firmeza.

— Papai, vivemos esse terror há muitos anos. Desde que Arthur nasceu, ele apresenta um comportamento atípico. Todos os exames e as avaliações possíveis já foram feitos. Nada, absolutamente nada foi apontado como uma causa para as atitudes de meu irmão. O senhor se lembra de quando ele foi encaminhado a um psiquiatra?

Luciano interessou-se.

— Ele também já foi avaliado por um psiquiatra?

— Sim, professor. Na época, remédios foram prescritos e de nada resolveram. O comportamento dele não sofreu nenhum tipo de alteração. A agitação aumentou junto com a agressividade. Eu, para saber exatamente o que Arthur sentia com os remédios, usei-os durante uma semana. E o senhor sabe qual foi a reação de meu organismo?

— Qual?

— Fiquei sonolenta, não conseguia reagir a quase nada. Passava meus dias dormindo. Como ingeri a mesma dose indicada a Arthur, julguei que os medicamentos iriam surtir para mim o mesmo efeito que surtiam para ele. Surpresa, descobri que não e tirei os medicamentos de meu irmão. Tenho certeza de que o problema dele é exatamente como o senhor descreveu, professor. Além de qualquer coisa que nossos olhos enxerguem.

Luiz buscou reagir. Negava-se a acreditar que o filho sofria influências espirituais.

— Você sabe que nada tenho contra o Espiritismo. Já li muita coisa a respeito e me identifico com muitos ensinamentos dessa doutrina. Mas não consigo acreditar na influência tão direta dos espíritos contra uma criança. Que Deus é esse que permite que espíritos ruins atrapalhem a vida de um menino tão inocente?

— Luiz — interrompeu Luciano — pense apenas que se todos já vivemos outras experiências na matéria, nenhum de nós guarda tanta inocência assim. Vou começar meu trabalho com base no que conheço como educador, mas também não deixarei de observar a questão espiritual. Tudo isso está entrelaçado.

Luana respirou aliviada.

— Acho que finalmente alcançaremos algum progresso com Arthur, papai. Deixe o professor Luciano fazer o trabalho dele. Procure não interferir.

Luciano levantou-se da mesa e anunciou:

— Vou até o quarto de Arthur.

Luciano bateu levemente na porta do quarto do menino.

— Arthur, posso entrar? Quero conversar com você.

A resposta do menino foi imediata:

— Conversar o quê? Para quê? Ninguém entendeu ainda que não adianta conversa nenhuma comigo? Se quiser entrar, entre. Meu pai arrancou a fechadura da porta, não está vendo?

Luciano empurrou a porta e ficou de pé perto da cama de Arthur. Ele estava cercado por papéis e lápis.

— Vejo que você gosta de desenhar.

— Não gosto de desenhar. Desenho porque é preciso. Se eu não desenhar, é pior pra mim.

Luciano aproximou-se mais um pouco.

— Por que você diz isso, Arthur? Ninguém é forçado a fazer nada.

— Eu sou — respondeu o menino enquanto rabiscava compulsivamente várias folhas ao mesmo tempo.

45

— O que significam estes desenhos? São histórias?

— São.

— Você quer me contar essas histórias?

Arthur largou os lápis sobre a cama e encarou Luciano.

— Essas histórias são para mim, entendeu? São para mim! Não posso contar para ninguém... Ninguém vai entender!

Luciano puxou as cortinas do quarto e abriu a janela, deixando a luminosidade da tarde penetrar no quarto. A reação de Arthur foi imediata:

— Feche essa janela! Não gosto desta claridade nos meus olhos. Atrapalham os meus desenhos! Fecha isso, droga!

Luciano posicionou-se à frente da janela, quebrando um pouco a luz que entrava no quarto e percebeu que o menino tentava desenhar sem conseguir.

— Você não consegue desenhar com muita luz?

— Eu acho que consigo.

— E por que não continua desenhando?

— Porque eles não conseguem. Eles não conseguem desenhar com você aqui dentro! Eu consigo, mas eles não! Nem com a luz e nem com você!

Luciano olhou pela janela e pediu auxílio aos espíritos elevados.

— Me ajudem a ajudar — murmurou.

Arthur estava ofegante. Sua respiração parecia claramente descontrolada e as mãos denunciavam um leve tremor.

— Você está bem, Arthur?

O menino parecia ter entrado num estado de apatia. Luciano afastou-se da janela e sentou-se ao lado dele, mantendo-se em oração. Um arrepio percorreu o corpo do professor, causando-lhe forte desconforto na nuca. Tornou a repetir a pergunta.

— Você está bem?

Arthur juntou as folhas e entregou-as a Luciano.

— Veja você o que eles dizem. É para isso que vim. É para isso que voltei.

Luciano apanhou as folhas com cuidado.

— Posso ver os desenhos?

— Você terá cuidado com eles? Tenho medo que alguém brigue comigo.

— Quem poderia brigar com você por causa de seus desenhos, Arthur?

46

— O chefe deles. De vez em quando, ele aparece aqui e grita comigo. Diz que a raiva dele é a minha raiva.

— E aí você sente a raiva dele? Mas essa raiva é por quem?

— Não sei direito. Pelo meu pai. Por minha mãe, que eu só conheço pelas fotos. Mas...

Luciano deu o tempo necessário a Arthur para que ele continuasse.

— Principalmente de mim. Sinto muita raiva de mim e faço tudo para ser castigado.

Enquanto Luciano observava as reações de Arthur e as comparava ao relato feito e aos desenhos, o menino apontou para a janela. No olhar, um brilho de imensa alegria.

— Quem é aquela moça tão linda que está ali? Ela está com um senhor tão calmo... Ela sorri para você. Está me dizendo que o nome dela é Laura.

Luciano sentiu uma energia diferente no quarto e emocionou-se. O menino não era mal-educado como a maior parte das pessoas pensava, incluindo o pai. Ele era médium e, da mesma forma que via a sua amada esposa, certamente era atordoado por espíritos vingativos. Agradeceu a Deus pela presença de Laura e pela resposta à prece que fizera. Uma discreta lágrima rolou pelo rosto do professor, e Arthur, intuído por Laura, estendeu a mão para secá-la.

— Não chore, professor. O senhor é uma boa pessoa. Peça a essa moça para ficar aqui comigo. Eles foram embora porque ela chegou.

Luciano buscou recompor-se. Precisava manter o equilíbrio e aproveitar o momento para estabelecer um elo com Arthur.

— Não sei se sou uma boa pessoa. Mas sei que eu e você seremos muito amigos — disse estendendo a mão para o menino.

Arthur recebeu o aperto de mão de Luciano sem a agressividade costumeira. As mãos do garoto estavam encharcadas de suor e muito geladas. Os dois ficaram com as mãos entrelaçadas, estabelecendo um pacto de amizade. A energia e a boa vontade de Luciano aliadas à presença de Laura e Mauro, mentor do pedagogo, favoreceram o menino, que logo apresentou visível sonolência.

— Estou com sono, professor. Preciso dormir um pouco.

— Vou deixar você dormir um pouquinho, mas logo venho acordá-lo. Precisamos continuar nossa amizade, não é mesmo? Mal conheço esta casa imensa. Você poderá me ajudar a conhecê-la.

— Ajudo sim. Posso fazer um pedido? — perguntou o menino com o rosto sem a rigidez anterior.

— Claro, Arthur. Somos amigos agora!

O menino juntou as folhas de papel e guardou-as no envelope já encardido de tanto ser manuseado.

— Não apanhe minhas folhas. Preciso delas.

— Não vou apanhar. E eu? Posso pedir outra coisa? — perguntou sorrindo.

— Pode sim — respondeu Arthur entre um bocejo e outro.

— Você depois me conta as histórias?

— Se eles deixarem, conto sim.

— Eles vão deixar. Tenho certeza de que vão deixar. Agora durma. Vou colocar o envelope sobre sua escrivaninha.

Arthur arregalou os olhos.

— O que é uma escrivaninha?

Luciano riu com vontade, apontando para a mesa onde estava o computador do menino.

— Aquela mesa ali, rapaz!

Arthur sorriu e esticou-se na cama, aconchegando-se no travesseiro. Logo pegou no sono. Luciano permaneceu no quarto vibrando boas energias para o menino, quando percebeu que estava sendo observado por alguém da porta do quarto. Temeu que fosse Luiz querendo interferir em seu trabalho. Voltou-se bruscamente para conferir e se deparou com Luana.

— Desculpe-me, professor. Mas minha curiosidade foi grande ao passar pelo corredor e presenciar a conversação entre vocês. Meu irmão nunca dorme com essa tranquilidade toda. E nunca conversa com ninguém com tranquilidade também. Muito obrigada.

Luciano levantou-se com cuidado da cama para não acordar Arthur e encaminhou-se para a porta. Luana sussurrou.

— Não é melhor fechar a janela para que ele descanse realmente?

Luciano saiu, deixando a porta entreaberta.

— Não. Muito pelo contrário. O melhor é deixar a janela aberta. Só dessa forma ele conseguirá dormir melhor. Deixe a energia do vento e da mata penetrar um pouco na vida de seu irmão. Por enquanto, é o que devemos fazer.

Luciano e Luana desceram a escada de mármore que dava para o salão principal da casa. Quando Luciano iria começar a falar sobre seu primeiro contato com Arthur, Luana o interrompeu.

— É melhor conversarmos no escritório. Meu pai saiu para resolver alguns negócios em São Sebastião e, pelo que notei, a história que o senhor vai me contar é bem longa. Aqui, o número de paredes é equivalente aos ouvidos de todos os empregados da casa, e esses ouvidos são bem supersticiosos. Vamos para o escritório.

Depois que se acomodarem, Luana procurou ser direta.

— Então, professor? Presenciei parte da conversa entre o senhor e meu irmão. Nunca vi Arthur esboçar carinho ou respeito por ninguém. Me pareceu, igualmente, que sua opinião é bastante similar à minha. Estou certa?

— Sim. Você está certa. Tudo indica que o pequeno Arthur seja alvo de uma perseguição espiritual.

— Um quadro obsessivo?

— Acho que, no caso de Arthur, não seja somente obsessão. Vamos precisar estudar isso a fundo. Acreditamos na luz e na espiritualidade, mas há casos graves em que a relação entre obsessores e obsidiados é bastante estreita.

— E qual é o quadro de Arthur a seu ver?

— Seu irmão está sofrendo um quadro grave de obsessão, Luana. Pelo que ele relatou, são muitos os espíritos que o atormentam. Os desenhos são resultado de uma das muitas faculdades mediúnicas que ele apresenta. A psicopictografia é apenas uma delas.

— Pensei que essa facilidade de desenhar fosse coisa dele.

— E é. Mas ele não é o autor dos desenhos.

— Ele é, então, um instrumento mecânico desses espíritos?

— Também não. Os desenhos formam uma sequência, uma ou várias histórias, não sei bem. Sei apenas que Arthur tem consciência delas. Portanto, ele não é um instrumento meramente mecânico desses espíritos.

— Não tenho muito conhecimento sobre isso. Venho estudando o Espiritismo há alguns anos, mas confesso ter muitas dúvidas. Já o senhor me parece bastante inteirado no assunto.

Luciano franziu o cenho:

— Não tive escolha. Perdi minha esposa e meu filho de forma trágica e entrei em uma profunda depressão. Não aceitava a morte dos dois. Fui apresentado ao Espiritismo através da leitura de romances psicografados por nosso querido Chico Xavier. Encontrei em alguns romances conceitos que havia estudado na graduação e nos cursos seguintes. Sócrates e Platão foram os grandes visionários da doutrina espírita. Isso me surpreendeu bastante e passei a me dedicar à leitura e à pesquisa.

— E sua dor foi sendo atenuada, não é?

Luciano torceu as mãos e pigarreou antes de responder.

— Nem tanto, mas ajudou muito. Até hoje não aceito esses mecanismos de desencarne precoce e violento. Minha dor lateja até hoje. Vim para cá justamente para tentar recomeçar. Tenho certeza de que Arthur é o remédio que vai me trazer a cura.

Luana dirigiu-se com ternura para Luciano.

— Ele irá lhe ocupar a mente. Sei disso.

— Muito mais que isso, Luana. Desde que cheguei a São Sebastião, o cientificismo que me cercava já deu lugar a uma crença pura. Hoje, Arthur me deu a certeza de que a vida realmente continua e nossos afetos nunca se perdem. Ele me deu a certeza de que Laura permanece ao meu lado, apesar de tudo.

Os dois interromperam a conversa quando ouviram a porta ser aberta.

— E então, Luciano? Alguma boa notícia sobre Arthur?

Luana intercedeu por Luciano. O pai era ansioso e achava que os problemas do filho eram apenas comportamentais. Para ele, Arthur sofrera com a separação precoce da mãe. A moça adiantou-se:

— Sim, papai. O professor e eu estávamos justamente conversando sobre isso. Ao que tudo indica, meu irmão aceitou a aproximação do professor Luciano sem reagir mal. Vamos esperar.

— E onde ele está agora? Aposto que está rabiscando aqueles papéis como sempre faz.

— Não, Luiz. Seu filho adormeceu após a conversa que tivemos. Ele está descansando no momento. É preciso que ele estabeleça uma rotina em que o descanso faça parte dela. Ele precisa dormir bem para que possamos fazer um bom trabalho.

Luiz olhou incrédulo para Luciano.

— Espero que sua prática dê certo. Você é minha última esperança.

— Eu também espero. Aliás, agora mais do que nunca. Tenha certeza disso. Se vocês me derem licença, vou para meu quarto. Quero estar atento à hora em que Arthur acordar.

Pai e filha despediram-se de Luciano que, esperançoso, seguiu para o quarto do menino.

50

CAPÍTULO 7

Sérgio, Fabrício e Gustavo enfrentavam uma semana de muito trabalho no banco. À noite, apenas Fabrício tinha ânimo para sair. O rapaz ficava na praça conversando com Carina e as outras moças e sempre parava no bar para tomar uma cerveja com Guilherme. Por ser simpático, atraía a atenção de todos. Numa dessas noites, ao retornar para casa, encontrou Sérgio de cara amarrada à frente da televisão.

— Você não se cansa de ficar enfurnado aqui dentro não, Sérgio?

A reposta de Sérgio foi seca:

— Não. Eu tenho o meu jeito e você tem o seu. Gosto de fazer exatamente o que faço sempre. Se quiser jantar, a comida está pronta. Só não deixe a louça suja como sempre faz. Também estou cansado.

— Ei, cara! Que mau-humor é esse? Você parece um velho resmungão!

Sérgio permaneceu olhando para a televisão. Não queria deixar transparecer que seu ânimo alterado, na verdade, era fruto do ciúme que sentia de Fabrício.

— Não estou de mau humor e nem sou um velho resmungão. Só que você não percebe que eu também me canso. E todos os dias da semana, sem falhar um único dia, você chega tarde e ainda deixa louça na pia. Não gosto de sujeira.

— Sabe qual é o seu problema, Sérgio? — exaltou-se Fabrício.

Sérgio já estava de pé, com o controle da tevê na mão, encaminhando-se para o quarto quando estancou ante a pergunta de Fabrício. Com a voz pausada e olhar fixo, avisou:

— É melhor você calar a boca. Não tenho problema algum e, se os tenho, não é você que vai apontá-los!

— Pois eu vou falar sim, Sérgio! Você está é com falta de mulher, cara! Arruma uma gatinha pra sair e dar uns pegas. Você vai ver que vai ficar bem mais calmo.

Sérgio atirou o controle longe.

— Ué! Falei o que demais agora, meu irmão? Acho mesmo que seu problema é falta de uma boa pegada. Falta de mulher deixa a gente assim: aborrecido, contrariado, mal do fígado!

Sérgio agarrou o colarinho da camisa de Fabrício e o empurrou com força contra a parede. Fabrício caiu no chão e, num salto, se pôs de frente para Sérgio e desferiu-lhe um soco certeiro.

— Nunca apanhei na vida, cara! Não vou apanhar de um homem tão fresco quanto você!

Fabrício arrancou a camisa num gesto agressivo e másculo. Sérgio não fugiu do enfrentamento. Era homossexual sim, mas jamais se deixara desrespeitar por ninguém. Os dois iniciaram uma luta corporal, medindo forças. Até que um golpe mais forte abateu Fabrício, deixando-o ofegante no chão. Sérgio se deu conta do que havia feito e aproximou-se do rapaz estendendo a mão para ajudá-lo a se levantar. Fabrício empurrou a mão de Sérgio e se colocou de pé, em frente a ele. Sérgio esboçou todo o fascínio e a atração reprimidos há tempos pelo amigo e olhou o corpo à mostra e suado com desejo. Sem conseguir se conter, passou as mãos nos braços musculosos do amigo. Fabrício sentiu todo o corpo tremer. Com o rosto vermelho e a respiração descompassada, puxou Sérgio para junto de si. Os dois, enlouquecidos pelo desejo, olhavam-se profundamente. O coração de Sérgio acelerou a ponto de Fabrício senti-lo no próprio peito.

Fabrício, num gemido, sussurrou no ouvido de Sérgio, deixando-o em êxtase pelo contato com o hálito quente do companheiro:

— Agora sei exatamente do que você precisa.

Fabrício tomou Sérgio pela cintura, apertando-o contra o seu corpo e, num gesto brusco, arrancou a própria roupa e a roupa do amigo. Consumiram-se durante algum tempo, e Sérgio, admitindo sua passividade, ficou absorto com a desenvoltura viril de Fabrício. Suados e abatidos pelo cansaço da luta corporal e pela consumação sexual, deixaram-se ficar deitados, em silêncio, por mais de uma hora.

Fabrício se deu conta da loucura que havia cometido e dirigiu-se a Sérgio com a voz entrecortada pela rouquidão.

— Eu sou homem, Sérgio! Você está me ouvindo? Eu sou homem!
Sérgio levantou-se deixando à mostra o corpo nu e definido:

— Eu também sou, Fabrício! Também sou homem! Ou você pensa que por gostar de me relacionar com homens deixo de ser do sexo masculino ou me torno mulher em função disso?

Fabrício examinou atentamente o corpo de Sérgio: era perfeito, escultural. Mais uma vez sentiu o desejo transformar-se em ação. Jamais experimentara tamanha reciprocidade de movimentos e aceitação com uma mulher. Os dois terminaram a noite deitados sobre o tapete monocromático da sala.

***

Os primeiros raios de sol atravessaram a persiana da janela. Sérgio foi o primeiro a despertar. Temeu que Fabrício, após cessar o próprio desejo, se afastasse dele. Dirigiu-se para o banheiro e abriu a ducha, deixando a água escorrer pelo corpo. Um aperto no peito anunciou-lhe a paixão desmedida. Barbeou-se e vestiu um roupão para passar pela sala. Procurou desviar-se do corpo de Fabrício. Ainda não estava na hora de saírem para o trabalho. Era preferível que ele acordasse sozinho e tivesse tempo para refletir sobre o que aconteceu. Sérgio entrou no quarto e fechou a porta, buscando não fazer barulho.

Fabrício despertou lentamente. Estava cansado. Ao abrir os olhos, se dera conta de tudo o que acontecera na noite anterior. Permaneceu deitado com as mãos na cabeça, relembrando cada gesto, cada suspiro, cada sensação. O arrependimento brotou de imediato em sua alma. Não queria ferir Sérgio, não queria mais que aquela situação se repetisse. Entretanto, tinha a certeza de que não mais conseguiria deixar de lado tudo o que vivera. Esfregou os olhos e olhou ao redor. Não havia sinal de que Sérgio tivesse saído. Olhou o relógio de pulso e constatou que ainda era muito cedo. Levantou-se e foi para o banheiro, julgando que a água do chuveiro iria levar embora o sentimento de culpa que se abatera sobre ele. Não fora Sérgio quem o seduzira. Ao contrário, em nome do desejo, ele seduzira aquele a quem considerava como um irmão.

No quarto, Sérgio arrumava-se para trabalhar. Esperaria, contudo, a reação de Fabrício. Se algo desse errado, e ele apresentasse uma reação violenta, pediria exoneração do banco e retornaria a São Paulo. Nada o prenderia à humilhação ou ao descaso. Era bem resolvido nesse sentido.

Desde a infância, admirava o corpo masculino. Nunca, entretanto, ansiou agir como mulher. Gostava de ser homem. Agia e pensava como homem. Apenas não desejava mulheres. Muitos amigos homossexuais também apresentavam o mesmo comportamento. Durante a adolescência, tentou em vão aproximar-se das meninas. Chegou a namorar algumas, mas em seus sonhos eróticos as personagens dominantes eram os rapazes da escola. Esquivou-se dessa situação o mais que pôde. Tinha receio de ser descoberto e se tornar motivo de vergonha para os pais e, principalmente, para ele próprio. Até que a vida o conduziu à primeira experiência amorosa com outro homem. Na faculdade, passou a notar os olhares provocantes de um professor. Era um homem maduro, sofisticado e de beleza incomum. Ao término de uma aula, ele pediu a Sérgio para ajudá-lo com a organização das provas. Sérgio auxiliava-o, mas percebia-se invadido pelos olhos do mestre. Para agradecer a boa vontade de Sérgio, Rogério convidou-o para fazer um lanche. Sérgio entrou trêmulo no carro do professor. No caminho, hesitava entre o anseio de sua alma e a vergonha por se descobrir desejando claramente uma pessoa do mesmo sexo. Rogério percebeu a confusão inicial do rapaz e estendeu a mão, tocando-o suavemente na coxa. Vendo a reação do aluno, o professor levou-o direto para o *flat* onde morava. Ali, naquela noite, Sérgio conheceu o prazer. Rogério fez com que ele finalmente tomasse consciência de quem era e do tipo de relacionamento de que realmente gostava. Passaram a ter encontros constantes até a separação definitiva. Rogério fora transferido para outra universidade e saíra de São Paulo.

Fabrício arrumou-se com esmero. Borrifou seu perfume predileto sobre a nuca e apanhou o paletó. O celular, esquecido na sala na noite anterior, tocou, e Fabrício e Sérgio saíram ao mesmo tempo do quarto. Os dois se olharam enquanto o aparelho continuava tocando. Sérgio resolveu quebrar o gelo.

— É o seu celular, Fabrício. Atenda.

Fabrício apanhou o aparelho e olhou o número.

— É Gustavo. O que eu faço?

Sérgio riu gostosamente.

— Atenda. Se ele está ligando, é porque quer falar com você.

Fabrício apanhou o celular e, antes de atender, pensou: "É desta forma que preciso agir. Como se nada tivesse acontecido".

— Bom dia, Gustavo. Estou atrasado?

— Bom dia, meu amigo. Tudo bem por aí?

Fabrício olhou para Sérgio buscando cumplicidade.

— Claro que sim. O que haveria de errado? — perguntou esperando não ouvir resposta nenhuma.

— É que ontem liguei algumas vezes para seu telefone e para o de Sérgio. Nenhum de vocês dois atendeu. Acabei dormindo preocupado.

— Não aconteceu nada. Dormimos bem mais cedo. O trabalho tem sido muito cansativo. Nós nos encontraremos daqui a pouco. Até mais tarde.

Sérgio encaminhou-se satisfeito para a cozinha: "Fabrício não me rejeitou", concluiu.

Preparou o café como fazia diariamente e chamou Fabrício, que resolveu também agir como se nada tivesse acontecido. Os dois conversaram sobre assuntos relativos ao banco e, em seguida, saíram para o trabalho.

***

Durante o expediente no banco, Gustavo observou a diferença de comportamento entre Fabrício e Sérgio. Fabrício parecia alegre, bem-disposto e falante como sempre. Já Sérgio aparentava estar com os pensamentos em outro lugar. Por repetidas vezes, Gustavo percebeu o olhar perdido do amigo frente à tela do computador. Ouviu quando o gerente cobrou os relatórios que Sérgio não havia enviado. Conhecia o comportamento de Martins: era grosseiro e não poupava ninguém de sua tirania. Resolveu interferir em favor do amigo, mas, ao levantar-se, viu Fabrício colocando-se ao lado de Sérgio.

— Pode deixar, Martins. Vou auxiliar Sérgio com os relatórios. Já terminei meu trabalho, e Sérgio não passou muito bem durante a noite. Acho que ainda está indisposto. Não é, Sérgio?

Sérgio gaguejou para responder.

— É... É, realmente, estou indisposto, Martins.

— Quando for assim, fique em casa. Sua indisposição só atrapalha — sentenciou o gerente para Sérgio, deixando alguns papéis sobre a mesa do rapaz.

Fabrício colocou as mãos sobre os ombros de Sérgio e sussurrou:

— Você não tem motivos para estar assim tão aluado. Encaminhe os relatórios para que eu possa acalmar esse gerente troglodita.

Sérgio suspirou, relembrando a cena da noite anterior.

"Será que ele se importa comigo?", indagou-se internamente.

Sem conhecer as tramas tecidas pela vida, Fabrício e Sérgio guardavam a certeza de que estavam interligados a partir daquela dia.

CAPÍTULO 8

Valéria fechou as portas do pequeno armário do quarto. Já havia colocado na mala todos os seus pertences. Abriu a gaveta da cômoda para checar se havia esquecido alguma coisa, depois pegou um envelope lacrado com fita adesiva no fundo da gaveta e sentou-se sobre a cama. Lágrimas percorreram o rosto carregado de maquiagem. Valéria abriu o envelope e espalhou as fotografias. Ali estava a foto da filha segurando o pequenino Arthur com Luiz. As lembranças chegavam em cascatas, e ela desandou a chorar.

— Como pude deixar minha família para trás? — perguntou-se repetidas vezes e repetidas vezes deu-se a mesma resposta.

— Eu era tão jovem... Tinha tantos planos... Me deixei enganar.

Sobre a cômoda vazia, a imagem de Nossa Senhora de Fátima parecia fitá-la. Valéria levantou-se, foi até a cozinha e, logo depois, retornou com uma vela e uma caixa de fósforos. Passou a mão no manto de gesso da imagem, acendeu a vela e começou a rezar.

— A única coisa que quero é ter minha família de volta — suplicava.

Valéria encerrou a oração e ganhou coragem. Retocou a maquiagem antes borrada, pegou o envelope fechado e conferiu o endereço. Apanhou a bolsa e saiu resoluta. Enviaria a carta ao marido. Estava decidida a voltar para o seio da família e reconquistar o amor de Luiz e dos filhos.

Já havia encontrado a filha em redes sociais, mas julgou mais adequado mandar uma carta com o pedido de perdão. Mais de uma década havia se passado. Não sabia de que forma encontraria a família que abandonou. Temia um novo relacionamento de Luiz. Ele era um homem bonito, generoso e rico. Certamente, teria encontrado alguém para ocupar o espaço deixado por ela.

Todos estes pensamentos atordoavam-lhe a mente, enquanto, a passos largos, ela se dirigia à agência dos Correios. Registrou a correspondência, efetuou o pagamento e foi para o Parque Ibirapuera. Precisava ordenar os pensamentos. Não tinha muito tempo. A passagem para São Sebastião já estava comprada. Sendo ou não aceita por Luiz, retornaria à cidade.

Anoitecia, e o frio se fazia presente em São Paulo. Valéria esfregou as mãos nos braços e olhou para o relógio. Precisaria retornar ao apartamento. Entregaria as chaves no dia seguinte e seguiria direto para a rodoviária.

Não tinha de quem se despedir. Não fizera amigos que merecessem essa despedida. Na busca de sonhos impossíveis, conseguira, no máximo, algumas companhias para noites regadas a *whisky* e conversas fúteis. Jamais conseguira chegar perto da verdadeira arte. A princípio, entusiasmada por inúmeras promessas, sonhava em fazer sucesso como atriz de teatro. Gastou todo o dinheiro que havia levado pagando agenciadores e cursos. Quando se viu sem recursos financeiros, um amigo das rodas de bar indicou o endereço de uma boate. O dono era argentino e precisava de garçonetes e bailarinas. Sem saída, ela aceitou o emprego e viu ruir, diariamente, cada um dos seus sonhos. Com o passar dos anos, a idade arrancou-lhe a função de dançarina, permanecendo apenas como garçonete. A denúncia de que a boate mantinha máquinas de caça-níqueis para os clientes acabou com o último de seus planos: sobreviver...

***

A rodoviária estava lotada. À véspera de um grande feriado, o vaivém no embarque e desembarque era grande. Valéria entregou as duas pesadas malas para o auxiliar do motorista, que as colocou no bagageiro. Nas mãos, a senhora tinha o bilhete da passagem e uma bolsa a tiracolo. Colocou uma echarpe no pescoço para se proteger do frio e subiu os três degraus do ônibus. A viagem não era longa, mas o trânsito poderia retardar a previsão inicial de chegada. Valéria não se importava mais com o tempo. Para ela, o tempo já havia passado.

***

Dirce deu três batidas de leve na porta do escritório antes de entrar. Nas mãos trêmulas, o envelope com o nome de Valéria.

— Doutor Luiz, chegou esta carta para o senhor. O menino Sabino veio de bicicleta junto com o carteiro entregar.

Luiz olhou para Dirce com um ar de interrogação.

— Que tipo de correspondência, Dirce? Pego as correspondências na própria agência. Sei que nenhum dos carteiros gosta de vir até aqui. Acho que meu endereço é o mais afastado de São Sebastião. Deixe-me ver esta carta.

Dirce escondeu a mão que segurava o envelope, colocando-o atrás do corpo, e Luiz reagiu.

— O que há, Dirce? Por que está com essa cara? Me entregue a carta.

— Se o senhor quiser, eu a rasgo e jogo fora.

— Por que está me dizendo isso? Quem enviou essa carta? — perguntou Luiz, levantando-se e indo em direção à governanta.

A mulher tornou a estender a mão e respondeu:

— Dona Valéria.

— Quem?

— Dona Valéria. A carta está com o nome de dona Valéria como remetente.

Luiz estendeu os braços sobre o corpo. A cabeça confusa refletia-se no tremor das mãos. Não sabia o que fazer. Não sabia o que pensar. Não sabia se apanhava a carta ou mandava Dirce descartá-la. Luciano estava parado à porta do escritório e presenciou tudo. Pigarreou e pediu desculpas a Luiz.

— Perdoe-me, Luiz, mas ouvi a conversa. Apanhe a carta e encare a realidade, seja ela qual for. Não fuja mais uma vez.

Luiz estava atônito, com a fisionomia pálida, os lábios entreabertos e os olhos fixos nas mãos de Dirce. Luciano percebeu o choque causado por aquele envelope e resolveu interferir.

— Deixe a carta comigo, Dirce. Não comente nada com Luana e muito menos com Arthur. Vou conversar com Luiz agora. Deixe-nos sós.

Luciano apanhou duas taças e escolheu uma garrafa de vinho na pequena adega de madeira rústica do escritório. Abriu a garrafa cuidadosamente e encheu as taças até a metade. Entregou uma a Luiz e sentou-se.

— Beba. Seus vinhos são de excelente qualidade. Neste momento, será um bom remédio também.

Luiz bebeu o vinho num único gole e voltou-se para Luciano.

— O que eu faço?

A resposta de Luciano foi direta.

— Abra a carta e leia. Depois, decida o que fazer.

— Mas e se for outro golpe da vida, Luciano?

— Em primeiro lugar, saia dessa posição de vítima. Não somos vítimas de nada e nem de ninguém. A vida vem tentando mostrar isso a você diariamente. Aprenda de uma vez, num único gole, da mesma forma que você fez com o vinho. Abra a carta e leia, Luiz. Se não enfrentar essa situação, jamais saberá o que a vida lhe reserva ou o que é necessário para você. Enfrente. Encare. Seja forte, homem!

Luiz colocou a taça sobre a mesa do escritório e apanhou a carta das mãos de Luciano. Abriu o envelope com cuidado e desdobrou as três folhas de papel. Leu e releu cada uma das palavras escritas com a caligrafia inconfundível e bem talhada de Valéria. Durante a leitura, chegou a sentir o perfume preferido da ex-mulher. Luciano decidiu deixá-lo sozinho. Era necessário que ele pusesse os sentimentos em ordem. Ao levantar-se da cadeira e se dirigir para a porta, Luiz rompeu o silêncio.

— Fique, Luciano. Preciso conversar com alguém. Valéria está me pedindo perdão nesta carta. Diz que está voltando para São Sebastião. Quer reassumir a família e se redimir dos erros cometidos no passado. Não sei o que fazer. Sinceramente, não sei o que fazer.

Luciano foi prático. Olhou para Luiz com firmeza antes de falar.

— Você, apenas você conhece a dor que viveu. O abandono deixa marcas sempre profundas em nossa alma, não importa a forma como ele se processe. Essas marcas, essas cicatrizes são inevitáveis. O que podemos fazer é aproveitar os ensinamentos que a dor oferece. Você diz que sua ex-esposa está pedindo perdão. Se ela pede perdão, é porque, de alguma forma, precisa ser perdoada para se libertar do próprio passado.

— Não posso perdoá-la, Luciano, depois de tudo que ela fez. Depois de toda a dor que causou a mim e aos meus filhos. Não posso perdoá-la.

— Você está preso a uma regra matemática. É um professor muito severo para a sua vida e para a vida dos seus. O perdão não obedece a regras. Pergunte à sua alma o que deve ser feito. Esqueça a razão e as regras que seriam consideradas normais para esse caso. Abandone o drama e pergunte à sua alma o que fazer. Tenho certeza de que você encontrará a resposta certa. Vou me deitar e acho que você deveria fazer o mesmo. Uma noite de sono vai clarear suas ideias. Tome sua decisão apenas quando amanhecer. O dia sempre traz respostas. Até amanhã.

Luiz esperou Luciano sair e apanhou a garrafa de vinho. Recostou--se na poltrona e passou a noite relendo a carta e tentando entender o que Deus pretendia dele. Pegou no sono ali mesmo, deixando a garrafa vazia sobre a mesa e a taça tombada sobre a carta. Uma gota de vinho manchou o papel perolado, deixando um borrão vermelho na assinatura de Valéria.

***

O ônibus de Valéria chegou a São Sebastião pela manhã. Um frio na barriga fez com que ela pensasse em voltar atrás na decisão tomada. Abriu a janela do ônibus e olhou o movimento da pequena cidade: muita coisa havia mudado naqueles dez anos de ausência. As construções estavam modernizadas, muitas casas e alguns pequenos edifícios cresceram onde antes só havia mato. Surpresa, viu uma placa que informava a existência de um shopping na cidade. Deixou todos os passageiros descerem e percorreu lentamente o corredor do ônibus até alcançar a porta de saída. Os degraus que a separavam da rua eram apenas três, porém, pareciam intermináveis. O motorista e um auxiliar, impacientes, esperavam-na com as malas já posicionadas na calçada. Valéria apanhou a bagagem e olhou em derredor. Sabino já estava a postos numa lanchonete, pronto para oferecer seus serviços para quem precisasse, e aproximou-se de Valéria.

— A senhora quer ajuda?

Valéria sorriu para o menino com extrema gratidão. Sentia-se uma estranha em um ninho que já fora seu.

— Quero sim, menino. Qual é seu nome?

— Sabino, dona. Meu nome é Sabino.

— Então, Sabino, me responda uma coisa. Onde posso encontrar um pequeno hotel por aqui?

Sabino ajeitou o boné colocando-o com a aba para trás e assumindo um jeito moleque.

— Ali, dona! Tem um hotel muito bom logo ali. Eu levo suas malas, pode deixar.

Valéria relutou. Sabino era franzino demais para carregar tamanho peso.

— Não, menino! Vou arrumar alguém com mais força para carregar as malas. Diga-me só onde é o hotel.

Sabino soltou um risinho e deu meia-volta. Em instantes, estava à frente de Valéria com um carrinho de bagagem.

— Este carrinho é da rodoviária, mas o pessoal da administração me deixa usar. Sabem que preciso dos meus trocados para viver. A senhora entende, né?

— Você é bem esperto, Sabino. Vamos, me leve para o hotel. Estou precisando descansar, e você está precisando dos seus trocados. Vamos até lá.

Sabino percorreu as ruas empurrando o carrinho com facilidade. Valéria tentava acompanhá-lo sem sucesso. Os pés estavam inchados pelas horas que ficou sentada durante a viagem, e a sapatilha que estava usando roçava no calcanhar, causando incômodo e dor. O menino subiu os três lances de escada do hotel e deixou as malas de Valéria encostadas em um balcão. A recepcionista piscou para o menino com encantamento.

— Já está defendendo o seu tão cedo, não é, Sabino?

O menino estendeu uma das mãos para a recepcionista e a outra para Valéria. As duas riram e entregaram a ele a recompensa pelo trabalho realizado. Ele retirou o boné e colocou-o na altura do peito, num gesto de agradecimento e mesura.

— Obrigado! Já posso até ir para casa. Não chegará nenhum outro ônibus a São Sebastião hoje e o que tinha para sair, já saiu. Vou descansar.

Valéria viu o menino que descia saltitante as escadas e ficou imaginando como estaria seu filho Arthur. Preencheu a ficha que a recepcionista lhe entregou e apanhou as chaves do quarto. Passaria ali alguns dias, até que tivesse certeza da chegada da carta. Enquanto isso, descansaria dos dez anos mais desgastantes de sua vida.

Um grande espelho em frente à porta do quarto fez com que Valéria se examinasse da cabeça aos pés. Estava envelhecida, com a pele marcada por algumas rugas, o cabelo embranquecido. Apesar do sofrimento, ainda era uma mulher bela e conservava um corpo firme e torneado. "Acho que essa aparência descuidada pode me ajudar um pouco a conquistar o perdão de minha família. Infelizmente, as pessoas só perdoam os derrotados."

Deixou-se cair na cama e, com dificuldade, retirou as sapatilhas. Os pés estavam em carne viva. Abriu uma das malas e apanhou um conjunto de calça comprida e blusa, de malha cinza, tomou banho e se vestiu. Abriu a carteira para contar as poucas notas que possuía. Não poderia ficar sem uma resposta por muitos dias ou não teria como sobreviver em São Sebastião. Rezou para que o ex-marido a perdoasse. Estava arrependida, porém, não tinha certeza de que esse arrependimento fosse verdadeiro. No fundo, temia que o desastre em que sua vida se transformara fosse o real motivo de sua volta. Sentia saudades do amor nutrido por Luiz na mesma proporção em que sentia saudades de tudo o que não havia conseguido viver. Adormeceu.

***

Luiz passou grande parte do dia taciturno. Dirce observava-o de forma interrogativa, buscando respostas nos gestos do patrão. Durante o almoço, Arthur dirigiu ao pai um olhar de extrema compaixão.

— Pai, sonhei com mamãe na noite passada. Acho que ela e o senhor precisam de ajuda. Acho que eu também vou precisar de muita ajuda.

Luiz estranhou a maneira com a qual Arthur havia se dirigido a ele e olhou para Dirce e Luciano.

— Espero que nenhum dos dois tenha falado demais!

Luciano respondeu com firmeza.

— E nós esperamos que você tenha plena consciência do que está falando. Não sou criança, e Dirce também não é.

Arthur soltou uma risada, e Luana engasgou-se com o café.

— O que está havendo, papai? Aconteceu alguma coisa, Luciano?

Luiz manteve-se em silêncio, enquanto Luciano completava:

— Quem tem o direito de tocar nesse assunto é seu pai, Luana. Nada posso falar. Se é que tenho algo a falar.

Luana insistiu:

— Mas é claro que aconteceu alguma coisa. Está estampado na cara de vocês. O que foi? É algo grave?

Arthur começou a rir sem parar. Luana interferiu, apontando para o irmão.

— Vejam só: Arthur está ficando nervoso com essa situação. Até ele já sentiu que há algo estranho no ar.

O menino parou de rir imediatamente.

— Não há nada de estranho não, irmãzinha! Mamãe está voltando para casa. Sonhei com isso durante a noite. Papai está com medo. E, se eu fosse ele, sentiria medo mesmo. Sei bem quem fez ela sair e quem está fazendo ela voltar.

Luciano não se mostrou surpreso com a atitude de Arthur. Notou que o menino era médium. Sabia ser possível esse desdobramento e a consciência prévia do que estava acontecendo ao seu redor. Havia a possibilidade também de ele ter sido comunicado por algum dos espíritos que o atormentavam, dado o tom ameaçador de seu aviso.

— Isso é verdade, pai? Arthur está certo em sua intuição?

Luiz olhou para Luciano e Dirce. Os dois sinalizaram para que ele falasse a verdade.

O patriarca bebeu um pouco de café e começou a falar.

— Acho que todos devem participar desta decisão. Inclusive você, Arthur. Quando a mãe de vocês saiu de casa, todos nós sofremos muito. Você, Luana, teve que assumir o papel de mãe de seu irmão, e você, Arthur, embora fosse muito pequeno, sofreu também.

Arthur começou a bater na xícara de café com a colher.

— Eu não sofri nada. Não sofri porque ela foi embora. Sofri porque você sofreu todos os dias. Desde aquele dia até hoje, você sofre. Vai sofrer mais ainda. Sei disso.

Luciano segurou as mãos de Arthur: estavam geladas como sempre ficavam ante a aproximação de energias de outros espíritos. Resolveu que era a hora de tirar o menino de cena.

— Vamos passear pelo jardim, Arthur. Ainda não conheço muito bem essa casa tão grande. Depois você pode desenhar se quiser. Que tal?

Arthur não hesitou em se levantar e se afastar com Luciano.

— Hoje, não precisarei desenhar. Essa história já foi desenhada.

Luciano e Arthur se retiraram da sala de refeições e saíram em direção à alameda que cercava a mansão. Dirce deixou Luana sozinha com o pai.

— Mamãe quer voltar, é isso? Arthur está certo na intuição que teve, pai? Fale logo, por favor, e sem rodeios.

— Sim, Luana. Recebi ontem uma carta de Valéria — disse Luiz, estendendo a missiva à filha.

Luana lia a carta e, ao mesmo tempo, rememorava o dia em que a mãe desceu as escadas anunciando que iria em busca de seus sonhos. Lágrimas sentidas escorriam pelo rosto da jovem. Luiz perguntou à filha se ela seria capaz de perdoá-la, e ela respondeu que sim.

64

— Pai, perdoar não significa esquecer. A lição foi dura demais para mim e para meu irmão. Não sei se foi para o senhor na mesma proporção que foi para nós, os filhos. Perder a mãe sabendo que ela está viva é penoso demais. Eu era uma criança e Arthur, um bebê. Ele cresceu sem saber o que é ser acalentado por alguém que o amasse acima de tudo e de todos. Um amor que só uma mãe pode expressar. Não vou esquecer tudo que senti. Mas já a perdoei há muitos anos. Aliás, quem sou eu para julgar a pessoa que me permitiu viver esta experiência na carne? Quem é o senhor para julgar a pessoa que lhe deu dois filhos, que o amou verdadeiramente por um determinado período e que, hoje, abatida pela guerra que é a vida, tenta reescrever sua história?

— Você acha, então, que devo perdoar sua mãe? Mesmo com todos esses anos de afastamento?

— Perdoe e se conceda também o perdão. Liberte-se.

— Mas devo recebê-la nesta casa?

— O senhor está se esquecendo de que esta casa também é dela? A escritura nunca foi modificada, mesmo após o abandono de lar. A casa também pertence a ela, pai.

Dizendo isso, Luana levantou-se da cadeira e foi ao encontro de Luciano e Arthur. Os dois estavam sentados na grama e conversavam amigavelmente. Deixaria o pai tomar a decisão que só a ele caberia.

CAPÍTULO 9

Sérgio estava arrumando algumas peças de roupa no armário. Chovia torrencialmente, e ele resolveu aproveitar a manhã de sábado para separar mantas mais quentes. Fazia frio em São Sebastião. Fabrício ainda dormia no quarto, e Sérgio evitou fazer muito barulho. Organizou tudo o que queria e separou duas mantas para entregar a Fabrício. Olhou o relógio e viu que já passava das dez horas. Se deixasse, Fabrício dormiria durante todo o dia, então, resolveu acordá-lo.

Abriu lentamente a porta do quarto do rapaz e sentou-se à beira da cama. Permaneceu alguns segundos admirando o amigo. Fabrício se remexeu na cama e esbarrou no braço de Sérgio. Abriu os olhos lentamente e sorriu, apoiando as duas mãos na cabeceira da cama para puxar o corpo para cima.

— O que é que você está fazendo aqui tão cedo, Sérgio? Está vigiando meu sono?

Sérgio levantou-se de imediato. Não queria que Fabrício pensasse que ele estava tentando outra aproximação.

— Nada disso, Fabrício. Já passa das dez horas, e se eu deixar, você ficará o dia na cama. Vim trazer também estas duas mantas. Está muito frio. A temperatura caiu muito.

Fabrício soltou uma sonora gargalhada.

— Por que você arruma tantas desculpas? Você está aqui porque está e pronto. Para quê tanta formalidade?

— Não quero que você pense que eu...

Fabrício não o deixou terminar.

— Eu não penso nada, Sérgio. Ainda mais a essa hora da manhã.

Num salto, levantou-se da cama deixando a coberta cair no chão. Fabrício fez questão de exibir de forma provocante o corpo para Sérgio.

— Vou tomar um banho. Se eu não fizer isso, não acordo. Maldita herança indígena essa: os caras tinham mania de banho e deixaram esse rastro em nosso DNA. Mesmo com frio, somos obrigados a prestar esse culto à água.

Sérgio riu e sentiu-se mais descontraído.

— Vá tomar seu banho e depois venha tomar café. A mesa está posta.

Fabrício gritou do banheiro:

— Espere aí mesmo! Não saia daí!

— Está bem. Espero você!

Sérgio arrumou a cama de Fabrício e deixou as duas mantas enroladas na cabeceira. Esticava o lençol quando Fabrício entrou enrolado em uma toalha.

— Você não sente frio, Fabrício?

— Quase nunca. Ao menos, nessas circunstâncias. Nessas situações, realmente, nunca sinto frio.

Sérgio tentou desviar-se do olhar de Fabrício.

— De que situações você está falando?

Fabrício sorriu maliciosamente para o amigo, mas não respondeu. Estava tomado por um desejo irresistível de transformar Sérgio em amante. Nunca tivera uma relação homossexual. Sérgio fora o primeiro, e durante toda a vida sentira-se desconfortável com as mulheres. Saía com muitas e tinha múltiplas relações na tentativa de se livrar do desconforto. Sentia prazer com as namoradas que arrumava, mas a sensação de vazio sempre acompanhava esse prazer.

— Você já tomou café, Sérgio?

— Apenas um gole. Também não acordei muito cedo. Esperei por você.

— Então vamos lá. Estou faminto.

— Você vive faminto, Fabrício! Cadê a novidade nisso aí?

Os dois riram e, na cozinha, sentaram-se para o desjejum. Fabrício reclamou do frio e Sérgio perguntou irônico:

— Ué, você disse que não sente frio nessas situações?

— Só que nesse momento apenas o café está me aquecendo.

Sérgio levantou-se para verificar se o basculante da cozinha estava devidamente fechado, e Fabrício colocou as mãos por dentro do moletom

67

do rapaz, acariciando-lhe as costas com as mãos geladas. Sérgio voltou-se bruscamente para ele dizendo:

— Me respeite, Fabrício. Não mexa com o que você talvez não consiga conduzir.

Fabrício puxou Sérgio pela camisa e percorreu a mão pelo abdome do rapaz, contornando-lhe os mamilos com os dedos.

— É falta de respeito sentir prazer e dar prazer, Sérgio? Será mesmo que não conseguirei conduzir essa situação?

Sérgio desarmou-se. Naquele momento, teve certeza de que o desejo era mútuo. Abraçados, foram para o quarto de Fabrício e ali se deixaram ficar por algumas horas. Cada detalhe do corpo dos dois foi minuciosamente percorrido e explorado. Todas as possibilidades de prazer foram testadas. Explodiam a juventude e o conhecimento do puro prazer sexual. Adormeceram para repor as energias. Na tela do computador de Fabrício apareceu uma mensagem de Gustavo avisando que chegaria para o almoço. As cortinas afastadas da janela deixavam a claridade da manhã invadir o quarto e iluminar aqueles corpos esculturais. A beleza masculina residia nos dois.

***

Gustavo assobiou mais de uma vez ao portão da casa dos amigos. "Eles devem estar nos fundos da casa ou dormindo ainda. Vou assustá-los", pensou.

O rapaz colocou as mãos sobre o muro e, num salto, estava na área externa da residência. Deu a volta pelo lado direito até chegar aos fundos e verificou que a porta estava trancada. Resolveu contornar a casa pelo lado direito, onde ficavam as janelas dos quartos. Passou pelo cômodo de Sérgio, a janela estava trancada e as cortinas cerradas. Seguiu pelo corredor e notou que a janela do quarto de Fabrício estava aberta. "Vou assustar esse machão!", sussurrou para si.

Pé ante pé, posicionou-se à frente da janela. As cortinas escancaradas ofereceram-lhe uma visão que lhe causou um grande choque: os dois amigos com os corpos entrelaçados e desnudos. Gustavo afastou-se da janela. Julgou, a princípio, ter confundido a cena. Talvez algum problema no quarto de Sérgio o tivesse levado a dormir com Fabrício. Já havia observado alguns traços sutis de homossexualidade em Sérgio, mas Fabrício não aparentava ter interesse por outros homens.

Os dois se mexeram na cama e voltaram a tocar seus corpos. Sérgio puxou inconscientemente uma manta que estava aos pés da cama, cobriu-se e cobriu Fabrício. Gustavo saiu da mesma maneira que entrou: pulando o muro. Uma vizinha gritou por ele dizendo:

— Os dois não saíram! Estão em casa. Ouvi barulho logo cedo.

O rapaz ignorou a informação e a vizinha. Seguiu a passos lentos para casa. Não desejava constranger os amigos. A vida era deles. A ele, portanto, não cabia nenhum julgamento pela opção dos dois. Iria respeitá-los e apoiá-los, se preciso fosse.

***

Sérgio abriu os olhos e cutucou o companheiro.

— Por que você está fazendo isso, Fabrício? Você vive rodeado de mulheres...

Fabrício esfregou os olhos e se espreguiçou.

— O que foi, Sérgio? Não entendo você! Qual é o problema?

— Você já teve outra experiência desse tipo?

— Não. Nunca tive. Sempre fui contra esse tipo de coisa. Nunca, na verdade, entendi essa preferência de alguns homens e algumas mulheres. Tive uma namorada no auge de minha adolescência, que terminou comigo e, logo após, iniciou um relacionamento com uma amiga. Ninguém entendeu nada. A menina era feminina, linda, e a outra, também. Nenhuma das duas parecia ser homossexual. Não davam pinta. Gostavam-se, eu acho. Ela também não parecia gostar muito do nosso contato. Aceitei a troca numa boa, até porque não sou a pessoa mais adequada para julgar ninguém. Passei a vida fazendo loucuras, mas nunca havia transado com um homem.

— E você gostou? — perguntou Sérgio timidamente.

— Só repito uma coisa quando gosto. Não espere de mim nada, além disso. Pode ser que não aconteça novamente. Agora vamos à vida. Vou tomar um banho — respondeu se enrolando na manta.

Sérgio viu Fabrício se levantar e fez o mesmo. Esbarrou na mesa do computador. O atrito fez com que a tela fosse ativada.

— Fabrício, há uma mensagem do Gustavo aqui no seu computador.

— Leia. Estava falando com ele ontem. Saí antes de terminar a conversa.

Sérgio leu a mensagem:

— Está avisando que vem almoçar conosco hoje. E pelo horário que marcou, já deve ter passado por aqui.

Fabrício não ouviu o que o amigo disse. Já estava no banho. Uma sensação de arrependimento e remorso tomou conta de seu coração, mas a lembrança dos momentos intensos vividos com Sérgio era mais forte. Não queria magoar o amigo, mas não queria e não podia levar aquilo adiante. Era homem.

Sérgio, envolto em um roupão, esperou Fabrício terminar o banho. Não queria provocar outro encontro ou fazer com que o amigo julgasse sua atitude como provocante e vulgar. No fundo, ficara pensativo em relação aos últimos acontecimentos. Uma culpa estranha, igualmente, invadiu a alma de Sérgio.

Sérgio foi para a cozinha preparar o almoço. Estava exausto, e se não fosse a chuva e o frio, convidaria Fabrício para almoçar fora. O amigo parou à porta da cozinha com o celular na mão.

— Vou ligar para o Gustavo. É falta de consideração não falar com ele.

Os dois ouviram uma voz esganiçada gritar no portão.

— Vou ver quem é.

Fabrício abriu a porta da sala e dirigiu-se ao portão. Pelo olho mágico, reconhecera a mulher baixinha, com o rosto avermelhado contrastando com a pele muito branca. Era dona Odília, a vizinha da frente. Ele abriu o portão com um cumprimento seco.

— Bom dia. Posso ajudar a senhora?

— Bom dia, meu filho. Você é um belo rapaz, viu?

Fabrício pensou cinicamente: "Só me falta essa agora. Ser cantado por uma velhinha!".

— Posso ajudar? — insistiu Fabrício.

— Não. Só vim dar um recado. Seu amigo bonitão esteve aqui pela manhã. Entrou pulando o muro e ficou rondando aí dentro por um tempo. Depois pulou o muro de volta para a rua e saiu andando com um olhar meio perdido, coitado. Acho que ele ficou triste porque vocês não o atenderam...

Fabrício interrompeu o discurso da vizinha bruscamente.

— Obrigado, dona Odília. — disse fechando a porta imediatamente.

Entrou em casa e foi direto ao seu quarto: as cortinas estavam abertas. Ele sempre fumava com as janelas abertas, por isso, esquecia-se de cerrar as cortinas. O coração ficou descompassado. Tinha certeza de que Gustavo vira alguma coisa, senão ficaria a espera deles na varanda como

70

fizera outras vezes. Encaminhou-se para a cozinha, e Sérgio percebeu sua palidez.

— O que aconteceu, Fabrício? Você está pálido!

— Gustavo esteve aqui. A fofoqueira da dona Odília veio avisar que ele pulou o muro e ficou um tempo aqui dentro. Depois, saiu do mesmo jeito que entrou e foi embora meio cabisbaixo.

Sérgio colocou a tampa em uma panela e enxugou as mãos em um pano de prato.

— As janelas estavam fechadas por causa do frio, Fabrício. Ele não viu nada.

Fabrício replicou:

— As janelas estavam fechadas, mas as cortinas estavam abertas.

Os dois se entreolharam e permaneceram em silêncio.

— Espero que ele não tenha visto nada, Sérgio.

— Ligue para ele, Fabrício. Só assim saberemos o que aconteceu.

— E se ele viu alguma coisa? E se além disso, ele ainda sair por aí espalhando essa história? Estaremos arruinados.

— Vou ligar para Gustavo. Chamá-lo até aqui. Só assim teremos certeza. Não gosto de conviver com dúvidas.

Sérgio apanhou o celular e selecionou o número de Gustavo. Ele atendeu de pronto.

— Boa tarde, Sérgio. Tudo bem?

— Olá, Gustavo. Estamos esperando você para o almoço. À tarde, podemos tomar um vinho. Se quiser, traga Mila com você.

Gustavo ficou em silêncio por alguns segundos. Estava constrangido com o que descobrira. Mas não teria coragem de deixar os amigos por nada.

— Daqui a pouco estarei aí. Pensei que tivessem esquecido o convite.

Sérgio desligou o telefone e suspirou aliviado.

— Fabrício, ele certamente nada viu. Agiu normalmente e daqui a pouco estará aqui para almoçar.

Os dois ficaram conversando até que ouviram o assobio costumeiro de Gustavo. Fabrício abriu o portão e saudou o amigo com um aperto de mão. Gustavo, Sérgio e Fabrício almoçaram e passaram a tarde juntos numa conversa amigável. Quando se retirou, a noite já havia tomado conta de São Sebastião.

— Marquei um encontro com Mila. Está na minha hora. Preciso ir.

Despediu-se dos amigos aliviado. Nada modificaria a amizade deles. No momento oportuno, conversaria com os dois. Não falaria com mais ninguém.

CAPÍTULO 10

Luana estacionou o carro estrategicamente em frente ao hotel. Pelo conteúdo da carta enviada por Valéria, ela já deveria estar na cidade. Saltou do carro, decidida a acabar com a agonia da espera. Na recepção, perguntou se havia alguma hóspede nova. Uma jovem sonolenta estranhou a pergunta de Luana.

— Está esperando a chegada de alguma amiga, dona Luana?

Luana impacientou-se:

— Há ou não algum hóspede novo no hotel?

— Há sim. Chegou ontem. Sabino a trouxe até aqui.

— Você pode chamá-la? Preciso tirar uma dúvida.

— Vou chamar a dona Valéria.

Luana gelou. A mãe realmente havia tomado a decisão que anunciou na carta. Uma mistura de sentimentos fez o coração da jovem disparar. Em segundos, recordou a cena da mãe descendo a escada com as malas, a despedida fria, o pequeno Arthur em seu colo, o olhar de solidão e sofrimento do pai. Viu quando Valéria apontou no corredor. A memória sentimental de Luana reconheceu a silhueta envelhecida da mãe. A recepcionista dirigiu-se a Luana de forma interrogativa:

— É esta a sua amiga?

Luana respondeu que sim balançando a cabeça. Em seguida, segurou a mão de Valéria e anunciou para evitar expor-se ao olhar curioso da funcionária do hotel:

— Vamos descer. Precisamos conversar.

Valéria acompanhou a filha mantendo o rosto voltado para o chão. Envergonhava-se da situação em que se apresentava diante da moça.

Luana abriu a porta do carro e pediu que a mãe entrasse.

— Vamos para um lugar onde possamos conversar longe das vistas e dos ouvidos do povo.

Valéria entrou no veículo, e as duas seguiram até o mirante da cidade em silêncio. Luana estacionou o carro e, antes de saltar, certificou-se de que não havia ninguém nas imediações. Destravou as portas do carro e saiu, encaminhando-se em silêncio até o mirante. Valéria seguiu a filha. Foi Luana quem quebrou o silêncio estabelecido pelos anos de afastamento.

— Mãe, por que você voltou? Está em dificuldades financeiras? Quer apenas recuperar o que é seu por direito? É isso?

Valéria começou a chorar de forma descontrolada. Sem conseguir dar as respostas para Luana, apenas balbuciou:

— Como você está linda, minha filha... Está uma moça, minha filha...

— O tempo passa e nos transforma, mãe. O tempo nunca cessa e nos torna reflexos de nossas atitudes.

Valéria estancou o choro. Luana estava certa.

— Me perdoe. Preciso do perdão de minha família. Por Deus, me perdoe.

Luana mantinha os olhos voltados para a generosidade da natureza.

— Diante disso tudo, quem sou eu para julgar qualquer atitude de alguém? Quem sou eu para deter o poder de perdoar ou não as suas atitudes, mãe? Não esqueci e talvez não esqueça nunca os primeiros momentos de nossa separação. Mas isso não me fere mais. Toquei minha vida, cresci e busco o crescimento todos os dias. Só quero a sua sinceridade: você veio em busca de sua família ou de seus bens?

Valéria segurou o pequeno crucifixo que pendia em um cordão de ouro, a única joia que escapara do penhor, e respondeu emocionada à pergunta da filha.

— Vim recuperar minha família. Tentar reparar meus erros. Reconstruir minha vida.

Luana tomou as mãos de Valéria entre as suas e olhou-a fixamente:

— Não posso responder por meu pai. Ele tem as próprias opiniões. Cada um sofre e retém o sofrimento de um jeito, mãe. Mas respondo por mim. Vamos até o hotel fechar sua conta e seguiremos direto para a casa que ainda lhe pertence. Lá nossos fantasmas serão devidamente exorcizados.

74

Valéria abraçou a filha com emoção. Surpresa, constatou que Luiz havia dado uma educação impecável a ela. Lembrou-se do pequenino Arthur.

— E Arthur? Como está Arthur?

— Mãe, o seu contato com ele vai responder a essa pergunta. Um passo de cada vez.

No hotel, Valéria recolheu rapidamente seus pertences e retornou à recepção, onde Luana a aguardava.

— Vamos? — perguntou Luana dirigindo-se Valéria.

Valéria abriu a bolsa a tiracolo e puxou algumas notas da carteira para pagar a estadia. Luana intercedeu.

— Já fechei sua conta e paguei as despesas. Agora vamos embora.

No caminho, Valéria tentava em vão saber detalhes do comportamento do filho e do ex-marido. Luana insistia que ela precisaria viver essas experiências aos poucos e no momento certo. Quase perto da mansão, Luana parou o carro e apanhou o celular. Valéria perguntou um pouco temerosa.

— Vai ligar para seu pai?

— Não. Vou ligar para uma pessoa que pode ajudar nesta situação — respondeu enquanto aguardava a ligação ser completada.

— Luciano, é Luana. Precisarei de sua ajuda hoje e acho que pelos próximos dias também. Arthur está tranquilo?

No jardim, olhando Arthur desenhar na terra molhada, o professor respondeu:

— Acho que sim. De que forma poderei ajudar você?

Luana explicou o que fizera, e Luciano declarou-se pronto para o auxílio.

— Farei o que for preciso, tenha certeza. Você já está chegando?

— Em no máximo vinte minutos. Fale com meu pai, por favor — Luana finalizou a conversa e desligou o telefone.

— Você se casou, Luana? — Valéria perguntou incrédula.

Luana riu.

— Não. Não me casei. Luciano é um amigo que também faz parte de forma indireta dessa história. Vai conhecê-lo.

Arthur olhou para o portão de entrada da mansão, levantou-se, limpou na blusa as mãos sujas de terra e voltou-se para Luciano:

— Quero voltar para o meu quarto, professor. Quero ficar lá. Estou com sono.

Luciano preferiu não contrariar Arthur. Seria providencial que o menino dormisse naquele momento. Entrou e levou Arthur para o quarto. O menino jogou-se na cama e chorou de forma contida. Em poucos minutos, adormeceu. Luciano escancarou as janelas, deixou a porta do quarto entreaberta e desceu as escadas à procura de Luiz. Dirce estava na sala espanando alguns móveis, e Luciano dirigiu-se a ela:

— Dirce, onde está Luiz?

— No escritório, professor. Está muito abatido com aquela carta. Converse com ele. Doutor Luiz o ouve com respeito.

Luciano abriu a porta do escritório e se deparou com o olhar vago do dono da casa.

— Luiz, preciso falar com você. É hora de encarar a verdade e a vida. Luana está chegando com Valéria.

O senhor levantou-se num repente e socou a mesa com fúria.

— Luana não poderia fazer isso sem me consultar!

— Luiz, Luana é parte atuante desse problema. É filha de Valéria e sofreu bastante com a separação. Tentarei manter Arthur no quarto. Meu receio e minha preocupação dizem respeito apenas ao menino.

Luciano tomou a direção da porta, falando para Luiz:

— Converse, esbraveje, exorcize todos os seus fantasmas hoje. Estarei no quarto de Arthur e espero que ele não seja envolvido por sua raiva e mágoa.

Luciano saiu do escritório, e Luiz ouviu o barulho do carro de Luana entrando na mansão. Sentiu-se gelado e tonto. Ainda amava Valéria, porém, não sabia de que forma reagir ao abandono do passado.

Luana entrou com Valéria e pediu que ela aguardasse na sala. A mulher observava cada detalhe da casa que um dia abandonara. Surpresa, percebeu que tudo havia sido mantido da mesma forma de antes: móveis, tapetes, quadros e retratos permaneciam no mesmo lugar. Sentiu-se como parte integrante da casa e da família.

Dirce estava na cozinha organizando a despensa quando percebeu a presença de Luana com os olhos assustados.

— O que foi, menina?

— Trouxe minha mãe comigo, Dirce. Preciso que você me ajude com meu pai e meu irmão. Onde estão eles?

— Arthur está dormindo e o professor Luciano está com ele. Seu pai está no escritório.

— Prepare uma bandeja com café e água e leve para lá. Acho que a conversa entre os dois será longa. É necessário que eles se sintam à vontade para conversar. Muita coisa precisa ser decidida hoje nesta casa.

76

Dirce atendeu ao pedido de Luana e entrou no escritório depositando a bandeja com café e água num aparador. Luiz voltou-se para ela com a voz firme.

— Quem mandou você trazer isto para cá, Dirce? Não teremos uma reunião amistosa.

Dirce retirou-se sem falar absolutamente nada. Na sala, olhou com piedade para Valéria. Ela estava descuidada, envelhecida e em nada se parecia com a mulher de outrora.

Luana chamou pela mãe e apontou para a porta do escritório.

— Vá até lá. Ele já sabe de sua chegada. Ficarei por aqui.

Valéria levantou-se e esticou a blusa amarrotada. Luana tornou a falar:

— Por favor, use de sinceridade. Não é só a sua vida que está em jogo.

Valéria parou em frente à porta do escritório, respirou fundo e entrou. Luiz estava de costas, olhando pela janela o jardim: mantivera o cultivo das rosas e orquídeas para homenagear a ex-esposa. Sentiu a presença de Valéria e, mantendo-se na mesma posição, pediu que ela se acomodasse.

— Sente-se, Valéria. Dirce deixou café e água no aparador. Sirva-se.

— Luiz, precisamos conversar. Me perdoe. Por Deus, me perdoe.

Luiz virou-se ante o apelo choroso. Ao se deparar com a mulher que tanto sofrimento havia lhe causado, levou um choque.

— O que aconteceu com você?

Valéria percebeu o impacto causado por sua aparência descuidada. Tentava em vão ajeitar o cabelo desgrenhado. Ante o olhar surpreso e piedoso de Luiz, começou a buscar justificativas entrecortadas pelo choro.

— Luiz, eu era muito jovem e tinha tantos sonhos... Queria ser atriz, seguir minha carreira e ficar famosa...

— Eu também tinha sonhos, Valéria. Eu e meus filhos também tínhamos sonhos, e você acabou com cada um deles. Luana assumiu seu papel de forma generosa. Foi mãe de Arthur. Nosso filho foi rejeitado desde o início da gravidez e ainda hoje se sente excluído. Seus sonhos trouxeram infelicidade para mim e para meus filhos. Pelo que estou vendo, trouxeram a infelicidade também para sua vida. O que você quer de mim? A sua parte da casa e de todos os bens que o meu trabalho conquistou? Se é isso, não se preocupe. Amanhã mesmo chamarei meu advogado para realizar a partilha de nossos bens. Uma conta bancária recheada pode tornar sua brincadeira de atriz mais fácil...

Valéria secou as lágrimas com as mãos.

— Eu não quero seu dinheiro. Quero seu perdão. Quero reescrever a minha história. Não vim atrás de dinheiro... Me perdoe.

Luiz desarmou-se. A mulher que estava à frente dele não se parecia em nada com aquela que desceu as escadas da mansão para dilacerar a família.

— Não posso esquecer o mal que você nos causou. Não posso esquecer o choro de Arthur, o silêncio de Luana e as noites em claro nas quais esperei seu retorno ou um contato. Você sumiu sem deixar nenhum rastro. Em nenhum momento, durante todos esses anos, quis saber notícias de nossos filhos. Não há como esquecer tudo isso. Não posso confiar em você novamente.

Valéria mantinha-se em silêncio. Cada acusação de Luiz atuava como uma punhalada no coração da mulher. Todas as coisas que ele dizia eram verdadeiras. Ela havia sido irresponsável e insensível.

— Você tem razão, Luiz. Toda a razão do mundo. Fui egoísta. Não pensei nas crianças. Não pensei em você. Errei. Estou aqui de peito aberto. Minha vida foi devastada por meu desatino. Também sofri. Estou de volta e preciso de seu perdão. Mas é um direito seu me escorraçar daqui.

Luiz aproximou-se de Valéria e ficou em silêncio. Amava-a ainda e com a mesma intensidade. Num gesto impulsivo, acariciou o rosto marcado pelas rugas. Valéria emocionou-se.

— Me perdoa. Por favor, me deixe provar que ainda sou capaz de reconquistar sua confiança e seu amor. Me perdoe...

Luiz deixou-se cair na poltrona de forma pesada. Não sabia o que fazer ou como agir. Lembrou-se de todas as vezes que pediu a Deus o retorno da mulher amada. Naquele momento, teve a certeza de que suas preces haviam sido ouvidas. Em silêncio, permitiu-se, após muitos anos, que as lágrimas lavassem todas as mágoas e todos os ressentimentos. Com as mãos segurando a cabeça, chorou como uma criança.

— Ainda amo você, Valéria, mas não sei se posso perdoá-la.

Valéria insistiu.

— Me dê essa chance. Vou provar a você meu arrependimento. Todos erram, Luiz. Todos, em algum momento da vida, erram.

Luiz levantou-se e segurou Valéria com força pelo braço. Sentia vontade de beijá-la e, ao mesmo tempo, de agredi-la em nome do orgulho ferido. Sentiu a respiração ofegante da mulher e não resistiu à aproximação. Beijou-a, primeiro com raiva, em seguida, apaixonadamente. Valéria chorou arrependida pelo mal que havia causado à família e a si própria.

Os dois entregaram-se à contemplação mútua durante algum tempo. Os olhos de Valéria e Luiz buscavam o tempo esquecido no passado.

***

Arthur acordou sobressaltado e gritou de forma estridente. Luciano tentava acalmá-lo. Sabia da presença de Valéria na casa e temia pela reação do menino.

— O que houve, Arthur? Algum sonho ruim?

O menino se debatia e gritava.

Valéria, ainda no escritório, se sobressaltou.

— Quem está gritando assim, Luiz? — perguntou horrorizada.

— Nosso filho.

Os dois saíram do recinto e encontraram Luana apreensiva.

— É melhor vocês ficarem aqui. Se for preciso, Luciano nos chamará.

Valéria implorou para ver o filho.

— Quero ver Arthur. Quero ver meu filho!

— Mãe, eu cresci compreendendo a vida, mas meu irmão cresceu e ainda não conseguimos compreendê-lo. É melhor que esse encontro seja adiado. Vamos deixar o professor Luciano conduzir a situação. Não vou permitir que o progresso que ele conseguiu com meu irmão se perca.

Valéria e Luiz sentaram-se próximos a Luana. Os gritos de Arthur foram diminuindo até cessarem por completo. Valéria ainda interrogou Luiz e Luana sobre o filho, mas Luana foi taxativa:

— Mãe, espere o tempo certo. Não atropele a ordem natural dos acontecimentos, por favor.

No quarto, Luciano apanhou o envelope com os desenhos, a caixa de lápis e ofereceu a Arthur.

— Você quer desenhar?

O menino estava encolhido e acuado.

— Não. Não quero desenhar o que estão me mandando.

— Há mais pessoas aqui conosco, Arthur?

— Eles não estão aqui. Estão dentro da minha cabeça.

— E o que eles querem?

— Não posso dizer! Não posso!

Luciano ficou em silêncio. Havia percebido ser a melhor maneira de fazer o pequeno aluno falar.

— O senhor vai acreditar em mim, professor?

79

Luciano sorriu.

— Sempre acredito em você.

— Eles têm um chefe que me odeia. Esse chefe também odeia minha mãe e meu pai. Mas eu sou o culpado.

— Por que motivo você seria culpado por alguém sentir ódio de você? Você é um menino ainda. Ninguém odeia um menino.

— Eles estão certos. Eles estão certos. — Arthur repetia sem parar.

Luciano decidiu levar Arthur para o próprio quarto. Reconhecia nele uma inteligência acima da média e queria testar as atitudes do menino diante de jogos que solicitassem a habilidade de combate.

— Venha comigo, Arthur. Quero lhe ensinar a jogar xadrez. Acho que você vai gostar.

— Xadrez? Que jogo é esse?

— Um jogo entre dois exércitos. Cada jogador tem um rei, uma rainha e seus auxiliares. Quem consegue derrubar o rei primeiro, ganha o jogo.

Arthur interessou-se.

— Acho que vou derrubar o seu rei primeiro, professor.

Os dois foram para o quarto de Luciano, e ele começou a apresentar as peças e como podiam ser movimentadas. Arthur, como previu Luciano, logo se apoderou daquele conhecimento. Parecia dominar como ninguém as estratégias para vencer uma guerra.

Com o silêncio de Arthur, Luana chamou Dirce e pediu que ela arrumasse um dos quartos de hóspedes para Valéria. Dirce subiu com a bagagem e voltou em seguida, dizendo que tudo já estava em ordem. Luana sugeriu que a mãe subisse para se recompor das emoções. Precisava perguntar ao pai que decisão ele havia tomado. Valéria subiu acompanhada por Dirce. No corredor de acesso aos quartos, ouviu as risadas de Arthur e Luciano e sentiu o coração oprimido pelo arrependimento. Entrou no quarto e respirou profundamente. "Finalmente, uma vida digna de novo!" — sussurrou.

Luiz narrou a Luana a conversa com Valéria e mostrou-se disposto a mantê-la na mansão.

— O senhor a perdoou, pai?

— Não sei ainda o que significa perdoar neste caso, minha filha. Deixarei Valéria ficar por aqui. Será bem tratada. Acho que a vida já a castigou demais. Não serei o carrasco de sua mãe, tenha certeza disso.

— Essa sua atitude é surpreendente.

80

— Luana, sou mais escravizado pela mágoa do que gostaria. Acho que nunca vou conseguir esquecer a dor, as lágrimas. Mas quero muito me livrar desse sentimento tão contraditório.

— Vou subir, pai. Quero resolver com Luciano o que vamos dizer para Arthur.

Luana ouviu as risadas de Arthur no quarto de Luciano. Sentiu-se confortada pelo cuidado do professor com o irmão. Abriu vagarosamente a porta, pedindo licença para entrar. Luciano estava sentado na cama, sem os sapatos, de frente para Arthur. Entre eles, um tabuleiro de xadrez. Extasiou-se quando se deu conta de que o irmão movimentava as pedras no tabuleiro com destreza.

— É isso mesmo que estou vendo, professor? Você ensinou Arthur a jogar xadrez?

— É exatamente isso, Luana. Mas acho que o discípulo irá superar o mestre. Em menos de duas horas, ele já me colocou em situação de xeque-mate três vezes. Domina o jogo muito bem.

Luana afagou o rosto do irmão.

— Você gostou desse jogo, Arthur?

— Gostei — respondeu o menino após movimentar uma das torres.

— Vou comprar outros jogos para você.

— Não quero. Quero esse.

— Mas você irá gostar de outros também. Tenho certeza.

— Não. Gosto só desse.

Luciano interferiu curioso.

— Por que você não quer experimentar outros jogos?

— Porque só neste posso matar o rei e a rainha.

***

Luciano deixou Arthur jogando contra ele mesmo e chamou Luana para perto da janela. O menino mudava de lugar para efetuar cada jogada e, sempre que movimentava uma peça, balbuciava palavras de incentivo à guerra entre os dois exércitos de brinquedo. Luana sussurrou para Luciano:

— Ela já está no quarto. Não sei o que fazer.

— Na hora do jantar, descerei com Arthur. Vamos ver o que vai acontecer. Sei apenas que não será muito fácil. E seu pai?

— Ele a ama ainda. Isso tornará as coisas mais fáceis. Não irei ao curso hoje. Ficarei aqui para acompanhar mais de perto tudo isso.

***

Luiz andava de um lado para outro na sala de jantar. Já havia se servido de duas taças de vinho, e Dirce pediu calma ao patrão.

— Tenho liberdade para pedir que o senhor se acalme, doutor Luiz. Daqui a pouco, tudo se ajeita. Fique calmo.

— Tenho medo da reação de Arthur, Dirce. Ele vai rejeitar a presença de Valéria. Tenho certeza disso.

— Então, mantenha a calma. Seu nervosismo só irá piorar a situação.

Luana, Luciano e Arthur desceram as escadas e se encaminharam para a sala de jantar. Arthur olhou para o pai e sentenciou.

— Já aprendi a matar o rei. O rei morreu em minhas mãos muitas vezes hoje. Dei um jeito de isolar a rainha também.

Luana sentiu a agressividade e as segundas intenções nas palavras de Arthur.

— Aquilo era apenas um jogo, meu irmão.

— Aquilo era um treino de guerra, Luana — respondeu o menino com os olhos faiscando de ódio contra o pai.

Luciano colocou as mãos sobre os ombros do menino.

— O nome daquele jogo é xadrez, Arthur. E você não matou o rei. Você deixou o rei sem defesa, sem possibilidade de se movimentar. Entendeu?

Arthur sentou-se à mesa e riu.

— Entendi muito bem, professor. Vamos jantar logo? Estou com fome.

Luciano e Luana sentaram-se ladeando o menino. Arthur acomodou-se na cabeceira como habitualmente fazia.

— Ué! Tem mais gente pra jantar? Pra quem é aquele prato? — perguntou batendo com a colher no copo repetidamente.

Luciano julgou ser conveniente falar a verdade. Buscou com o olhar cumplicidade em Luana, e ela balançou a cabeça afirmativamente.

— Arthur, eu, Luana e seu pai precisamos contar uma coisa para você.

— Eu não quero ouvir! — respondeu o menino tapando os ouvidos com a ponta dos indicadores.

Valéria, no quarto, não suportou a espera. Queria ver o filho e julgava que ele a receberia com carinho e amor. Terminou de pentear os cabelos, ganhou as escadas num gesto decidido e dirigiu-se ao encontro da família a ser reconquistada. Luiz olhou-a, reprovando o gesto. Luciano levantou-se da cadeira e fez sinal para que Valéria se aproximasse. Arthur deixou os braços caírem por sobre a mesa, e Luana segurou a mão gelada do irmão. Luciano segurou o queixo do menino com suavidade e apontou para Valéria.

— Veja, Arthur! Esta é Valéria. Ficará aqui conosco. Que tal cumprimentá-la?

O jovem afastou a mão de Luciano com firmeza.

— Não vou falar com ela! Quero jantar!

Valéria aproximou-se do filho e afagou-lhe os cabelos.

— Como você cresceu, meu amor! Que saudade!

Arthur empurrou a mesa, fazendo com que algumas taças e alguns copos caíssem.

— Sai daqui! Sai daqui! Não quero você aqui! É melhor você ir embora!

Valéria insistiu na aproximação imprudente.

— Sabe quem eu sou, Arthur?

— Não quero saber! Não gosto de você! Sai daqui!

— Sou sua mãe!

Luciano procurou acalmar o menino.

— Arthur, esta é sua mãe. Você pode não se recordar dela porque ela precisou viajar, quando você ainda era um bebê. Ela agora está de volta e irá conviver com você. Agora vamos jantar? Também estou com fome. Sente-se em seu lugar, dona Valéria. Vamos jantar em paz.

O menino tranquilizou-se aparentemente, mas de seus olhos saíam faíscas de ódio direcionadas a Luiz e a Valéria. Em torno da mesa, vultos escuros estimulavam o descontrole de Arthur.

83

CAPÍTULO 11

Margarida lavava algumas panelas quando Gustavo entrou e abraçou-a com ternura.

— Bom dia, mãe. Como passou a noite?

Um suspiro foi a única resposta ouvida pelo rapaz. Margarida permaneceu à frente da pia, enxaguando a louça carregada de sabão.

— A senhora está aborrecida? — perguntou o rapaz apreensivo.

Ela colocou uma a uma as panelas no escorredor, secou as mãos numa toalha de prato e puxou uma cadeira para sentar-se.

— Sinto dores por todo o corpo. Não há um dia sequer que eu fique bem, meu filho.

— Tem tomado direitinho os seus remédios?

— Esses remédios não fazem efeito nenhum, Gustavo! Vou procurar outro médico. O doutor Américo não é mais atencioso como antes. Na última consulta disse que meus problemas de saúde são psicológicos. Queria que eu tomasse antidepressivos.

— A senhora não me contou isso e nem me deu a receita desses remédios.

— Não dei e nem vou dar! Onde já se viu? Ele pensa que estou mentindo?

Gustavo tentou ponderar, alegando que os medicamentos poderiam ter efeitos positivos para ela, mas não adiantou. Margarida insistiu que procuraria outro médico.

— Marque então uma consulta com outro profissional, mãe. Se for no meu horário de almoço, posso ir com a senhora.

— O problema é esse. Você nunca tem tempo suficiente para mim. Sempre fui uma mãe exemplar. Nunca deixei você sozinho. Todos os meus dias e minhas noites foram dedicados a você. E agora, o que eu ganho? A sua hora de almoço no banco.

Gustavo sentia-se culpado todas as vezes que a mãe reclamava de sua falta de atenção. Fazia o que podia para atendê-la, porém, sempre ouvia as lamentações da mãe com um aperto no coração.

— Mãe, vamos procurar outro médico e ver o que a senhora realmente tem. Fazer outros exames, investigar melhor isso tudo.

Margarida simulou secar uma lágrima com as costas da mão.

— Não gosto de incomodar você, meu filho. Mas sou muito doente e preciso de ajuda.

Gustavo apanhou a agenda do plano de saúde da mãe e assinalou dois telefones.

— Assim que eu chegar ao banco, marcarei uma consulta. A senhora vai ficar boa.

Levantou-se, apanhou o paletó e beijou Margarida na testa.

— Qualquer coisa, pode me ligar, mãe. Se sentir alguma coisa, o que for, me ligue, por favor.

Margarida acompanhou o filho até a porta.

— Pode deixar, Gustavo. Vá com Deus.

Margarida olhou o filho com imenso carinho e esperou que ele virasse a esquina até desaparecer ante os seus olhos. Entrou e sentou-se na sala. Ligou a televisão, contudo, manteve-se dispersa e alheia à programação. Lembrou-se do nascimento de Gustavo, das dificuldades financeiras enfrentadas por ela e pelo marido, que vivia desempregado. Contraiu o rosto tentando espantar as lembranças doídas do passado. Sentia o coração descompensar-se com essas lembranças. Tentava espantá-las de todas as formas. Negava-se a detalhar o próprio passado para o filho. A morte inesperada do marido num acidente de trabalho, de certa forma, facilitava esse distanciamento do pretérito. João morrera ao cair de um andaime quando pintava a fachada de uma casa. Gustavo sabia apenas que os pais haviam residido fora do balneário durante três anos e que, antes de seu nascimento e após o falecimento da avó materna, retornaram a São Sebastião para residir na casa que a ela pertencera. Nada mais...

***

Sérgio e Fabrício encontraram Gustavo à porta do banco. Os dois perceberam de imediato o abatimento do amigo. Fabrício apertou a mão dele e perguntou:

— O que há, meu camarada? Algum problema? Que cara triste é essa?

— Bom dia, meus amigos. É o de sempre. Minha mãe está cada vez mais abatida. Agora cismou que precisa mudar de médico.

— Mas o que ela tem de verdade, Gustavo? — indagou Sérgio.

— Tem um problema cardíaco. É congênito e não há muito o que fazer, a não ser o controle por meio de medicamentos.

— E ela toma esses medicamentos de forma correta? — Fabrício interferiu.

— Toma sim. Se tem uma coisa que ela faz direitinho é esse controle com os remédios. Doutor Américo levantou a hipótese de um estado depressivo, segundo o que ela me contou.

— E pode ser depressão mesmo — afirmou Sérgio colocando a mão sobre o ombro de Gustavo. Leve ela a outro médico e tire essa dúvida. Converse com o médico antes de levá-la à consulta. Mostre todos os exames, o laudo do médico que sempre cuidou dela. Acho que isso vai facilitar um diagnóstico.

Fabrício cutucou o braço de Sérgio.

— É melhor nós entrarmos. O chefinho simpático já está olhando pra cá com cara de raiva. Vamos entrar logo.

Os três entraram, cumprimentaram os seguranças e Martins com jovialidade. Gustavo abriu a pasta de trabalho e apanhou a agenda onde havia anotado o telefone dos médicos. Apanhou o celular e ligou. Já no primeiro contato, conseguiu marcar um horário compatível com o do seu almoço. Seguiria o conselho de Sérgio e conversaria com o médico antes de levar a mãe para a consulta. Girou a cadeira para ligar o computador e viu quando Fabrício se aproximou da mesa de Sérgio com uma xícara de café. Percebeu o olhar diferente entre os dois. Admirava-os pela coragem, porém, temia que alguém descobrisse o relacionamento dos dois. Só não conseguia entender o comportamento de Fabrício. Ele sempre fazia questão de afirmar-se como macho, cantava todas as meninas que conhecia e chegou a repudiar o comportamento diferente de Sérgio quando os dois alugaram a casa. Resolveu não pensar mais no assunto, ligou o computador e começou a trabalhar.

***

Gustavo foi conduzido pela recepcionista à sala do médico. Recebeu um cumprimento caloroso e sentiu-se à vontade para relatar os problemas enfrentados pela mãe.

— Veja, doutor Carlos. Estes são os exames realizados periodicamente por ela, e aqui estão as receitas dos últimos três meses.

O jovem médico analisou cuidadosamente todos os laudos e as receitas.

— Gustavo, tudo indica que o tratamento de sua mãe está correto. Você relatou um comportamento de queixas diárias por parte dela. Vou pedir novos exames, porém, conforme o meu colega sugeriu, a depressão deve ser levada em consideração. Essas queixas podem ser resultado de um quadro depressivo sim.

— Pressinto isso, doutor, mas ela se nega a aceitar esse diagnóstico.

— Como é o dia a dia dela, Gustavo? Ela se relaciona com outras pessoas? Sai, tem amigos?

— Não. Só tem a mim. Ela não gosta de sair e também não gosta da vizinhança. Faz os serviços de casa e vê televisão. Uma vez ou outra, lê um jornal, uma revista. Só isso.

— Traga-a aqui, amanhã, neste mesmo horário. Vou solicitar exames. Só adianto que o remédio mais eficaz para sua mãe será o contato com outras pessoas.

Gustavo retornou ao banco e contou a Fabrício e Sérgio sobre a conversa com o médico e a possibilidade de um quadro depressivo.

A intervenção de Fabrício foi carinhosa.

— Sua mãe precisa de mais movimento na vida. Ela fica naquela clausura, todos os dias fazendo a mesma coisa. Vamos colocar um agito na vida dela. Sei lá. Você diz que ela cozinha tão bem. Marca um almoço pra gente, meu amigo.

— Vou levá-la ao médico amanhã. Ainda estamos no início da semana. Se o médico diagnosticar um quadro de depressão, vou agitar a vida dela mesmo.

Gustavo saiu do banco ao fim do expediente e caminhou com Fabrício e Sérgio até a Igreja Matriz. O calor do dia deu lugar à brisa fresca no início da noite. Sérgio sentiu o cheiro do mar.

— Estamos em São Sebastião há algum tempo e ainda não conhecemos a cidade de fato. Há tantas praias e ilhas por aqui! — exclamou.

Fabrício entusiasmou-se.

— Ué! Vamos organizar um passeio para conhecer essas praias. Andei pesquisando alguns lugares bem legais na internet. Gosto muito da natureza!

Sérgio apoiou a ideia de Fabrício.

— Será muito bom mesmo, Fabrício!

Gustavo preferiu não fazer planos.

— Enquanto não resolver o problema de minha mãe, não fico tranquilo para me afastar de casa por muito tempo. Vocês devem ir sim. Há paisagens lindas por aqui. Vale a pena.

Sérgio e Fabrício despediam-se de Gustavo quando Carina passou.

— Já vai embora para casa, Fabrício? Não quer tomar uma cerveja? Não estou a fim de aula hoje.

Sérgio sentiu o rosto ferver. O coração apertou-se imediatamente pelo ciúme. Fabrício olhou para Sérgio de forma interrogativa. Não sabia o que fazer. A atração por Sérgio aumentava a cada dia, embora ele não admitisse. Decidiu recusar o convite.

— Obrigado, Carina. Mas estou cansado demais. Deixa a cerveja para outro dia.

A jovem não se deu por satisfeita.

— É só uma cerveja. Cerveja não cansa, relaxa. Vamos lá.

Fabrício arriscou um convite para Sérgio:

— Vamos?

Sérgio rejeitou de imediato, tentando aparentar naturalidade:

— Vá você, Fabrício. Preciso ajeitar alguns arquivos em casa. Ontem o sinal de internet estava lento demais e não consegui. Vá tranquilo.

Fabrício atravessou a rua com Carina, e Sérgio torceu os dedos com raiva.

"Preciso me acostumar com isso", pensou.

Carina e Fabrício caminharam em direção ao bar. Fabrício estava claramente contrariado com a insistência de Carina. Puxou uma cadeira para que ela se sentasse e avisou:

— Será apenas uma cerveja. Estou realmente cansado.

A jovem ironizou:

— Esse cansaço pode ser resolvido com o "pó de pirlimpimpim"! O que acha?

Fabrício segurou o braço de Carina com força e sussurrou de forma enérgica:

— Olha essa língua grande, Carina! Já disse que não quero problemas!

88

A moça deslizou a mão sobre a perna de Fabrício:

— Não vou lhe causar problemas... Vou resolver esse estresse todo...

Fabrício afastou com delicadeza a mão de Carina, procurando disfarçar a contrariedade.

— Vou buscar nossa cerveja. Estou com sede.

No balcão do bar, puxou o celular do bolso da calça e pensou em ligar para Sérgio. Esfregou nervosamente os cabelos, olhou para o aparelho e decidiu não ligar. "Por que razão eu deveria ligar?", pensou.

Martins aproximou-se do balcão do bar e deu um tapinha de camaradagem no ombro de Fabrício.

— Já vai beber, Fabrício?

O rapaz respirou fundo. Não gostava de Martins, mas precisava ser bem-educado.

— Não vou beber, Martins. Apenas estou sendo gentil com uma amiga.

Martins olhou para a varanda do bar.

— A única menina sentada ali é a Carina.

— É essa mesmo. Você a conhece?

Martins segurou a garrafa que o garçom iria entregar a Fabrício e trincou os lábios para falar:

— Carina é filha de um bom cliente do banco aqui na cidade. A família dela é influente. Fique longe dela. Não vá fazer nada de errado. Se isso acontecer, juro que não ficarei satisfeito.

Martins entregou a cerveja a Fabrício e virou as costas, dando a volta pela lateral do bar e indo ao encontro de Carina. Fabrício sentou-se à mesa e convidou Martins. Se ele aceitasse o convite, teria um bom pretexto para deixar os dois sozinhos e ir embora para casa.

— Vejo que você já conhece Carina, Martins. Vamos tomar esta cerveja juntos?

Martins sorriu antes de responder:

— Eu e o pai de Carina somos muito amigos. Doutor Alberto é cliente do banco. Conheço Carina desde bebê.

Fabrício insistiu:

— Sente-se aqui. Vamos conversar um pouco.

Martins olhou para o relógio de pulso.

— Já é tarde. Minha esposa está me esperando. Conversaremos outro dia. Carina, diga a seu pai que aparecerei para o uísque de sempre.

Carina estendeu a mão para despedir-se de Martins:

— Pode deixar, seu Martins. Falarei com meu pai.

Martins afastou-se da mesa, e Fabrício acompanhou-o com os olhos. Carina percebeu o ar de contrariedade no olhar do rapaz.

— Parece que você não gosta dele. Ele é um puxa-saco do meu pai.

Fabrício tomou um gole de cerveja e manteve-se em silêncio.

— Vamos para um lugar mais calmo? — Carina perguntou, aproximando-se do rosto do rapaz.

— Não, Carina. Vamos tomar esta cerveja e cada um seguirá seu rumo. Tenho trabalho a fazer em casa.

A moça insistiu, tentando instigá-lo:

— Vamos, Fabrício. Tenho certeza de que acabarei com o estresse de seu dia.

Fabrício tomou o último gole de cerveja e acariciou de forma forçada o rosto de Carina.

— Menina, vamos deixar isso para outro dia, está bem? Preciso ir embora. Tenho muita coisa para fazer.

Levantou-se e puxou a cadeira para que Carina se levantasse também.

— O seu curso é a boa de hoje para você. Para mim, a boa será a minha casa.

Beijou o rosto da jovem amistosamente e saiu andando apressadamente. O coração estava oprimido. Pela primeira vez, negava-se a uma aventura com uma mulher. No caminho para casa, os encontros com Sérgio não lhe saíam da cabeça.

***

Sérgio ouviu o portão ser aberto. Não queria que Fabrício o encontrasse com cara de tristeza. Não tinha esse direito. Tirou a gravata e dirigiu-se para a cozinha para beber água. Fabrício não havia demorado muito, mas Sérgio não queria deixar transparecer que o esperava com ansiedade. Apanhou algumas folhas de hortelã, um litro de água de coco, despejou no liquidificador e ligou o aparelho. Fabrício entrou em casa e chamou o amigo.

— Sérgio, está fazendo o quê? Já está fazendo o jantar?

— Ué! Já voltou? — disfarçou Sérgio.

Fabrício segurou o batente da porta da cozinha e olhou para Sérgio com seriedade.

90

— A companhia de Carina me cansa. Ainda por cima esbarrei com o Martins. Você acredita que ele falou comigo em tom ameaçador? Disse que o pai de Carina é cliente do banco. É um idiota esse cara!

Sérgio desligou o liquidificador e apanhou dois copos no armário.

— Beba. Está bem gelado. Martins é um troglodita mesmo. Vive me perseguindo. Ele sempre dá um jeito de humilhar os funcionários. Ele não pode interferir em sua vida pessoal.

Fabrício riu.

— O delírio é do calor, Sérgio? Que vida pessoal, rapaz? Não tenho nada com a Carina. Não quero nada com aquela louca. É uma chave de cadeia aquela menina!

Sérgio soltou uma gargalhada.

— Seu perfil não diz isso. Vou tomar meu banho e preparar a janta. Estou com fome. Deixa o Martins pra lá.

Fabrício completou a frase de Sérgio, pegando o paletó que havia deixado nas costas da cadeira:

— E a Carina também. Baixei uns filmes no computador. Vamos assistir depois do jantar?

Sérgio se entusiasmou.

— Claro. Vamos sim.

Os dois estreitavam a relação sem perceber. Criavam laços, ampliavam as possibilidades de uma convivência pacífica. Durante o banho, Sérgio e Fabrício pensavam um no outro. Fabrício interrogava-se em relação à experiência vivida, e Sérgio sentia o peito cheio de amor. Tanto um quanto o outro temiam aquele relacionamento.

CAPÍTULO 12

Elisa respirava com dificuldade. À sua frente, o filho chorava em silêncio. Uma equipe de médicos entrou no quarto. O mais velho dirigiu-se a Pedro, pedindo que ele se afastasse. Num inglês fluente, Pedro avisou que não sairia do lado da mãe.

— Não adianta, doutor. Não sairei daqui. Sou médico como vocês. Conheço todos os procedimentos neste caso. Posso ajudar minha mãe.

O chefe da equipe insistiu.

— Você está dificultando as coisas, Pedro. Sua mãe está com um déficit respiratório muito grande. Já fizemos o que era possível. Vamos deixar nas mãos do invisível.

Pedro, cético, ironizou.

— Se eu estivesse no Brasil, ainda levaria isso em consideração. Nós estamos no topo do mundo, doutor. Aqui, não há lugar para essas crendices tolas.

A equipe retirou-se do quarto, deixando Pedro com a mãe.

Os médicos, que cuidavam de Elisa, optaram por não aplicar uma ventilação mecânica invasiva. O processo de quimioterapia fora ineficiente, e Pedro solicitara que mantivessem a mãe consciente. O câncer já atingira a metástase.

Elisa apertou a mão do filho e tentou falar. Pedro aproximou delicadamente o rosto da máscara de oxigênio.

— Não se canse, mãe. Tudo vai ficar bem.

O vulto de Marco se faz presente no quarto. Ficaria ali aguardando o desenlace daquela que fora sua filha no passado. Perto da cabeceira de Elisa, estimulava-a a falar.

— Preciso... Preciso falar, meu filho. Preciso que você se vingue de Luiz... Prometa.

Pedro sentia a cabeça explodir. Crescera vendo a mãe definhar de tristeza. Nascera no bordel mantido por Madame Lucrécia. Conhecia e repugnava a própria origem. Aos cinco anos, ficava em silêncio no salão do bordel enquanto Elisa atendia os clientes. No início de uma noite quente, viu quando a cafetina entrou sorridente no salão, acompanhada por um senhor de cabelos grisalhos, perguntando por Elisa.

— Onde está Elisa? Mandem chamá-la!

Elisa desceu arrumada. Pedro ficou extasiado com a beleza da mãe. Enciumado, abraçou-lhe as pernas ao vê-la chegar ao salão.

Lucrécia apresentou Elisa ao homem que a acompanhava.

— Esta é Elisa, doutor Olegário. Acho que é o tipo que o senhor está procurando.

Pedro percebeu um brilho estranho no olhar do homem. Olegário afagou a cabeça do menino.

— E este jovenzinho? Quem é?

Pedro estufou o peito e colocou-se à frente da mãe.

— Sou filho dela.

Lucrécia cochichou algo no ouvido de Olegário, e ele estendeu o braço para Elisa. Pedro ficou olhando a mãe subir as escadas e começou a chorar. Lucrécia soltou uma gargalhada.

— Não chore, seu remelento. Se sua mãe fizer o serviço direitinho, a vida de vocês mudará, e eu ganharei uns bons trocados.

As visitas de Olegário ao bordel passaram a ser diárias. Pedro percebeu que a mãe não subia mais as escadas com outros homens. Apenas com Olegário que, algumas vezes, entregava-lhe miniaturas de carrinhos, doces e outros presentes.

Em seu último Natal no Brasil, Pedro tentava pendurar alguns enfeites em uma pequena árvore com a ajuda das outras moças aliciadas por Lucrécia quando viu Olegário entrar com um embrulho enorme. Os olhos castanhos do menino brilharam em direção ao que ele pressentia ser um presente para ele. O médico percebeu a ansiedade nos olhos do garoto e chamou-o.

— Pedro, venha até aqui.

O menino pulou sobre um sofá vermelho e se colocou de cabeça baixa diante de Olegário.

93

— Veja, Pedro, amanhã é véspera de Natal. Você acredita em Papai Noel?

— Mamãe diz que ele não existe. Que é mentira — respondeu o menino, sentido pela infância dilacerada tão precocemente.

Olegário compadeceu-se. Permanecera casado por mais de trinta anos. A mulher morreu sem lhe deixar herdeiros. Era bem-sucedido na medicina, tinha bom convívio social, mas sentia-se só. Ao conhecer Elisa no bordel de Lucrécia, percebeu que, aos poucos, a própria vida tomava outros rumos. Apaixonara-se por Elisa e afeiçoara-se a Pedro.

— Sua mãe está no quarto, Pedro?

— Está — Pedro respondeu com o olho espichado para o embrulho.

— Vamos subir comigo e abrir este embrulho lá em cima?

Pedro colocou as mãos para trás e respondeu em voz baixa.

— Dona Lucrécia não me deixa subir. Diz que é proibido.

Olegário segurou a mão de Pedro e subiu os degraus da escada coberta por um carpete cobre. Elisa assustou-se quando viu Pedro entrar com Olegário. Havia ordens para que o menino não atrapalhasse seus clientes.

— Pedrinho, desça! Você não pode ficar aqui agora!

Olegário colocou o dedo indicador nos lábios pedindo que ela silenciasse.

— Elisa, minha querida Elisa! Pedro subiu comigo porque eu solicitei. Lucrécia não se importará. Venha, Pedro! Veja só o que Papai Noel mandou para você!

Pedro desembrulhou o presente. Cuidadosamente, com receio de que aquele momento de encanto terminasse, puxava a fita que fechava a enorme caixa. Elisa observava a alegria do filho emocionada.

— Mamãe! Mamãe! Papai Noel existe! Olha! Ele me trouxe um autorama! Olha, mamãe! Você disse que ele não existe! Ele existe sim!

Olegário ajudou Pedro a montar o brinquedo. O menino passava a mão pelos carrinhos como se estivesse acariciando cada um. Elisa afagou o rosto do amigo.

— Você é muito bom para mim e para meu filho. Como posso retribuir tanto respeito e carinho, Olegário?

— Casando-se comigo, Elisa — respondeu, tirando do bolso do terno uma caixinha de veludo preto e entregando à mulher. Se você aceitar este anel, ele simboliza a vida digna que oferecerei a você e ao seu filho.

Elisa não amava Olegário. No coração dela, só havia espaço para Luiz. Para o amor e para o ódio que sentia por ele. Ficou em silêncio sem

94

saber ao certo o que responder. Olegário sabia que Elisa não o amava. Por experiência, sabia ser o amor uma soma entre o respeito e a amizade. Não queria enfrentar a velhice sozinho.

— Sei que você não me ama, Elisa. Mas use a razão. Nos damos muito bem, somos amigos, gosto e aceito seu filho e a maneira que você encontrou para sustentá-lo. Posso dar a vocês as oportunidades que o destino lhes tomou. Aceite meu pedido — disse, tirando o anel da caixa e puxando a mão direita de Elisa para colocá-lo nela.

Pedro observava a conversa dos dois com atenção. Através dos desenhos que acompanhava pela televisão, aprendera que aquele gesto indicava um pedido de casamento. Ante o olhar de dúvida da mãe, suplicou:

— Aceita, mamãe! Aceita! Ele até é amigo do Papai Noel! Aceita...

Elisa beijou carinhosamente o anel dado por Olegário.

— Aceito. Claro que aceito.

Todos os natais de Pedro, a partir daquele ano, foram marcados pela boa convivência com Olegário. Ele e Elisa mudaram-se para uma espaçosa e bem decorada casa em São Paulo. O médico era generoso, honesto e muito carinhoso com o menino e com a esposa.

Quando Pedro completou 10 anos, Olegário aceitou uma proposta para dirigir um grande hospital de neurologia nos Estados Unidos. Mudou-se com a família para um requintado apartamento em Nova Iorque.

Pedro cresceu admirando a medicina e decidiu seguir a carreira do padrasto. Registrado por Olegário como filho legítimo, o garoto cresceu dividido entre a alegria e o equilíbrio do médico e a amargura bem disfarçada da mãe. Elisa, apesar da vida tranquila, sem sobressaltos ou motivos reais para a tristeza, alimentava uma ligação inviolável com o passado. Sempre que o marido se afastava de casa para cumprir a rotina profissional, regava as sementes do ódio, da amargura e da vingança no coração do filho. Pedro já cursava medicina quando a morte de Olegário levou Elisa à profunda depressão.

O ódio pelo pai biológico crescia todas as vezes que ouvia os relatos da mãe entrecortados pelas lágrimas. Conhecia todos os detalhes da história que o gerou: as visitas constantes de Luiz ao aposento destinado aos empregados da mansão, a gravidez inesperada, a tentativa de Luiz a induzir Elisa à prática do aborto, a mãe sendo expulsa da cidade para que ninguém descobrisse sobre a gravidez. Com o passar dos anos, Pedro assimilou todos os sentimentos da mãe em relação a Luiz e jurou vingar-se.

95

A tristeza, o rancor e a mágoa de Elisa aumentaram quando, em exames rotineiros para investigação de uma tosse crônica, um pneumologista apontou a possibilidade de um câncer pulmonar. Desse momento em diante, o sofrimento de mãe e filho se transformou em promessas de vingança. Os dois atribuíam a Luiz a doença que lhes invadira a vida. O câncer invasivo e devastador não se rendeu aos inúmeros tratamentos acompanhados de perto por Pedro. A metástase levou Elisa à derradeira internação.

***

Elisa estava prestes a desencarnar. O espírito de Marco permanecia no quarto do luxuoso hospital. Fora atraído pelo ódio extremo da mulher por Luiz. Com ela, seria muito mais fácil concluir a vingança.

Pedro buscava tranquilizar a mãe.

— Mãe, fique tranquila. Tudo vai ficar bem.

Elisa, entretanto, entrava na agonia da morte.

— Jure, meu filho... Jure que você vai se vingar daquela gente... de Luiz... Jure!

Pedro apertou a mãe da mãe levemente.

— Juro, mãe. Eu juro. Vou me vingar de tudo e de todos.

Marco exultava. Finalmente poderia contar com o auxílio do espírito de Elisa e com o ódio de Pedro para dar continuidade a seus planos.

Uma enfermeira entrou no quarto e enxergou o vulto escuro à cabeceira da cama da paciente. Colocou-se aos pés da cama e iniciou uma oração, solicitando socorro espiritual para o desenlace que estava prestes a ocorrer. Pelo auxílio da prece, Olegário se fez presente no quarto, com mais dois espíritos. Os três conseguiram neutralizar a influência energética de Marco sobre Elisa, que começou a apresentar a respiração ofegante. Pedro enxugou as lágrimas, que lhe escorreram pelo rosto, e dirigiu-se à enfermeira gritando:

— Faça alguma coisa! Minha mãe está morrendo!

A jovem aproximou-se de Elisa e, intuída por Olegário, aplicou-lhe um passe para facilitar seu desprendimento da matéria. Elisa suspirou profundamente, e Pedro constatou a ausência dos sinais vitais na mãe. A enfermeira fechou os olhos de Elisa e fez uma prece, voltando-se, em seguida, para Pedro:

— Senhor, ela se foi. Procure ficar calmo para que ela também fique calma.

Pedro reagiu de forma agressiva e socou a parede:

— Foi para onde, sua infeliz? Acabou! Você sabe o que é acabar? Acabou!

Olegário tentou amenizar o sofrimento daquele a quem ele tomou como filho na matéria, mas percebeu-se impotente diante do sofrimento de Pedro. Os dois outros espíritos que o acompanhavam prestavam o socorro imediato e necessário à falecida. Distante do corpo que lhe serviu de abrigo em sua passagem pela matéria, Elisa guardava a incompreensão do momento e todas as últimas sensações da doença do corpo físico. Sentia faltar-lhe o ar e contorcia-se pelas dores intensas provocadas pela doença. Olegário aplicou passes magnéticos a fim de facilitar aquele momento de transição e auxiliar Elisa.

Num canto do quarto, Marco espumava de raiva e esbravejava contra Olegário:

— Seus idiotas! Acham mesmo que vão conseguir afastá-la de mim? Podem levá-la. Ela mesma vai se encarregar de me procurar!

Ruminando ódio, desapareceu chão adentro.

***

Elisa despertou confusa. O quarto onde estava em nada se parecia com o hospital em que passara meses internada. O mobiliário era mais simples, e ela não estava mais ligada a máquinas sofisticadas. Uma senhora de cabelos grisalhos entrou no quarto saudando-a com alegria.

— Olá, meu nome é Judite. Como está se sentindo, Elisa?

— Não sei responder. Onde está meu filho? Por que tiraram as máquinas? Não quero que o ar me falte de novo!

— Você está em outro hospital, Elisa. Mais moderno. Aqui, as máquinas são desnecessárias. Fique tranquila que, aos poucos, você vai melhorar.

— E Pedro? Quero falar com meu filho!

— Seu filho não pode estar com você neste momento. Mas há uma pessoa aqui bem ansiosa para vê-la.

Olegário entrou no quarto e saudou Elisa amorosamente.

— Minha menina! Que saudades! Como está se sentindo?

— Meu Deus! Como você pode estar aqui, Olegário? Enfermeira, estou delirando! Será que é a maldita febre? Estou vendo meu marido morto!

Judite sorriu. Trabalhava naquele posto de socorro há bastante tempo e sempre se recordava da maneira como havia despertado. As perguntas de Elisa eram as perguntas que ela fizera quando despertou do transe da morte física. Quase todos faziam os mesmos questionamentos.

— Olegário, fique com ela. Vou visitar outros recém-chegados.

— Pode deixar. Cuidarei dela como sempre fiz.

Elisa reagiu chorando.

— Meu Deus! Será que nenhum médico percebe que estou delirando?

Olegário apontou para as janelas do quarto.

— Já viu como a paisagem lá fora é bem diferente da poluída Nova Iorque?

Elisa voltou os olhos para a janela e ficou ainda mais confusa.

— Não entendo como isso está acontecendo. Se não é alucinação, estou sonhando.

Olegário procurou ser mais elucidativo.

— Nem uma coisa, nem outra, Elisa. Você, assim como eu, desencarnou. Este é um posto de socorro aos recém-desencarnados. Para os que deixaram o corpo físico e viverão, agora, no mundo espiritual.

— Você está me dizendo que eu morri? É isso?

Olegário sorriu e balançou afirmativamente com a cabeça.

— A morte só existe como palavra, Elisa. A vida continua em outro plano e, garanto a você, quando se quer, em condições bem melhores.

Elisa começou a chorar.

— Quero ver meu filho! E Luiz? Aquele canalha continua vivo? Isso é justo, Olegário? Eu morro e ele continua vivo?

— No momento certo, você irá vê-lo. Ainda não é hora.

— Quando você morreu também foi assim, Olegário?

— Acho que foi um pouco mais fácil. Decidi ficar neste posto de socorro para continuar a exercer minha profissão. Sempre amei a medicina. Aqui posso praticá-la de outra forma. Também soube que você logo estaria aqui e iria precisar de mim.

Elisa encolheu-se no leito e escondeu o rosto com as mãos. Chorou o quanto pôde até adormecer. Olegário permaneceu ao lado dela até que Judite retornasse ao quarto.

— Ela reagiu da maneira como esperávamos, Olegário. Isso já era previsível. O comportamento de Elisa determinou o câncer. Porém, a doença, que seria uma oportunidade de mudança e revolução nos sentimentos, aumentou em Elisa a mágoa, a tristeza, o rancor. Você sabe disso.

Olegário aproximou-se de Elisa.

— Veja, Judite, como ela se mantém presa às marcas do passado. Tentei fazer tudo, quando encarnado, para mudar esse quadro. Não consegui.

— Precisamos dar tempo a Elisa. O passado, no caso dela, deixou feridas bem abertas. Ainda precisamos considerar a influência de Marco. Ele permanece cego pelo desejo de vingança. O filho de Luiz, Arthur, sofre desde o berço com as interferências de Marco.

— Só espero que as boas energias e o desejo de modificar esse quadro de sofrimento, a que ela se submeteu, sejam determinantes para sua permanência aqui.

Judite voltou o olhar fraternal para Olegário.

— Isso só depende dela, meu amigo. Não poderemos intervir. O socorro imediato de alguns de nossos irmãos é a nossa obrigação, mas quem escolhe o caminho é o viajante.

— Você acha que a recordação do pretérito seria conveniente?

— Não no caso dela. Isso só iria fomentar o ódio e o desejo de vingança. Vamos orar para que ela, aos poucos, desperte desse transe e encontre o conforto para a própria alma.

Ambos fecharam os olhos, deram-se as mãos e dirigiram a Deus os pensamentos.

CAPÍTULO 13

Luciano passou a estudar os desenhos de Arthur. Inicialmente, os traços firmes lhe chamaram a atenção: essa característica determinaria uma facilidade para a escrita. Como Arthur produzia os desenhos em sequência e mantinha as folhas numa ordem preestabelecida, o professor concluiu que se tratava de narrativas.

Arthur saiu do banheiro já vestido e encontrou Luciano com as folhas de desenhos nas mãos.

— O senhor está tentando decifrar isso? — perguntou com ar sarcástico.

Luciano surpreendia-se cada vez mais com o aluno. Arthur, apesar de não dominar a escrita e a leitura, tinha um vocabulário refinado.

— Estou sim, Arthur. Gostaria de conhecer estas histórias.

— Se o senhor prometer cuidar de meus desenhos, pode olhá-los à vontade. Um dia, vai conseguir saber o que desenho — completou com um risinho no canto da boca. — A Valéria ainda está aqui, não é?

— Está sim. Você vai precisar conviver com ela. É sua mãe. Está arrependida.

— Arrependida? Ela nunca vai se arrepender de nada. Só está interessada nela, professor.

Luciano decidiu encerrar a tentativa de convencer Arthur das intenções da mãe. Em alguns momentos, chegava a sentir medo dos pensamentos do menino.

— Vamos para o jardim, Arthur. Quero fotografar algumas orquídeas.

— O senhor me ensina a fotografar?

— Ensino sim. Acho que você vai gostar de fotografia.

Os dois desceram as escadas descontraidamente. Na varanda, Valéria conversava com Luiz, e ele temeu o encontro de Arthur com a mãe.

— Quer passar pelos dois, Arthur? Se não quiser, podemos voltar.

Arthur estancou os passos por alguns segundos e respondeu, surpreendendo Luciano.

— Tanto faz. Já sei mesmo o que ela veio fazer aqui.

Luciano cumprimentou Luiz e Valéria, e Arthur correu em disparada para o jardim.

— Vem logo, professor! Vem logo!

Valéria olhou para Luiz com tristeza.

— Vocês nunca irão me perdoar, não é mesmo?

— Só o tempo vai corrigir o que aconteceu. Arthur cresceu sem o seu amor. É natural que ele não a reconheça como mãe.

Valéria suspirou com tristeza.

— E você? Você vai conseguir me perdoar?

Luiz levantou-se. Não se sentia em condições de responder o que lhe fora perguntado. Na verdade, amava Valéria e nunca a esquecera. Mas esse amor se confundia com a mágoa por ter sido abandonado. O orgulho de homem fora ferido, para ele, era irreversível.

— Tenho alguns documentos para analisar no escritório. Depois conversaremos — disse e deixou Valéria sozinha na varanda.

***

Luciano mostrou todos os mecanismos da máquina fotográfica a Arthur. Em poucos minutos, o menino dominava-lhe o manuseio.

— Posso tirar uma fotografia, professor?

— E o que você quer fotografar?

— Qualquer coisa.

— Que tal aquelas flores ali? A luz está perfeita. Olhe primeiro, depois imagine a cena que você quer fotografar, focalize o visor e, sem tremer a mão, dispare a máquina. Não é preciso usar o *flash*.

Arthur chegou mais perto das flores apontadas por Luciano, seguiu as instruções e clicou o botão para fotografar. Repetiu o gesto incontáveis vezes até que se cansou, entregando a máquina a Luciano.

— Pronto! Já tirei as fotos que queria.

— Quer tirar fotografias em outro lugar?

O menino franziu a testa, fechou os olhos e cruzou os braços.

— Em qualquer lugar, vou tirar sempre as mesmas fotografias.

Luciano manteve-se em silêncio. À espreita, Marco observava os dois.

— Esse professor não vai conseguir atrapalhar meus planos. — esbravejou, fazendo ampliar ao seu redor a mancha densa e escura que o circundava.

***

Olegário e Judite entraram juntos no quarto de Elisa.

— Ela continua dormindo, Olegário. Porém, está sendo vítima de seus próprios pensamentos. Os pesadelos são o resultado da faixa vibratória que ela atraiu para si.

— Receio que ela queira ir embora ao despertar — afirmou Olegário pesaroso.

— Se isso acontecer, não poderemos impedi-la. A liberdade é o princípio da caridade. Não esqueça isso, meu amigo. Acompanho a tormenta desse grupo há alguns séculos. As correntes são pesadas e seus elos são fortalecidos pelo ódio.

— Mas o amor é uma força libertadora, Judite.

Judite ajeitou os cabelos grisalhos. Desde que desencarnara, na Espanha do santo ofício, preservava a mesma aparência.

— Posso dizer a você que o amor liberta sim. É o único agente eficaz de libertação para qualquer ser. O ódio, entretanto, sustenta um exército poderoso, que se utiliza das armas existentes na alma de todos os seres humanos: os sentimentos. Você já teve a oportunidade de observar o número de espíritos desprendidos durante o sono físico que chega até este posto para aprender e auxiliar. É um número relativamente pequeno. Em contrapartida, uma multidão de irmãos se projeta nas regiões umbralinas. Lá, esses irmãos encontram sentimentos e experiências equivalentes às que experimentam durante o dia.

— Você desencarnou em situação bastante semelhante a que Elisa viveu nesta experiência do pretérito, não é mesmo, Judite?

— Sim. Mas costumo dizer que cada um é único no que diz respeito às ações e reações. Apaixonei-me por um noviço andarilho da Ordem Franciscana, e ele me ensinou o que era, na realidade, o amor. Quando fomos denunciados ao Santo Tribunal, eu já havia me modificado como ser humano. Nem as torturas, nem as humilhações me trouxeram revolta

102

ao espírito. Cruzei com os olhos apavorados de Elisa e Pedro quando os dois estavam no porão da Igreja Matriz de Madri. Desencarnei preocupada com aquelas duas crianças. Desde então, acompanho a odisseia desse grupo, procurando conscientizá-los do perdão mútuo. Tornei-me uma andarilha acompanhando nossos irmãos no astral e na matéria. Acho que é minha suprema vocação.

Olegário sorriu. Nutria grande admiração por Judite. Conhecia-lhe a história superficialmente. O vínculo com Elisa, entretanto, estreitava os laços fraternos entre os dois.

— Elisa encontra-se prestes a despertar, Olegário. Deixemos o pretérito entregue ao esquecimento. Por nós, ele não deve vir à tona.

Elisa abriu os olhos expressando pavor.

— Meu Deus! Que cenas horrorosas! Não quero mais encontrar essas pessoas! Não quero!

Olegário e Judite se colocaram ao lado do leito de Elisa. Judite espalmou as mãos em direção ao plexo cardíaco dela, acalmando-lhe as sensações de pavor. Elisa sentiu alívio imediato e começou a chorar.

— Sonhei que estava sendo perseguida e assassinada. Colocavam--me num porão frio e escuro junto com meu filho.

Olegário interferiu.

— Acalme-se, Elisa. Esqueça. São apenas pesadelos. Você está entre amigos agora. O importante é que você se recupere logo.

Elisa pensou em Pedro.

— Sinto falta de meu filho, Olegário. A vida foi cruel comigo e a morte está sendo também.

Olegário olhou consternado para Elisa.

— Reaja. Por favor, reaja. As situações que você viveu na vida física e nessa transição chamada morte foram atraídas por você.

Os olhos de Elisa encheram-se de ódio.

— Você está dizendo que fui humilhada por Luiz porque quis? Me prostituí porque quis? Tive essa doença maldita porque quis?

Judite interferiu. Elisa não estava ainda em condições de assimilar nenhum ensinamento.

— Elisa, sinta o que vamos experimentar agora.

Uma música suave se fez ouvir em todos os cantos do posto de socorro.

— De onde vem essa música? Não estamos todos mortos?

— E quem disse a você que os mortos não podem ouvir boa música? A vida continua. A vida continua! — Olegário exclamou ao perceber que Elisa havia se acalmado com a melodia.

Pela primeira vez após o desencarne, Elisa sorriu.

— Estou com sede. Não podia beber água no hospital. Posso beber aqui?

Judite apontou para a cabeceira da cama.

— Aqui a água é o remédio. Beba sempre que quiser — a enfermeira respondeu, entregando a Elisa um copo com água.

Elisa voltou o olhar para Olegário.

— Você foi a única pessoa a me fazer bem na vida, Olegário. Muito obrigada.

Olegário emocionou-se.

— Você também me fez muito bem. Foi leal, fiel e se manteve ao meu lado quando adoeci. Nós nos ajudamos mutuamente. Como está se sentindo agora?

— Ainda sinto algumas dores. Não consigo raciocinar direito, sinto muita sonolência e tenho medo de que o ar me falte novamente.

Olegário afagou os cabelos de Elisa.

— Calma. Com o tempo, você vai melhorando. Só depende de você. Agora eu e Judite precisamos ir. Há outras pessoas necessitando de nosso concurso.

Elisa insistiu um pouco, mas acabou cedendo. Sozinha no quarto, sentiu um torpor a invadir-lhe e logo estava novamente dormindo. Desta vez, sem pesadelos.

***

Valéria abriu a porta do escritório de Luiz e sentou-se na poltrona.

— O que faz aqui, Valéria? Estou trabalhando.

De pernas cruzadas, deixava à mostra parte do corpo ainda torneado. Luiz embriagou-se com a visão, divertindo Valéria.

— Parece que minhas pernas ainda exercem fascínio sobre você.

— É melhor você sair. Já disse que estou trabalhando — advertiu Luiz após pigarrear para se livrar da constatação da ex-mulher.

— Só saio daqui quando desarmar você, Luiz. Já pedi perdão. Já sofri o bastante. O que você quer mais? Quer que eu me rasteje? Eu posso fazer isso! Se for para ser perdoada e voltar a ser sua mulher, eu me rastejo — exclamou, colocando-se no chão e rastejando em direção à mesa do escritório.

O senhor levantou-se de imediato.

— Pare com isso, Valéria! Levante-se desse chão! — disse puxando-a pelo braço.

Luiz sentiu a respiração ofegante. O hálito quente de Valéria excitou-o. Nenhum outro sentimento de mágoa poderia ser mais forte para ele naquele momento. Estava à frente da mulher que amava. Valéria se deu conta de que o ex-marido havia se desarmado diante da proximidade física dela.

— Você me perdoa, Luiz? — perguntou chorando.

Luiz sentiu o coração acelerar. Acariciou os cabelos embranquecidos pelo tempo e descuidados, deslizou a mão pelo rosto de Valéria e puxou-a ao encontro de seu corpo. Um beijo apaixonado selou o perdão de Luiz. Nada mais importava para ele. Os dois reviveram no chão do escritório a paixão perdida no passado. Adormeceram abraçados.

Luciano e Arthur entraram na sala e encontraram Dirce com uma bandeja com suco.

— Já iria levar isso lá fora, professor. Está muito quente hoje. Venha, Arthur. Pegue um copo.

Luciano apanhou um copo para ele e outro para Arthur.

— Nossa! Está muito bom!

Arthur percorreu os olhos pela sala.

— Onde está ele, Dirce?

— Ele quem, Arthur? Seu pai?

O menino balançou a cabeça afirmativamente.

— Seu pai está no escritório trabalhando. Disse que não queria ser incomodado.

— Mas eu vou até lá! — respondeu, saindo em disparada.

Arthur abriu a porta do escritório com violência, e Luiz sobressaltou-se. O menino riu ao se deparar com os pais abraçados.

— Veja, professor! A história já está quase no meio!

Valéria tentou conversar com o filho.

— Que história, meu filho?

Arthur ironizou.

— Nunca fui seu filho! E a história não é de sua conta!

Luciano colocou as mãos sobre os ombros de Arthur.

— Vamos subir. Você precisa de um banho, e eu também. Parece que seus pais precisam conversar sozinhos. Vamos deixá-los.

Luiz aprumou-se e encaminhou-se na direção de Luciano e do filho.

— Deixe que Arthur fique, professor. Eu e Valéria queremos conversar com ele.

O garoto tornou a gargalhar de forma descompensada para, em seguida, pôr seriedade no olhar e impostar a voz.

— Não tenho nada para conversar com vocês dois. Quero desenhar. Só isso me interessa!

Luciano sinalizou para que Luiz ficasse em silêncio e seguiu Arthur. Antevia um grande transtorno para o aluno. O menino encontrou os dois apenas abraçados. Já estavam devidamente vestidos. Temia que Arthur não aceitasse a reaproximação dos pais. Por outro lado, ficou feliz por Valéria ter quebrado a muralha de proteção construída por Luiz.

No quarto do menino, tentou, em vão, conversar. Arthur já havia se colocado à frente das folhas de papel e desenhava com sofreguidão. Sabia que nada interromperia aquele transe. Resolveu apanhar o *laptop* no quarto para transferir as fotos tiradas no jardim. Conectou o cabo de transferência da máquina ao computador e sentou-se para aguardar a conclusão do processo e também para observar o aluno.

O menino desenhava de forma febril em uma folha atrás da outra. Usava cores fortes para colorir os desenhos. Num dado momento, apanhou uma régua e começou uma cautelosa medição em uma folha. Luciano nunca havia observado o uso de instrumentos de medição como auxílio nos desenhos do aluno. Quando ia se levantar para olhar de perto a habilidade de Arthur com a régua, o computador emitiu um sinal sonoro indicando que o processo de transferência das fotos havia sido concluído. Luciano girou a cadeira para retirar o cabo e examinar o resultado do trabalho. Foi passando todas as fotos até que chegou à sequência de fotografias feitas por seu aluno. Boquiaberto, examinou as fotos uma a uma, retornou à primeira e começou a ampliá-las. Na tela do computador, a sombra de um homem estava presente em todas as fotos. Luciano salvou os arquivos e desligou o computador. Não queria que Arthur tomasse contato com mais aquele fenômeno. "Ele afirmou que todas as fotos seriam iguais...", o professor pensou.

Arthur não desviava os olhos do papel. Com a régua, traçava linhas paralelas e perpendiculares, estabelecendo ângulos entre elas. Quando concluiu o desenho, Arthur respirou profundamente.

— Eu fiz isso...

— Eu vi que foi você quem desenhou, Arthur. Você quer me explicar este desenho? O que é isto? Um cavalete?

Arthur abaixou a cabeça, como se estivesse envergonhado. As lágrimas escorriam por seu rosto infantil. Luciano aproximou-se.

— O que houve? O que está sentindo?

O menino expressava nos olhos um pedido de socorro. Luciano insistiu diante do sofrimento evidente de Arthur.

— Fale, Arthur. Você sabe que pode confiar em mim. O que está sentindo? Está com medo de quê?

Arthur guardou os desenhos no envelope, arrumou os lápis num estojo e encolheu-se na cama, em posição fetal. Chorou baixinho por mais alguns minutos e depois adormeceu. Luciano afastou as cortinas e abriu as janelas, deixando o ar fresco entrar no quarto.

— Ele está esgotado emocionalmente. Precisa descansar — falou baixinho, apanhando o *laptop* e o envelope com os desenhos. "Preciso estudar as imagens. Preciso estudar os desenhos de Arthur. Tenho que desvendar esses mistérios para conseguir ajudá-lo.", concluiu intimamente o professor.

Luciano sentou-se à frente do computador e abriu as fotografias tiradas pelo menino. Utilizou todos os recursos disponíveis para analisar as imagens e as imprimiu. Era clara a presença de um espectro em todas as fotos. Apanhou os desenhos para examiná-los mais atentamente. Todos eles apresentavam a figura distorcida de um homem alto perseguindo uma criança e um casal. Na última folha, a figura do que parecia um cavalete intrigou Luciano. O vermelho era sempre a cor utilizada como pano de fundo dos desenhos. No cavalete, entretanto, a cor fora intencionalmente usada sobre a figura e escorria como sangue. Luciano estava tentando pensar no que fazer quando ouviu uma batida de leve na porta.

— Pode entrar — disse ele girando a cadeira.

Luana cumprimentou-o sorridente.

— Bom dia, Luciano! Fui à cidade comprar uns livros para estudar e acabei voltando com uma sacola cheia de livros espíritas também. Como não vou conseguir ler todos ao mesmo tempo, acho que posso emprestar alguns a você.

Luciano descontraiu o semblante com a presença de Luana.

— Que bom, Luana. Tenho sentido falta mesmo da leitura.

Luana observou a mesa de trabalho de Luciano repleta de papéis.

— Estou atrapalhando? Acho que interrompi seu trabalho.

— Não. Talvez você possa me ajudar. Gostaria de mostrar algumas coisas a você, mas deixe-me primeiro verificar se seu irmão ainda está dormindo — disse puxando a cadeira para que ela se sentasse.

— Ele está dormindo como uma pedra, Luciano. Acabei de passar no quarto dele antes de vir para cá. O que você quer me mostrar?

Luciano relatou todos os acontecimentos do início da manhã para a moça.

— Mas você acha que as fotos podem ter sofrido interferência espiritual mesmo?

— Seu irmão sofre com a interferência direta de um espírito ou de vários espíritos, não sei ao certo. O que sei é que ele não é apenas um menino rebelde ou traumatizado pela separação precoce da mãe, conforme pensei inicialmente. O que achou das fotos?

Luana voltou a examiná-las e sacudiu a cabeça.

— É... Parece mesmo que havia alguém presente na hora em que Arthur fez as fotografias. Existe alguma maneira de comprovarmos isso?

— Conheço um grupo em São Paulo que estuda cientificamente esses fenômenos parapsíquicos em fotografias. Vou encaminhar o material para esse grupo. Teremos uma opinião de quem entende do assunto. Por enquanto, estamos somente no universo das hipóteses. Agora veja estes desenhos.

Luana se ateve aos desenhos do irmão. Arthur nunca permitira que ninguém chegasse perto deles. Ao se deparar com a última folha desenhada, colocou a mão no rosto, num gesto de horror e surpresa.

— Luciano, este desenho é bastante próximo de alguns que encontrei em meu livro de História. Parece um instrumento de tortura usado durante a Santa Inquisição!

— Como? Arthur não tem acesso a essas informações. Ele pegou seu livro em algum momento?

— Não. Meus livros ficam sempre em minha mochila. Ele não teve acesso a nenhum deles.

Luciano abriu um site de pesquisa no computador e digitou a frase "instrumentos de tortura durante a Inquisição". Imediatamente, várias páginas foram abertas. Ele clicou nas que, aparentemente, apresentavam fontes sérias. De forma repetida, Luciano e Luana olhavam para o desenho feito por Arthur e o comparavam com as imagens mostradas pelos sites. Em todos eles, o nome "burro espanhol" denominava um instrumento em forma de cavalete, onde os condenados pelo Santo Ofício eram colocados com as pernas abertas e com pesos amarrados aos pés. Os pesos puxavam as vítimas para baixo, que acabavam morrendo quando a parte afiada da madeira cortava-lhes o corpo ao meio.

Os dois ficaram em silêncio. Não sabiam o porquê dos desenhos, porém, guardavam a certeza de que Arthur precisava de auxílio urgente.

CAPÍTULO 14

Olegário e Judite não conseguiam conter a agitação e a revolta de Elisa. Nada do que faziam produzia um resultado positivo no comportamento dela. Olegário ficava consternado a cada crise da antiga companheira.

— Não poderemos prendê-la aqui, meu caro amigo. Ela tem o direito de escolher as experiências que deseja viver — ponderou Judite.

— Vamos tentar mais um pouco, Judite. Sabemos o que vai acontecer se ela sair daqui — insistiu Olegário.

Judite compreendia as razões do amigo. Sabia, tão bem quanto ele, que se Elisa saísse do posto de socorro espiritual, cairia imediatamente nas teias de vingança tecidas por Marco.

— Olegário, não podemos manter Elisa dormindo todo o tempo. Mesmo quando isso acontece, a realidade com a qual ela tem contato também não é a que gostaríamos. Podemos tentar, mas não temos como impedi-la de sair daqui, caso nossa tentativa fracasse.

Sobre o alvo leito, Elisa contorcia-se, expressando no rosto o horror vivido em pensamentos. Olegário e Judite aproximaram-se tentando reenergizá-la por meio de passes e orações, mas não tiveram sucesso, apenas a acordaram.

— Quero sair daqui! Não quero continuar presa neste lugar! Quero meu filho!

— Elisa, primeiro você precisa se recuperar. Quando isso acontecer, poderá ver Pedro — interferiu Olegário.

— Você está me enganando, Olegário! Se eu ficar aqui, nunca encontrarei meu filho novamente!

— O amor de Deus vai permitir que você o encontre, Elisa — Judite afirmou sussurrando.

— Para o inferno com esse amor! Que amor é esse que permitiu tanta injustiça e dor em minha vida? Que amor é esse que me deixou adoecer? O meu câncer é o presente que Deus me deu?

Judite usou de firmeza para responder às indagações enfurecidas de Elisa.

— Deus não presenteou você com um câncer ou com a dor. A sua falta de amor-próprio gerou sentimentos de tristeza e autodestruição. Esses sentimentos é que deram origem ao câncer.

— Agora isso? Era só o que me faltava! Eu adoeci porque quis? É isso?

Olegário e Judite se entreolharam. Judite dirigiu-se a Elisa fraternalmente.

— E o que você quer fazer, Elisa?

— Quero sair deste lugar. Estão me chamando lá fora. Deve ser meu filho. Quero ir embora daqui.

Judite mostrou a Elisa, pela janela, o lugar que ela deveria percorrer.

— Vá, Elisa. Os portões aqui são fechados apenas para o mal e a escuridão. Conquista-se o direito de entrar e mantém-se o direito de sair. Saiba que você poderá retornar ao seu tratamento quando quiser. Estaremos aqui.

Sem evidenciar qualquer tipo de emoção, Elisa cruzou o portal do posto de socorro. Imediatamente, ouviu a voz de Pedro.

— Vou me vingar, mãe. Vou me vingar!

A claridade do posto de socorro deu lugar a uma densa neblina, e Elisa sentiu medo. Começou a respirar profundamente em busca do ar que começava a lhe faltar. A voz do filho, entretanto, emprestou-lhe forças para prosseguir por aquele caminho desconhecido.

Marco se fez presente e segurou-lhe carinhosamente o braço, fazendo com que ela se assustasse.

— Calma, Elisa. Estou aqui para ajudar você.

A fisionomia de Marco impressionou Elisa. Parecia conhecê-lo.

— Quem é você? Não quero voltar para aquele hospital. Quero encontrar meu filho!

111

— É para isso que estou aqui: para levá-la até seu filho — respondeu Marco acalmando Elisa.

— Mas quem é você? Conheço você de onde? Sua fisionomia não me é estranha.

— Calma. Logo você vai saber quem eu sou. Meu nome é Marco. Vamos sair daqui agora.

Elisa seguiu ao lado de Marco sem fazer perguntas. Quando se deu conta, estava nos jardins da casa de Luiz.

— Conheço este lugar. É a casa de Luiz. É a casa do homem que arruinou a minha vida. Você vai me ajudar? É por isso que me trouxe para cá?

— Vou ajudar você, Elisa, mas também sou parte interessada nesta vingança. Chegou a hora de você saber a verdade.

— Que verdade?

— A verdade que nos uniu no propósito de vingança contra Luiz e Arthur.

Marco vagava junto à crosta desde seu desencarne no século 16. Submetido a todos os tipos de tortura por ordem de Luiz e Arthur, fora conduzido a uma colônia de socorro que amparava as vítimas dos tribunais da Santa Inquisição. Ao tomar conhecimento de que os filhos eram mantidos no cárcere, começou a questionar seus orientadores sobre os desígnios divinos.

Pedro desencarnou em razão das torturas dos carrascos religiosos e foi levado para a mesma colônia em que Marco estava. Os dois eram orientados a perdoar e, inicialmente, cederam aos ensinamentos recebidos. Marco perguntava aos mentores sobre o destino de Elisa e Valéria, mas respondiam-lhe apenas que as duas chegariam no tempo certo.

O silêncio de Marco irritou Elisa.

— Fale logo. Que verdade é essa?

Marco contraiu a fisionomia e sacudiu a cabeça. As lembranças do passado doíam em sua alma.

— Vou falar, Elisa. Tenho certeza de que seu ódio vai aumentar e muito.

— Formamos uma família na Espanha do século 16: eu e Valéria éramos casados e felizes, você e Pedro chegaram para completar nossa felicidade. Vivíamos no campo, nos arredores de Madri. Da terra, tirávamos nosso sustento. Criávamos alguns animais de pequeno porte e tínhamos uma carroça com dois cavalos, que usávamos para vender nossas mercadorias. Nós nos orgulhávamos de nossa origem: éramos judeus e acreditávamos no Deus de Israel. Nossa vida era simples, mas éramos extremamente felizes. Sabíamos que a Igreja perseguia os judeus por ordens do rei Fernando de Aragão, mas mantínhamos a discrição e nunca incomodávamos ninguém.

Elisa rememorava aos poucos aqueles acontecimentos por meio da narrativa de Marco. A cada lembrança, horrorizava-se.

— Estou me lembrando... — balbuciou.

Marco continuou a narrativa dolorosa.

— Certo dia, passávamos pelo centro de Madri no momento em que uma jovem estava sendo executada em nome do Santo Ofício. Fora acusada de bruxaria e estava amarrada a um tronco de cabeça para baixo. Tentei evitar que vocês presenciassem aquela cena pavorosa e, no momento em que os carrascos direcionaram as tochas para a madeira, desviei a carroça e roguei a Deus que tivesse piedade daquela pobre moça. Quando vi que o fogo consumia a jovem, puxei as rédeas dos cavalos, cuspi em repúdio ao ato desumano e balbuciei: "Que Igreja é essa que mata inocentes?". Não percebi que perto da carroça havia guardas atentos a qualquer manifestação contrária aos castigos e à tortura praticados pelos religiosos. Retornei para nosso pequeno sítio e evitei ir a Madri nos dias seguintes.

Os padres Luiz de Mássara e Arthur Espíndola eram os cruéis inquisidores de Madri. Para aumentar o ouro nos cofres da Igreja e ganhar prestígio com a cúpula do Santo Ofício, não mediam esforços para perseguir, prender, julgar e condenar em nome de Deus. As terras e todos os bens dos supostos culpados tornavam-se patrimônio da Igreja Católica. Tanto Luiz quanto Arthur eram especialistas em Direito Canônico, respeitados e temidos.

Os guardas, que ouviram meu repúdio à execução da jovem na fogueira, delataram-me para os dois padres. Começou exatamente aí o nosso sofrimento, Elisa. Luiz e Arthur descobriram nossa origem judaica. Este foi o peso maior de nossa condenação. O rei Fernando de Aragão havia determinado a perseguição das famílias judias, e os dois padres julgaram ser pertinente nossa prisão e execução para que ganhassem prestígio na coroa espanhola. Invadiram nossa casa, e Arthur tomou Valéria, minha amada esposa, à força, violentando-a na frente de todos nós. Você, Elisa, tinha 12 anos na época. De gênio forte, atacou Arthur tentando livrar sua mãe daquelas mãos imundas. O resultado de sua ação foi trágico: Luiz, que a tudo assistia rindo, ordenou aos guardas que a amarrassem, despiu-a e também a violentou como um animal.

Após a violência extrema, os dois sujos nos levaram para o porão da igreja e lá nos deixaram. Arthur visitava o porão diariamente e sua mãe sofria abuso na frente de todos nós, inclusive de outros presos. Valéria começou a apresentar enjoos constantes e, um dia, foi levada por Arthur. Temi que ela estivesse sendo encaminhada para a execução, mas me enganei. O padre nojento havia se apaixonado por ela e a tomou como amante. Valéria carregava no ventre o fruto do desvario daquele homem. Nunca sabíamos se era dia ou noite no porão. Fui o primeiro a ser levado ao Tribunal. As sessões eram públicas, e o povo vibrava com as condenações. Ouvi quando Arthur falou com Luiz que me encaminharia ao burro espanhol, instrumento de tortura que ele próprio havia mandado construir. Fiquei à vista de todos sobre o aparelho diabólico. Nos meus pés foram amarrados pesos feitos de sacos com areia, que me puxavam para baixo, aumentando o contato do meu corpo com a lâmina de madeira. Morri sentindo meu corpo ser partido ao meio. Fiquei vagando por muito tempo nos arredores da cidade. Você e Pedro definharam no porão. Eram obrigados a andar sobre um tapete de pregos e morreram em decorrência do tétano. Tentei falar com vocês, mas nenhum dos dois me ouviu. Descobri que Valéria havia se tornado amante de Arthur e mais revoltado fiquei. Aquele padre era um animal. Luiz de Mássara invejava os encontros furtivos entre Arthur e Valéria. Pelo que o amigo relatava, Valéria era uma excelente amante. Esperou silenciosamente até que a pobre mulher desse à luz uma menina e exigiu que Arthur as enviasse a um convento. Ele se negou a se separar da amante e discutiu com Luiz, que o ameaçou de entregar Valéria ao Santo Ofício. Para salvar a amante, Arthur entrou em uma luta corporal com Luiz, sendo por ele assassinado. Valéria e a filha Luana passaram a viver sob a proteção de Luiz.

Elisa estava transtornada. Recordara-se de todos os detalhes daquela odisseia. Sentiu o ódio por Luiz e por Arthur crescer em seu coração. Apenas uma dúvida ficou guardada em seu coração.

— E depois disso tudo? O que aconteceu? São séculos de vida, e só me lembro do que você está contando. E depois?

Marco omitira, de maneira proposital, todas as tentativas de reconciliação entre o grupo. Elisa, Pedro, Luiz, Valéria, Arthur e Luana foram socorridos e mantiveram-se no astral durante séculos planejando a reencarnação presente, na qual teriam a oportunidade do encontro redentor, colocando em prática as lições e orientações recebidas. Reencarnaram com esse propósito. Marco manteve-se vagando durante os séculos que o separaram daquele momento, tramando a vingança derradeira. Exercia muita influência sobre Luiz, Arthur e Valéria. Não conseguira, entretanto, jamais se aproximar de Luana, guardada e amparada por Judite.

— Quero me vingar, Marco — Elisa disse contraindo o rosto.

— Vamos conseguir, Elisa. Eu prometo a você.

Dizendo isso, Marco apertou com força a mão da mulher, que correspondeu com prazer, antegozando o momento da vingança.

CAPÍTULO 15

Pedro chegou ao aeroporto de São Paulo e encaminhou-se a uma agência de locação de veículos. A fisionomia da mãe não lhe saía da cabeça. A promessa de vingar-se do pai, que o abandonou, dava-lhe forças para superar o momento de dor. Solicitou à atendente um carro com motorista. Em São Sebastião, daria um jeito para se locomover. Pelo que sabia, a cidade era pequena e cercada de ilhas e turistas.

O motorista se apresentou a Pedro, colocou as malas no carro, abriu a porta traseira e aguardou até que o rapaz se acomodasse. O sol castigava São Paulo, e Pedro resmungou:

— Prometi que iria até o inferno para me vingar daquele crápula, mas não julguei que isso fosse ser necessário.

O motorista olhou-o pelo retrovisor.

— Quer que ligue o ar, senhor?

Pedro foi áspero ao responder.

— O que você acha? Esta cidade é uma caldeira! Ligue o ar imediatamente! Outra coisa: não quero conversar durante a viagem. Contratei você para dirigir e não para falar!

O motorista engoliu em seco. Estava acostumado a trabalhar para turistas e eles eram, de um modo geral, bastante cordiais. Acionou o ar-refrigerado e pegou a estrada, mantendo-se em silêncio. Durante todo o percurso, Pedro tentava escolher entre ficar em um hotel e aguardar o momento propício para atacar ou seguir direto para a casa de Luiz.

"Decido isso quando chegar àquela cidade imunda!", pensou.

***

Gustavo desligou o telefone e esboçou um sorriso. Margarida observava cada movimento do filho sem nenhum pudor. Sem rodeios, perguntou:

— Por que esse sorriso, Gustavo? Ganhou na loteria?

Gustavo voltou o olhar para a mãe.

— Não posso sorrir, mãe?

— Claro que pode. Só estranhei a sua cara de felicidade.

— Por quê?

Margarida assumiu um ar choroso.

— Eu estou aqui, quase morrendo. As dores não me largam, a falta de ar não me deixa dormir, e você ainda se dá ao luxo de ser feliz! Não entendo você, Gustavo. Não entendo...

O rapaz passou a mão pela cabeça num gesto contido de impaciência.

— Eu sempre estou ao seu lado, mãe. Nunca a deixei só, mas tenho o direito de ser feliz, mesmo convivendo diariamente com suas queixas.

— Com quem você estava falando para ficar tão feliz assim?

Gustavo suspirou antes de responder:

— Estava falando com Mila. Vou organizar um almoço aqui em casa. O médico disse que a senhora precisa se distrair. Quero que conheça meus amigos do banco.

— Não quero ninguém aqui em casa, Gustavo. Não gosto de gente invadindo minha casa.

Gustavo apanhou o celular sobre a mesa e beijou a testa da mãe.

— Pois a senhora vai gostar muito dos meus amigos. Vou ao supermercado com Mila comprar os ingredientes do churrasco. Ela virá para me ajudar. Não se preocupe com nada. Nós faremos tudo.

Margarida ainda tentou argumentar, mas não obteve êxito. Não gostava de Mila. Não gostava de ninguém que pudesse lhe tomar o filho.

***

Gustavo beijou a namorada carinhosamente. Mila estava surpresa com a decisão do namorado. Sabia que dona Margarida não gostava dela, mas se esforçava para manter um relacionamento saudável com o namorado.

— E sua mãe, Gustavo? Ela aceitou facilmente a ideia desse encontro?

— O médico apontou o comportamento depressivo de minha mãe como um empecilho no tratamento da doença cardíaca. O contato com outras pessoas vai fazer bem a ela.

Mila aquiesceu.

— Já ligou para Fabrício e Sérgio? Vai chamar Guilherme também?

— Vou ligar agora. Não acredito que eles tenham marcado nenhum programa para este sábado.

Fabrício atendeu o celular com alegria.

— Que bom! Faz tempo que não como um bom churrasco! Vou acordar Sérgio. O preguiçoso ainda está dormindo.

— Vou convidar Guilherme também. O que acha? — Gustavo indagou.

Fabrício respondeu com alegria.

— Ótima ideia, Gustavo! Guilherme tem um bom papo e é bom de copo também! Pode deixar que comprarei as bebidas alcóolicas e os refrigerantes.

Fabrício desligou o celular e dirigiu-se ao quarto de Sérgio. Abriu a porta e permaneceu parado por alguns segundos, observando o amigo dormir. Relembrou sorrindo todos os momentos de intimidade que viveram.

"Por que esse sentimento só aumenta, meu Deus? O que está acontecendo comigo?", pensou.

A claridade da porta aberta fez com que Sérgio se revirasse na cama e escondesse os olhos com o antebraço.

Fabrício cumprimentou-o com alegria.

— Bom dia, dorminhoco! Hora de acordar!

Sérgio sentou-se na cama e apanhou o relógio de pulso sobre a mesinha de cabeceira.

— É cedo ainda, Fabrício! Deu formiga na sua cama?

Fabrício riu.

— Deu formiga no meu celular. Gustavo ligou nos convidando para um churrasco na casa dele. Vai chamar o Guilherme também. O dia está perfeito para uma reunião dessas, e ele merece nossa consideração.

Sérgio espreguiçou-se.

— Sim... A história da mãe dele... Claro que vamos — afirmou encaminhando-se para o banheiro. — Vou tomar um banho. Veja se ele precisa de alguma ajuda.

Fabrício ouviu o chuveiro ser aberto. Seu coração disparou de imediato, e ele resmungou:

— Diabos! Será que todas as vezes em que eu estiver perto dele isso vai acontecer? É incontrolável esse negócio!

Sérgio ouviu Fabrício resmungar, mas não entendeu nenhuma palavra. Fechou a torneira do chuveiro.

— Fabrício, você falou comigo? Não entendi o que você disse. Desculpe. Pode repetir?

Fabrício entrou no banheiro e, sem nenhum pudor, abriu a porta do boxe. Sérgio se deparou com o olhar de desejo do amigo e o puxou para dentro, abrindo novamente o chuveiro. Fabrício livrou-se das roupas e sentiu o corpo nu ser chicoteado pela água fria. Sérgio espalmou as mãos no azulejo do banheiro para tentar controlar o próprio prazer. Terminado o enlace, os dois permaneceram sob a água lavando seus corpos.

Envolvidos por uma toalha na cintura, os dois olharam-se ternamente.

— Não sei o que está acontecendo comigo, Sérgio. Não consigo controlar meu desejo quando estou perto de você.

Sérgio passou os dedos nos cabelos molhados de Fabrício.

— Desejo não se controla. Reprimir um desejo saudável é adoecer aos poucos.

Fabrício olhou Sérgio com seriedade.

— E aonde isso vai chegar? Quando vamos parar com isso?

Sérgio segurou com firmeza o braço torneado de Fabrício.

— Vamos sempre chegar ao prazer. E, por minha vontade, não vamos interromper nunca essa história.

— Mas e se as pessoas souberem?

— Você se preocupa demais com as pessoas, Fabrício. Estamos relativamente protegidos das pessoas.

Fabrício sorriu.

— Agora vamos ao café? Estou faminto.

— Você vive faminto! A nossa sorte é que a geladeira vive cheia, e eu gosto de cozinhar!

Fabrício e Sérgio terminaram de tomar o café da manhã e se arrumaram com capricho. Sérgio chegou à sala com uma bermuda bege e camiseta branca. Fabrício colocou uma bermuda azul-marinho também com camiseta branca. Fabrício brincou:

— Estamos lindos demais.

Sérgio completou, gargalhando.

— E cheirosos. Um bom importado faz a diferença neste calor.

— Por falar em calor, você me deu uma ideia. Desde que chegamos aqui, não aproveitamos o que existe de melhor em São Sebastião: as praias. Vamos levar nossas sungas e nossos bonés. O churrasco na casa de Gustavo não deve demorar muito. Podemos, pelo menos, conhecer uma das praias e caminhar na areia. O que acha, Sérgio?

— Taí. Gostei da ideia. Vou colocar essas coisinhas aí numa única mochila. Fica mais fácil. Precisarei comprar protetor solar. Com a radiação não se brinca!

Sérgio arrumou a mochila e a colocou nas costas. Fabrício se adiantou para abrir a porta.

— Fiquei de levar as bebidas, Sérgio. Antes de irmos, vamos comprar cerveja e refrigerantes.

***

Enquanto isso, Gustavo e Mila aguardavam a chegada dos amigos na varanda da casa. Margarida permanecia sentada na sala com o rosto contrariado. Mila tentava em vão ser gentil, indo a todo o momento ao encontro da sogra.

— A senhora quer alguma coisa, dona Margarida? Quer que eu faça um suco?

Margarida não disfarçava a contrariedade e o mau-humor.

— Se eu quiser algo, sei o caminho da minha cozinha. Pode ficar sossegada. Só quero ficar em paz!

Gustavo ouviu o tom agressivo da mãe e tentou amenizar a situação.

— Deixe, Mila. Daqui a pouco ela melhora.

Fabrício assobiou quando chegou ao portão da casa de Gustavo, e ele alertou a mãe.

— Mamãe, meus amigos do banco estão chegando. Trate-os bem, por favor. Por mim, trate-os bem.

Margarida expressou um sorriso, que logo recolheu, franzindo a testa assim que o filho virou as costas.

— Se não há jeito, o melhor é disfarçar. Gustavo vai acabar descobrindo que só eu posso lhe dar a verdadeira felicidade — sussurrou entredentes, levantando-se da cadeira e ajeitando os cabelos grisalhos.

Fabrício e Sérgio avistaram Guilherme, que os esperava para que entrassem na casa juntos. Gustavo abriu o portão com um sorriso no rosto. Poucas haviam sido as vezes nas quais levara amigos em casa para confraternizar. Tinha esperança de que o contato com outras pessoas auxiliasse na cura da mãe.

— Obrigado por terem vindo. Venham. Vou apresentar dona Margarida a vocês. Mila está na cozinha adiantando alguma coisa.

120

Apanhou as sacolas com as bebidas que os três traziam e os levou até a presença da matrona.

— Mamãe, estes são meus amigos: Guilherme a senhora já conhece. Fabrício e Sérgio chegaram há pouco tempo. São concursados do banco como eu.

Margarida estendeu a mão para cumprimentar Guilherme e estancou ante o sorriso terno de Sérgio e a alegria de Fabrício. "Parece que os conheço.", pensou.

Sérgio percebeu a estranheza nos olhos de Margarida e aproximou-se, beijando-a no rosto.

— Muito prazer, dona Margarida. Gustavo fala muito da senhora.

Fabrício também a cumprimentou, brincando:

— Invadimos sua casa, não é, dona Margarida? Não se preocupe porque não vamos bagunçar nada.

Margarida permaneceu com os olhos fixos nos dois. Buscava na memória a presença de um ou outro em sua vida. "Talvez já tenham passado por aqui por perto, e eu não me dei conta.", concluiu para si.

Ela procurou retribuir o cumprimento de forma simpática.

— Muito prazer. Não ando bem de saúde, mas não vou estragar o dia de vocês. Fiquem à vontade.

O dia transcorreu com alegria. Margarida, sempre que podia, se afastava do grupo e ia para o quarto. Ligava e desligava o rádio de pilha, numa tentativa de fazer o tempo passar e se livrar daquele compromisso. Fabrício comandava a churrasqueira com a alegria de sempre, e Sérgio empenhava-se junto a Mila para manter tudo limpo. Assim que Fabrício começou a servir o churrasco, Gustavo chamou pela mãe.

— Venha, mãe. Fabrício é um bom churrasqueiro. E Mila e Sérgio prepararam um acompanhamento delicioso.

Margarida chegou à área e sentou-se perto do filho.

— Não estou com fome, Gustavo.

O rapaz preparou um prato e entregou a ela.

— Não está com fome, mas vai comer pelo menos um pouco.

Margarida apanhou o prato e comeu, fazendo questão de mostrar sua insatisfação.

— Esta salada está com muito sal. Quem fez?

Mila interrompeu-a:

— Não usei sal no tempero, dona Margarida. Sei que a senhora não pode.

— Mas está com sal sim, Gustavo. Não posso comer isso. Vai me fazer mal. Apanhe para mim a sopa que deixei na geladeira, por favor.

Mila aproximou-se de Sérgio e falou baixinho:

— Não sei como Gustavo aguenta isso, Sérgio. Não coloquei sal em nada. Ela não gosta de mim.

Sérgio procurou tranquilizar Mila.

— Não ligue, Mila. Ela já tem certa idade e está doente. Procure entender.

Com o prato de sopa servido por Gustavo, Margarida voltou-se para Fabrício, que acabara de apanhar outra lata de cerveja.

— Você bebe demais, rapaz. Isso faz mal.

Fabrício ficou sem graça, e Gustavo interferiu.

— Está muito calor, mãe. Estamos em família, em casa, e ninguém aqui tem carro. Deixe nossa geladinha em paz.

Margarida terminou de tomar a sopa e pediu ao filho os remédios.

— Gustavo, não posso deixar de tomar meus remédios. Peça à sua namorada para apanhá-los. Estão no armário da cozinha. Se eu deixar por sua conta, acabo morrendo.

Fabrício, Guilherme e Sérgio se entreolharam. Era clara a chantagem de Margarida com o amigo.

Ela tomou, um a um, os comprimidos e despediu-se:

— Vou me deitar. Por mais que eu tente, fico muito cansada. Não posso abusar. Ordens do médico.

Gustavo ainda tentou dissuadi-la da ideia, mas foi impedido por Mila.

— Deixe sua mãe descansar. Ela vai se sentir melhor.

Margarida foi para o quarto, ajeitou o travesseiro e deitou-se. Sempre que fechava os olhos para tentar dormir, via o rosto de Fabrício e Sérgio.

"De onde eu os conheço?", perguntava-se sem parar. Permaneceu alguns minutos nessa interrogação até conseguir pegar no sono.

Fabrício, Gustavo, Guilherme e Mila, todos mais à vontade sem a presença de Margarida, passaram o resto da manhã e o início da tarde conversando. Sérgio consultou a hora no relógio de pulso e olhou para Fabrício.

— Vou ajudar Mila a arrumar a cozinha. Fabrício, ajude Gustavo por aqui. Não quero que dona Margarida pense que somos bagunceiros. Vamos deixar tudo em ordem antes de ir.

— Mas vocês já vão? — Gustavo perguntou desolado.

Guilherme começou a recolher os espetos vazios da churrasqueira.

— Já está na hora, Gustavo. Sua mãe já nos aturou além da conta hoje. É melhor que esse contato seja feito aos poucos. E já terminamos com a carne e com a cerveja. Está na hora.

Pouco depois, Fabrício e Sérgio despediram-se de Gustavo e de Mila. Guilherme já havia ido embora. Gustavo agradeceu a presença dos amigos.

— Obrigado por me ajudarem. Desculpem as grosserias de minha mãe. Ela é dessa forma por causa da doença.

Mila piscou para os dois numa tentativa de mostrar que o comportamento de Margarida não era apenas em função da doença. Sérgio compreendeu o sinal da moça.

— Fique tranquilo, Gustavo. O dia foi perfeito.

Fabrício enfatizou o agradecimento.

— Põe perfeito nisso. Muito obrigado. E pegue a Mila pelo pé: a comida que ela faz é ótima!

***

Fabrício e Sérgio atravessaram a pequena rua e seguiram em direção a uma lanchonete. O garçom entregou o cardápio, olhando sonolento para os dois. Sérgio devolveu o encarte de papelão ao rapaz.

— Qual a praia mais próxima daqui?

— São Sebastião é cercado por praias...

— Eu sei. Mas qual a mais próxima daqui? — impacientou-se.

— Camburi. A praia de Camburi é a mais perto daqui.

Sérgio puxou uma nota de cinco reais da carteira e mostrou ao rapaz.

— Como fazemos para chegar até lá?

O rapaz apontou para a rua em frente.

— Entrem naquela rua ali. Vocês vão encontrar muita gente voltando de lá.

Sérgio entregou a nota nas mãos suadas do garçom e saiu andando com Fabrício. Conforme o rapaz dissera, um grande número de pessoas fazia o caminho inverso ao deles, carregando cadeiras e guarda-sóis.

Fabrício cutucou o braço de Sérgio com malícia.

— Será que a praia vai ficar deserta?

Sérgio riu.

— Espero que sim.

Entraram num restaurante para colocarem a sunga. Sérgio arrumou cuidadosamente a roupa dos dois na mochila. Um garçom apontou as mesas do restaurante na areia, e os dois escolheram a mais afastada de todas. Os rapazes ficaram um tempo em silêncio, observando o mar. A paisagem era verdadeiramente fantástica. Àquela hora, gaivotas já se reuniam para a pesca da tarde. Eram barulhentas e se mantinham em grupo. Separavam-se apenas na hora do mergulho, quando ostentavam pequenos peixes que se debatiam em vão. O céu começava a ficar avermelhado, anunciando a noite de calor que estava para chegar. Fabrício estendeu o braço para chamar o garçom.

— Você vai beber o quê, Sérgio?

Sérgio pensou por alguns segundos e respondeu:

— Uma caipirinha.

Fabrício fez o pedido ao garçom.

— Uma caipirinha e uma água mineral com gás, por favor.

Sérgio estranhou o pedido de Fabrício.

— Ué! Não vai beber? Você pediu água? É isso mesmo?

Fabrício encarou Sérgio com extrema seriedade:

— Quero toda a sobriedade do mundo. Não quero confundir o efeito do álcool com o efeito que você causa em meu corpo.

Sérgio sentiu-se ruborizar. Jamais imaginara que ouviria aquilo de Fabrício.

— Você está falando sério?

Fabrício percorreu os dedos disfarçadamente pela perna de Sérgio.

— Falei sério sim. Essa é a minha reação sem a bebida. Essa é a minha vontade sem a bebida. Gostaria que você percebesse bem isso.

Sérgio sentiu a pele arrepiar-se.

— Fabrício, podemos conversar sobre o que vem acontecendo entre nós dois?

— Sobre o que poderíamos falar? Sobre o nosso desejo?

Sérgio fixou os olhos no mar.

— Fabrício, a vida vai um pouco além desse desejo. Moramos na mesma casa. Quando nos conhecemos, você era um machão grosseiro. Nunca imaginei que esse contato fosse possível.

Fabrício foi direto.

— Eu muito menos. Nunca pensei me relacionar com você. Mas confesso que não resisto à sua presença. Nos últimos dias, durmo e acordo pensando em nossos encontros.

— E o que vamos fazer com isso, Fabrício?

— Vamos deixar a vida passar. Não penso no futuro. Nem sequer penso no presente, que dirá no futuro.

Um casal passou abraçado. A jovem ostentava um sorriso no rosto e o rapaz circundava-a pela cintura, como se estivesse mostrando a todos que ela pertencia a ele.

Fabrício apontou para os dois:

— Olhe aquilo. Ninguém se importa ou se choca porque eles são de sexos diferentes. É normal para a sociedade essa relação. Daqui a pouco se casam ou vão morar juntos e procriar. Acho que essa coisa é bíblica. Tipo "vai lá e aumenta a população do planeta". Se eu abraçar você e passar a mão na sua cintura para mostrar que você me pertence, seremos olhados com nojo, espanto. Seremos anormais, entende? Por isso, precisamos ser bem discretos em tudo. No momento, sinto um desejo grande por você. Não sei, sinceramente, Sérgio, se isso continuará assim daqui a algum tempo.

— Somos jovens ainda, Fabrício. Vamos aproveitar a vida. Você está certo.

Fabrício esperou o garçom servir as bebidas e se afastar.

— Só fique certo de uma coisa.

Sérgio apertou os olhos, expressando curiosidade.

— Certo de quê?

— Sou possessivo e violento. O que é meu é meu, e ponto final.

Sérgio gargalhou, e os dois se levantaram em direção ao mar. A praia estava deserta, e Sérgio, sentindo o desejo o consumir, entregou-se a Fabrício mais uma vez ali mesmo, e ambos se amaram intensamente.

Depois que a emoção do ato de amor serenou, deixaram-se consagrar à água salgada até o pôr do sol. A noite chegou aos poucos, e eles resolveram voltar para o restaurante onde o garçom acenava para os dois, num gesto de desespero. Fabrício apontou-o para Sérgio.

— Parece que nosso amigo quer encerrar a conta. Vamos até lá.

Os dois correram em direção ao bar. Fabrício interrogou o garçom com surpresa.

— Vocês já vão fechar? Com esse calor, ninguém fica aqui à noite?

— Estamos fora da temporada. Nos feriados e no verão, ficamos abertos até amanhecer. O patrão contrata mais gente, mais funcionários, e daí ficamos direto funcionando.

— Então não temos tempo de pedir nada para comer? — Sérgio perguntou colocando a mão no estômago.

125

O garçom olhou para o relógio e coçou a cabeça.

— Vocês estão com fome, não é?

Sérgio e Fabrício responderam ao mesmo tempo.

— Sim!

— Bom, posso fazer o que for mais rápido. Peixe frito, pode ser?

Fabrício alargou o sorriso:

— Então, corra! Mas antes, traga mais uma caipirinha e uma jarra de chope.

O rapaz se afastou com passos apressados, e Sérgio sussurrou:

— Você disse que queria ficar sóbrio. Desistiu da ideia?

Fabrício olhou ao redor para se certificar de que não havia ninguém próximo. Afagou a cabeça de Sérgio, inicialmente, num gesto de ternura e, a seguir, puxando-lhe pelos cabelos ao encontro de seu rosto. Ofegante, afirmou:

— Já sei o que quero. Com ou sem bebida.

O garçom encaminhou-se com a bandeja de bebidas e presenciou a cena entre os dois. Serviu-os e ficou parado à frente da mesa. Sérgio incomodou-se.

— Algum problema, meu amigo? O peixe vai demorar muito? Estamos famintos.

— Vou falar uma coisa, mas não quero que levem a mal.

Fabrício pigarreou e vasculhou a mochila à procura do maço de cigarros. Pressentiu o tom invasivo na voz do rapaz. Sérgio solicitou que ele falasse.

— Pode falar...

Fabrício acendeu um cigarro e tragou com volúpia. Temia que seu gesto com Sérgio tivesse sido percebido pelo garçom, que começou a falar sem constrangimento.

— Aqui em São Sebastião temos lugares onde os homossexuais não sofrem nenhum tipo de preconceito.

Fabrício esbravejou, apoiando as mãos na mesa para levantar-se:

— E o que temos com isso, rapaz? Você está insinuando exatamente o quê?

O garçom deu dois passos para trás.

— Não estou insinuando nada não, senhor. Desculpe. É que vi vocês dois...

Fabrício não o deixou terminar a frase. Empurrou a mesa, derramando a bebida no chão. Sérgio buscou contê-lo, segurando-o pelo braço.

126

— Pare com isso, Fabrício! Ele só confundiu nossa brincadeira entre irmãos. Somos irmãos, rapaz! Por que razão não podemos ser carinhosos um com o outro?

Fabrício estancou a reação ao ouvir as palavras de Sérgio. Apanhou a carteira dentro da mochila, colocou uma nota de cinquenta reais no avental do garçom e chamou Sérgio:

— Vamos embora! Esse daí estragou meu dia.

O garçom dirigiu outro pedido de desculpas aos dois.

— Como não percebi isso antes. Vocês se parecem mesmo. Desculpem a minha ignorância, mas só queria...

Fabrício interrompeu-o de forma brusca:

— Não piore as coisas para seu lado, cara. Fica calado que é melhor.

Fabrício e Sérgio saíram do bar e se vestiram no caminho. O silêncio foi mantido durante todo o percurso e se manteve ao chegarem em casa. Sérgio sentiu receio de que o episódio pudesse fazer Fabrício repensar a relação entre eles e tomar decisões precipitadas.

CAPÍTULO 16

O motorista estacionou o carro em frente à Igreja Matriz de São Sebastião. Sentia-se exausto: Pedro não permitira nenhuma parada durante a viagem.

— Chegamos, senhor.

— Eu sei ler. E sei, consequentemente, que a placa onde estava escrito: "Bem-vindos a São Sebastião", há poucos quilômetros, indica que estamos em São Sebastião. Óbvio isso, não acha?

O motorista abaixou a cabeça. Não poderia responder o que lhe passava na mente, pois seria demitido. Esperou que Pedro tomasse a iniciativa de sair do carro. Alguns minutos se passaram até Pedro se manifestar:

— Pergunte a alguém onde posso encontrar uma agência bancária. E rápido, se não for exigir um sacrifício muito grande para sua evidente lentidão.

O homem saltou do carro e dirigiu-se a um policial que passava pela praça. Recebeu as informações necessárias e retornou ao carro.

— O banco fica aqui perto. O senhor vai até lá?

Pedro riu ironicamente.

— Contratei um motorista ou um investigador? Apenas cumpra minhas ordens, e eu procurarei entender suas limitações.

À porta do banco, uma placa impedindo o estacionamento obrigou o motorista a se dirigir novamente a Pedro.

— Não posso parar aqui, senhor. Serei multado. Qualquer multa sai do meu salário.

Pedro abriu a porta do carro com violência.

— Que se dane seu salariozinho! Fique me esperando exatamente aqui, se não quiser ficar sem as suas moedas do mês.

Pedro entrou na agência e estranhou as enormes filas. Com o olhar, localizou a mesa de Fabrício vazia e aproximou-se:

— Tenho conta em um banco no exterior e preciso transferir valores para um banco brasileiro. Quero abrir uma conta, mas não tenho tempo a perder em filas.

Fabrício percebeu o mau-humor de Pedro. Resolveu ser rápido e prático no atendimento ao novo cliente.

— O senhor tem documentação brasileira?

Pedro abriu a carteira e dispôs os documentos sobre a mesa. Fabrício examinou-os e solicitou um comprovante de residência.

— Não resido ainda em lugar algum, rapaz. Acabei de chegar à cidade.

Fabrício decidiu desconsiderar a exigência do banco ao se dar conta de que Pedro não era um cliente comum.

— Se o senhor vai fixar residência na cidade, basta me dar o endereço, mesmo que seja de um hotel.

Pedro tirou uma agenda da pasta que carregava e examinou atentamente o endereço da mansão de Luiz. Não sabia até aquele momento se iria direto para lá ou para um hotel. A lembrança da mãe durante a agonia da morte fê-lo decidir-se. Apanhou um bloco que estava sobre a mesa de Fabrício, anotou o endereço e entregou ao rapaz, que, em poucos minutos, terminou o atendimento.

— Está tudo pronto, doutor. Preciso apenas apanhar o visto do gerente para que o senhor receba um cartão provisório e registre suas senhas.

Fabrício entregou os papéis assinados por Pedro a Martins, que reagiu sorridente ao olhar as referências bancárias do novo cliente. Resolveu atendê-lo pessoalmente.

— Fique aqui na minha mesa. Vou concluir o atendimento. Um cliente desse nível não pode ser recebido por qualquer um.

Fabrício ficou de pé, observando Martins se apresentar a Pedro. "Tomara que leve um fora!", pensou.

O gerente aproximou-se de Pedro e se apresentou, estendendo a mão para cumprimentá-lo:

— Boa tarde. Meu nome é Martins e sou o gerente geral do banco. Estou aqui para lhe dar as boas-vindas.

129

Pedro deixou que Martins ficasse com a mão estendida por longos segundos. O constrangimento do homem fez com que Fabrício risse de forma disfarçada. Pedro foi direto, desconsertando Martins.

— Me tornei especial depois que o senhor examinou os papéis que preenchi. Por favor, chame o funcionário de volta. Ele começou o atendimento, ele vai concluir.

Martins desculpou-se e saiu. Assinou as folhas para a abertura da conta e sussurrou para Fabrício:

— O homem tem dinheiro, mas é um mal-educado. Vá até lá e termine o que você começou.

Martins estava com as bochechas vermelhas de raiva, e Fabrício sentiu-se vitorioso.

Pedro digitou a data da morte de Elisa como senha, apanhou o cartão e solicitou ao funcionário o uso do telefone. Enquanto Pedro falava ao telefone em inglês, Fabrício viu na tela do computador a transferência que ele estava fazendo. O valor alto deixou o rapaz boquiaberto.

Pedro levantou-se da cadeira e apontou para o endereço de Luiz.

— Como faço para chegar a este endereço?

— Não sei exatamente onde fica a mansão do doutor Luiz, mas posso lhe garantir que há um menino chamado Sabino que pode conduzi-lo até lá.

— Onde posso encontrar esse menino com um nome tão bizarro?

— Ele sempre está perto da rodoviária.

Pedro virou as costas e saiu do banco. Parou em frente ao carro e colocou a cabeça pela janela.

— Quem mandou você desligar o ar?

O motorista não respondeu. Saiu do carro e abriu a porta para que Pedro entrasse. Em silêncio, esperou a ordem que veio em seguida.

— Descubra onde fica a rodoviária e me leve até lá.

Acompanhando as placas, o carro foi estacionado na rua lateral à rodoviária. Pedro cutucou o motorista:

— Vá até lá e procure por um moleque chamado Sabino. Traga-o até aqui.

Sabino chegou sorridente.

— O doutor mandou me chamar?

Pedro tirou os óculos escuros, que lhe cobriam parte do rosto.

— Você pode me ensinar a chegar à mansão de Luiz?

Sabino olhou-o com estranhamento. Não havia gostado dele.

130

— E o que o senhor vai fazer lá?

Pedro irritou-se.

— O que vou fazer não é da sua conta, menino. Vai me ensinar ou não?

— Não sei ensinar. Só sei chegar até lá. Tem que atravessar uns becos pela mata. O carro passa, mas se eu explicar, o senhor não vai entender. E se não é da minha conta, vou ensinar por qual motivo?

— Porque pretendo pagar bem a você por esse serviço — Pedro respondeu.

Sabino animou-se. Não prestava favores a ninguém. Aprendera muito cedo o valor do trabalho que realizava. Precisava auxiliar a família e assim fazia. Abriu a porta do carro para entrar e realizar seu trabalho. Pedro o rejeitou de imediato.

— Vá como costuma ir. No meu carro você não entra, moleque.

Sabino mordeu o lábio inferior. Precisava do dinheiro, pois poucas pessoas o solicitaram naquele dia. No bolso, tinha apenas algumas moedas.

— Tenho uma bicicleta, doutor. O senhor pega aquela ladeira lá na frente e me espera perto dos banquinhos de madeira. Dali, só me seguindo mesmo, até porque o carro vai ter que andar tão devagar quanto a minha bicicleta.

O motorista avisou sobre a necessidade de abastecer o carro. Mostrou o painel a Pedro e estacionou em um posto de gasolina. Retornou com o carro e subiu a ladeira anteriormente indicada por Sabino. No final da ladeira, ficaram parados, aguardando a chegada do menino.

O motorista olhou consternado para Sabino: de longe, o esforço daquela criança para pedalar na ladeira era evidente. "Esse doutor Pedro é monstruoso! Não se faz isso com uma criança!", pensou. Abriu o porta-malas do carro e, de uma frasqueira térmica, apanhou uma garrafa de água e a entregou para Sabino. O menino bebeu a água com sofreguidão, enxugou o suor do rosto com a camiseta e dirigiu-se a Pedro.

— Agora eu vou na frente, e o senhor vem me seguindo. Cuidado para não atolar o carro: choveu muito na semana passada, e isso ficou que é lama pura.

Sabino seguiu na frente com a bicicleta, transpondo os obstáculos sem dificuldade. Não havia gostado de Pedro e, por isso mesmo, resolveu escolher a estrada antiga e que, raramente, era usada por alguém. Num determinado ponto, o tronco de uma árvore bloqueou a passagem. O motorista parou o carro, desceu e chamou Sabino.

— Sabino, não existe mesmo outra maneira de chegar até essa tal mansão? O patrão já está irritado! — desabafou ao perceber o riso disfarçado no rosto do menino.

Sabino parou a bicicleta e coçou a cabeça.

— Qual é o seu nome, senhor?

— Antero. Meu nome é Antero.

— Seu Antero, o senhor não acha que esse doutor reclama demais? Como é que o senhor consegue trabalhar pra ele?

— Não trabalho para ele. Trabalho para uma empresa que aluga carros. Me despeço dele quando chegar à mansão, se Deus quiser.

Sabino riu.

— Então, vamos deixar ele sofrer mais um pouquinho. Falta pouco, seu Antero. Vou empurrar aquele tronco ali. Está oco e é bem leve.

Sabino empurrou o tronco, e Antero voltou para o carro. Pedro empalidecia de raiva.

— Ligue esse ar, seu lerdo! Já me basta essa estrada cheia de imprevistos! Com as janelas abertas, serei devorado pelos insetos.

Antero olhou-o pelo retrovisor: Pedro já havia tirado a gravata, o paletó e estava com a camisa ensopada de suor. Sentiu-se vingado das grosserias e abraçou a ideia de Sabino de fazê-lo experimentar o desconforto mais um pouco.

— Senhor, assim que eu puder aumentar a velocidade do carro, ligo o ar. Se eu fizer isso agora, podemos enguiçar o carro.

Pedro desferiu um soco no assento do carro.

— Vá logo! Se este carro ficar parado no meio deste matagal, é capaz do Tarzan em pessoa me dar boas-vindas! Vamos logo!

Alguns minutos depois, Sabino parou a bicicleta, apontou para a mansão e gritou:

— Lá está, doutor! Aquela é a mansão do doutor Luiz.

Pedro olhou ao redor e avistou uma estrada em melhores condições. Teve certeza de que Sabino havia escolhido o pior caminho. Saltou do carro e chamou o menino.

— Venha até aqui, moleque!

Sabino pedalou com tranquilidade até Pedro, parou a bicicleta e apoiou-se com um dos pés no chão.

— Meu nome é Sabino, doutor! Não me chamo moleque.

Pedro suspirou profundamente e falou de forma pausada.

132

— Sabino, esta estrada que está bem à nossa frente não estaria em melhores condições?

Sabino abaixou a cabeça para responder.

— Não conheço bem aquela estrada, doutor. Fiquei com medo de me perder e deixar o senhor irritado.

Pedro dirigiu ao menino um olhar de raiva.

— Podemos pegar aquela estrada que você não conhece agora?

— Podemos sim, doutor. Este trecho eu conheço bem.

Sabino saiu pedalando a bicicleta, e Pedro voltou para o carro.

— Acho que a peste desse moleque me enganou. Vamos, ligue esse ar-refrigerado. Preciso me recuperar para chegar com uma aparência razoável.

Pedro abriu a bagagem de mão que estava no banco do carro e apanhou uma camisa limpa. Secou o corpo com uma toalha de mão e vestiu-se, borrifando perfume na nuca e nos pulsos.

"Pronto. Assim está melhor. Não poderia dar de cara com o assassino de minha mãe com a aparência de um mendigo", pensou com raiva.

Percorreram mais alguns quilômetros e, por fim, o motorista estacionou à frente da mansão. Sabino sinalizou com o dedo polegar e aproximou-se do carro.

— Doutor, a mansão é essa. Meu trabalho acabou — disse estendendo a mão direita para Pedro.

Pedro contrariou-se com a atitude do menino.

— Você só pensa em dinheiro, moleque?

Sabino não se deixou abater. Era esperto e, apesar da condição social desfavorável, não permitia que ninguém o humilhasse.

— Trabalho pelo dinheiro sim, doutor. Como todo mundo, trabalho para ganhar alguns trocados, mas penso em outras coisas. Gosto de ajudar as pessoas, gosto de brincar...

Pedro puxou uma nota da carteira e não deixou o menino continuar a falar.

— Não quero saber de suas histórias. Tome seu dinheiro. Pela estrada que você me obrigou a enfrentar, deveria receber bem menos, mas não carrego moedas na carteira.

Sabino olhou, extasiado, a nota. Nunca havia recebido um valor tão alto. Chegou a se arrepender da pequena maldade cometida.

— Obrigado, doutor. Ali no portão tem um interfone. O segurança vai atender o senhor.

Pedro saltou do carro e tocou o interfone. Uma voz masculina o interpelou.

— Quem é?

— Você está falando com o doutor Pedro. Diga a seu patrão que sou filho de Elisa, antiga empregada da casa. Tenho certeza de que ele ficará ansioso para me conhecer.

Antero aguardava do lado de fora do carro, e Pedro ordenou que ele colocasse a bagagem à frente do portão.

— O senhor não prefere entrar com o carro, doutor?

— Se eu pedi para você tirar as malas, é lógico que não! Faça o que mandei e pode ir embora. Já estou cansado de olhar para sua cara!

Antero fez o que Pedro ordenou e, sentindo-se livre daquele compromisso perturbador, voltou-se para Sabino.

— Venha, Sabino! Vou colocar sua bicicleta no porta-malas e deixo você na cidade.

Pedro observou o carro descendo a estrada principal e revoltou-se:

— Infelizes! Que fiquem entregues ao feijão com arroz eternamente!

***

Dirce encontrou Luiz no escritório examinando algumas fotografias da família. Extasiava-se com a beleza de Valéria. Estava, de novo, perdidamente apaixonado pela esposa e decidido a fazer de tudo para que ela se sentisse realmente feliz. Perdido nos próprios pensamentos, custou a perceber a presença de Dirce.

— Perdoe-me, Dirce. Não vi você entrar. Precisa de algo?

— Doutor, o senhor se recorda de Elisa?

— Elisa? Que Elisa, Dirce? Não conheço ninguém com esse nome.

Dirce ficou em silêncio. Conhecia apenas a história entrecortada pelo choro e narrada pela própria Elisa quando foi expulsa por Luiz. Receava que o patrão fosse enfrentar mais um problema.

— Doutor Luiz, Elisa trabalhou aqui na mansão na época que o senhor casou-se com dona Valéria, vários anos antes de Luana nascer. Era muito jovem. O senhor a mandou embora.

Luiz deixou as fotografias sobre a mesa e direcionou um olhar interrogativo para Dirce.

— E por que razão você está falando sobre Elisa agora? Ela foi despedida há tantos anos.

— Um dos seguranças avisou que um rapaz chamado Pedro se apresentou no portão como o filho dela. Apresentou-se como "doutor Pedro".

Luiz sentiu o coração descompassar. Recordou-se do dia em que mandou Elisa embora, dando-lhe dinheiro para que ela saísse da cidade. Parecia ouvir nitidamente a conversa que teve com a jovem empregada:

— Este filho é seu. Você sabe disso. Se for menino, vai se chamar Pedro.

— Este filho não pode nascer, Elisa. Vá embora! Suma de São Sebastião e não ouse voltar ou abrir a sua boca!

Dirce chamou-o à realidade.

— Doutor, o que faço? Deixo o rapaz entrar?

Luiz levantou-se resoluto e apanhou um talão de cheques na gaveta da escrivaninha.

— Vou até o portão. Resolvo isso num só tempo.

Luiz avistou o vulto de Pedro pelas grades. Passou pela cabine que ficava estrategicamente perto da saída da mansão e solicitou aos seguranças que ficassem atentos, interferindo caso o rapaz se tornasse mais agressivo. Aproximou-se do portão e sinalizou para que o abrissem. Os segundos que se passaram enquanto o portão deslizava sobre os trilhos foram intermináveis para os dois. Luiz reparou a aparência refinada do rapaz, que o encarava com raiva nos olhos.

— Não precisa se esforçar para tentar compreender este momento. Não quero que se esforce sequer para saber quem sou. Eu mesmo farei isso — atacou Pedro e continuou: — Sou filho de Elisa, a mesma Elisa que você encontrava às escondidas nos aposentos dos empregados enquanto sua mulher dormia. A mulher que você expulsou grávida desta casa. A mesma Elisa que morou num bordel por sua causa. A mesma Elisa que você assassinou de forma cruel e aos poucos! Sou filho dela, mas, infelizmente, sou seu filho também!

Luiz buscou forças para reagir.

— Você deve estar enganado, rapaz! Sua mãe deve ter inventado toda essa história para justificar a vida desregrada que levava. Vá embora de minha casa!

O portão começou a deslizar após um sinal de Luiz para que fosse fechado. Pedro, imediatamente, apanhou as malas e jogou-as dentro da mansão, esgueirando-se por uma pequena abertura para conseguir entrar.

— Não adianta, papai — disse num tom debochado — vou tomar conta da parte que me cabe nessa história. Vou fazer com que o nome de minha mãe seja conhecido por todos nesta casa! E é melhor você não tentar usar de violência comigo: tudo o que estou fazendo está devidamente registrado para outras pessoas. Se algo me acontecer, você será responsabilizado judicialmente. Agora, ordene aos seus empregados que levem minha bagagem e a coloquem num quarto adequado. Fiz uma viagem bem longa até aqui, o calor é infernal, e preciso descansar. Depois disso, conversaremos.

Luiz ordenou aos seguranças que levassem a bagagem de Pedro para a mansão.

— Coloquem no quarto do final do corredor e peçam a Dirce para verificar se ele precisa de alguma coisa.

Luiz dirigiu-se ao jardim da casa. Não sabia ao certo o que fazer. O passado lhe golpeava de forma cruel e sorrateira.

***

Dirce deixou a bandeja com água sobre um aparador no quarto de Pedro.

— O senhor deseja mais alguma coisa?

Pedro sorriu.

— Desejo apenas que você saia daqui! Preciso descansar.

Pedro ligou o ar-refrigerado e deitou-se.

— Mãe, vim até este fim de mundo para me vingar. Fique tranquila porque vou cumprir minha promessa!

Os espíritos de Elisa e Marco aproximaram-se de Pedro. Elisa afagava-lhe os cabelos negros com carinho. Pedro, subitamente, experimentou intenso torpor e adormeceu. Elisa e Marco sussurravam repetidamente: "Se vingue! Se vingue!". O rosto do rapaz se contraía pelo desejo de vingança. O corpo retesado denunciava o estado de consciência experimentado por Pedro.

Mais tarde, no escritório, Luiz andava de um lado para outro. Não sabia o que iria encarar pela frente. Seria desmoralizado perante a família. Sua esperança era de que Pedro tivesse vindo em busca apenas de dinheiro. Subiu as escadas com cuidado e bateu na porta do quarto de Luciano. O professor notou o evidente mal-estar no rosto de Luiz.

— Luiz, o que houve? Você está pálido.

— Preciso conversar com você.

— Aconteceu alguma coisa com Arthur?

— Não. Dirce me avisou que ele está lá envolvido com os desenhos.

— Sei disso. Arthur me pediu para ficar sozinho, e eu atendi ao apelo dele. Aparentemente, está bem tranquilo. O que aconteceu com você então?

Luiz fechou as janelas do quarto e teve o cuidado de trancar a porta. Sentou-se na cadeira à frente do computador e narrou tudo o que havia acontecido alguns momentos antes. Luciano olhou-o com firmeza.

— E o que o rapaz narrou é verdade? Existe alguma possibilidade de você ser o pai dele?

Luiz baixou a cabeça e assentiu:

— Sim, Luciano. Existe essa possibilidade. Elisa estava grávida quando saiu daqui. Ela trabalhava como arrumadeira e era muito jovem e bonita. Como homem, não resisti. Mas dei a ela dinheiro para que saísse da cidade e se livrasse da gravidez.

— Acho que você pode resolver isso de forma pacífica. Primeiro, converse com Valéria e Luana. Seja claro e faça isso antes de Pedro. As duas estão na piscina. Vá até lá e converse com elas. Seja, sobretudo, honesto e verdadeiro.

— Você acha que as duas vão compreender?

— Luana certamente saberá ouvi-lo. Valéria também. Quanto à compreensão, não sei o que cada uma vai sentir em relação ao seu relato.

Luiz deixou o quarto de Luciano e se encaminhou para a piscina. Pedro despertou e ouviu o barulho de água do lado de fora do quarto. Afastou as cortinas pesadas e se surpreendeu ao ver Luiz conversando com Luana e Valéria.

— Aquelas devem ser a minha irmãzinha e minha madrasta. Tenho uma bela irmã e uma fantástica e escultural madrasta. Será melhor, bem melhor do que eu havia planejado, mãe.

Olhou-se no espelho do banheiro e se deu conta da aparência abatida. Rapidamente, lavou o rosto e ajeitou os cabelos. No rosto, notou os traços bem definidos de Elisa e recordou-se do momento exato em que perdera a mãe. Secou as mãos na delicada toalha bordada e reafirmou seu propósito de vingança:

— A festa vai começar! Não vou deixar nada inteiro por aqui!

Trancou a porta do quarto, colocou a chave no bolso da calça e desceu. Na varanda, olhou ao redor da casa e saiu ao encontro de Luiz. Caminhou a passos lentos até ser notado pelo dono da casa. Parou, olhou para o alto e sorriu.

— Papai, não vai me apresentar a tão lindas mulheres? Que falta de consideração!

Luana levantou-se de imediato ao ouvir a voz de Pedro, apercebendo-lhe o tom irônico.

— Seu nome é Pedro, não é? Papai já nos contou tudo. Não podemos julgá-lo. Junte-se a nós. Tenho certeza de que você tem muito a falar.

Pedro estancou por alguns segundos ante a cordialidade e sinceridade de Luana, mas logo reassumiu a postura debochada.

— Não vim até este lugarzinho amazônico para fazer terapia de grupo, minha cara irmãzinha. Aliás, você é minha meia-irmã, não é isso?

Luana não se deixou intimidar.

— Se sou apenas meia-irmã, não sei. Sei que sou sua irmã. Isso me basta. Esta é Valéria, minha mãe.

Valéria olhou para Pedro com ódio. Disfarçara compreensão durante o relato de Luiz, mas sentiu-se enganada pela postura puritana que o marido sempre assumira diante dela e dos filhos. Pedro dirigiu um olhar consternado a Luana e encaminhou-se na direção de Valéria, estendendo a mão para cumprimentá-la. A mulher retribuiu o cumprimento com grande constrangimento.

— Muito prazer, Pedro. Luiz já conversou conosco. Seja bem-vindo — disfarçou, tentando seguir as atitudes da filha.

Pedro escolheu uma espreguiçadeira ao lado de Valéria e deitou-se, colocando as mãos entrelaçadas na nuca e cruzando os pés.

— Não tenham pressa. Não vim até o Brasil para conversar. Vim aproveitar. Estava precisando mesmo de férias. Fiquem à vontade. Não quero incomodar ninguém.

Valéria, Luana e Luiz ficaram boquiabertos com a atitude de Pedro. Sentaram-se sob o guarda-sol e ali permaneceram por quase meia hora no mais absoluto silêncio, enquanto Pedro fingia cochilar. O rapaz remexeu-se na cadeira e espreguiçou-se demoradamente.

— Por isso, os índios não serviram para o sistema escravocrata: esta terra dá muito sono e muita preguiça mesmo. Só uma raça preparada para o trabalho pesado poderia suportar este clima, estas arvorezinhas chacoalhando com o vento, este céu tão azulzinho...

Luana enrubesceu. A ironia de Pedro, misturada à fala carregada de preconceito, deixou-a irritada.

— Você viveu em que lugar, Pedro?

Pedro levantou-se da cadeira e olhou com seriedade para os três:

— Vivi no mundo. O Brasil é um submundo. Com a preciosa licença de vocês, papai, maninha e minha linda madrasta, voltarei para o meu quarto. Tenho minha bagagem para organizar. Por favor, papai, peça à criada para me servir algo no quarto. Não quero nem carne de capivara nem filé de cobra. Um sanduíche será bem-aceito!

Luiz observou Pedro afastar-se e colocou as mãos na cabeça, num gesto de desespero.

— Não posso imaginar o que ele quer. Me perdoem por tudo isso...

Luana abraçou os pais.

— Não fique assim, pai. É apenas mais um membro para a família. Só isso. Vamos ter paciência. Aos poucos, ele perderá essa arrogância. Deve ter sofrido muito, por isso, age com essa raiva toda. Vamos deixá-lo à vontade. Será melhor assim.

Luiz e Valéria nada responderam a Luana. Apenas olharam-se com temor e prevendo que, com a presença de Pedro ali, dificilmente encontrariam novamente a paz.

CAPÍTULO 17

Margarida estava visivelmente abatida. Todas as noites, quando tentava pegar no sono, imagens do passado tornavam-se vivas. O ar lhe faltava, o coração disparava e ela terminava por acordar o filho. Gustavo, pacientemente, levantava-se para atender às solicitações da mãe e, com ela, passava as noites em claro. Logo que amanhecia, Margarida conseguia pegar no sono, e ele, exausto, seguia para o trabalho e rendia muito pouco no banco.

Fabrício e Sérgio observavam o cansaço do amigo que, muitas vezes, cochilava à frente do computador. Durante os intervalos para o almoço, Gustavo corria para casa e ficava um pouco com a mãe.

— Você não vai almoçar conosco, Gustavo? — perguntavam Fabrício e Sérgio, e obtinham sempre a mesma resposta:

— Minha mãe não anda bem. Não consegue mais dormir à noite. Tem se queixado muito nas últimas semanas. Já a levei ao médico, ela refez todos os exames, e ele não encontra nada que justifique isso. Vem sempre com a velha história da depressão.

— E ela não dorme nunca? É impossível que ela não durma — interferiu Sérgio.

— O médico também afirma isso. Mas ela dorme bem pouco. Sempre que chego em casa, o almoço já está pronto, a mesa posta, e ela está sentada na varanda. Não dorme mesmo, Sérgio. Vou para casa. Preciso saber como ela está.

Fabrício e Sérgio deixaram Gustavo se distanciar para saírem do banco. Resolveram almoçar num pequeno restaurante que oferecia, além da ótima comida, um ambiente completamente refrigerado. Escolheram uma mesa, sentaram-se e começaram a examinar o cardápio. Sérgio solicitou ao garçom duas águas com gás.

— Por que você acha que quero beber água, Sérgio? Sai fazendo o pedido sem me consultar. E se eu não quiser beber água com gás?

Sérgio riu.

— Porque você gosta e porque também sempre pede água!

— É verdade... — respondeu Fabrício com cara de criança. — Sempre peço isso mesmo.

Sérgio deixou que Fabrício escolhesse o prato e, enquanto esperavam, falaram sobre Gustavo.

— Fabrício, há algo de errado com dona Margarida. Ninguém fica sem dormir tanto tempo assim. Gustavo comentou que o médico havia passado tranquilizantes para ela. Não é possível que não façam efeito!

— Também penso da mesma forma. Será que nessa história não tem um pouco de chantagem afetiva? É bem próprio das pessoas com certa idade.

— Sim, Sérgio. Mas se é chantagem, já está demais. O Martins está de olho nele. Gustavo está sem condições de produzir normalmente. Pra mim, dona Margarida corre para a cama depois que Gustavo vem trabalhar e se cansa de tanto dormir depois que ele volta do almoço.

Os dois mudaram de assunto quando o garçom serviu a refeição.

Ao terminarem de comer, retornaram ao banco para fugir do calor. Gustavo chegou com um atraso de quase meia hora, esbaforido e preocupado.

— Onde está Martins, Fabrício?

— Está numa reunião. Se você disfarçar essa cara de preocupação, ninguém vai ficar sabendo. Uma funcionária abelhuda perguntou por você, e o Sérgio disse que havia ido à papelaria trocar a carga de uma caneta importada. Desculpa esfarrapada, mas criativa.

— Só tenho a agradecer a vocês.

— Não precisa agradecer. Somos amigos. Vá para sua mesa trabalhar e, se perguntarem, diga que a caneta é importada e de estimação.

O expediente do banco foi encerrado, e Fabrício convidou Sérgio e Gustavo para tomarem uma cerveja no bar. Gustavo relutou um pouco, mas acabou cedendo.

— Preciso voltar para casa, Fabrício. Fico preocupado com minha mãe, mas acho que descansar um pouco a minha cabeça vai me fazer bem. Não tenho conseguido ver Mila direito. Qualquer dia, ela vai desistir de mim.

— Vai nada! — Sérgio interferiu. — Mila ama você e certamente compreende esse momento tão difícil. Vamos lá, conversar um pouco. Será bom pra você, meu amigo.

— Vamos logo! Vamos deixar para conversar lá — Fabrício exclamou, atravessando a rua.

Os três acomodaram-se à mesa, e Fabrício sinalizou para o garçom, pedindo uma cerveja e três copos. Carina passava pelo outro lado da calçada e avistou-os.

— Dessa vez, Fabrício não me escapa! — sussurrou.

A garota desviou-se de um carro que buscava estacionamento e aproximou-se de Fabrício, vendando-o com as mãos e sinalizando para que Sérgio e Gustavo ficassem em silêncio.

— Adivinha quem é?

Fabrício não reconheceu a voz entrecortada de malícia e irritou-se.

— Não gosto dessa brincadeira!

A moça insistiu:

— De que brincadeira você gosta? É só falar que eu...

Fabrício retirou as mãos de Carina do rosto dele de forma brusca.

— Não gosto de surpresas desse tipo, menina. Se manca!

Gustavo compreendeu a atitude de Fabrício ao verificar o semblante contraído de Sérgio. Resolveu interceder para que o constrangimento dos amigos não se tornasse evidente para Carina. Não queria em hipótese alguma que Sérgio e Fabrício fossem vítimas de qualquer tipo de comentário invasivo.

— Carina, me perdoe, mas estamos tratando de um assunto sério. Deixe as brincadeiras para outra ocasião. Se você não se importa, precisamos continuar com nossa conversa.

— Você está me pedindo para sair, Gustavo? Que falta de educação!

Fabrício reagiu:

— Se ele ainda não pediu, eu peço: saia e nos deixe em paz! Não quero sua companhia!

— Você não quer minha companhia hoje, mas já quis e gostou bastante! — Vou embora. Não estou acostumada a essa grosseria! Nunca vi homem que rejeita companhia feminina assim, dessa forma tão grosseira.

Fabrício ameaçou responder, mas Sérgio o impediu, segurando-lhe a mão com firmeza.

— Deixe, Fabrício. Ela já está indo embora.

Gustavo voltou-se para os dois, após se certificar que Carina havia ido embora, e notou no olhar dos amigos grande cumplicidade. De forma instintiva, sorriu.

— Essa Carina é muito inconveniente. Não liguem para ela.

Fabrício se desconcertou, e Sérgio procurou disfarçar.

— Vamos brindar à nossa amizade?

Os três ergueram os copos e brindaram.

— Que a amizade que nos une dure para sempre! — Sérgio sugeriu sorridente.

Fabrício e Gustavo repetiram a frase e os três sorveram goles generosos de cerveja. Permaneceram sentados por algum tempo, até que o celular de Gustavo tocou. Nervoso, ele verificou o número da chamada antes de atender.

— Oi, mãe. Aconteceu alguma coisa? A senhora está bem?

Margarida lamentava-se pela demora do filho.

— Não estou bem não, meu filho. Você ainda está no banco?

— Não, mãe. Já saí. Estou me distraindo um pouco com Fabrício e Sérgio. Daqui a pouco estarei em casa.

Margarida respirou aliviada. Havia acabado de acordar e não queria que o filho a encontrasse com cara de quem dormiu a tarde toda.

— Fica tranquilo, Gustavo. Estou me sentindo bem hoje. Se distraia com seus amigos.

— A senhora conseguiu dormir um pouco, mãe?

Margarida mentiu de forma inconsciente. Não queria que o filho descobrisse que ela, durante a ausência dele, dormia até demais. Os fantasmas do passado só a atormentavam à noite.

— Não dormi, mas estou me sentindo bem. Pode ficar.

Gustavo desligou o telefone e abaixou os olhos.

— Como ela está, Gustavo? — Sérgio perguntou.

— Disse para eu ficar com vocês e me distrair um pouco. Me sinto muito culpado com isso. Acho melhor ir embora.

— Nada disso. Você vai fazer o que sua mãe pediu: vai ficar e distrair um pouco essa cabeça — ordenou Fabrício.

***

Margarida tratou de arrumar o quarto correndo. Esticou o lençol e cobriu a cama com uma colcha feita de retalhos. Em seguida, foi para a cozinha tirar as panelas da geladeira e colocou-as sobre o fogão para esquentar a comida. Forrou a mesa com uma toalha, arrumou os pratos e os talheres.

— Não gosto daqueles dois, mas até que essa saída do Gustavo foi providencial. Se ele chegasse à hora de sempre, iria me pegar roncando. Não consigo dormir à noite direito. Preciso descansar durante o dia. Só que ele não vai entender isso de jeito nenhum. Deus sabe o que sinto. Só ele sabe como eu sofro — falava em voz alta.

Gustavo ligou para Mila antes de se despedir dos amigos. Estava com saudades da namorada, porém, não queria fazer a mãe esperar mais. Justificou-se, repetindo todo o processo da doença de Margarida, e marcou um encontro para o dia seguinte, quando saísse do banco.

Fabrício se manteve em silêncio pensando nos problemas de Gustavo. Não sabia como o amigo se deixava escravizar daquela forma.

— Sinceramente, Sérgio, só o Gustavo não percebe que está sendo manipulado pela mãe. Ninguém fica sem dormir por tanto tempo.

— Também acho que seja manipulação. Chantagem pura. Mas quem vai colocar na cabeça de um filho que a própria mãe faz esse tipo de coisa? Nem eu, nem você e nem ninguém vão conseguir isso.

— Sei lá, Sérgio. Às vezes, me acho um extraterrestre. Fui criado por pais amorosos, mas nunca consegui amá-los de forma tão intensa, a ponto de abrir mão de minha vida. Eles também nunca me cobraram muito além do que eu era capaz de dar.

— Fabrício, temos família sanguínea, mas isso não significa que estamos amarrados ou ancorados nessa família. Amar vai um pouco além disso. Não existe nó certo que prenda pai, mãe, filho, companheiro ou companheira. Amar não é colocar um nó no pescoço de ninguém.

Fabrício pediu outra cerveja e alguns petiscos.

— Ainda bem que não corro o risco de ser enforcado.

— Não entendi a piada, Fabrício.

— Meu raciocínio é bem simples. Se você leva ao pé da letra esse discurso do nó, fico mais tranquilo. Pelo menos sei que você não terá coragem de me enforcar com esse tal nó.

Os dois riram bastante e permaneceram conversando até escurecer. Carina observava-os da porta do curso e só entrou para assistir à aula quando os viu ir embora.

***

Gustavo chegou em casa e viu a mãe sentada na cadeira de balanço na varanda. Entrou, beijou-a no rosto e sentou-se ao lado dela.

— Como passou a tarde, mãe?

Margarida suspirou antes de responder:

— Como sempre. Não tive ânimo nem para arrumar a casa. Estou me tornando um estorvo em sua vida. Me desculpe.

Gustavo segurou as mãos de Margarida com extrema ternura.

— Está se desculpando de quê? A senhora não está bem, mãe. Sou seu filho. Minha obrigação é ficar ao seu lado.

Margarida, com lágrimas nos olhos, afagou o rosto do filho.

— Você é a minha razão de viver, Gustavo. Não sei o que será de mim quando você se casar.

— Quando eu me casar, mãe, a senhora continuará comigo. Mila já sabe disso e não se opõe.

— Não sei se isso vai dar certo. Sua namorada não gosta de mim e, além disso, você não sabe se irá se casar realmente com ela. Acho que essa moça não é para você.

Gustavo sentiu o rosto arder. Amava Mila e tinha certeza de que ela era a mulher da vida dele. Em contrapartida, tinha consciência de que a mãe não gostava dela. Mudou de assunto para não acarretar mais aborrecimentos para a mãe. Precisava que ela tivesse uma noite tranquila para que ele também conseguisse descansar.

— E aquela carne assada que só a senhora sabe fazer? Já podemos jantar? Estou com muita fome.

Margarida levantou-se com ânimo. Apreciava os elogios do filho.

— Vamos! Só falta esquentar a comida.

— Vou tomar um banho, mãe. Está muito calor.

Na cozinha, à frente das panelas, Margarida ensaiou um risinho e murmurou:

— Mas meu filho não vai mesmo se casar com aquela doida. Ah! Mas não vai mesmo! A louca é metida com essas coisas de espírito. Sai pra lá!

Gustavo, durante o jantar, conversou com a mãe sobre as dificuldades que estava enfrentando no banco.

— E esse tal Martins não reconhece seu valor, meu filho?

— Não é questão de valorização. Só não estou rendendo o suficiente no trabalho.

— Só pode ser fofoca. Coisa de gente invejosa que quer te prejudicar.

Gustavo não respondeu. Não queria que a mãe relacionasse as noites que ele passava em claro como a principal causa de seus problemas no banco.

146

CAPÍTULO 18

Pedro arrumou-se de maneira formal para o jantar e desceu as escadas vagarosamente. Todos já estavam sentados à mesa, e Luiz mostrava-se contrariado com a revelação repentina do passado, que nunca julgou que viria à tona. Arthur mantinha-se com a cabeça apoiada sobre os braços, e Luciano afagava-lhe os cabelos ternamente, tentando mantê-lo tranquilo para o encontro prestes a ocorrer. Pedro entrou na sala de jantar sorrindo:

— Boa noite, família querida! Estava ansioso, achando que não me convidariam para o jantar.

Luiz respondeu secamente:

— Achei que você iria preferir descansar. Não sei de onde veio, mas tenho certeza de que fez uma longa viagem. Sente-se. Este é Luciano, professor de Arthur.

Pedro aproximou-se de Arthur e colocou as mãos sobre os ombros do menino.

— Quer dizer que você é meu irmãozinho?

Arthur levantou a cabeça e olhou-o sem espanto.

— Eu sabia que você viria. Eu sabia disso. Sua mãe já está aqui junto com o outro. Senta aí pra jantar. Já está tudo arrumado para o grande final.

Luiz e Valéria olharam para o filho e temeram a reação de Pedro, que tripudiou sobre o comportamento de Arthur.

— Quer dizer que temos um problema de ordem mental na família, papai? Coitadinho. O senhor o trata com remédios tradicionais para delírios ou optou pelas beberagens e macumbas brasileiras?

Luciano esboçou uma reação, que logo foi percebida por Arthur, mas foi impedido pelo próprio menino de manifestá-la.

— Deixe, professor. Eu sei quem é ele. Sei o que veio fazer aqui. Ele não me incomoda. Nem ele, nem a mãe dele e nem o outro — Arthur afirmou, esboçando um sorriso no canto esquerdo do lábio.

Luiz viu Pedro sentar-se estrategicamente ao lado de Valéria e sentiu ciúme. Novamente, encontrava-se perdidamente apaixonado por ela. A beleza e a juventude do filho o intimidavam. O rapaz parecia-se muito com Elisa. Guardava os traços finos, o nariz perfeitamente delineado, os cílios longos e os cabelos pretos. Pedro era de uma beleza extraordinária e Luiz temeu, por instantes, que essa beleza encantasse Valéria.

— Então? O que nos será servido, papai e madrasta? Prepararam algo especial para o jantar? Estou faminto, mas temo as invenções culinárias do Brasil.

Luiz resolveu conduzir uma conversa amigável com Pedro para sondar as intenções do rapaz.

— Não se preocupe, Pedro. Não estamos habituados à culinária exótica. Aqui teremos sempre o trivial. Também não aprecio as inovações.

— Que bom, papai. Pelo menos disso nós comungamos.

Luiz continuou a conversa, enquanto Dirce dispunha as travessas sobre a mesa.

— Você deu a entender que viveu longe do Brasil. Onde exatamente?

Pedro assumiu um ar de extrema contrariedade.

— Desci para jantar e não para conversar. Vamos deixar esse assunto para outro momento. Amanhã, talvez.

Luiz reagiu.

— Nada disso, rapaz! Você entrou em minha casa e está convivendo com minha família se utilizando de um único argumento: de que é meu filho e de Elisa. Não sei se essa história é verdadeira ou não. Quem me garante que você é mesmo filho de Elisa?

Pedro gargalhou, escondendo a boca com o guardanapo.

— Não me faça rir, por favor! O senhor conhece uma coisa chamada teste de DNA? Sei que o teste faz sucesso no Brasil, tamanho o número de bastardos por aqui. Acho que é mesmo um país de homens covardes. Vamos jantar.

Os olhos de Arthur brilhavam direcionados a Pedro. Luciano estava temeroso pelas possíveis reações do aluno.

— Tudo bem com você, Arthur? Quer jantar comigo no quarto?

— Não fique preocupado comigo, professor. Ele está falando a verdade, e isso não me incomoda. Eles não me incomodam. Antes de nascer, eu já sabia quem eram. Não tenho medo de nenhum deles. Estão todos presos em meu caderno de desenho.

Pedro olhou boquiaberto para Luiz.

— O caso é bem mais sério do que julguei inicialmente. Já avaliaram este menino? Ele pode se tornar perigoso. É muito delírio para uma criança dessa idade.

— Pedro, me faça um favor. Não se meta com Arthur — Luiz retrucou com aspereza.

Pedro sacudiu os ombros num gesto de desdém.

— Para mim, tanto faz. Não vim até aqui para isso. Já liguei para um laboratório confiável localizado na capital. Amanhã, pela manhã, virá uma equipe especializada para colher o material necessário ao teste de DNA. Depois disso, após o resultado, conversaremos. Por enquanto, vou tentar engolir a comida que sua criada fez.

Luiz irritou-se:

— Não fale de Dirce assim. Ela está conosco há muito tempo, e sempre foi tratada com muito respeito e carinho.

— Perdoe-me. Esqueci que o senhor dirige às criadas da casa um tratamento bem especial.

Valéria ficava cada vez mais ruborizada. Sentia ímpetos de avançar em Luiz e chamá-lo de falso. Pelo que Pedro falara na piscina, ela ainda não estava grávida de Luana quando o marido começou a buscar o quarto de Elisa para satisfazer seus desejos de homem."Quanto falso puritanismo!", pensava a mulher inconformada.

Num determinado instante, Pedro esbarrou em Valéria e percebeu os pelos eriçados nos braços da mulher. Segurou-lhe delicadamente a mão.

— Desculpe. Foi sem querer. Não quis incomodá-la.

Valéria sentiu o corpo agitar-se.

— Você não me incomodou, Pedro. O que achou da comida? Garanto que não é carne de capivara. Dirce é excelente cozinheira.

— É. Realmente ela me surpreendeu com a comida. Vou me acostumando aos poucos com tudo que vou encontrar por aqui. Sei que algumas coisas serão desagradáveis. Mas sei também que outras podem ser sensacionais.

Todos se mantiveram em silêncio durante o restante de tempo em que ficaram reunidos à mesa de jantar. Luciano queria caminhar pelo jardim com Arthur, mas o menino preferiu retornar ao quarto, e ele o acompanhou. Luiz levantou-se e convidou Pedro e Valéria para tomar o licor na varanda.

— Que tipo de licor vocês tomam?

Luiz apontou para as inúmeras garrafas enfileiradas numa estante de madeira.

— Escolha você.

O rapaz percorreu os dedos pelos rótulos das garrafas e escolheu uma.

— Este é muito bom.

Luiz apanhou três cálices e serviu o licor escolhido por Pedro. Depois, encaminharam-se à varanda.

— Vamos ficar um pouco aqui fora. Está mais fresco.

Os três sentaram-se de frente um para o outro. Luiz tentou iniciar uma conversa amigável.

— Você me disse que é filho de Elisa. Realmente se parece muito com sua mãe.

— Sei disso, papai querido — debochou Pedro.

Valéria decidiu inquiri-lo sobre a relação de Elisa com o marido. Dessa forma, deixaria o papel de algoz e poderia se tornar vítima na relação com o marido. Diante dos erros de Luiz, encontrara a redenção para os próprios erros.

— Pedro, sinto muito tudo o que aconteceu com sua mãe. Pelo que conheço de Luiz, ele vai conceder a você todos os direitos de filho. Qual é mesmo a sua idade?

— Tenho 28 anos. Sou mais velho que Luana. Por falar nela, onde anda minha irmãzinha?

Valéria deu continuidade à conversa, enquanto Luiz mantinha-se em silêncio.

— Luana está no curso, no centro de São Sebastião.

— Curso? Curso de quê e para quê?

— Pré-vestibular. Ela vai fazer o vestibular no final do ano.

— Mas está um pouco atrasada, não é mesmo?

— Ela precisou cuidar do irmão. Me afastei desta casa por certo tempo, e Luana acabou assumindo responsabilidades que eram minhas. Deixou os estudos para cuidar de Arthur, mas ainda é muito jovem. Tem tempo de sobra na vida.

150

Pedro decidiu investir na conversa com Valéria. Percebera o mal-estar causado em Luiz.

— Mas o que levou você a se afastar de sua família perfeita?

Luiz sorveu o licor num único gole antes de encerrar a conversa.

— Isso não é de sua conta, Pedro. Vamos, Valéria. Vamos subir. Dirce esperará por Luana.

Pedro estendeu a mão para Valéria.

— Gostei de conversar com você. Depois do resultado do teste, acho que meu papaizinho vai permitir a liberação de mais informações sobre esta família tão harmônica. Sou paciente. Sei esperar. Bom descanso para vocês!

Pedro permaneceu na varanda se lembrando dos últimos momentos de dor da mãe. O espírito de Olegário aproximou-se para tentar fazer com que o filho adotivo tão amado desistisse da empreitada a que se propunha. Em vão, buscava inspirá-lo com o perdão. A presença dos espíritos de Elisa e Marco e a influência que os dois exerciam sobre Pedro constituíam um obstáculo para qualquer tentativa de reconciliação entre o enteado e Luiz. Olegário conhecia as correntes que prenderam Elisa ao cárcere do ódio e, consequentemente, transformaram Pedro num elo quase inquebrável dessas correntes. Com tristeza, afastou-se, deixando-o entregue às energias de vingança emanadas por Marco e Elisa. O rapaz mordeu o lábio inferior quando viu o carro de Luana aproximar-se da mansão.

— Essa daí teve vida boa desde que nasceu. É dela que vou tirar as informações sobre Valéria.

Luana estacionou o carro na garagem e encaminhou-se na direção de Pedro, que imediatamente assumiu um ar pensativo.

— Oi, Pedro. Está fresquinho aqui, não é mesmo?

Pedro fingiu se surpreender com a presença da irmã.

— Menina, você me assustou! Pensei que fosse um bicho silvestre!

Luana sentou-se ao lado dele rindo.

— Vai me dizer que você vê o Brasil dessa forma mesmo, Pedro? Com onças por todos os lados, jacarés passeando por vias públicas e filé de cobra sendo servido como hambúrguer?

— Mais ou menos. O Brasil ainda é visto assim no exterior. Confundem a Amazônia com o Rio de Janeiro, o Pantanal com São Paulo, e por aí vai.

— Essa óptica cabia até a década de 1960. Agora, com a comunicação digital, custo a crer que uma pessoa com sua formação continue pensando assim.

— Mas o carnaval e a novela *Escrava Isaura* ainda são as formas pelas quais o Brasil se tornou conhecido na maioria dos países lá fora. Isso você não pode negar.

Luana assentiu com o olhar. Sabia que a afirmação feita pelo irmão era verdadeira.

— Você, então, precisará fazer um curso intensivo sobre sua terra natal, Pedro. Onde você viveu todo esse tempo?

— Nos Estados Unidos. Mais exatamente em Nova Iorque. O homem que me criou era médico e levou a mim e à minha mãe para lá. Me tornei um cidadão americano. Sou apaixonado pelo país que me abrigou. Lá eu estudei, me formei e, para lá, voltarei assim que resolver essa história mal escrita de minha vida.

— Você se formou em quê?

— Sou médico neurologista. É a minha especialidade. E você? — perguntou fingindo não saber a resposta.

— Me atrasei um pouco nos estudos. Tivemos alguns problemas que me afastaram da escola. Mas farei vestibular no fim do ano. Sei que vou passar.

"É agora que vou colher as informações que quero!", pensou satisfeito.

— Meu Deus! Mas que problemas foram esses? A formação acadêmica de um indivíduo é tão importante!

Luana baixou os olhos antes de responder:

— Como você pôde perceber, seus problemas não foram únicos.

— Sei disso, Luana. Confesso que sinto isso em seus olhos. Se você se sentir à vontade para falar, estou aqui. Nos conhecemos há poucas horas, entretanto, sou seu irmão.

— Você sente raiva de nosso pai, não é?

— Raiva? Claro que não! — dissimulou. — Esse é meu jeito mesmo. Sempre soube da existência dele. Minha mãe nunca me enganou, e o homem que me criou também não era adepto da mentira. Estou no Brasil para conhecer parte de minha família e ser reconhecido como filho de Luiz. Apenas isso. Mas me conte sobre você. Por que razão parou seus estudos?

— Minha mãe saiu desta casa quando eu estava no início da adolescência. Ela retornou há pouco tempo e reatou o casamento com meu pai.

Arthur era um bebê ainda, e me vi obrigada a assumir o papel de mãe. Nosso pai entrou numa forte depressão. Apenas há pouco tempo consegui retomar os estudos e ingressar no cursinho. Sempre há tempo para estudar.

— E sua mãe abandonou você e seu irmão do nada?

— Ela foi em busca de um sonho. Não a culpo. Sou uma pessoa sem traumas. E, sinceramente, espero que você seja assim também. Não há tempo a perder na vida com essas bobagens de traumas. Culpar as pessoas é uma tarefa fácil demais. Assumir a responsabilidade sobre a própria vida é se livrar de qualquer culpa. Com isso, não somos nunca vítimas ou algozes.

Pedro suspirou, enquanto pensava: "Mas que garota enfadonha e de filosofia barata. Cansativa demais!".

— Você tem razão, querida... Não podemos ser vítimas nunca! Se me permite, vou subir. Estou cansado demais e amanhã meu dia será longo. Um teste de DNA porá fim a qualquer dúvida por parte de nosso pai, porque eu só tenho certezas. Até amanhã.

Pedro subiu e passou pela porta do quarto de Luiz.

— Vou começar a minha vingança colocando um belo par de chifres em sua cabeça quase calva, papaizinho — sussurrou entredentes.

No quarto de Arthur, Luciano olhava para o aluno desenhando compulsivamente: cada vez mais ele aprimorava os traços, detalhando fisionomias aterrorizadas num cenário de violência e tortura.

CAPÍTULO 19

A sexta-feira era sempre comemorada pelos funcionários do banco nos bares de São Sebastião. Frequentemente, Fabrício, Sérgio, Gustavo e Guilherme reuniam-se no bar da praça para conversar. Gustavo, embora envolvido com a doença da mãe, decidira equilibrar a própria vida.

— Por mais que meu coração fique apertado, preciso refrescar um pouco a cabeça. Minha mãe precisa compreender isso.

— Gustavo, sua rotina tem que seguir normalmente. Você tem uma vida inteira pela frente. Tem o seu trabalho, tem Mila, que também necessita de sua atenção — Sérgio acrescentou.

Fabrício levantou o copo para brindar e completou:

— E você não precisa se sentir culpado por isso. A dona Margarida vive a vida dela e você vive a sua. Isso não significa que vá deixá-la de lado ou alguma coisa parecida. Você pode cuidar dela e de sua vida também.

— Parece que nosso amigo Fabrício mudou bastante desde sua chegada a São Sebastião — observou Guilherme.

Sérgio experimentou grande satisfação interior.

— Por que diz isso, Guilherme?

— Simples — respondeu Guilherme. — Quando ele chegou à cidade era mais audacioso, vinha pra cá quase todos os dias. Cheguei a pensar que não teriam mulheres suficientes em São Sebastião para saciar a sede de diversão de nosso amigo. Agora, só o encontro às sextas-feiras aqui no bar e, mesmo assim, para uma cerveja rápida e um papo-furado qualquer. Nem fica mais espreitando a saída das meninas do curso. O que há, Fabrício? Anda em depressão ou com saudades de São Paulo?

— Nem uma coisa, nem outra. Só ando com outros planos na cabeça. Mas vamos falar de outra coisa. Não sou um bom assunto para a conversa de ninguém — Fabrício respondeu após acender um cigarro.

— Só não mudou com o cigarro, não é meu amigo? — brincou Gustavo.

— Estamos ao ar livre. Não faço mal a ninguém com meu cigarro.

— Faz a você mesmo — concluiu Gustavo. Mila diz que qualquer vício é um suicídio inconsciente. Os espíritas explicam dessa forma.

Fabrício baforou a fumaça do cigarro para o alto.

— Quer saber? Não acredito que o cigarro faça mal a quem fuma sem culpa. Comemos um monte de drogas por aí, respiramos a fumaça dos carros, bebemos água de qualidade duvidosa e, além de tudo isso, ainda aturamos gente muita chata. Se essa porcaria de cigarro vai me levar para o inferno, eu não sei. Só sei que existem coisas muito mais prejudiciais à saúde por aí, e a gente atura.

— O que, por exemplo?

— Hipocrisia é pior que cigarro. Preconceito é pior que cigarro. E os espíritas, católicos, evangélicos estão mais preocupados com o tal do cigarro que com esses comportamentos que fazem tanta gente sofrer.

— Você deveria fazer Direito. Acabou de absolver o cigarro com votos unânimes do júri popular — brincou Gustavo.

Os rapazes descontraíram-se, e Sérgio percebeu, nas palavras de Fabrício, uma defesa ao relacionamento que viviam. Fabrício tornava-se cada vez mais carinhoso e atencioso e, aos poucos, deixava de questionar o desejo experimentado. Sérgio estava completamente apaixonado por ele e evitava pensar no futuro. Não queria fazer planos, e a convivência com Fabrício o transformava diariamente: não ansiava mais pelo futuro, vivia um dia de cada vez, sem a preocupação se a experiência experimentada terminaria de uma hora para outra ou se prolongaria pelo tempo que eles vivessem.

Mila juntou-se ao grupo e a conversa ganhou ânimo. Sem se dar conta das mudanças ocorridas no comportamento de Fabrício, perguntou se ele havia desistido de Luana.

— Você nunca mais perguntou sobre ela ou ficou em frente ao cursinho para encontrá-la. O que está havendo? Encontrou alguém que lhe colocou nos eixos, Fabrício?

Gustavo cutucou a namorada por baixo da mesa. Ele estranhou o jeito invasivo de Mila, que de um modo geral, era delicada e bem-educada. Mila entendeu e desculpou-se.

155

— Desculpe, Fabrício. Não quis ser grosseira. Só estava brincando.

— Parece que hoje estou na berlinda, não tem problema, Mila. Já estou acostumado ao julgamento das pessoas. Não me importo.

— Não quis julgar você. — Mila tornou a se desculpar sob o olhar de reprovação de Gustavo.

Fabrício olhou para Sérgio com carinho.

— O dia em que eu resolver expor os motivos que me afastaram dessa procura por alguém aqui na praça, eu falarei sem nenhum problema. Por enquanto, tenho duas justificativas para isso: a falta de vontade e o fato de me ocupar de coisas bem melhores.

Sérgio mantinha-se em silêncio, com os olhos atentos aos movimentos de Fabrício, quando percebeu a aproximação de Carina. "Pronto! Lá vem mais problema!", pensou contraindo o rosto.

— Olá, rapazes! Olá, Mila! Posso me sentar com vocês ou serei expulsa de novo? — perguntou, apanhando uma cadeira de outra mesa e colocando-a ao lado de Fabrício.

— Sente-se. Nós não a expulsamos da outra vez. Apenas precisávamos conversar sobre assuntos do banco. Não seria agradável para você ouvir sobre números — Sérgio interferiu, apontando a cadeira para que Carina se acomodasse.

— Peça uma cerveja para mim, Fabrício. Estou com sede.

Fabrício mostrou contrariedade com a atitude de Sérgio. Não queria contato com Carina, mas decidiu tratá-la com educação. Fez o pedido ao garçom e procurou se manter em silêncio, por mais que a jovem tentasse conversar com ele.

— Fabrício, um gato comeu sua língua? Estava tão falante, e agora esse silêncio todo — provocou Sérgio.

Fabrício riu e piscou para ele. Carina percebeu o gesto do rapaz e provocou.

— Nossa! Você piscando para um homenzarrão como o Sérgio é a visão do inferno! Não estou entendendo mais nada! Parece até que vocês dois...

Gustavo não deixou que Carina continuasse a insinuação.

— Carina, é melhor você parar com essa brincadeira de mau gosto! Temos o hábito de sinalizar um para o outro, piscando o olho. No banco, nem sempre podemos nos falar e, quando ocorre algum problema, é assim que avisamos um ao outro.

156

A jovem não se deu por vencida. Aproximou-se de Fabrício e passou a mão no peito do rapaz num gesto de sedução. O rapaz sentiu uma repulsa ao toque de Carina. Imediatamente, tirou a mão da moça e a espalmou sobre a mesa.

— Pare com isso, Carina! Podemos conversar como pessoas normais?

— Até parece que você não gosta mais de mulheres, Fabrício! Já é a segunda vez que você me rejeita! Eu hein? Quando digo que você e Sérgio parecem ter um caso, não é à toa!

Fabrício, Sérgio, Guilherme e Mila ficaram atônitos. Gustavo, ciente do risco de exposição dos amigos, mais uma vez tentou remediar a situação.

— Carina, tirando o seu prejulgamento e sua ignorância, nenhum de nós aqui lhe deve explicações de qualquer tipo. Fabrício está comprometido com uma jovem em São Paulo. Ela chega por esses dias. É natural que não queira nada com você. E pare de vulgaridade: estamos num lugar público!

A moça levantou-se e puxou a minissaia, numa tentativa de esconder as pernas bem torneadas.

— Não pense que desisto fácil, mas boa sorte com sua nova namorada.

Carina afastou-se do grupo e todos suspiraram aliviados.

— Ela é a pessoa mais desagradável que conheço! Ainda bem que se foi! — exclamou Mila.

— Ela não tem uma coisa chamada vergonha na cara, isso sim! — completou Gustavo. Já devia ter se tocado que não é bem-vinda em nosso grupo.

Sérgio estava com o coração aos saltos. Pela segunda vez, alguém insinuava um romance entre ele e Fabrício. Não sabia o que poderia acontecer caso a relação dos dois fosse descoberta. Fabrício, entretanto, mostrava-se tranquilo.

— Carina é vulgar demais. É uma tola.

Mila lembrou-se da conversa que tivera com Luana sobre Sérgio e Fabrício. À época, não entendera direito o que a amiga percebera quando disse que Sérgio poderia sofrer com Fabrício. Diante do que presenciara, passou a desconfiar de uma relação afetiva entre os dois. Fabrício, inicialmente, parecera-lhe arrogante e grosseiro, mas, desde o contato mais estreito durante o almoço na casa de Gustavo, notara mudanças claras no comportamento dele. A moça experimentou alguns petiscos enquanto pensava, até que Gustavo chamou-a à realidade.

— Mila, está pensando em quê? Já pedimos a conta e você nem se deu conta! — brincou.

Mila sacudiu a cabeça numa tentativa de livrar-se dos pensamentos dos quais se ocupava.

— Não estava pensando em absolutamente nada. Tipo cabeça vazia mesmo — mentiu.

Fabrício tentou disfarçar o constrangimento causado pela presença de Carina.

— Prometemos falar de assuntos mais agradáveis da próxima vez, Mila. Você acabou ficando entediada.

— Nada disso. Gosto da companhia de vocês! Poderíamos marcar outro encontro na casa de Gustavo. O que acham?

O celular de Guilherme tocou, e o grupo ficou em silêncio para que ele pudesse atender a ligação.

— Grande amigo Fábio! Há quanto tempo! Você não imagina com quem estou conversando neste exato instante!

Fabrício distendeu um largo sorriso no rosto.

— É meu irmão?

Guilherme respondeu que sim com a cabeça e deixou estampada uma grande felicidade no rosto e, em seguida, entregou o celular a Fabrício, que fez algumas perguntas a Fábio e logo desligou.

— Minha família está bem. Parece que Fábio tem novos planos. Está abrindo um restaurante, e todos estão bem animados. Jurei que ele nunca deixaria de ser garçom. Vejo que ele sonha alto.

— É isso mesmo, Fabrício. Fábio ligou para me falar de seus planos e para me fazer um convite. Caso tudo dê certo, volto a morar em São Paulo e vou trabalhar com ele.

— Da mesma forma que está dando certo pra gente morar em São Sebastião, dará para você também, Guilherme — Sérgio incentivou.

Mila afagou o rosto de Gustavo e voltou-se para Fabrício.

— Aprendi que todos nós podemos conquistar a prosperidade. Se seu irmão cultiva esse sonho e corre atrás dele, certamente, alcançará o sucesso.

— Tomara! Ele merece, e meus pais precisam de um pouco de descanso também! — respondeu Fabrício.

— E o nosso encontro amanhã? Mila deu uma boa ideia, Gustavo! Poderia ser em nossa casa. Posso fazer um almoço e tanto para vocês. O que acham? — perguntou Sérgio.

Gustavo pensou um pouco antes de responder. Não queria que a mãe se sentisse sozinha durante o fim de semana.

— Acho melhor fazermos em minha casa mesmo. Não posso deixar mamãe sozinha por tanto tempo e aí acabo não aproveitando direito o dia. Vocês se importam de que seja lá em casa? Só não dá para ser churrasco. Da outra vez, ela reclamou muito. Diz que não come muita carne porque faz mal.

— Sem problemas! — Sérgio exclamou. — Posso fazer a comida preferida dela e já levo tudo pronto para o almoço.

Fabrício colocou as mãos na cabeça.

— Já sei que a louçaria toda desse almoço vai sobrar pra mim!

O grupo se despediu e se dispersou. Gustavo foi com Mila para casa, Guilherme se encaminhou para a praça, e Fabrício e Sérgio seguiram para a praia. Na areia, tiraram os sapatos, as meias, as camisas e dobraram as barras das calças sociais que usavam. Já passava das oito da noite, e muitos banhistas ainda permaneciam sentados conversando. Fabrício e Sérgio se entreolhavam com extremo carinho. Nuvens pesadas escondiam as estrelas e a lua que, antes, iluminavam o céu. Não demorou até que a chuva caísse, afugentando os frequentadores da praia. Sérgio fez menção de calçar os sapatos, porém, sentiu a mão de Fabrício a estancar-lhe o movimento.

—Vamos embora, Fabrício! Vai desabar um temporal!

Fabrício permaneceu segurando o braço de Sérgio.

— Vamos ficar. Você tem medo de chuva?

O corpo de Sérgio estremeceu de paixão.

— Só tenho medo de perder esses momentos com você!

— Então vamos ficar e aproveitar que a chuva está colocando essa gente toda para correr.

O reflexo de um raio, seguido do estrondo de um trovão, fez com que os dois se dessem conta de que estavam sozinhos na praia. Fabrício segurou a mão de Sérgio e caminharam juntos até a beira do mar. Uma onda mais forte fez Sérgio desequilibrar-se e o amigo o amparou, deitando-se com ele na areia encharcada pela chuva e pelo refluxo da água do mar. Ali, diante da natureza viva, sob o céu em turbulência, os dois se amaram até o esgotamento físico. Sujos de areia, sentaram-se abraçados. Fabrício apontou para o horizonte, espalmou as mãos para o alto como se estivesse colhendo a água da chuva e olhou para o mar.

159

— Não acredito que Deus perca tempo julgando nossa relação, Sérgio.

— Eu nunca acreditei nisso. Acho mesmo que Deus tem mais o que fazer. Somos julgados e condenados pelos homens. O ser humano é que se põe no lugar de Deus, determinando o que é certo ou errado para a vida de todo mundo.

Fabrício suspirou.

— Não me preocupo com Deus. Me preocupo é com a maldade das pessoas. Me sinto bem ao seu lado. Nunca em minha vida senti tanta sintonia, tanta afinidade como experimento com você. Você é meu companheiro e meu cúmplice nesses momentos de intimidade.

Sérgio sentiu-se inebriado com a declaração de Fabrício. Sabia que ele não mais o rejeitaria ou abandonaria, como pensou que iria acontecer. Acariciou os cabelos molhados do amado e colocou a cabeça sobre as pernas dele.

— Também me sinto muito feliz ao seu lado e aprendi, a duras penas, que isso é a melhor coisa a se fazer na vida: ser feliz.

Fabrício, cheio de amor, beijou Sérgio nos lábios seguidas vezes, e os dois continuaram ali tecendo planos de felicidade.

***

Mila foi recebida com contrariedade por Margarida. A mãe de Gustavo esperava por ele na varanda da casa, como fazia costumeiramente, quando se deparou com o filho abraçado à namorada. Imediatamente, deixou a cadeira de balanço e foi para o quarto, retornando para a sala vestida com uma camisola desbotada e com um lenço escondendo os cabelos. Gustavo irritou-se:

— Por que trocou de roupa, mamãe? A senhora não costuma se vestir assim!

A senhora resmungou algo que nem Gustavo, nem Mila conseguiram compreender, e seguiu para a cozinha.

— Já esquentei e requentei essas panelas muitas vezes. Mas agora não mexo em nada. Aprendi com minha mãe a respeitar a natureza. Está chovendo muito — falou, olhando para Mila com raiva. — É melhor ela ir embora logo. Essa chuva pode aumentar, e você sabe que não custa muito para São Sebastião ficar alagada. Se a enchente vier, os pais da mocinha aí podem ficar preocupados — concluiu.

Gustavo sinalizou para que a namorada não desse ouvidos à Margarida, mas Mila não conseguiu manter o controle habitual.

— A senhora não gosta mesmo de mim, não é, dona Margarida? Por mais que eu me esforce, nunca consigo agradar!

Margarida parou e colocou a mão sobre o peito e contraiu o rosto, simulando dor.

— Pegue uma cadeira para mim, meu filho! O ar me falta e meu coração parece que vai sair pela boca!

Gustavo acomodou Margarida em uma cadeira e olhou para Mila com ar de reprovação, enquanto abanava a mãe com uma folha de jornal.

— Pegue um copo d'água para mamãe, Mila!

Quando Mila retornou trazendo a água em uma pequena bandeja, Gustavo girou o corpo em direção a ela para apanhar o copo. Margarida aproveitou-se do instante em que se viu livre dos olhos do filho, esboçou um sorriso no canto da boca e pôs a língua para fora numa careta, desafiando Mila. Quando Gustavo retomou à posição em que estava e ofereceu à mãe a água, Margarida já havia assumido o semblante doente e de sofrimento.

Mila contorcia as mãos. Tinha consciência de que não poderia desafiar a sogra daquela forma ou correria o risco de perder o namorado.

— Perdoe-me, Gustavo. Não quis contrariar sua mãe. É melhor mesmo que eu vá embora. Ela tem razão.

O rapaz, completamente envolvido pelo medo de perder a mãe, não se dava conta de que, aos poucos, poderia perder a mulher amada.

— Sei que você não quis causar nenhum mal-estar à mamãe, mas acabou causando. Deixe ela melhorar um pouco que te levo até em casa.

— Vou sozinha, Gustavo. A chuva já está mais branda. Fique com sua mãe. Ela precisa de sua companhia.

Margarida deixou o corpo cair mais um pouco sobre a cadeira.

— Leve-me para a cama, meu filho. Depois vá levar a Milinha em casa. Eu estou um pouco tonta, mas logo melhoro. Vá com ela.

Gustavo colocou a mãe na cama e foi até Mila para levá-la em casa.

— Deixe, Gustavo. Vou sozinha. Não há perigo.

— Mila, por favor, nunca mais seja ríspida com minha mãe. Ela é muito doente.

— Não se preocupe. Não serei mais. Já me desculpei. Agora vou embora. Se decidir alguma coisa para amanhã sobre o almoço, me ligue.

Avise os meninos se você decidir cancelar nosso programa, pois Sérgio vai preparar o almoço.

Gustavo apenas sacudiu a cabeça afirmativamente, abriu o portão para que a moça saísse e retornou para o quarto, sentando-se na cama da mãe.

— Está melhor, mamãe?

Margarida puxou o ar com força antes de responder.

— Não sei, meu filho. Me perdoe por ter atrapalhado sua noite.

— Atrapalhado em quê, mãe? Prefiro ficar com a senhora.

— Faço o impossível para me dar bem com Mila, mas parece que ela não gosta mesmo de mim. Melhor seria se eu morresse logo. Só assim, você ficaria livre dos problemas que causo à sua vida.

— Que morrer o quê, mãe! A senhora ainda viverá muitos anos! Tenho uma proposta para fazer.

— Que proposta?

— Gostaria de receber meus amigos para o almoço de amanhã. Sérgio é ótimo cozinheiro. Ele vai fazer o que a senhora quiser. É só escolher o cardápio.

Margarida achou melhor concordar com o filho, embora nutrisse por aqueles rapazes um sentimento estranho. Uma mistura de repulsa e atração.

— Tudo bem, meu filho. Pode convidar seus amigos e sua namorada. Se eu me sentir mal, juro que não atrapalho. Venho para o meu quarto e fico aqui quietinha até melhorar.

Gustavo animou-se.

— Mas o que a senhora quer almoçar amanhã?

Margarida coçou a cabeça como se estivesse pensando.

— Prefiro peixe. Há muito tempo não como peixe. Lembro-me muito de seu pai quando como peixe. Ele fazia uma moqueca sensacional. Nunca mais comi nada parecido.

— Então está bem. Vou tomar um banho e ligar para a casa deles, para confirmar nosso almoço.

Dizendo isso, saiu do quarto deixando Margarida irritada só de pensar que, no dia seguinte, teria que suportar os amigos do filho.

162

CAPÍTULO 20

Pedro, Luiz, Valéria e Luana aguardavam a chegada do laboratório para a coleta de material necessário ao exame de DNA. Luciano havia orientado a família Vasconcelos a realizar dois testes: um no laboratório contratado por Pedro e outro num laboratório a ser escolhido por Luiz. À hora marcada, duas equipes de laboratórios diferentes estavam na mansão. Pedro mantinha-se silencioso e, vestido de maneira requintada, não tirava os olhos de Valéria.

— Pronto, Pedro — disse Luana. — A partir do resultado desses exames nenhuma dúvida ficará no ar.

— A dúvida só existe para vocês. Eu não as tenho! Preciso ir até a cidade. Quero comprar um carro e contratar um motorista. Esta cidade é pitoresca demais, e pretendo conhecê-la de ponta a ponta. Só não sei como sairei daqui. Um peste em forma de criança, chamado Sabino, Babuíno, sei lá, me guiou até aqui por uma estrada de barro e cheia de obstáculos.

Luana riu quando imaginou a esperteza de Sabino enganando a empáfia de Pedro.

A moça prontificou-se a ajudá-lo.

— No centro da cidade temos algumas agências de automóveis. Quanto ao motorista, não sei como posso ajudá-lo.

— Não se preocupe, Luana. Tenho contatos na cidade de São Paulo, não é difícil contratar um eficiente e leal motorista quando se tem dinheiro para oferecer um bom salário.

Luana dirigiu-se a Valéria.

— Por que não vem conosco, mãe? Já está na hora de mudar um pouco este visual, não acha?

Valéria buscou o olhar do marido para obter aprovação, e Luana reagiu.

— Não se preocupe, mãe. Papai não vai se importar. Não aguento mais esses cabelos brancos! Que tal trazermos um pouco de vaidade de volta à sua vida?

Pedro, maliciosamente, incentivou-a também.

— Você é uma mulher linda, querida madrasta. Precisa se cuidar mais, antes que o velho lobo aí comece a visitar os aposentos das empregadas de novo.

— Exijo respeito comigo, Pedro! — gritou Luiz.

Pedro riu ironicamente.

— Claro, papai. Claro...

***

Valéria sentou-se ao lado de Luana no carro e Pedro posicionou-se atrás do banco do carona. Estava decidido a testar a fidelidade de Valéria. Se conseguisse êxito, teria mais uma arma para se vingar do pai. Enquanto distraía Luana falando sobre a profissão que abraçara, alisava a cintura de Valéria com os dedos da mão direita. Uma pasta de couro no colo protegia-o da possibilidade de ser visto por Luana pelo retrovisor do carro. Valéria reagiu como ele previra: manteve-se silenciosa e passiva ante as carícias que recebia. "Já sei que meus planos serão bem-sucedidos nesta área também...", pensou.

Luana estacionou o carro sob a sombra de uma árvore. A chuva do dia anterior havia deixado poças nas ruas da cidade. Pedro olhou para Luana com ansiedade.

— A agência de automóveis fica muito distante daqui? Porque se eu tiver que andar muito, vou acabar me afogando nessas poças!

Valéria não se conteve e caiu na gargalhada.

— Você é uma comédia, Pedro! Dá pra notar que cresceu longe do Brasil mesmo. Aqui, qualquer chuvinha cria poças gigantescas.

Luana apontou as agências de carros ao irmão.

— Veja, pule essa pocinha aqui, sem morrer afogado, e vai conseguir comprar seu carro. Enquanto isso, vou até aquele salão ali da esquina com minha mãe e depois seguirei para o shopping.

Valéria entusiasmou-se. Sentiu-se jovem novamente com as carícias de Pedro. Queria voltar a ser bonita e a se enxergar bonita. Com alegria, viu a tinta cobrir os cabelos brancos, e o rabo de cavalo, a que se obrigava a usar, foi substituído por um belo corte, mais moderno e arrojado. No shopping, escolheu roupas mais joviais, calças ajustadas, que lhe realçavam as curvas, e blusas de seda. Ela e Luana saíram do estabelecimento comercial carregando incontáveis sacolas e dirigiram-se ao local onde o carro estava estacionado. Pedro as recebeu com cara de poucos amigos.

— O que há, Pedro? — indagou Luana.

— É difícil comprar qualquer coisa neste país. O vendedor me cansou demais, mas consegui. Aproveitei a demora de vocês e já contatei à agência em São Paulo. O motorista chega segunda-feira.

Valéria mostrou espanto.

— Mas tão rápido assim?

— Quando se tem dinheiro, tudo é muito fácil, Valéria.

O vendedor da agência de carros chamou Pedro do outro lado da calçada.

— O senhor vai levar o carro hoje?

Pedro estalou os dedos, num gesto de impaciência.

— Não. Embrulha e manda pelo correio.

Luana abaixou a cabeça envergonhada. Por mais que as tiradas de Pedro fossem engraçadas, ela não admitia ver pessoas sendo maltratadas.

— Pedro, melhor irmos embora. Se você for no seu carro, vá me seguindo.

— Prefiro que Valéria venha comigo. Tenho receio de cometer algum erro ao volante. Você sabe dirigir, Valéria?

— Sei sim. Estou sem prática, mas sempre dirigi muito bem. Se importa que eu vá com ele, minha filha?

— Claro que não, mãe. Vou colocar as sacolas no porta-malas. Pedro, vá apanhar seu carro e venha me seguindo.

Valéria esperou Pedro estacionar o carro e entrou. Sentia arrepios por todo o corpo. O rapaz sentou-se e arrancou com o carro, fechou os vidros e colocou a mão na perna de Valéria.

— Luana me disse que você retornou há pouco tempo. Por que voltou para este fim de mundo?

Valéria não se intimidou.

165

— E você? Não me parece que tenha vindo apenas em busca de uma herança.

Pedro recolocou a mão no volante, deixando Valéria ruborizada.

— Você saberá com o tempo. E por falar em tempo, depois que recebeu esse tratamento *VIP* de sua filha, está muito mais bonita. É bom meu papaizinho tomar cuidado: você não me parece uma mulher que goste de rotina.

— Seria melhor que você tratasse seu pai com mais respeito. Esqueça o passado.

— Já esqueci o passado, querida Valéria. Meus passos começaram quando cheguei a esta cidadezinha, e meus pés estão direcionados para o futuro. Não se preocupe.

***

Luana estacionou o carro e apontou a Pedro um lugar para que ele fizesse o mesmo. Arthur estava passeando no jardim ao lado de Luciano.

— Olha lá, professor! Luana está chegando com eles dois.

Luciano estranhou a docilidade de Arthur.

— Você quer ir até lá?

O menino olhou na direção de Pedro e balançou a cabeça afirmativamente.

— Quero sim, professor. Desenhei ele ontem mesmo. Mas acho que ele não gosta de viver preso nos meus desenhos.

Luciano tentava decifrar o que Arthur falou quando viu Luana aproximar-se. Instintivamente, procurou ajeitar a blusa e passou as mãos pelos cabelos.

— O senhor gosta dela, não é? — Arthur perguntou para Luciano.

Luana beijou o irmão no rosto e saudou Luciano.

— Como está? Muitos progressos no trabalho mesmo com essa reviravolta toda?

— Estou bem, Luana. E o progresso sempre acontece, mesmo diante de qualquer turbulência. É uma das poucas leis que não sofre alterações.

Pedro resolveu se juntar ao grupo e chamou Valéria.

— Vamos até lá.

— Prefiro entrar e encontrar Luiz.

— Você teme seu filho? Por quê?

— Não tenho medo dele. Sei que o fiz sofrer. Por isso, não aceitou minha volta. Parece que ele se transforma quando me vê: ou me ignora ou me agride.

— Seu filho merece é umas boas palmadas de vez em quando. Eu acabaria com essas esquisitices dele em dois tempos. Vamos até lá. Quem teve coragem para abandonar a família, não é tão covarde assim...

Luciano apertou a mão de Arthur com a intenção de protegê-lo. Intrigava-se com a sensibilidade e maturidade dele, porém, o enxergava apenas como uma criança. Arthur soltou a mão de Luciano, olhando-o de forma profunda.

— Não se preocupe. Ele solto não é perigoso. Só é perigoso quando lembra que está preso no desenho.

Luana dirigiu a Luciano um ar de preocupação, e ele avisou que mais tarde falaria sobre o assunto com ela. Pedro aproximou-se e cumprimentou Luciano e Arthur.

— Como vai, professor? Já desvendou os mistérios da cabeça deste moleque ou só está garantindo seu salário?

Valéria chegou logo atrás e ouviu a grosseria de Pedro.

— Não seja grosseiro, rapaz! O professor Luciano tem realizado excelente trabalho com meu filho.

Luana apoiou a atitude da mãe em defesa de Luciano.

— Grosseria tem limite, Pedro. Aqui nos tratamos com respeito.

— Não fui grosseiro. O próprio Luciano não reagiu tão mal assim à minha pergunta — afirmou voltando o olhar ao professor.

Luciano sorriu complacente.

— Minha profissão me ensinou muita coisa. Me ensinou, inclusive, a usar um filtro bastante seletivo para ouvir.

Arthur estendeu a mão em direção a Pedro.

— Como vai? Como está se sentindo preso naquele desenho?

— Menino, de que desenho você está falando? Ah! Já sei! Está me comparando a algum personagem dos quadrinhos!

Arthur assumiu um ar vago e pediu a Luciano para que subissem ao quarto. Antes, tornou a olhar para o rapaz.

— Quase todos nós merecemos o que vai acontecer. Menos Luana e o professor.

Luana apanhou o irmão pela mão e entrou na casa, seguidos por Luciano. Pedro trincou o maxilar com raiva.

— Seu filho sofre de esquizofrenia aguda. É bom que vocês avaliem isso. Ele delira e aposto que afirma ver e falar com espíritos.

Valéria ficou pensativa com as palavras de Pedro. Ele era neurologista e certamente falava com extremo conhecimento de causa.

— Acho que foi a falta de meu carinho materno. Ele logo irá melhorar o comportamento. Estou disposta a ser uma mãe carinhosa e dedicada.

Pedro gargalhou:

— Você não nasceu para isso. Nunca saberá ser uma mãe dedicada e carinhosa. As mães dedicadas nunca abandonam suas crias.

Dizendo isso, saiu em direção à casa deixando Valéria triste e, ao mesmo tempo, irritada com suas palavras. Depois, ela seguiu atrás dele.

***

Dirce estava na sala quando Valéria e Pedro entraram.

— Dona Valéria, doutor Luiz pediu que a senhora fosse até o escritório. Ele está esperando já há algum tempo.

— Vá logo, Valéria! Seu maridinho calvo pode ficar com raiva e voltar a buscar as serviçais da casa — Pedro provocou. — E por falar nisso, Dirce, ele já passeou pelo seu quarto no passado?

— O senhor me respeite! Não admito esse tipo de piada de mau gosto!

— Pensando bem, é de mau gosto mesmo, Dirce. Você é esquisita demais: pernas finas equilibrando um abdome arredondado. Acho que papai preza pelo bom gosto ainda.

Pedro encaminhou-se para o quarto, e Valéria foi ao encontro de Luiz. Sentia-se confusa com a presença de Pedro na mansão. Raiva e desejo misturavam-se, atormentando-a. Bateu na porta do escritório e entrou.

— Olá, meu amor. Está mais calmo?

Luiz levantou-se da cadeira e a abraçou.

— Estou vivendo um filme de terror. Minha vida virou de cabeça para baixo com a chegada de Pedro.

Valéria afastou-o com os braços e o olhou interrogativa.

— Não foi apenas a chegada dele. Você está encontrando em Pedro seus erros. Talvez seja isso.

Luiz tornou a tomá-la nos braços.

— Vou esperar o resultado do teste. Se for comprovado que Pedro é meu filho, dou a parte dos bens que cabem a ele e tenho certeza de que não nos incomodará mais!

— Será que é apenas isso que ele quer? Bens materiais? Me parece ter uma boa situação financeira.

— E o que mais poderia querer? O meu carinho? Isso ele nunca terá! Pedro é fruto de uma relação furtiva e dos meus devaneios como homem. Não deveria nem ter nascido!

À medida que Luiz falava, Valéria sentia aumentar-lhe a revolta. Naquele instante, teve a certeza de que retornara à mansão porque todos os planos do passado foram por água abaixo. Não amava verdadeiramente o marido. Não estava preparada para enfrentar novamente a rotina da família. O filho causava-lhe pavor. O olhar do menino a intimidava. Apenas a convivência com Luana não a incomodava, trazendo-lhe certo conforto emocional. Por outro lado, também não suportaria retornar à vida miserável e decadente que experimentara em São Paulo. Suportaria tudo e passaria por cima de qualquer sentimento para viver confortavelmente na mansão. O amor de Luiz era o coringa de que necessitava para continuar socialmente digna dentro daquele jogo. Acariciou o rosto do marido e beijou-o, simulando ternura.

***

Pedro fechou a janela do quarto e cerrou as cortinas com raiva.

— Que mania dessa criada achar que gosto de olhar para esse matagal! Inferno de lugar!

Despiu-se e estirou-se na cama. Apanhou o celular e olhou-o com desdém. Não havia deixado amigos em Nova Iorque. Ninguém que quisesse fazer contato com ele ou que sentisse saudades a ponto de procurá-lo para conversar. Deixou o aparelho cair ao seu lado e adormeceu.

Os espíritos de Elisa e Marco rodearam o rapaz, incitando-lhe o ódio. Pedro dormia profundamente e logo restabeleceu contato com o passado. Inicialmente, o rosto sofrido da mãe causou-lhe a sensação de extremo sofrimento. No delírio da mistura entre realidade presente e pretérita, a cena do desencarne de Elisa, no luxuoso hospital americano, foi substituída por um porão gelado e sujo, onde gemidos confundiam-se com o choro. Pedro viu o pequeno Arthur transformar-se num jovem padre acompanhado por Luiz. Arthur apontava para um cavalete com orgulho, e Luiz gargalhava. Viu a si próprio ainda menino, sendo consolado pelo olhar de Elisa. Poças de sangue tornavam o local fétido, e seus franzinos braços estavam acorrentados e eram puxados por meio de uma roldana por um homem encapuzado, que a manuseava com agilidade. Luiz e Arthur aproximaram-se dele com um sorriso irônico nos rostos alvos.

— Veja como o pequeno judeu se comporta. Não chora e nem se lamenta — dizia Luiz.

— Vamos ver se ele não vai abrir o berreiro quando os braços estiverem totalmente separados do corpo — proferia Arthur.

Pedro encorajava-se, olhando para Elisa.

— Não vou chorar em momento algum, seus padres imundos! Onde estão meu pai e minha mãe? — falou e cuspiu em direção aos dois.

A um sinal de Arthur, Pedro ouviu o barulho das correntes sendo enroladas na roldana e sentiu os ossos do braço separarem-se do ombro. Semidesmaiado pela dor, jurou a Elisa que se vingaria em nome da família, enquanto a menina era novamente violentada por Luiz.

— Vou me vingar, Elisa! Vou me vingar!

Pedro acordou suado e com o coração aos saltos. Não se recordava com nitidez do pesadelo, porém, lembrava-se da promessa feita à mãe.

— Pode deixar, mãe! Vou me vingar de tudo o que a senhora passou com essa família imunda.

Levantou-se e olhou o relógio.

— Os porcos já devem estar reunidos para o jantar. Dormi demais!

Rapidamente tomou um banho e arrumou-se, colocando no pescoço uma corrente de ouro que pertencia à mãe. Fora um presente de Olegário. Preso ao cordão, um pingente em forma de coração ostentava o sorriso de Elisa.

— Diariamente, eles todos vão ter de encarar este seu sorriso triste, mãe.

Pedro desceu as escadas e foi recebido com contrariedade por Luiz.

— Se preferir, peço a Dirce que sirva sua refeição no quarto, Pedro.

— O que pretende, papai? Me deixar enclausurado? Preso em qualquer porão, enquanto vocês posam de família feliz e correta? Nada disso! Vão ter que conviver comigo até quando eu quiser! — respondeu, puxando uma cadeira e posicionando-se em frente a Valéria.

Luiz apenas balbuciou.

— Faça como quiser.

170

— Isso, papai. É assim que se fala. Veja: esta aqui do retrato é minha mãe. É a mulher que você usou, engravidou e jogou fora como lixo. É linda, não é mesmo?

Luiz esmurrou a mesa descontrolado.

— Respeite minha família, seu moleque!

Pedro sorriu, colocando o guardanapo sobre o colo e esticando o pé direito para acariciar descaradamente as pernas de Valéria.

— Perdoe-me, papai. Às vezes, perco a razão. Vamos jantar em paz.

Arthur sussurrou ao ouvido de Luciano:

— Professor, ele jurou vingança. Ele vai conseguir se vingar. Só o senhor e Luana podem dar um jeito nisso.

Em voz baixa, Luciano tranquilizou o menino.

— Ele só está nervoso, Arthur. Isso já vai passar.

Pedro encarou o menino e, imediatamente, sentiu o corpo trêmulo de ódio. Parecia que Arthur desnudava-lhe por completo.

— O que é, irmãozinho?

— Sei quem você é e o que quer — respondeu o menino de pronto.

Pedro voltou-se para Valéria.

— Não disse a você que é caso de esquizofrenia? Começaram os delírios novamente.

Luciano interferiu de maneira firme.

— Parece que você queria jantar em paz. Vamos fazer isso, por favor.

Arthur direcionou a Pedro um olhar sarcástico, percebido apenas por Luciano, apanhou uma faca e cortou um pedaço de carne com fúria, fazendo com que um filete de sangue do rosbife mal passado manchasse o prato de porcelana branca.

— Professor, todos os animais sangram, inclusive, quando já estão mortos.

Luciano ouviu o carro de Luana estacionar na garagem e respirou fundo. Precisaria conversar com ela sobre tudo o que estava observando no comportamento de Arthur.

A jovem entrou na sala sorridente.

— Fui encontrar Mila na cidade. Estava com vontade de conversar um pouco — disse após beijar os pais na testa e cumprimentar Pedro e Luciano.

— Você vai jantar conosco, minha filha? — perguntou Luiz.

— Já fiz um lanche na cidade, mãe. Gosto de conversar com Mila, ela é uma das poucas pessoas que comungam a mesma crença que eu.

Pedro bebeu um pouco de vinho e voltou a acariciar Valéria sob a mesa, deixando-a ruborizada.

— Qual é a sua crença, Luana?

— Sou espírita, Pedro.

— Ah! Que pena! Não me diga que você acredita em macumbas?

Luana sentou-se ao lado de Arthur e apanhou uma jarra de água, servindo-se.

— Já estou acostumada a reações desse tipo. Os céticos não me apavoram mais. E também não tento converter ninguém. Só me preocupo com o preconceito. A intolerância religiosa já fez muitas vítimas neste mundo.

Luciano animou-se com a resposta de Luana. Cada vez mais se encantava pelo jeito jovial e equilibrado da moça.

— A Santa Inquisição é uma das memórias mais tristes da humanidade. Você está certa, Luana.

Pedro sentiu o coração disparar repentinamente e permaneceu mudo durante o resto do jantar. Não sabia o porquê, mas a afirmação da irmã havia lhe causado intenso mal-estar.

Luiz dirigiu-se ao escritório ao término do jantar e chamou Valéria.

— Valéria, tenho alguns papéis para assinar. Você me faz companhia?

— Você vai demorar muito, Luiz?

— Um pouco.

— Se você não se importar, vou para nosso quarto. O calor está insuportável. Separei alguns filmes para assistir. Espero você lá em cima.

Luana, Arthur e Luciano foram para o jardim. O menino, antes, subiu as escadas correndo e trouxe a sacola com os desenhos e os lápis de cor.

— Posso desenhar junto com vocês?

— Claro que sim, Arthur — respondeu Luciano.

Pedro, entediado, retornou ao quarto. No corredor, percebeu que Valéria o esperava.

— Não vai fechar a porta de seu quarto, madrasta?

— Por que eu deveria trancá-la?

— Por que não sou uma pessoa confiável. Aliás, nenhum de nós dois é confiável aqui.

Valéria sentiu o corpo arder de paixão. Pedro entrou sem fazer barulho e passou a chave na porta.

— Se papaizinho chegar, ainda posso me esconder embaixo da cama, como nos filmes antigos.

Abriu a blusa de Valéria com volúpia e a conduziu para a cama do casal. Naquele momento, mecanicamente, consumou o primeiro passo de sua vingança.

172

Quando tudo acabou, ele vestiu-se, e Valéria olhou-o sair do quarto com o coração apertado. Jamais havia sido amada daquela forma. Culpa e prazer misturaram-se em sua alma atormentada. À porta do quarto, Pedro avisou.

— Não se preocupe. Eu volto.

No jardim, Luana e Luciano observavam o pequeno Arthur desenhar de forma febril.

— Luciano, você já tentou fazer com que ele desenhasse outras coisas. Meu irmão só desenha essas cenas horrorosas, carregadas de tortura e dor. Conversei muito com Mila sobre isso. O que pode ocasionar esse comportamento e essa compulsão por esse tipo de desenho?

Luciano tornou:

— Venho estudando de forma dedicada todos os desenhos feitos por Arthur. Ele está aprimorando o traço e desenhando cada vez melhor. Espiritualmente, acho que ele já possuía a habilidade de desenhar antes de retornar à carne. Andei lendo sobre a psicopictografia. É uma faculdade mediúnica um pouco rara, mas me parece ser o caso de seu irmão.

— Já li algo a respeito, Luciano, mas os médiuns sempre são instrumentos para retratar quadros de grandes nomes da pintura e do desenho. Essa obsessão de Arthur por cenas sangrentas, o desenho desses aparelhos de tortura, a dor, a loucura...

— Você só está se esquecendo de uma coisa, Luana.

— De quê?

— No mundo espiritual há espíritos iluminados pelo amor e outros tantos acorrentados à ignorância. Seu irmão tanto pode ser vítima de um quadro obsessivo quanto de uma memória vívida de uma encarnação passada. Pode ser que ele tenha vivido ou produzido toda essa dor que ele, habilmente, representa através dos desenhos. Penso em iniciar a leitura do Evangelho. Talvez consiga auxiliar melhor Arthur.

Luana não respondeu. Em seu íntimo, sentia que a luta para ajudar o irmão seria mais intensa do que Luciano imaginava.

***

No quarto, Pedro cantava sob a água do chuveiro e falava sozinho:

— Isso, Pedro! Você só começou a brincadeira. Só começou...

CAPÍTULO 21

Depois do conflito estabelecido por Mila com a mãe, Gustavo passou toda a madrugada acordado. Ligou e desligou o computador diversas vezes para conseguir se desvencilhar do sentimento que o incomodava. Amava Mila verdadeiramente, mas percebia nela certa desconfiança em relação à doença da outra mulher por quem nutria paixão, respeito e profunda gratidão: Margarida. Já havia combinado com Fabrício e Sérgio o almoço para o dia seguinte, porém, estava inclinado a desmarcar o compromisso. Sentia-se desestimulado e triste. Resolveu conversar com a mãe para passar o tempo. Sabia que ela passava as noites em claro e decidiu distraí-la um pouco. Levantou-se da cama e bateu de leve na porta do quarto ao lado do seu. Como não ouviu a mãe responder, abriu a porta e a encontrou em sono profundo.

— Graças a Deus! Ela conseguiu dormir... Graças a Deus! — sussurrou.

Retornou ao próprio quarto e rezou, agradecendo pela melhora da mãe. Aliviado, também pegou no sono, despertando apenas com a ligação de Sérgio.

— O que houve, Gustavo? Eu e Fabrício já estamos em frente à sua casa há algum tempo. Não tocamos a campainha porque as janelas e a porta da varanda estão fechadas.

— Custei a dormir, meu amigo. Vou abrir a porta para vocês. Só um minuto.

Gustavo pulou da cama e olhou a hora.

— Meu Deus, dormi demais mesmo! E mamãe deve ter ficado em silêncio para não me acordar. Coitada! Ela se preocupa tanto comigo...

No banheiro, lavou o rosto rapidamente e chamou por Margarida.

— Mamãe! Já acordei! Pode fazer barulho agora! — exclamou sorrindo.

Estranhou a falta de resposta e percorreu a sala, a cozinha e o quintal à procura da mãe. Coçou a cabeça com preocupação. "Será que ela está passando mal?", perguntou-se. Foi ao quarto da senhora e a encontrou roncando. O barulho da porta sendo aberta e os passos firmes de Gustavo despertaram Margarida, que abriu os olhos lentamente, se espreguiçando. Ao se deparar com o filho, encolheu os braços, assumindo uma postura de cansaço.

— O que houve, mãe? Está passando mal?

Margarida estendeu o braço direito pedindo auxílio ao filho para levantar-se.

— Não preguei os olhos durante toda a noite. Não aguento mais tanto sofrimento.

Gustavo olhou-a fixamente.

— A senhora não conseguiu dormir nem um pouquinho?

— Não, meu filho. Passei a noite sentada na sala. Nenhuma programação na tevê presta durante a madrugada. Que horas são?

Mecanicamente, Gustavo respondeu:

— Onze horas.

— Pois é. Deitei às nove horas. Veja como durmo pouco. O médico não acredita em mim, Gustavo. Só você entende meu sofrimento.

— A senhora passou a noite inteira na sala? E por que não me acordou antes de vir para o quarto?

— Sei o quanto você trabalha. Sei o quanto você anda cansado.

Gustavo foi evasivo para responder. Não conseguia acreditar que a mãe estivesse mentindo.

— Entendo, mãe. Agora se levante e se arrume. Fabrício e Sérgio estão lá fora esperando.

Gustavo abriu a porta da varanda e acenou para os amigos sentados na calçada.

— Venham! Vamos entrar!

Fabrício e Sérgio caminharam carregados de sacolas até o portão. Sérgio percebeu algo estranho no olhar do amigo.

— O que houve, Gustavo? Estamos atrapalhando? Podemos marcar nosso almoço para outro dia se você quiser.

Fabrício apanhou as sacolas do chão e encostou-se ao portão.

175

— Nada disso! A comida está pra lá de pronta, e se Gustavo não está bem, vamos fazê-lo melhorar. Vamos logo colocar as cervejas e os refrigerantes na geladeira. Já esquentaram de tanto que esperamos.

Gustavo abriu a porta sorrindo.

— A companhia de vocês só me faz bem. Fabrício está certo. Já até melhorei.

Sérgio insistiu. Sentia algo estranho no ar.

— Você tem certeza disso, Gustavo? Não queremos atrapalhar sua vida.

— Tenho certeza sim. Vamos entrar!

Margarida saiu do banheiro arrastando os chinelos e com os cabelos despenteados. Cumprimentou Fabrício e Sérgio secamente e voltou-se para o filho.

— Você pode colocar meu café, Gustavo? Não posso tomar meus remédios em jejum.

— Vá se arrumar primeiro, mãe. Enquanto isso, faço seu café.

— Prefiro tomar meu café antes. Depois coloco qualquer roupa. Estou em casa. Por que preciso me arrumar correndo?

Gustavo suspirou e dirigiu um olhar de extrema insatisfação para a mãe, o que foi percebido por Sérgio.

— Deixe, Gustavo. Eu sirvo o café para sua mãe. O que a senhora prefere, dona Margarida?

— Prefiro que meu filho faça meu café. É isso que prefiro.

Gustavo pigarreou, disfarçando a contrariedade pela grosseria da mãe.

— Deixe, Sérgio. Coloque as bebidas na geladeira e arrume a mesa lá fora. Se precisar usar o fogão para a comida, pode ficar à vontade.

Fabrício apanhou as bebidas, ajeitando-as na geladeira, enquanto Sérgio organizava as vasilhas plásticas, separando o que deveria ficar refrigerado.

— Gustavo, vou colocar as saladas na geladeira. Fiz uma moqueca de peixe e um arroz com camarão. A senhora gosta, dona Margarida?

Margarida esboçou um sorriso.

— Lembro-me de meu falecido esposo quando sinto o cheiro de uma boa moqueca.

Sérgio animou-se.

— Que bom, então, que estamos trazendo boas lembranças para a senhora. Espero que aprove a minha moqueca.

Fabrício riu. Admirava a diplomacia de Sérgio. Jamais conseguiria agir com tanta naturalidade diante de uma situação como aquela.

— E Mila, Gustavo? Não vem almoçar conosco? — Fabrício perguntou, desviando o olhar de Sérgio e Margarida.

— Não falei com ela ainda, Fabrício. Mais tarde eu ligo. Agora vamos lá pra fora. O sol não apareceu, mas o calor está insuportável aqui.

Fabrício seguiu Gustavo para o quintal. Sentaram-se à pequena mesa de ferro e abriram uma lata de cerveja.

— Vamos brindar a quê, Gustavo?

— Não sei! Não tenho muitos motivos para brindar hoje.

Fabrício estendeu o copo na direção do amigo.

— Pois então vamos brindar à nossa amizade! É um motivo bastante especial, você não acha?

Gustavo levantou o copo.

— Achar? Tenho certeza disso! Um brinde à nossa amizade e união.

Sérgio juntou-se aos dois no quintal.

— Quer dizer que brindaram sem me chamar?

Fabrício puxou uma cadeira para Sérgio.

— Não seja por isso. Vou apanhar um copo para você e brindaremos novamente!

Sérgio acompanhou Fabrício com o olhar. Estava cada vez mais apaixonado por ele. Gustavo percebeu o carinho no gesto de Fabrício e nos olhos brilhantes de Sérgio.

— Fabrício mudou muito. Nem parece aquele que conheci há uns meses.

Sérgio apenas sorriu e balançou a cabeça afirmativamente. Reconhecia a mudança clara do companheiro. Temia, entretanto, que ele desistisse da relação caso enfrentasse alguma situação de preconceito.

Fabrício retornou com o copo e serviu Sérgio. Os três ficaram de pé para brindarem.

— Somos os três mosqueteiros! Um brinde a isso! — Fabrício alegrou-se.

— E por onde anda o quarto clássico mosqueteiro, Fabrício? — perguntou Sérgio.

— Somos três, e isso nos basta!

Já adequadamente arrumada, Margarida chegou ao quintal.

177

— Parece que vocês estão bem felizes — sussurrou num tom sarcástico. — Só não sei o motivo de tanta alegria para Gustavo. Nunca vi um filho conseguir ficar alegre com a doença da mãe.

— Por favor, mamãe. Estamos alegres e felizes porque somos jovens e amigos. E a senhora não aparenta estar tão doente assim.

— Como não estou doente, Gustavo? Passo as noites sem dormir, vagando pela casa. Isso não é normal. Meu coração está cada vez mais fraco. Sinto que a morte está se aproximando muito rápido. Quando isso acontecer, me enterre aqui em São Sebastião mesmo. Também não quero nenhum vizinho falso chorando perto do meu caixão!

Gustavo sentiu o rosto pegar fogo. Sabia que a mãe havia dormido durante toda a noite e desconfiava de que isso sempre acontecia.

— Acho melhor mudarmos de assunto. Não quero pensar e nem viver situações antes que elas aconteçam.

Margarida sentiu um aperto no coração ao ouvir as palavras do filho. A realidade era que ela, emocionalmente, não se encontrava equilibrada. Mentia por medo de perder o filho e por medo da solidão. Transitava pelas histórias fantasiosas por julgar que a piedade pudesse livrá-la de um futuro solitário. Nunca fora afeita às relações sociais. Rechaçava qualquer pessoa que quisesse se aproximar dela para estabelecer relações amigáveis. Uma discreta lágrima traçou caminho entre as rugas de seu rosto. Sérgio se deu conta da situação delicada experimentada entre mãe e filho e decidiu intervir.

— Dona Margarida, sente-se aqui conosco. Quero falar de meus pais para a senhora.

A mulher procurou demonstrar interesse. Havia percebido a insatisfação do filho. Precisava reverter aquela situação a seu favor. Seria simpática com os amigos de Gustavo. Sentou-se entre os três e procurou demonstrar interesse pelo que Sérgio falava.

— Sinto muitas saudades de minha mãe, dona Margarida. Aliás, sinto muitas saudades de minha família. Tenho duas irmãs muito lindas. São bem mais jovens que eu.

— Mas você ainda é muito jovem, meu filho. Deve ter a mesma idade de Gustavo.

— Sim. Eu, Gustavo e Fabrício temos praticamente a mesma idade. A diferença é bem pequena entre nós. Acho que por isso nos damos tão bem.

— Mas eu já estou muito velha. Seus pais devem ser bem mais jovens que eu. Já passei dos 60 há uns cinco anos — Margarida disse rindo.

— É, dona Margarida. Minha mãe é mais nova que a senhora sim. Meu pai não, ele está com 63 anos. Mas minha mãe sempre diz que quando se passa dos 40, todas as idades são as mesmas.

— Qual a idade de sua mãe, Sérgio?

Sérgio sorriu ao lembrar-se da figura jovial de Ana: rosto sempre impecavelmente maquiado, esguia e de extremo bom gosto para vestir-se.

— Minha mãe tem 48 anos. Acho que a senhora gostaria de conhecê-la.

— Viu? Ela bem mais jovem que eu. E tem uma diferença bem grande do seu pai, não é?

Os olhos de Sérgio ficaram nublados. Ao assumir a homossexualidade ante a família, encontrou o apoio da mãe. Do pai, guardou as palavras rudes e carregadas de preconceito: "Eu sabia que você não daria em boa coisa! Sempre tive a certeza de que você me sairia um bichinha nojento!".

Margarida percebeu o hiato entre a pergunta que fizera e a resposta de Sérgio.

— O que foi, Sérgio? Parece que está com o pensamento nas nuvens.

Sérgio sacudiu a cabeça para espantar a lembrança daquele momento tão hostil.

— Desculpe, dona Margarida. Estava pensando se falei a idade certa do meu pai. Sempre fui mais ligado à minha mãe.

Fabrício cutucou o braço de Gustavo.

— Veja: sua mãe está caindo na conversa mole de Sérgio. Ele é um conquistador, Gustavo. Vai chegando de jeitinho e logo seduz as pessoas. Acho que já fisgou dona Margarida. Olha lá.

Gustavo ficou observando a conversa entre Margarida e Sérgio. Não saía de sua mente a forma escancarada como a mãe havia mentido. Não sabia exatamente se ela estava conversando por prazer ou se simulava. Resolveu desabafar com Fabrício.

— Às vezes, acho que minha mãe exagera nos sintomas da própria doença. Ontem, ela e Mila se desentenderam. Passei a madrugada inteira sem dormir, Fabrício. Andei pela casa várias vezes. Estive no quarto dela porque sei o quanto ela se queixa de insônia e a encontrei dormindo. Passei pela sala e pela cozinha, procurando o que fazer. Quando vocês me ligaram, julguei que ela já estivesse acordada e a procurei pela casa.

Fabrício ouvia com atenção, e Gustavo animou-se para continuar.

— Entrei no quarto achando que minha mãe estivesse passando mal. Ela roncava num sono profundo. Acordou com o barulho da porta sendo aberta. Sabe o que ela me falou?

— O quê?

— Que havia passado a noite toda sentada na sala sem dormir e que havia se deitado por volta das nove da manhã.

— Ela mentiu para você? É isso?

Gustavo abaixou os olhos.

— É isso mesmo, Fabrício. Acho que ela vem mentindo esse tempo todo.

— Por que ela faria isso? — perguntou Fabrício, que sempre desconfiara do comportamento de Margarida.

— Também me pergunto isso. Chantagem emocional? Para me prender a ela? Minha mãe sempre foi muito possessiva. Cresci com ela dizendo que eu era tudo o que havia restado na vida dela. Não sei. Sinceramente, não sei.

Enquanto Fabrício e Gustavo conversavam, Sérgio buscava entreter Margarida e ela, verdadeiramente, encantava-se aos poucos com o rapaz. Notava nele traços que julgava já conhecer.

— Você tem um rosto muito angelical, Sérgio. Parece um anjo. É calmo e muito bem-educado. Você disse que tem duas irmãs?

— Tenho sim, dona Margarida.

— E como se chamam?

— Joana tem 16 anos de idade. Sara está com 20 anos. Está cursando a faculdade de Direito. As duas têm o cabelo ruivo. Puxaram a minha mãe, embora meu pai também tenha os cabelos bem claros.

— E você tem esses cabelos escuros, quase negros.

Sérgio riu. Margarida, sem querer, tocara num questionamento que ele passou a se fazer após o nascimento das irmãs.

— Pois é, dona Margarida. Quando minhas irmãs nasceram, comecei a achar que era adotado, tamanha é a diferença entre nós, e meus pais confirmaram a minha suspeita.

Fabrício e Gustavo aproximaram-se dos dois.

— Parece que vocês engrenaram na conversa! — Gustavo exclamou animado. Raramente presenciava a mãe conversando de forma tão alegre e sem se lamentar.

Margarida segurou as mãos de Sérgio com carinho:

180

— Seu amigo é muito atencioso, meu filho. E não parece se importar de conversar com velhos, ao contrário de outras pessoas...

***

Gustavo separou a louça e Sérgio arrumou a mesa caprichosamente, enquanto esperava a panela com a moqueca ferver. Margarida, sentada à mesa, puxou o ar com força pelas narinas.

— Nossa! Isso está muito cheiroso! Parece que estou sentindo o cheiro da moqueca que meu falecido esposo fazia.

— Espero que a senhora goste, dona Margarida. É o prato que mais gosto de fazer.

Fabrício sentou-se ao lado de Sérgio, deixando a cabeceira da mesa para Margarida e Gustavo. Margarida comeu em silêncio, saboreando cada porção colocada na boca. Gustavo sentiu as esperanças aumentarem. "Acho que essa convivência pode fazer muito bem a ela!", pensou, observando uma melhora clara no comportamento da mãe.

Margarida passou os dedos pelo guardanapo bordado que estava ao lado do prato.

— Gustavo, você apanhou meus guardanapos? Isso foi presente de casamento. Guardei esse tempo todo com tanto cuidado. Só queria usá-los em uma ocasião especial!

— Mãe, a senhora não acha que todas as ocasiões são especiais? Um almoço assim é bem especial. Meus amigos são especiais. E se não usarmos, para que precisamos ter algo?

— Nunca usei esse jogo nem com seu pai. Nossa casa e nossa vida não combinam com eles.

— Nossa vida é boa, mãe!

— Só se for para você! Para mim, a vida sempre foi cruel!

Sérgio percebeu a mudança no ânimo de Margarida e se apressou a apanhar a sobremesa.

— Agora quero ver se a senhora aprova minha sobremesa. É simples, mas para o calor de São Sebastião achei bastante adequada.

Levantou-se e colocou a travessa de torta gelada de frutas sobre a alva toalha. Margarida expressou um ar de enjoo.

— Obrigada, Sérgio. Você é bastante gentil, mas eu já exagerei na comida por hoje. Vou descansar um pouco. Como sempre, passei a noite em claro.

Gustavo e Fabrício entreolharam-se.

— A senhora não acha que se ficar mais tempo acordada, terá um sono melhor à noite?

Margarida irritou-se.

— Você parece que não entende o que falo! Se eu digo que não durmo, é porque não durmo mesmo! Parece até que duvida de mim! Fiquei a noite passada em claro e não posso descansar um pouco agora? Já fiz o que você queria: tratei bem seus amigos, almocei com vocês. O que mais quer?

Sérgio mais uma vez interferiu.

— Vá, dona Margarida! Deite-se um pouco para descansar. Pode deixar que cuidaremos da louça. Quando a senhora se levantar, tudo estará em ordem.

Margarida olhou fixamente para Sérgio.

— Obrigada, Sérgio. Você lembra muito meu falecido. O jeito do rosto, os cabelos. Tudo em você me faz lembrar João. Qualquer dia desses, vou apanhar um álbum de fotografias antigas para mostrar a você.

Sérgio retirava os pratos da mesa e voltou-se para Margarida.

— Marque um dia. Virei com prazer.

Margarida se recolheu no quarto, deixando Fabrício, Gustavo e Sérgio mais à vontade. Os três organizaram a pequena cozinha e retornaram ao quintal.

Gustavo apanhou mais algumas cervejas e mostrou para os amigos.

— Vamos beber mais algumas?

— Nada disso, Gustavo! Pra mim chega por hoje. Já estou ficando barrigudo. Preciso urgentemente voltar a me exercitar — interferiu Fabrício.

Sérgio soltou uma gargalhada.

— Desde quando você está barrigudo?

— Desde que conheci você, que não para de me encher de comida.

Gustavo olhou para os dois com extrema ternura. Sentia vontade de revelar o que sabia a respeito deles, dar-lhes coragem para enfrentar os desafios que teriam pela frente, mas preferiu se limitar a abraçá-los.

— Gosto muito de vocês dois. Sinto como se fizessem parte de minha família.

Sérgio e Fabrício retribuíram o abraço com ternura e gratidão.

— Nós também, Gustavo. Nós também — Sérgio afirmou.

***

182

No quarto, Margarida folheava um álbum de fotografias amarelado pelo tempo. As fotos do marido já falecido, João, as fotos de Gustavo ainda bebê. Em algumas páginas do álbum havia espaços vazios e marcados por fragmentos de papel colado, como se algumas fotografias tivessem sido arrancadas. O rosto da mulher inundou-se de lágrimas.

— Tive que fazer aquilo. Fui obrigada a tomar aquela atitude. Eu não tinha saída — balbuciava sem parar.

Acabou adormecendo abraçada ao álbum. Sonhou com João repetindo que havia chegado a hora, e que ela deveria recolocar as fotos no álbum. Margarida agitou-se durante o sonho e acordou dando um grito de sobressalto. Os rapazes ouviram, e Gustavo correu para acudir a mãe, julgando que ela estivesse passando mal. Fabrício e Sérgio o seguiram. Os três encontraram-na encharcada de suor e chorando muito, abraçada ao álbum. Gustavo, em vão, tentava acalmá-la.

— O que houve, mãe? A senhora está passando mal? Se acalme, por favor!

— Um sonho ruim, meu filho... Tive um pesadelo. Não tenho nada. Dessa vez, não estou sentindo nada. Fique calmo.

— A senhora estava remexendo neste álbum e acabou sonhando com o passado, foi isso?

Margarida pôs o álbum ao lado da cama e mentiu.

— Sim. Sonhei com o dia em que seu pai nos deixou daquela forma tão trágica. Tudo parecia tão real.

Sérgio chegou com um copo d'água na mão.

— Beba, dona Margarida. Vai lhe fazer bem.

Margarida apanhou o copo com as mãos trêmulas e mais uma vez identificou traços do marido em Sérgio.

— Já estou bem. Agora, me deixem sozinha. Preciso descansar.

Gustavo, intrigado, fechou a porta do quarto.

— Minha mãe tinha sempre esses pesadelos quando meu pai ainda estava vivo. Eu era bem novinho, mas guardo essa recordação. Ela acordava gritando no meio da noite e depois chorava. Lembro que meu pai dizia que tudo aquilo era culpa da fraqueza dela. Eu devia ter uns quatro anos apenas. Eu ficava encolhido em minha cama, quieto, sem entender nada. Essa lembrança da minha infância é bem marcante. Depois que meu pai morreu, ela nunca mais passou por esses episódios.

Sérgio ajeitou os cabelos com a mão e direcionou o olhar para Gustavo.

— Acho que foi a minha conversa com ela, Gustavo. Ela disse que eu me parecia muito com seu pai. Deve ter ficado impressionada e acabou sonhando com ele. Ela estava com o álbum de fotos na mão.

Gustavo olhou para o amigo com curiosidade e sorriu.

— Sabe de uma coisa, Sérgio? Ela está certa! Você lembra muito meu pai. Pelo menos nas fotos que vi repetidamente, você se parece realmente com ele.

Fabrício reagiu à observação de Gustavo brincando.

— Ainda bem que não me pareço com ninguém. Senão, daqui a pouco, chegaríamos à conclusão de que somos irmãos!

— Isso até que não seria ruim, Fabrício — Gustavo brincou.

Fabrício franziu o cenho imediatamente.

— Acho que seria sim, meu amigo. Seria péssimo.

— Seria ruim por quê? Nos damos tão bem. Parece mesmo que somos irmãos — insistiu Gustavo, sem levar em consideração a possibilidade de uma relação entre Fabrício e Sérgio.

— Seria ruim porque os irmãos brigam mais que os amigos. É por isso. Agora, eu e Fabrício vamos embora. Já ocupamos seu tempo demais. Cuide de sua mãe. Se precisar de algo, é só chamar.

Gustavo se deu conta de que os dois amigos mantinham realmente um relacionamento homoafetivo. Fabrício estava completamente mudado e sua reação era compatível com essa mudança. Tinha vontade de conversar com os dois, mas receava que a conversa fosse mal recebida. Despediu-se dos amigos, abriu o portão e retornou ao quarto de Margarida.

— Posso me deitar aqui com a senhora? Estou muito cansado.

Margarida afagou-lhe os cabelos negros.

— Claro que sim, meu filho. Você sempre corria para minha cama quando era pequeno. Vamos, deite-se aqui ao meu lado. Vou velar por seu sono.

Abraçado à mãe, Gustavo calou-se e foi relaxando. Logo estava dormindo tranquilamente.

CAPÍTULO 22

Pedro passou a encontrar Valéria sempre que surgia uma oportunidade, e ela tornava-se cada vez mais apaixonada. Luiz julgava que o filho estava se modificando, tornando-se mais dócil e solícito com todos. Apenas Arthur o rejeitava claramente. A simples aproximação de Pedro no local onde Arthur estivesse se transformava em guerra. Luiz resolveu conversar com Luciano sobre a questão. Não havia mais dúvidas de que Pedro era seu filho, ele estava integrado à família. Chamou Luciano para uma conversa nos jardins da casa. Não queria que aquele momento fosse entendido como uma cobrança profissional.

— Luciano, sei que Arthur melhorou muito desde sua chegada. Seu trabalho tem sido valioso. Você acabou, também, se transformando num grande amigo de minha família. Chegou aqui como profissional e hoje conhece todas as nossas tristezas e alegrias. Participou de momentos decisivos em minha vida, interferindo sempre com muita sabedoria.

— Sei disso, Luiz. A sua família é a minha família. Você bem sabe que vim para tentar curar as minhas dores. Cheguei para trabalhar, mas a intenção inicial era realmente tentar apagar a morte precoce de minha esposa e de meu pequeno filho.

— E você conseguiu superar isso? — Luiz perguntou, ajeitando a bandeja com uma jarra d'água e um bule com café que Dirce acabara de colocar sobre a mesa.

Luciano olhou para o reflexo do sol na água da piscina e para a cadeia de montanhas, que cercava a mansão.

— Sabe, Luiz, a dor da perda nunca cessa. Quando a morte de nossos entes queridos chega de forma natural, sem a intervenção violenta do homem ou da vida, tudo é mais fácil. Quando a infância de Ronaldo e a jovialidade de Laura me foram tomadas à força, questionei este ser que chamam de Deus. Em minha alma tão doída, tão sofrida, não conseguia aceitar o que alguns amigos tentavam me explicar por meio de diferentes doutrinas religiosas. Foi o contato com Arthur que me modificou por completo. Ele me ensina muito mais sobre as experiências que vivi do que podia imaginar.

Luiz franziu a testa e interrogou Luciano:

— De que forma Arthur pode ensinar algo a alguém, professor? Ele continua nos trazendo problemas. É agressivo comigo, com a mãe e, principalmente, com Pedro. Vive falando coisas desconexas, sem sentido algum. Estou quase acreditando no que Pedro fala sobre ele. A esquizofrenia pode ser a única resposta para o comportamento de meu filho.

Luciano bebeu um pouco de água e voltou-se para Luiz com firmeza.

— Arthur não é esquizofrênico. Ele é médium.

Luiz pigarreou.

— Luciano, já li alguns romances espíritas e sei o quanto esses livros nos dão ânimo. Mas todos passam pela lógica do final feliz. No fim, todos se reconciliam e vivem felizes pela eternidade. Não acredito nisso.

— Não posso mudar seus conceitos. Aliás, não devo mudá-los. Mas afirmo que seu filho sofre a influência direta do mundo espiritual. Ele já consegue dominar a escrita, contudo, uma educação formal iria marginalizá-lo.

Perto dali, Pedro abriu as cortinas do quarto e viu o pai conversando com Luciano. Sorriu cinicamente.

— Esse professorzinho pode atrapalhar meus planos. É esperto demais para o meu gosto. Essa didática das cavernas me irrita. Agora que meu odioso papaizinho já engoliu meu bom comportamento, não vou deixar que ninguém atravesse meu caminho. Ah! Mas não vou mesmo!

Ajeitou-se na frente do espelho e resolveu descer.

— Vou participar dessa conversinha oca. Esse meu irmãozinho precisa ficar mais louco ainda. E rapidinho, de preferência.

Passou pelo corredor, abriu a porta do quarto do pai e viu Valéria ressonando.

— Deus meu! Esta mulher ronca!

Aproximou-se em silêncio, puxou o lençol que a cobria e sussurrou em seu ouvido:

— Acorde, minha rainha. Acorde logo que estou louco por você.

Valéria espantou-se quando viu o rosto de Pedro tão próximo do seu.

— Cuidado! Luiz já está acordado!

— Sei disso. Ele e Luciano estão conversando na piscina.

Pedro percorreu a mão pelas pernas de Valéria e riu quando percebeu que todos os pelos do braço da mulher estavam eriçados.

— Volto mais tarde. Agora, levante-se e coloque um biquíni. Quero apreciar seu corpo escultural sob os reflexos do sol. Estou indo para a piscina. Vá para lá também.

Valéria esperou Pedro sair do quarto e deu um salto da cama. Tomou um banho demorado, escolheu um biquíni verde água, uma blusa de renda branca e desceu. Chamou por Dirce e pediu que o café fosse servido na piscina.

A governanta estranhou a alegria da patroa: ela sempre acordava com poucos sorrisos e poucas palavras.

— Dona Valéria, doutor Luiz e o professor Luciano estão lá na piscina. Doutor Pedro acabou de ir para lá também.

— Leve meu café pra lá, Dirce. Apenas suco e queijo. Preciso manter a forma.

Luciano viu Pedro se aproximar com desagrado. Pretendia relatar a Luiz as avaliações que vinha fazendo de Arthur e os progressos que alcançara com o menino. Pedro deu um tapinha nas costas de Luciano.

— Bom dia, meu caríssimo professor! Como anda meu irmãozinho? Mais alguma crise nos últimos dias?

Luciano foi seco.

— Arthur não tem crises, doutor.

Pedro sentou-se ao lado do pai.

— O senhor concorda com essa visão do professor Luciano, meu pai?

— Estava conversando com Luciano justamente sobre isso, Pedro. Não queria admitir inicialmente que seu irmão tivesse alguma disfunção séria. Achava que era pela ausência da mãe. Que era apenas emocional. Mas agora...

Pedro cobriu os olhos com óculos de sol. Crescera ouvindo a mãe dizer que ele falava com os olhos. Receava que Luciano pudesse perceber seus reais sentimentos.

— Estou feliz, papai. Depois do resultado do teste de DNA, muita coisa mudou em minha vida. Sei que agora não me vê mais como um aventureiro disposto a roubar sua fortuna e acata as minhas opiniões médicas.

187

Meu pequeno Arthur precisa de tratamento médico. A didática do professor Luciano é muito boa, porém, não vai curar a doença de meu irmão. Se me permitirem, posso fazer uma avaliação médica mais detalhada.

Luciano interferiu de forma brusca.

— Arthur não precisa de médicos. O problema dele não será resolvido pela medicina tradicional. Isso já foi tentado no passado e não surtiu efeito algum. Luana me relatou todos os pormenores do tratamento. Ela chegou a experimentar os remédios que Arthur tomava para conhecer-lhes os efeitos. Por essa razão, a família optou por abandonar os medicamentos.

Os olhos de Pedro, velados pelos óculos, continuam a fúria por Luciano e o sarcasmo e a satisfação dirigidos ao pai.

— Eu, como irmão e médico, tenho o direito de interferir no tratamento dispensado a meu irmão. Conversarei em outra ocasião com meu pai e minha madrasta sobre isso. Eles são os únicos capazes de decidir sobre os caminhos a serem tomados no caso de Arthur. E, por falar em madrasta, ela está se juntando a nós. O senhor tem extremo bom gosto, papai. Minha mãe era uma mulher linda, mesmo abatida pela doença, e Valéria é belíssima e carismática. Parabéns. Agora compreendo porque lutou tanto para manter seu casamento.

Luiz ficou feliz com o elogio do filho.

"Ele realmente é um bom rapaz! Compreendeu meus motivos e me perdoou", pensou enquanto admirava a beleza madura de Valéria.

— Venha, Valéria! Junte-se a nós.

Valéria sentou-se de frente para Pedro e ao lado de Luiz, a quem beijou carinhosamente na testa.

— Estão animados como eu? O dia está magnífico! Por que não colocam uma roupa de banho e vamos todos dar um mergulho?

Luciano rejeitou o convite de imediato.

— Grato, dona Valéria. Vou ficar com Arthur. Esse é o meu trabalho. Aproveitem bem o dia. Deus nos apresenta sempre grandes oportunidades de recomeço.

Pedro tirou os óculos e fixou o olhar em Luciano.

— Você acredita mesmo em Deus, professor?

— Acredito em tudo que vejo e sinto, e a presença de Deus está em tudo que me rodeia.

— Até no que é ruim e nos machuca? — ironizou Pedro.

— Inclusive nisso, doutor. As experiências negativas são como as lições de casa que não conseguimos concluir, ou por inaptidão temporária ou por resistência em executá-las. Essas lições só se afastam de

188

nossas vidas quando decidimos terminá-las. O êxito é sempre resultado do esforço. Nesse caso, a culpa não é de Deus, é nossa.

Pedro não se deu por vencido.

— E as crises esquizofrênicas de meu irmão? São também obra de Deus? O câncer de minha mãe também foi obra de Deus?

Luciano sorriu complacente.

— Seu irmão ainda não concluiu a lição. Isso acontecerá em breve, e ele poderá se libertar desse fardo. Quanto a Elisa, ela adoeceu pela própria vontade. A ocorrência do câncer está intimamente ligada ao comportamento humano. A depressão, a mágoa e a tristeza constantes afetam as células de forma devastadora.

Pedro irritou-se com a explanação de Luciano.

— Não esperava encontrar crendices desse tipo num homem como o senhor. Pelo que sei, sua mulher e seu filho foram precocemente mortos. Eles atraíram isso também com o comportamento?

Luciano silenciou. Muitas vezes, ele próprio diante do estudo da doutrina espírita fazia-se as mesmas perguntas que Pedro. Despediu-se e foi ao encontro de Arthur. Subia as escadas sentindo certo pesar no coração. Não sabia ao certo de que forma procederia com a responsabilidade que tinha pela frente. Por mais que se dedicasse a estudar o comportamento de seu aluno, tudo era ainda bastante enigmático. Despertou daqueles pensamentos com a voz suave de Luana.

— Luciano, que tristeza é essa?

O rapaz balançou a cabeça para retornar à realidade.

— Apenas pensamentos. Seu irmão Pedro me fez alguns questionamentos e, muitas vezes, concordo com ele.

— Você também acredita nessa repentina mudança de Pedro, Luciano, a ponto de se permitir ser questionado por ele?

— Infelizmente, a minha resposta é não em relação ao comportamento dele. Mas confesso que a extrema racionalidade que ele apresenta me confunde e muito. Vou ao quarto de Arthur. Você pode me fazer companhia?

Luana respondeu carinhosamente.

— Sempre que você quiser. Vamos lá.

***

Arthur estava sentado na cama, de frente para a janela, com o olhar perdido e não percebeu a aproximação de Luciano e Luana. Os dois ficaram parados observando a inércia do menino, até que o professor o chamou.

— Arthur! Você está bem?

— Nunca estou bem, professor. Nunca ficarei bem.

Luciano e Luana ladearam Arthur e sentaram-se na cama. Luana acariciou a cabeça do irmão, e Luciano segurou-lhe a mão esquerda, perguntando.

— Você sabe rezar?

O menino esboçou um riso sarcástico.

— Sei. Mas as rezas são vazias. Os padres sempre fazem rezas vazias.

Luciano e Luana entreolharam-se com estranhamento.

— Por que você diz isso, Arthur? Você sempre se negou a entrar em igrejas. Quando foi batizado, chorou tanto que o padre teve que acelerar o ritual. Vamos tentar rezar? — Luana perguntou.

O menino transfigurou-se.

— Não adianta! Não quero rezas! Não quero! É melhor vocês irem embora daqui. Irem embora desta casa!

Os dois, em vão, tentavam acalmá-lo. O choro de Arthur foi ouvido por Valéria na piscina.

— Luiz! É Arthur chorando!

Valéria colocou a blusa de renda e saiu em disparada. Luiz e Pedro a seguiram. No quarto de Arthur, ficaram parados ante os soluços sentidos do menino. Valéria e Luiz tentaram acalmá-lo.

— Calma, meu filho! Calma! — exclamava Valéria.

Arthur levantou-se abruptamente da cama e desferiu um tapa no rosto da mãe. Luiz reagiu, tentando contê-lo à força.

— Seu moleque malcriado! Já me cansei de você!

Arthur apanhou um peso de ferro que estava em cima do envelope de desenhos e atirou no pai. Um filete de sangue escorreu pela testa de Luiz. Luana e Luciano estavam atônitos com a cena que presenciavam. Pedro voltou-se para Luiz com frieza.

— Vamos ao banheiro limpar este ferimento, papai. E você, Valéria, vá colocar uma compressa de gelo no rosto para evitar hematomas.

Arthur tornou a se sentar na cama, como se nada tivesse acontecido, e limpou uma lágrima que escorria pelo rosto da irmã.

— Por que você está chorando, Luana? Fiz algo errado?

Luana sentiu o coração oprimido. Não sabia o que fazer ou dizer. Luciano viu quando um vulto se afastou de Arthur.

— Não houve nada, Arthur. Olhe lá para fora: parece que vai chover. O que você acha? — Luciano perguntou para testar o estado de consciência do menino.

— Eu acho que fiz alguma coisa muito ruim, professor. Muito pior do que a chuva que vai desabar sobre a cidade. Mas não é minha culpa. Não quero fazer ou pensar certas coisas, mas acabo sendo forçado. É maior que a minha vontade. É maior e muito mais forte.

— Mas o que é mais forte? — insistiu Luciano.

— Todos! Eles dizem que devo odiar meu pai e minha mãe, e eu obedeço. Dizem que eu sou culpado, e eu acredito. Eles são fortes. Eu sempre fui fraco, até quando era forte.

— E quem são eles, Arthur?

— São muitas pessoas. Estão todas presas em meus desenhos. Às vezes, elas conseguem fugir das folhas e me dão ordens. Tenho de obedecer.

Pedro já havia socorrido Luiz e mantinha-se atrás da porta do quarto de Arthur: "Esse garoto é louco! Bem que meu papaizinho mereceu o castigo, mas o menino é doido de pedra!", pensou rindo.

Luciano, Luana e Arthur estavam abraçados e debruçados na janela quando as árvores começaram a ser sacudidas por uma forte ventania. Um raio riscou o céu cinzento de São Sebastião, seguido por um forte estrondo. O temporal não tardou a cair. Durante mais de duas horas, a cidade foi castigada por chuvas torrenciais.

— Eu avisei que a chuva seria forte — Arthur falou com os olhos fixos na tempestade.

***

No escritório, Luiz, Valéria e Pedro conversavam sobre o futuro tratamento que seria imposto a Arthur.

— Esse é seu parecer como médico, Pedro? — Luiz indagou esfregando o polegar no curativo feito pelo filho.

— Esse é o meu parecer e será o parecer de qualquer médico sério. Meu irmão é esquizofrênico e, caso não receba tratamento adequado, poderá colocar a vida dele e de qualquer um de nós em risco.

Valéria chorava com a cabeça baixa.

— A culpa é minha...

Pedro simulou um olhar de extremo carinho.

— A culpa não é sua, Valéria. A esquizofrenia é uma doença, não é nenhum distúrbio emocional. Nem você e nem ninguém têm culpa alguma. Arthur está em surto. Deverá fazer uso de alguns medicamentos para sair dessa crise.

— E você sabe quais são esses medicamentos, Pedro?

— Sim, papai. Sou neurologista e, muitas vezes, o tratamento das doenças mentais é feito por uma equipe médica que inclui, além do psiquiatra, outros especialistas. Só garanto uma coisa a vocês dois: um mero professor não vai conseguir cuidar de Arthur.

Luiz apoiou-se na escrivaninha com a palma das mãos e levantou-se:

— Então está decidido: vá à cidade comprar os remédios de que precisa.

— Irei, papai. Posso levar Valéria comigo? Ainda não me sinto seguro para andar sozinho por aqui.

— Vá com ele, Valéria — proferiu Luiz. — Eu vou conversar com Luciano. Temo que nossa filha não vá aceitar isso, mas desta vez será diferente. Vá com Pedro enquanto converso com ela e Luciano.

192

CAPÍTULO 23

Fabrício cerrou as cortinas do quarto, foi até a sala e abriu a porta. Gritou instintivamente por Sérgio.

— Sérgio, dá só uma olhada no estrago que a chuva está fazendo!

Sérgio saiu do quarto assustado.

— O que está havendo?

— Chega aqui, cara! Olha isso!

Sérgio ficou boquiaberto com o que via. A rua estava completamente alagada. Em frente, a água barrenta já invadira o quintal da casa vizinha.

— Meu Deus, Fabrício! Tem mais de um metro de água entrando na casa da dona Odília. Ela é sozinha. Será que precisa de ajuda?

— Fica aqui. Vou até lá. Se eu estou com medo desta tempestade, que dirá ela, coitada!

Fabrício abriu o portão do quintal com dificuldade. A força da água era muito maior do que ele julgara. Atravessou a rua e chamou pela vizinha mais de uma vez. Sérgio esperava à porta e viu quando Fabrício pulou o muro da casa. O rapaz demorou a reaparecer e Sérgio começou a ficar ansioso. Atravessou a rua, lutando contra a correnteza e toda espécie de lixo arrastado pela água, e chamou por Fabrício.

— Fabrício! O que está havendo?

O amigo respondeu nervoso:

— Tente empurrar o portão, Sérgio. Dona Odília está desmaiada.

Sérgio usou toda a força que pôde e empurrou o portão que o separava da voz do companheiro. Fabrício estava carregando a vizinha idosa no colo.

— Arraste o portão, Sérgio. Abra o mais que puder. Preciso passar com ela.

Sérgio executou a tarefa com dificuldade devido à correnteza. Fabrício carregou dona Odília até a sala de casa. Colocou-a deitada no sofá, e Sérgio cobriu-a com uma manta. Aos poucos, ela começou a recobrar a consciência. Sérgio ajeitou-a sobre almofadas, fazendo-a ficar sentada. Fabrício chegou com uma xícara de café.

— Beba isso, dona Odília. Vai lhe fazer bem.

A mulher olhou ao redor, buscando compreender o que havia aconteceu.

— Estou com frio. Quem me trouxe para cá?

Fabrício entregou-lhe a xícara.

— Beba. Já vamos explicar o que aconteceu.

Odília, resignada, bebeu o café e devolveu a xícara para o vizinho.

— Agora me digam: o que aconteceu?

Fabrício narrou rapidamente o ocorrido.

— Me lembro agora, meu filho. Fiquei com tanto medo. Gritei quando a água começou a descer como uma enxurrada pelas paredes de minha casa. As telhas estão velhas e quebradas. A casa é de forro de madeira. Nunca tive condições de fazer uma reforma. O dinheiro da pensão que meu marido me deixou é muito pouco, mal dá para todos os meus gastos. Mas, e minha casa? Está muito destruída? E minhas coisas, meus móveis?

Fabrício e Sérgio não responderam e ajudaram Odília a se levantar. Sérgio segurou-a pelo braço para levá-la em direção ao banheiro.

— Dona Odília, ainda está chovendo muito. É arriscado para qualquer pessoa sair de casa. A senhora precisa tomar um banho e tirar esta roupa encharcada.

— Mas vocês são homens. Que roupa vou vestir?

Fabrício riu.

— Não temos vestidos aqui. Mas temos roupões de banho. Acho que dá para quebrar o galho.

Sérgio colocou um banco no banheiro para que Odília pudesse tomar banho com segurança. Quando ouviu o chuveiro ser desligado, bateu na porta levemente.

— Dona Odília, vista o roupão cinza que está pendurado. A toalha está ao lado dele.

Odília saiu vestida com o roupão, mas estava visivelmente abatida.

194

— A chuva já passou? Preciso voltar para minha casa. Não posso ficar aqui.

— Está passando e a energia elétrica da rua foi religada. Assim que a água escoar, vou até sua casa ver como estão as coisas. Agora a senhora vai fazer um lanche. Estamos com fome, e eu me sinto muito fraco.

— Fraco? Você, meu filho? Com esse corpão todo? Não vejo como!

Fabrício se deu conta de que estava sem camisa e se desculpou.

— Desculpe, dona Odília. Estou acostumado a andar assim em casa.

— Não se desculpe. Você deu um presente aos meus olhos tomados pela catarata.

Sérgio soltou uma gargalhada.

— Fabrício, melhor você se vestir ou teremos problemas por aqui!

Sérgio colocou a mesa para o lanche e puxou uma cadeira para Odília. Sem cerimônia, ela sentou-se e comeu com apetite. Fabrício chegou à cozinha de banho tomado e roupa trocada.

— Vocês devem ter muitas namoradas na cidade, não é mesmo?

Fabrício ficou desconcertado.

— Não temos muito tempo para namorar, dona Odília. Trabalhamos muito.

— Mas não é normal que rapazes como vocês jamais sejam vistos com namoradas. Presto muita atenção nas coisas e sei que nunca trouxeram moças para cá.

— Nossas namoradas moram em São Paulo. Virão a São Sebastião em breve conhecer a cidade. Assim que elas chegarem, apresentaremos as meninas para a senhora — Sérgio mentiu, piscando o olho para Fabrício.

Assim que a chuva amenizou, Fabrício calçou um par de tênis.

— A rua está coberta de lama. Vou até a casa de dona Odília para ver como estão as coisas. Já está tarde, e ela deve estar cansada.

— Não se preocupe, estou bem aqui — respondeu Odília com as pernas esticadas sobre a mesinha de centro e com o controle da televisão na mão.

Sérgio e Fabrício se olharam.

— Me preocupo sim, dona Odília. Se precisar, eu e Sérgio limparemos sua casa. Sei que a senhora deve estar louca para voltar para casa.

Odília limitou-se a exclamar.

— A imagem da televisão aqui é muito boa! E que grande é essa tela! Enxergo até sem os óculos.

Fabrício cutucou Sérgio com o braço e falou baixinho:

— Era só o que nos faltava! Vou limpar aquela casa, ajeitar o telhado, sei lá... Qualquer coisa!

— Pior é se ela ficar e quiser dormir de conchinha com você, Fabrício! — Sérgio brincou.

Fabrício atravessou a rua. O alagamento havia deixado, além da lama espessa, lixo espalhado por todos os lados. Entrou na casa de Odília e avaliou rapidamente a situação: o forro de madeira estava completamente encharcado. No quarto, a cama e um pequeno guarda-roupa estavam danificados. Apenas a sala permanecia intacta.

— Meu Deus! Ela não poderá voltar para casa agora.

Fabrício voltou para casa desolado e chamou Sérgio. Odília permanecia no sofá, com uma travessa de pipocas no colo, assistindo a um programa de auditório.

— Sérgio, a casa está arruinada. Desliguei a chave de energia porque a fiação deve estar mais encharcada que o forro e os móveis do quarto dela.

— E o que vamos fazer com ela? Será que ela não tem amigos na vizinhança que possam ajudar?

— É isso que vamos fazer agora. Ela já está se sentindo em casa, e isso não é nada bom — Sérgio falou, encaminhando-se para a sala e parando em frente à poltrona onde a senhora estava sentada.

— Dona Odília, não quer saber como ficou sua casa após o temporal?

A mulher deu uma gargalhada com os olhos fixos na tevê.

— Este programa é muito engraçado!

Fabrício olhou-a incrédulo, e Sérgio insistiu.

— Dona Odília, Fabrício foi até sua casa. Não quer saber como estão os seus pertences?

Odília respondeu mecanicamente, sem desviar os olhos do programa.

— Deve estar tudo perdido mesmo.

Fabrício aproximou-se dela com piedade.

— Amanhã, eu e Sérgio vamos providenciar os reparos e a limpeza de tudo. A senhora tem alguma amiga aqui por perto, onde possa passar a noite?

— Essa vizinhança não presta, meu filho. Ninguém vai querer me dar abrigo. Já tirei muita gente de enrascadas por aqui, mas ninguém reconhece isso não. São uns ingratos!

Sérgio ainda tentou solucionar a situação.

196

— Poderemos levar a senhora até um hotel ou uma pousada. Não se preocupe, eu e Fabrício vamos arcar com os custos.

— Nada disso, meu filhinho! Vou ficar aqui mesmo. Vocês são muito gentis, e não sou de fazer desfeita. Onde posso dormir? — perguntou desligando a televisão.

Sérgio gaguejou.

— Acho...que... no meu quarto. A senhora dorme no meu quarto. Eu vou para o quarto de Fabrício.

— Nada disso! Não fica bem dois homens dormirem juntos! O grandão aí dorme naquele sofá. Parece ser bem confortável. Onde é seu quarto? Estou com sono.

Sérgio apontou para o cômodo com desânimo. Odília se deitou na cama, ajeitou os travesseiros e puxou a coberta. Em segundos, já estava roncando. Fabrício estava na sala com um ar desolado, recolhendo os restos de pipoca espalhados pela poltrona e pelo chão.

— Sérgio, amanhã precisamos resolver esse problema. Se permitirmos, ela ficará aqui para sempre!

Sérgio começou a rir.

— Grandão, você vai dormir no sofá? Porque, segundo as ordens de nossa hóspede, não fica bem dois homens dormirem juntos.

— Que dormir no sofá o que, Sérgio! Vamos deitar que estou cansado. Preciso de um banho. Estou todo sujo de lama.

— Vou arrumar a cama enquanto você toma banho.

Fabrício retornou para o quarto vestindo apenas uma sunga. Sérgio ficou parado por alguns instantes admirando-o. Fabrício reagiu ao olhar de Sérgio.

— É melhor você parar de me olhar assim. Com dona Odília dormindo logo ali no seu quarto, esse olhar não vai resultar em boa coisa.

— É só um olhar, Fabrício. Até nossa hóspede ficou encantada por você. Vamos dormir. Precisamos acordar cedo para encontrar um pedreiro. Ainda bem que amanhã é feriado. Se tivéssemos expediente no banco, estaríamos em maus lençóis.

Fabrício expressou preocupação.

— Será que encontraremos lojas de material de construção e profissionais dispostos a trabalhar no feriado?

— Com a tempestade que caiu, aposto que todos estarão disponíveis como urubus.

197

Fabrício deitou-se ao lado de Sérgio. Por mais que tentasse se livrar do desejo por estar ao lado dele, não conseguia. Pensou na possibilidade de ser descoberto por Odília e afastou-se do corpo de Sérgio. Durante a madrugada, instintivamente, colocou o braço sobre o peito do companheiro e assim ficou até amanhecer. Um barulho na sala fez com que os dois se sobressaltassem. Fabrício vestiu uma bermuda e apanhou outra na gaveta para Sérgio.

— Coloca isso aí. Pelo jeito, começarão as perguntas de dona Odília.

Odília abriu a porta do quarto de Fabrício sem bater.

— Não acredito que vocês dormiram juntos! Que feio, meus filhos!

Fabrício ficou vermelho de raiva, e Sérgio buscou explicar-se.

— Por que, dona Odília? Dormi no chão. Fabrício tem um sério problema de coluna e não conseguiria dormir naquele sofá. E sabe de uma coisa?

— O quê?

— A senhora anda com muita maldade na cabeça. Por que razão seria feio dormir junto com meu amigo?

Odília calou-se, mas manteve um olhar de desconfiança. Sérgio continuou:

— Vou preparar nosso café da manhã. Depois, eu e Fabrício sairemos à procura de um pedreiro para fazer os consertos em sua casa ainda hoje.

***

Fabrício e Sérgio entraram com o pedreiro na casa de Odília. O homem olhou todos os cômodos e deu seu parecer.

— Se vocês conseguirem comprar todo o material, trago mais dois ajudantes e começo o serviço.

— Pois pode nos passar a lista do que você precisa. Vamos providenciar agora — Sérgio disse enfático.

Fabrício coçou a cabeça.

— E quando o senhor termina?

O homem olhou para o céu e sentenciou.

— Se São Pedro ajudar, acabo ainda hoje. Não poderei mexer no telhado: as telhas estão velhas e úmidas. Mas se vocês comprarem uma lona na metragem certa, protejo o telhado para que não chova mais dentro da casa, e assim que tudo estiver bem seco, troco o que for preciso.

Fabrício e Sérgio voltaram em uma caminhonete com o material pedido. O pedreiro e os ajudantes já haviam retirado as ripas de madeira que serviam de forro para a velha casa. Conferiram o material e iniciaram o trabalho. Fabrício e Sérgio ficaram alguns instantes parados à porta da casa de Odília. Um senhor passou com o jornal embaixo do braço e parou.

— Aconteceu alguma coisa com Odília?

— Ela está em nossa casa. Desmaiou ontem durante o temporal, senhor. Disse que não tem parentes — Fabrício respondeu.

O homem abriu o jornal e leu a primeira página.

— É... São Sebastião virou notícia nos jornais de São Paulo e do Rio de Janeiro. São vocês que estão providenciando esta obra?

Sérgio adiantou-se para responder.

— Sim. Somos nós. Ela não tem condições de voltar para casa sem que os reparos sejam feitos. E parece que não tem ninguém para ajudá-la.

— E não tem mesmo, rapaz. Odília não consegue se aproximar das pessoas sem causar algum mal. Já separou alguns casais aqui da rua, arrumou briga entre amigos, espalha o veneno da fofoca por onde passa.

Fabrício não deixou o homem continuar.

— Parece que o bairro, além de estar alagado, está contaminado pelo germe da fofoca mesmo, senhor. Obrigado por suas informações. Até qualquer dia.

Os dois atravessaram a rua e entraram em casa. Odília estava à frente da televisão novamente. Sérgio lembrou-se de ligar para Gustavo para saber se a chuva havia feito muitos estragos no centro da cidade.

— Oi, Sérgio. Transmissão de pensamento. Já ia ligar para vocês. O negócio aqui está feio. Pelo que sei, o banco foi invadido pelas águas. A Defesa Civil está fazendo a vistoria por lá.

— E sua casa, Gustavo? Está tudo bem com vocês?

— Sim. Graças a Deus, estamos bem. A casa de Mila também está intacta. E vocês? Tudo bem por aí?

— Conosco sim. A casa é bem conservada, mas socorremos uma vizinha. Ela está aqui. Perdeu algumas coisas com o temporal, mas eu e Fabrício já providenciamos os reparos na casa dela. Será que sua mãe tem roupas que não precisa mais? As de dona Odília estão encharcadas.

Em menos de uma hora, Gustavo e Mila chamavam os rapazes no portão. Fabrício e Sérgio receberam os dois com alegria. Gustavo riu quando viu dona Odília espalhada no sofá da sala, devorando um pacote de biscoitos. Mila aproximou-se dela e entregou-lhe uma sacola com roupas.

— Acho que essas roupas vão servir para a senhora.

Odília espalhou os vestidos, as blusas e as saias pela sala.

— Que chuva boa foi essa, minha filha! Minha casa está sendo consertada, ganhei roupas novas e ainda estou aproveitando esta televisão tão grande! Que coisa boa.

***

A obra na casa de Odília durou dois dias. Foi com alívio que Fabrício e Sérgio ajudaram-na a atravessar a rua. Odília ficou encantada com a arrumação organizada por Mila, Gustavo, Fabrício e Sérgio. Emocionada, sentou-se na cama nova que Sérgio providenciara.

— Mas este colchão é novo! Meu Deus, como posso agradecer a vocês?

Sérgio dirigiu-se a ela e a beijou na testa.

— Não precisa, dona Odília. Se quiser agradecer, seja grata somente a Deus.

Os dois despediram-se dela e, aliviados, retornaram à casa.

— Estamos sozinhos de novo, Sérgio.

— Prometa que não vai mais trazer velhinhas desmaiadas para cá?

Fabrício puxou Sérgio pelo braço, aproximando-o de seu rosto. O hálito quente de Fabrício fez Sérgio estremecer.

— Vou fazer com que você acredite em mim de outra forma. Não gosto de promessas e nem de juras. Prefiro ações.

No quarto de Fabrício, os corpos dos dois se uniram, consagrando a paixão que já existia entre eles.

CAPÍTULO 24

Fabrício e Sérgio despertaram juntos. Os corpos nus, perfeitos, ainda encontravam-se em comunhão plena. Fabrício olhou para Sérgio com seriedade.

— Não sei até quando, nem por quanto tempo isso vai durar, mas acho que pela primeira vez em minha vida estou completamente envolvido com alguém. Sempre me falaram da paixão, Sérgio. Acho que é o que sinto por você.

Sérgio não deixou que Fabrício continuasse. Abraçou-o demoradamente, sentindo a febre do desejo e da paixão inundar seu corpo novamente. Eram jovens e a sede da carne não cessava para os dois. Porém, para Sérgio, era a primeira vez que se sentia amado e respeitado de fato.

Fabrício abraçou Sérgio pela cintura.

— Você me enfeitiçou.

Os dois permaneceram no quarto fazendo amor até tarde. A agência do banco só seria liberada pela Defesa Civil em cinco dias, e eles teceram planos para aproveitar a folga inesperada.

— O que vamos fazer durante estes dias, Sérgio?

— O que de melhor poderemos fazer? Vamos ficar transitando entre seu quarto, o meu e a sala.

Sérgio sorriu encantado. Jamais poderia imaginar ser correspondido daquela forma por Fabrício.

— Mas precisaremos nos alimentar, Fabrício. Estou com fome. Vou até a cozinha preparar alguma coisa. Você pode arrumar o quarto?

Fabrício se espreguiçou.

— Pra quê arrumar o que daqui a pouco vamos desarrumar?

Sérgio levantou-se, vestiu uma camiseta sobre a sunga e se dirigiu à cozinha. Fabrício continuou deitado, pensando em como a vida dele havia mudado: "Como é que isso tudo foi acontecer? Minha vida mudou, eu mudei... Nunca me senti tão realizado com alguém...". A campainha tocou insistentemente fazendo com que ele se assustasse.

— Quem deve ser? Espero que não me venham tirar a paz.

Sérgio passou pelo quarto.

— Fique aí. Vou ver quem é.

Abriu a janela da casa, enquanto a campainha continuava tocando. Sérgio irritou-se.

— Ei! Calma aí! Quem é?

— Sou eu, meu filho. Odília. Vim fazer uma visitinha para vocês.

Fabrício pulou da cama.

— Não acredito nisso, Sérgio. Invente uma desculpa qualquer.

— Estamos de saída, dona Odília — Sérgio desculpou-se.

— Mas não vou atrapalhar. Só vim trazer um bolo para vocês. É a forma que tenho para agradecer. Abra, meu filho. Por favor.

— Se nós não abrirmos a porcaria da porta, ela vai continuar insistindo. Vou colocar uma bermuda e apanho o tal do bolo na porta mesmo.

Sérgio voltou para a cozinha, e Fabrício abriu o portão.

— Bom dia, dona Odília. Está tudo bem com a senhora?

A mulher tirou o pano de prato que cobria o bolo.

— Veja o que fiz para vocês! É de fubá! Vocês gostam?

— Claro que sim. Muito obrigado pelo carinho — Fabrício respondeu, estendendo a mão para apanhar o bolo.

Odília entregou o bolo a Fabrício e se aproveitou do descuido dele para entrar na casa.

— Onde está Sérgio? Vamos, meu filho, vamos logo comer este bolo!

Fabrício a seguiu sem opção. Quando Odília passou pelo quarto de Fabrício, esticou o olho para espiar lá dentro. Em frente ao quarto de Sérgio, abriu a porta sem nenhum pudor.

— Ué, meu filho! O quarto do Sérgio está bem arrumadinho! Parece que ninguém dormiu nele.

Fabrício sussurrou com raiva.

— Não é da sua conta!

— Você disse alguma coisa, meu filho?

202

— Não, senhora. Eu não disse nada. Vamos até a cozinha. Sérgio está lá.

Odília viu Sérgio e foi abraçá-lo.

— Trouxe um bolo para agradecer o que fizeram por mim. Quando as namoradas de vocês chegarem, farei outro igualzinho.

Sérgio agradeceu, tentando se desvencilhar da intromissão de Odília.

— Obrigado, mas elas têm muitos compromissos em São Paulo. Não virão tão cedo. Vou experimentar este bolo mais tarde. Estamos nos arrumando para sair.

Fabrício abraçou Odília, conduzindo-a para a porta.

— Vou levar a senhora até sua casa. A rua está cheia de buracos.

A mulher não se deu por vencida.

— Volto mais tarde então.

Fabrício retornou, trancou o portão, a porta da sala e cerrou as cortinas. Na cozinha, sentou-se mal-humorado.

— Acho que não nos livraremos da presença constante dela tão cedo.

— Tenho essa sensação também, Fabrício.

— Você acredita que ela abriu a porta do seu quarto e ainda comentou que "parecia que ninguém havia dormido ali"? Não sei, mas encontrei um ar de maldade no comentário dela.

— As rugas não tornam ninguém melhor, Fabrício. Agora vamos tomar nosso café em paz.

***

Fabrício e Sérgio passaram a tarde assistindo a filmes e se amando. Gustavo ligou para marcar um encontro entre os três, mas eles recusaram: queriam ficar juntos, sem a interferência de ninguém.

A noite chegou com uma brisa fresca, característica da cidade. Sérgio havia adormecido, e Fabrício decidiu sair para comprar uma garrafa de vinho. Queria retribuir com um jantar especial a atenção que Sérgio sempre lhe dedicava. Ligou para um restaurante requintado e encomendou a comida, esquecera, entretanto, da bebida. Decidiu pelo vinho porque julgava que a bebida combinava com o sentimento que nutria por Sérgio. Vestiu-se sem fazer barulho e saiu. Andou um pouco até encontrar uma tabacaria, que oferecia também bebidas finas. Lembrou-se do irmão: Fábio conhecia todos os tipos de bebida e vivia citando marcas e a combinação exata com todos os tipos de comida. Vasculhou a prateleira e

203

encontrou o que queria. Apanhou duas garrafas e olhou para uma caixa de bombons. "Será que é frescura demais levar chocolates para ele?", pensou. Passou pelo caixa e uma jovem atendente sorriu.

— A sua namorada tem sorte!

Fabrício ficou sem graça.

— E se eu lhe disser que não é para minha namorada?

A moça passou os produtos pelo leitor óptico, colocou-os numa sacola e respondeu:

— É que os homens sempre compram vinho e chocolates para agradar as mulheres...

Fabrício pagou e saiu sem responder. No caminho, pensava no tanto de mudanças que a vida diariamente estava apresentando a ele. Nunca mais havia se envolvido com outras mulheres. Esquecera a fuga na cocaína. Abrandava seu coração diariamente na convivência com Sérgio, no trabalho, na amizade com Gustavo. Só tinha medo de ser descoberto pela sociedade. Envergonha-se da pessoa que era antes, sabia que havia se transformado numa pessoa melhor, mas reconhecia que a sociedade seria cruel, caso seu relacionamento com Sérgio fosse descoberto. Chegou à rua onde morava e procurou se livrar daqueles pensamentos. Queria proporcionar a Sérgio uma noite diferente.

Abriu o portão da casa com o coração aos saltos, tamanho o entusiasmo experimentado. Entrou e percebeu que Sérgio ainda dormia. Colocou as garrafas de vinho na geladeira e apanhou a caixa de bombons: acordaria o companheiro com aquela surpresa.

— Sérgio... — sussurrou Fabrício. — Acorde.

Sérgio sobressaltou-se, e Fabrício riu.

— Calma, não quis assustar você.

— Não me assustei. Sonhei que você me deixava, que ia embora. No sonho, você e eu éramos ciganos...

— Bem, não vou deixar você e não somos ciganos. Levante-se e se arrume: teremos um jantar diferente hoje.

— Que jantar? É melhor você não se aventurar na cozinha, Fabrício. Você é o primeiro a dizer que só sabe fazer misturas horríveis...

Fabrício entregou a caixa de bombons a Sérgio.

— Trouxe isso para você. Espero que goste.

Sérgio apanhou a caixa de bombons como se fosse criança. Colocou-a no colo e abriu o papel dourado que envolvia o chocolate. Quando ia abrir outro, Fabrício tomou-lhe a caixa das mãos.

— Nada disso! Temos um belo jantar pela frente! Não vai se entupir de doces agora!

— Mas que jantar é esse?

A campainha soou.

— Nosso jantar chegou, Sérgio — avisou Fabrício. Vá se arrumar.

Fabrício abriu o portão com alegria e pediu ao entregador para dispor as caixas na varanda. Esperou que ele saísse e empurrou o portão, sem trancá-lo. Levou as caixas para a cozinha, escolheu uma toalha para a mesa e arrumou os pratos, os talheres e as taças como o irmão havia lhe ensinado. Quando Sérgio chegou, ficou extasiado.

— Nossa! Isso tudo é pra gente?

— Sim. Nós merecemos esse jantar. Você merece esse jantar.

Os dois sentaram-se à mesa com alegria jovial. Fabrício apanhou o vinho e o abriu, encheu as taças e colocou a garrafa num balde com gelo.

Sérgio surpreendeu-se com o requinte de Fabrício, levantou a taça de vinho e perguntou:

— Vamos brindar a quê?

Fabrício elevou também a taça.

— Ao que sentimos um pelo outro.

Após o jantar, Sérgio apanhou a caixa com os chocolates e convidou Fabrício:

— Vamos para seu quarto?

— Não. Dessa vez não, Sérgio — respondeu Fabrício abrindo a outra garrafa de vinho.

— Vamos ficar aqui bebendo, então?

— Também não, Sérgio. Hoje quero conhecer seu quarto. Não conheço ainda o cheiro de seus lençóis e travesseiros. Deixe os bombons aqui. Leve as taças.

Sérgio obedeceu e logo estavam se amando com loucura.

***

Odília passou grande parte do dia observando a casa de Sérgio e Fabrício. Viu quando Fabrício saiu e voltou com uma sacola. Viu quando o entregador deixou caixas na varanda. Intrigada, começou a resmungar escondida atrás da cortina.

— Estou com as pernas doendo de tanto esperar. Eles disseram que iam sair. Mentiram. Devem estar esperando alguém chegar, e eu aqui sozinha. Vou até lá. Isso não se faz! Fui tão boa pra eles. Levei bolo e tudo. Gastei meu gás, os ovos que tinha, o fubá. Tudo está tão caro. Vou até lá.

Colocou um xale sobre os ombros e olhou para a fruteira com um ar condoído.

— Vou ter de levar essas poucas frutas aqui para agradar.

Atravessou a rua e encostou-se no portão destrancado.

— Que desatentos! Deixaram tudo aberto.

Entrou a passos suaves.

— Não vou deixar de assistir à minha novela naquela televisão grande de jeito nenhum!

A porta da sala também estava sem a tranca.

— Estou com sorte hoje!

Na sala, olhou para o quarto de Fabrício e parou assustada quando ouviu gemidos, sussurros e risadas vindos do quarto de Sérgio.

— Ih! Acho que dei mancada! A namorada de um dos dois deve ter chegado ou então arrumaram qualquer menina por aí! Vou voltar pra minha casa sem ver a novela! — murmurou.

Quando girou o corpo para trás, ouviu uma voz masculina dizer:

— Você me faz muito bem!

— Todos eles dizem a mesma coisa às mulheres! — disse entredentes.

Odília já estava alcançando a porta quando ouviu outra voz de homem, entrecortada por uma respiração ofegante:

— Quem me faz bem é você, Sérgio!

Odília colocou a mão na boca para evitar o grito. Aproximou-se da porta onde ouvira a conversa e encostou o ouvido à fina madeira. Não teve dúvidas que os dois faziam sexo. Indignada e assustada com as conclusões a que chegara, voltou para casa às pressas. No sofá desbotado pelo tempo, começou a sentir-se no dever de denunciar aquela aberração.

— Preciso fazer alguma coisa! Quanta indecência e safadeza! São uns nojentos! A sociedade de São Sebastião precisa tomar uma providência! Este é um bairro de família. Nunca vi coisa mais asquerosa que isso em toda a minha vida! Ah! Meus vizinhos vão saber disso. Todos vão saber disso! Serei a heroína dessa vez!

Com os olhos brilhando pela descoberta e antegozando o prazer da grande fofoca que ia espalhar, Odília começou a rir sem parar.

CAPÍTULO 25

Arthur apresentou forte reação aos medicamentos ministrados por Pedro: ora tornava-se agressivo, ora subordinava-se a qualquer ordem. Luciano tentou impedir Luiz de acatar as orientações de Pedro, mas a resposta que obteve foi seca e direta.

— Se você, auxiliado por Luana, não conseguiu êxito no contato com Arthur, deixe que Pedro faça a parte dele como médico e como irmão. Não quero criar um monstro assassino aqui!

Luciano não tinha mais argumentos nem com Luiz, nem com Valéria, e só permanecia na casa por causa de Arthur. Até que Pedro, observando a letargia do irmão, declarou-se vitorioso.

— Vejam como o comportamento de Arthur está se modificando aos poucos! Isso é sinal de que os remédios surtem o efeito desejado.

Luciano reagiu.

— Arthur está dopado, Pedro! Não reage a nenhum estímulo. Nem desenhar ele quer mais!

— Vejo bem que o professor só entende das teorias didáticas mesmo! O quadro de meu irmãozinho é orgânico. Não será resolvido com a sua intervenção nunca!

Luciano levantou-se.

— A única coisa que me resta, então, é pedir minha demissão da função para a qual fui contratado. Luiz, por favor, acerte minhas contas e veja o que preciso assinar. Vou arrumar minhas coisas e amanhã pela manhã vou para um hotel decidir o que farei.

Pedro exultou em pensamento: "Já joguei a nocaute dois obstáculos. Arthur e Luciano não poderão mais atrapalhar meus planos!".

— Que pena, professor! É uma pena quando alguém desiste de seu sacerdócio. Educar é uma missão, sabia? — Pedro ironizou.

Luciano subiu para o quarto sem dar importância a Pedro e, abatido, abriu a janela. Sabia que aquele tratamento não era adequado a Arthur, mas nada poderia fazer. Pedro havia conseguido cegar Luiz e Valéria. Apenas Luana concordava com ele, e ela não conseguira fazer prevalecer a sua vontade. Começou a retirar as roupas do armário e sentiu imenso cansaço. Um torpor imediato fez com que ele empurrasse os cabides de roupa para o canto da cama e se recostasse no travesseiro. Imediatamente pegou no sono. A figura de Laura se fez nítida à sua frente.

— Laura? É você mesmo?

— Sim, sou eu.

— Onde está nosso filho? Minha dor ainda é tão grande...

— Nenhuma dor é desnecessária. O sofrimento, às vezes, é um remédio eficaz para a alma, meu querido.

— Onde está nosso filho?

— Se preparando para um retorno próximo.

— Que retorno? Ele está morto. Vi seu corpo gelado no sepulcro. Não há retorno para ele, Laura.

— Luciano, não abandone sua missão com o pequeno Arthur. Muita coisa dependerá do seu esforço e de sua abnegação.

Dizendo isso, Laura aproximou-se, deu-lhe um leve beijo no rosto e sumiu.

Luciano despertou com o coração agitado. Sabia que havia sonhado algo, guardava a sensação de que conversara com alguém durante o sonho. Entretanto, por mais que se esforçasse, não conseguia se recordar do que havia sonhado.

Uma batida na porta fez com que ele despertasse por completo.

— A porta está aberta. Pode entrar.

Luana entrou no quarto e se aproximou dele, acariciando-lhe no rosto.

— Luciano, por favor, não vá embora!

O carinho contido no gesto e na voz de Luana deixou o rapaz comovido.

— Não há mais o que fazer aqui. Seu irmão tomou as rédeas da situação, seu pai e sua mãe são obedientes às determinações dele. Para todos, é mais cômodo que Arthur permaneça dopado do que insistir em despertar a verdadeira essência dele. Você, tanto quanto eu, já conhece ou supõe as causas do comportamento agressivo e estranho de seu irmão. Infelizmente, Pedro, Valéria e Luiz não conseguem enxergar isso.

Luana tomou as mãos de Luciano entre as suas.

— Luciano, por Arthur e por mim, não vá embora.

Luciano aproximou-se do rosto de Luana, procurou por seus lábios e a beijou com extrema ternura. Desde a morte trágica da esposa e do filho, não sentia tão grande emoção. Luana estava envolvida, igualmente, pelos mesmos sentimentos. Luciano tentou desculpar-se.

— Perdoe-me. Estou muito sensível com toda essa situação. Não queria me afastar de Arthur. Pedro é frio e cruel.

Luana estava claramente emocionada.

— E de mim? Você não se importa de se afastar de mim?

Luciano tomou-a nos braços novamente, beijando-a com paixão.

— Acho que estou apaixonado por você. E isso é uma loucura. Você é muito mais jovem que eu e, pelo que sei, nunca teve nenhum namorado.

Luana ficou ruborizada.

— A idade não é obstáculo quando gostamos de alguém, Luciano. Também me apaixonei pelo seu jeito correto de enxergar a vida, por sua seriedade, sua bondade. Parece que esperei por todos esses anos para encontrar alguém como você. Não vá embora, por favor.

Luciano e Luana entregaram-se à comunhão plena do corpo e da alma. O amor puro brotara ao mesmo tempo nos dois. Nada mais os separaria.

Depois que a emoção serenou, ficaram abraçados, em silêncio, cada um imerso em seus pensamentos.

***

Luciano terminou de arrumar as malas com a ajuda de Luana. Haviam decidido que ele ficaria num hotel até conseguir alugar uma casa em São Sebastião e acompanhar o caso de Arthur, mesmo que de longe. Luciano e Luana desceram com as malas e foram recebidos por Dirce na sala.

— É uma pena que esteja indo embora, professor. Arthur estava progredindo.

— Passei pelo quarto dele para me despedir e dizer que continuarei por perto. Não o encontrei, Dirce. Onde ele está?

— Doutor Pedro levou-o para São Paulo junto com dona Valéria. Parece que iam consultar um especialista.

Luciano largou as malas no chão com raiva.

— Seu pai não deveria ter permitido isso, Luana! Seu irmão pode sugestionar o médico! Onde está Luiz, Dirce?

— No escritório como sempre.

Luana abriu a porta do escritório com raiva.

— Onde está Arthur, papai?

Luiz continuou com a cabeça voltada para os papéis que assinava.

— Não me atrapalhe com tolices. Seu irmão precisa de um tratamento sério. Sempre que olho para a cicatriz em minha testa, tenho certeza de que tomei a melhor decisão.

Luciano olhou para Luiz com preocupação.

— Espero que você não se arrependa dessa decisão, Luiz. Os filhos são nossa responsabilidade, e isso envolve protegê-los de qualquer situação de risco.

Luiz entregou um documento de demissão para Luciano assinar.

— Aí está o que me pediu. Agradeço por seu esforço e lamento que tenha sido em vão. Desejo boa sorte em seu retorno a São Paulo.

Luana e Luciano trocaram um olhar.

— Luciano não retornará a São Paulo, papai. Ficará em São Sebastião.

Luiz expressou sua surpresa.

— Não sei, sinceramente, o que pode lhe prender a esta cidade. Mas, tenha boa sorte assim mesmo.

Luana interpelou o pai.

— Para onde exatamente Pedro levou Arthur?

— Já disse para você parar com essas tolices. Arthur está acompanhado da mãe e do irmão. Irá apenas fazer exames e adequar os medicamentos. Ele está mais dócil, mais obediente e isso me deixa feliz.

— Não confio em Pedro e, sinceramente, também não confio em minha mãe!

Luana saiu do escritório feito um furacão e Luiz, olhando para Luciano, meneava a cabeça como que discordando da filha.

Luciano, por sua vez, resolveu não dizer mais nada e, após assinar sua demissão, despediu-se de Luiz e saiu.

***

Pedro entrou na suíte do hotel e suspirou feliz.

— Finalmente ares urbanos para eu respirar. Nada que se compare a Nova Iorque ou à Quinta Avenida, mas já é alguma coisa.

Arthur estava parado num canto, com o olhar perdido. Valéria ria sem parar.

— Como eu gosto de São Paulo, Pedro! É um sonho estar aqui com você! Poderemos nos amar sem medo de sermos descobertos.

— Pensando nisso, escolhi a suíte ao lado para você. Poderemos nos encontrar a qualquer hora.

— Mas Arthur não pode ficar sozinho. Tenho medo de que ele faça alguma besteira.

Pedro abriu uma das malas e tirou uma frasqueira com os remédios de Arthur.

— Basta aumentar a dosagem desses remedinhos aqui, e ele ficará quietinho na suíte de vocês.

— E isso não fará mal a ele?

— Confie em mim, Valéria. Sei o que estou fazendo. Sou médico!

Arthur, aprisionado pelo efeito dos medicamentos, mantinha a percepção dos sentimentos intacta e sentiu uma lágrima escorrer em seu rosto. Só não conseguia reagir. O ódio pelo pai, pela mãe e por Valéria aumentava gradativamente no coração do menino.

Valéria dirigiu-se para a suíte reservada por Pedro e apontou para o filho a cama que ele ocuparia.

— Veja, Arthur, que quarto bonito! Olhe a paisagem pela janela. Tudo aqui é bem diferente de São Sebastião.

O menino apanhou a pequena mochila com seus pertences e a abriu.

— Não trouxe meus lápis?

— Claro que não. Você nunca mais quis desenhar! E nunca mais mesmo vai desenhar aquelas coisas horríveis.

Arthur fechou a mochila e deitou-se na cama encolhido.

— Estou com sono. Estou com muito sono.

Valéria respondeu de forma grosseira.

— Então, durma!

Valéria tomou um banho demorado. A viagem havia sido cansativa, e ela precisava se preparar para Pedro. Sabia que Arthur só acordaria bem mais tarde. Teria tempo de sobra para encontrar o amante e viver plenamente a paixão que sentia. Colocou um vestido de seda, maquiou-se para corrigir os sinais da idade, perfumou-se e saiu, trancando a porta do quarto por fora. Bateu à porta da suíte de Pedro já louca de desejo.

— Achei que você ficaria mais tempo com meu irmãozinho, madrasta.

— Meu tempo é seu, Pedro. Arthur já dormiu.

Pedro a puxou para dentro. Tirou-lhe a roupa sem nenhuma delicadeza, e Valéria cedeu rapidamente. Amaram-se com loucura. Ao final, ele olhou-a e disse:

— Meu papaizinho é um trouxa mesmo! Como ele não se dá conta de que você não vale o que come? — debochou seguindo para o banheiro.

Valéria ficou em silêncio, esperando a volta do amante. "Deve ser brincadeira dele, só para me provocar...". Pedro saiu do banheiro já vestido.

— Não se aborreça comigo, Valéria — amenizou. — Mas fico louco quando penso que você é a esposa de meu pai. Amo você, minha querida, mas não suportarei vê-la nos braços de outro. Precisamos resolver essa situação o mais rapidamente possível. Não terei forças para dividi-la com o doutor Luiz. Ele é meu pai. Você é minha amante. Não sei, mas acho que o melhor é nos afastarmos.

Valéria, decidida, ergueu o corpo da cama.

— Farei qualquer coisa para ficar ao seu lado.

Pedro abaixou a alça do vestido de Valéria com o dedo mínimo, deixando-a arrepiada.

— Será que faria mesmo qualquer coisa?

Ela abraçou-o com ternura.

— Tenha certeza disso, meu amor. Qualquer coisa.

— Bom saber — Pedro sussurrou, virando o rosto para que ela não visse seu riso cínico. Agora vá para seu quarto. O pequeno Arthur pode acordar ou ter um daqueles pesadelos de sempre e ficar agitado.

Valéria voltou para o quarto e encontrou Arthur remexendo-se na cama. Aproximou-se e tentou acalmá-lo. Contudo, os movimentos musculares do menino tornavam-se cada vez mais intensos. Valéria se apavorou e abriu a porta do quarto, gritando por Pedro.

— Pedro! Socorro! Arthur não está bem!

— Não grite, Valéria! Não estamos num pulgueiro! — Pedro a repreendeu quando abriu a porta.

Ao chegar ao quarto, viu o menino em convulsão. O corpo franzino de Arthur sacudia-se na cama incessantemente.

— Apanhe minha maleta e a frasqueira com os remédios de Arthur! Rápido.

212

Valéria voltou e entregou a Pedro o que ele havia pedido. O médico abriu a frasqueira e apanhou o medicamento. Com a agulha, encheu a seringa com o conteúdo da ampola e aplicou no braço do menino. Os movimentos orbitais e musculares foram diminuindo, gradativamente, até cessarem por completo. Arthur estava encharcado de suor. Com os olhos semicerrados, chamou a mãe.

— Mamãe, onde estou? Estou muito cansado. Quero ver o professor e Luana.

— Luana e o professor não estão aqui. Procure dormir — respondeu Pedro.

O menino ainda teve forças para balbuciar.

— Odeio vocês!

Pedro aproximou-se do ouvido de Arthur e falou sibilando:

— Nós também, seu estorvo!

Arthur entrou em um sono profundo. O medicamento o faria dormir por longas horas. Pedro convidou Valéria para jantar.

— Não vai acontecer nada com meu filho, vai?

— Claro que não. As convulsões são normais no quadro dele. É uma adaptação do organismo aos medicamentos. Ele vai dormir tranquilo até amanhã. Vamos jantar que estou faminto.

Valéria ajeitou-se em frente ao espelho e virou-se para Pedro sorrindo.

— Estou bem?

— Passe mais corretivo nessas rugas, para disfarçar o envelhecimento de sua pele. E nem pense em colocar batom vermelho. Fica horrível, parecendo uma prostituta.

Valéria sentiu-se velha. Quando retornasse a São Sebastião pediria a Luiz dinheiro para fazer uma plástica. Pedro era muito jovem e ela não queria correr o risco de perdê-lo por conta da idade.

***

Luciano e Luana chegaram ao centro de São Sebastião à noite. Pararam à entrada de um hotel modesto, mas bastante aconchegante.

— Não é um hotel luxuoso — disse ela amorosa.

Luciano tirou as malas do carro de Luana e a olhou com carinho.

— Não faço questão de luxo, quero apenas ficar perto de você e de Arthur. Agora volte para a mansão. A estrada é muito perigosa à noite.

— Não voltarei para casa hoje. Passarei a noite com você.

213

A recepcionista olhou espantada para Luana quando ela se adiantou a Luciano, pedindo uma suíte de casal.

— A senhorita não é a filha do doutor Luiz, dono daquela mansão?

— Sou.

— E ficará hospedada aqui no hotel?

— Ficarei. Deixarei Luciano preenchendo nossas fichas. Qual será nosso quarto?

A recepcionista entregou a chave do quarto para a moça e chamou um funcionário para levar as malas. Luciano preencheu toda a documentação necessária e seguiu também para o quarto.

— Luana, você não pode ficar comigo aqui no hotel. Seu pai não vai aprovar e você precisa saber notícias de seu irmão. Não podemos deixá-lo à mercê da frieza de Pedro.

— Não fique preocupado. Fiz isso para que não haja nenhum imprevisto por parte da direção do hotel por me ver entrar e sair daqui.

Luciano beijou ternamente Luana.

— Você é uma grata surpresa em minha vida. Obrigado.

— Arthur nos uniu. Agora vou embora. Quero saber notícias de meu irmão. Ligo para você assim que souber de algo.

***

Pedro retornou para o quarto. No banheiro, de frente para o enorme espelho com moldura de cobre, lavava as mãos e falava para si mesmo:

"Além de aturar essa velha ridícula, acabo sendo babado por esse moleque. Mas já está valendo a pena. Vou levar Luiz à loucura. Quero acabar com ele aos poucos. Prometi isso a minha mãe e vou cumprir."

Secou as mãos, ajeitou a gravata azul-marinho e suspirou.

— Vamos lá, Pedro. A causa é nobre. Enfrente tudo com dignidade.

Valéria já o esperava no corredor.

— Que demora, Pedro!

— Estava me arrumando para você, meu amor.

Os dois desceram para o restaurante do hotel. Pedro escolheu uma mesa próxima à janela de vidro.

— A vista da Avenida Paulista é realmente deslumbrante. Gosto do movimento urbano. Já estava cansado de olhar árvores e pássaros. Aquilo lá é um tédio.

214

Valéria estava animada. Sentia-se mais jovem, amada e segura ao lado de Pedro.

— Acho que retornei a São Sebastião para conhecer você, Pedro.

— E você acha que me sinto confortável com essa situação? Estou traindo de forma cruel a confiança de meu pai. Não sei se conseguirei ficar com esse peso na consciência. E você? Não sente culpa por enganar meu pai?

Valéria ficou em silêncio. Não sabia o que era maior: a culpa por trair a confiança da família ou o amor por Pedro.

— Não sei. Sei que amo você. Só isso.

— E esse amor não te traz culpa?

— Já carrego a culpa comigo, Pedro. Quando voltei para São Sebastião, não tinha saída. Vivia uma situação desesperadora. Luiz me aceitou de volta e recuperei também a minha dignidade material. Não nasci para a sarjeta. Por isso, voltei. Antes de você chegar, confundi o conforto da mansão com amor. Não sei viver sem você.

— Mas conseguirá conviver com a culpa? — provocou Pedro.

— Prefiro o remorso por não fazer alguém feliz a abrir mão da minha felicidade.

O telefone de Pedro tocou, e ele atendeu:

— Sim. Trouxe o menino comigo, doutor. O diagnóstico inicial é de esquizofrenia já num estágio avançado. Estou ministrando alguns medicamentos paliativos, em doses adequadas, mas preciso de sua avaliação. Amanhã estarei à hora marcada em seu consultório.

Desligou o celular e disse:

— Doutor Júlio conheceu meu padrasto. É um psiquiatra respeitado por todos. Encontrará o tratamento certo para Arthur — disse Pedro para enganar Valéria.

A mulher concordou e juntos começaram a comer.

***

Valéria entrou no quarto quando já amanhecia. Havia passado a noite com Pedro. Encontrou Arthur sentado na cama, abraçando os joelhos que estavam flexionados.

— Você acordou agora, meu filho?

— Não sei.

— Como não sabe, Arthur? Você já está acordado há muito tempo ou acordou agora?

— Já disse que não sei — respondeu com os olhos vidrados.

— Venha tomar um banho. Daqui a pouco, Pedro passará aqui. Vamos ao médico.

— Não quero ir a médico nenhum! Quero falar com o professor e com Luana!

— Não tem mais professor nenhum, e Luana está longe. Vá para o banheiro tomar seu banho!

— Não vou! Não quero ir ao médico. Ele vai me matar!

— Você é que vai acabar me matando do coração com tanta teimosia! Vá para o banho! — Valéria gritou descontrolada.

As ordens de Valéria foram em vão. Arthur não saiu do lugar e repetia insistentemente que acabaria morrendo. Pedro bateu à porta e entrou.

— Mas este menino ainda não está arrumado, Valéria? Temos hora marcada e o trânsito daqui não parece ser muito bom.

— Não tenho mais o que fazer, Pedro. Ele cismou agora que o médico vai matá-lo.

— Então ele vai assim mesmo. É bom que o doutor Júlio o veja neste estado. Será importante para a avaliação que vai fazer.

Arthur levantou-se com decisão.

— Vamos logo. É melhor que façam logo tudo. É melhor para mim.

Pedro segurou a mão do menino com força, e Arthur reclamou.

— Você está apertando minha mão! Está me machucando!

Valéria olhou para o filho com um lampejo de compaixão.

— Deixe que eu levo ele.

— Nada disso! Se esse garoto fugir, estaremos numa situação difícil! Aqui é uma cidade violenta, minha querida.

Um táxi já estava à porta do hotel os aguardando, e eles entraram. Pedro deu o endereço anotado em um papel ao motorista, ele olhou e comentou:

— Se prepare para enfrentar algumas horas sentado aqui no carro. O trânsito está insuportável.

— Vá em silêncio, por favor, você é pago para dirigir e não para falar asneiras — determinou Pedro.

O motorista corou de vergonha e logo deu partida.

No caminho, de óculos escuros, Pedro, em pensamento, elogiava a própria inteligência: "Pedro, você é muito esperto mesmo. Qualquer um

216

nesta terra se vende com facilidade. Não foi difícil encontrar um médico falido que aceitasse vender seu juramento por um consultório novinho em folha".

Chegaram à porta de um prédio luxuoso após enfrentarem o trânsito de horas. Valéria sorriu satisfeita ao ver a imponência do prédio.

— Eu tinha certeza de que você escolheria o melhor médico para cuidar de meu filho.

Pedro sorriu e apertou o botão do elevador, segurando a mão de Arthur.

— E por que eu faria diferente? Arthur é meu irmão, esqueceu-se disso? Além de ser seu filho, é meu irmão.

Pedro entrou primeiro no consultório. Já havia acertado tudo com o médico e precisava entregar a ele parte dos dólares que carregava na pasta. Apanhou o envelope com o dinheiro, uma lista de remédios e a solicitação de exames.

— Aqui está parte de seu pagamento, doutor. Hipócrates deve estar revirando a poeira dos restos mortais dele neste momento. Mas é por uma boa causa. Estes são os exames que quero que o senhor solicite, e na outra folha estão os remédios a serem ministrados, com as respectivas doses.

O velho médico olhou o papel com os exames e com os medicamentos listados.

— Mas a esquizofrenia de seu irmão está num estágio tão agressivo assim que justifique o uso desses remédios tão fortes?

— Não estou pagando essa quantia tão alta para ouvir suas interrogações. Faça apenas o que mandei. E só mais um detalhe, antes de chamar minha madrasta e meu irmão:

— Qual detalhe?

— Não quero saber sua opinião de médico falido. Entendeu?

O médico guardou os dólares no cofre do consultório e ajeitou o jaleco branco.

— Compreendi o suficiente. Mande-os entrar.

Valéria entrou com o filho, e Pedro puxou duas cadeiras para que se sentassem.

— Este é o doutor Júlio, amigo de meu padrasto.

Valéria estendeu a mão para cumprimentá-lo.

— Muito prazer, doutor. Sei que conseguirá ajudar meu filho.

O médico fez algumas perguntas e anotou tudo numa ficha. Arthur o encarou com um riso no canto da boca.

— O senhor mente, doutor.

Valéria chamou a atenção do menino.

— Arthur, não diga isso. Seja educado, por favor.

O garoto voltou a repetir a frase.

— O senhor mente.

Pedro pigarreou, e Júlio procurou diminuir o contato com Arthur.

— Bem, dona Valéria, aqui estão os exames de que preciso. Eles podem ser feitos aqui mesmo no prédio. E aqui estão os remédios que seu filho necessita tomar.

— Ele vai tomar esses remédios sem o resultado dos exames?

— O quadro dele é clássico, dona Valéria. Os exames apenas irão determinar o que já sei ou apontar outros comprometimentos. Façam os exames e retornem o mais breve possível.

Pedro sinalizou para que Valéria saísse com Arthur. Júlio abriu uma compoteira com balas e ofereceu um pirulito ao menino.

— Não quero isso! O senhor vai me matar! — Arthur disse, olhando fixamente nos olhos do médico.

Ao voltar a ficar sozinho com Pedro, Júlio tentou convencê-lo de que os remédios eram fortes demais para uma criança.

— Já disse que não quero ouvir sua opinião. Farei os exames no laboratório que já contatei. Trarei os resultados falsificados, e o senhor já sabe o que deve ser feito: um diagnóstico muito bem escrito, com seu carimbo e sua devida assinatura. Quando me entregar isso, pago o restante do valor combinado e o senhor vai tratar de fazer sua clientela, para não desperdiçar esta maravilha de escritório. Não contrate nenhuma secretária ou auxiliar e nem atenda ninguém até que nosso trato seja concluído.

O médico ia dizer algo, mas Pedro levantou-se rápido, virou as costas e saiu batendo a porta com estrondo.

218

CAPÍTULO 26

Fabrício comentou com Sérgio o desconforto que sentia sempre que passava pela rua.

— Não sei, Sérgio, mas a sensação que tenho é de que toda a vizinhança me olha de forma estranha.

Sérgio concordou com ele.

— Também tenho observado isso. Fui ao mercadinho ali da esquina, e um senhor que estava à minha frente saiu da fila da carne me olhando com a cara amarrada. A caixa sempre me recebeu bem e com muita educação. Uma vez disse que ela se parecia com minha mãe: sorridente e solícita. Neste dia, ela mal levantou os olhos para falar comigo.

— Não fui grosseiro com ninguém — Fabrício afirmou, tentando escapar de qualquer acusação.

— Eu muito menos. Aliás, tirando o dia que praticamente expulsamos dona Odília aqui de casa, sempre procuro ser gentil.

— Será que isso é coisa dela? Bom, se for, melhor. Não gosto mesmo de conversa fiada e nem de ninguém invadindo nossas vidas. Agora vamos nos apressar, já estamos atrasados.

Gustavo estava na porta do banco esperando pelos dois com um olhar assustado.

— O que houve, Gustavo? Parece que viu um monstro! Sua mãe está bem?

— Não podemos perder tempo. Temos dez minutos antes do início do expediente, e preciso falar com vocês dois. Vamos até a rua aqui ao lado.

Fabrício e Sérgio seguiram Gustavo, que parou sob uma amendoeira.

— Fale logo, Gustavo! Estamos apreensivos — Fabrício o apressou.

Gustavo, aparentando grande constrangimento, começou sua narrativa:

— Logo que saíram do hotel, fui até a casa de vocês para almoçarmos. Já havíamos combinado antes. Tentei falar com os dois pelo telefone, e ninguém me atendeu. Assobiei no portão algumas vezes e decidi pular o muro para assustá-los. Quando passei pelo quarto de Fabrício, as cortinas estavam afastadas e vi vocês dois juntos. Para evitar constrangimentos, pulei o muro novamente para a rua e voltei para casa. Nunca julguei nenhum dos dois, muito pelo contrário, nutro imensa admiração pelo carinho e respeito que têm um pelo outro. Nem Mila sabe dessa história.

Fabrício abaixou a cabeça.

— Não me envergonho do que vivo, Gustavo, e tenho certeza de que Sérgio também não se envergonha. Agradeço o seu respeito e espero poder contar com sua amizade. Tenho você como um irmão.

— Também não posso me envergonhar de minha relação com Fabrício. O que sentimos um pelo outro é verdadeiro.

Gustavo foi enfático.

— Também não me envergonho de vocês! Por que me envergonharia? O problema não sou eu, são os outros! Uma cliente do banco veio até aqui ontem. Fui atendê-la e ela pediu para falar com Martins. Insisti no atendimento porque sei que ela recebe apenas uma pequena pensão em sua conta-corrente, e ele não atende pessoalmente clientes com baixos rendimentos. Ela, entretanto, disse que o assunto era para ser tratado apenas com o gerente e se eu não o chamasse, ela iria me denunciar na Ouvidoria. Passei o caso para o Martins, e ele mandou chamá-la. Vocês haviam saído para lanchar quando ela entrou. Acho até que ela ficou esperando vocês se afastarem para entrar no banco. Hoje, Martins passou por mim quando saía do estacionamento. Eu, como sempre, estava esperando vocês chegarem para que pudéssemos tomar nosso café juntos. Ele parou, riu debochadamente e me perguntou se eu estava esperando por vocês. Respondi que sim. E ele me disse que faria de tudo para transferir vocês da agência de São Sebastião. Perguntei o porquê e estou atônito até agora com a resposta.

— Diga logo o que esse troglodita falou, Gustavo — esbravejou Fabrício.

— A senhora que insistiu para falar com ele ontem contou que pegou vocês dois juntos, no quarto de Sérgio, logo depois daquela chuva.

Achei que a conhecia de algum lugar, e quando Martins falou isso, lembrei-me de dona Odília, que vocês ajudaram, aliás, que nós ajudamos.

Fabrício socou a parede com raiva.

— Peste de velha! Ela não pode ter visto nada. Respeitamos as pessoas como qualquer casal faz. E a única vez em que dormi no quarto de Sérgio, estávamos sozinhos em casa. Ela não pode ter visto nada.

Sérgio lembrou-se que, ao sair para ir à padaria na manhã seguinte da surpresa preparada por Fabrício, a porta da sala e o portão da rua estavam destrancados.

— Ela se aproveitou de um descuido nosso, Fabrício. Saí para comprar pão pela manhã no dia seguinte em que você dormiu em meu quarto, e as portas estavam destrancadas. Essa louca deve ter entrado sem que percebêssemos, e o resto vocês já sabem ou devem presumir.

Fabrício acendeu um cigarro e ajeitou o terno.

— Obrigado por sua amizade, Gustavo. Agora, vamos entrar no banco. Martins não pode usar minha relação com Sérgio para nos transferir de agência ou nos prejudicar. Vamos trabalhar.

Sérgio, movido pela coragem de Fabrício, o seguiu. Gustavo abraçou os dois amigos.

— Estou do lado de vocês. Nada muda em nossa amizade.

Os três entraram, e Martins riu debochadamente.

Gustavo sussurrou para Fabrício e Sérgio:

— Não se intimidem com o comportamento dele. Não caiam em provocações. Homofobia é crime, e vocês estão amparados pela Lei.

Os três ocuparam suas respectivas mesas de trabalho e começaram o expediente como se nada tivesse acontecido. Martins encheu as mesas de Fabrício e Sérgio de fichas, solicitando que eles as ordenassem alfabeticamente. Fabrício irritou-se com o trabalho desnecessário.

— Essa tarefa não me cabe, Martins. Isso é trabalho para os auxiliares administrativos. No sistema do banco, tudo está ordenado, e é pelo sistema que trabalho.

— Você vai obedecer às minhas ordens, rapazinho, ou assinará uma advertência — vociferou o gerente.

— Obedeço a ordens pertinentes. Sua ordem não é pertinente, neste caso. Há auxiliares administrativos para fazer isso. E também não assinarei advertência nenhuma, porque você só pode me advertir se eu não fizer o meu trabalho.

Martins ficou vermelho de raiva.

221

— Pois fique sabendo que não vou deixar você e seu amiguinho ali, com cara de sonso, mancharem o nome do meu banco.

Todos os funcionários entreolharam-se temerosos. Gostavam de Fabrício e Sérgio, mas a história já havia se espalhado.

Fabrício levantou-se da cadeira e se dirigiu até a mesa de Sérgio. Apanhou a pilha de fichas que Martins havia colocado sobre a mesa do companheiro, juntou com a pilha sobre sua mesa e devolveu-as a Martins.

— O senhor encaminhe essas fichas para o setor responsável. E outra coisa, o banco não é seu, é do governo. Nem eu e nem Sérgio estamos manchando o nome de instituição nenhuma ou de ninguém. Somos companheiros sim. Vivemos juntos sim. E nos amamos como qualquer outro casal. Isso é um problema apenas nosso!

Sérgio e Gustavo levantaram-se para apoiar Fabrício, e todos os funcionários do banco fizeram a mesma coisa, em solidariedade aos dois.

Martins, enlouquecido com a iminência de as portas do banco serem abertas ao público, solicitou ao chefe da segurança que atrasasse a abertura, enquanto ordenava em voz alta:

— Sentem-se! Voltem aos seus lugares! Nossos clientes já estão lá fora!

Sérgio e Fabrício olharam, comovidos, um a um os colegas de trabalho. Fabrício adiantou-se e agradeceu:

— Obrigado por nos compreenderem e também pelo apoio oferecido. Agora vamos nos sentar e trabalhar. Agradeço de coração a cada um de vocês.

Todos voltaram aos seus devidos lugares, e o banco foi aberto, sem que nenhum transtorno ocorresse durante o expediente. Martins, entretanto, lia e relia o estatuto da instituição para encontrar uma brecha contra Fabrício e Sérgio.

— Vou encontrar uma saída para tirar esses dois daqui — repetia para si.

Ao final do horário de trabalho, alguns companheiros do banco cumprimentaram Fabrício pela coragem de assumir publicamente o relacionamento com Sérgio. Gustavo, entretanto, alertou para que os dois procurassem se preservar.

— Há muita gente ruim no mundo. Não sabemos quem é sincero ou quem apenas se deixou levar pela onda de solidariedade a vocês. Tomem cuidado. Confiança é uma coisa que não se oferece a qualquer um.

222

Sérgio concordou com ele.

— Você está certo, Gustavo. O preconceito é uma doença que fica escondida em algumas pessoas e só se manifesta em condições especiais. Não se preocupe, teremos cuidado.

Gustavo os convidou para o jantar, porém, Sérgio e Fabrício recusaram o convite.

— Fica para outra ocasião. O dia foi cheio e pesado. Todos nós precisamos descansar.

— Isso, meu amigo. Outro dia marcaremos alguma coisa. Eu e Sérgio precisamos mesmo é ir para casa.

Sérgio e Fabrício caminharam para casa vagarosamente. Fabrício estava com o rosto tranquilo, enquanto Sérgio mostrava-se apreensivo.

— O que há, Sérgio? Por que essa cara tão amarrada? Você acha mesmo que eu iria ceder às chantagens do Martins? Você achou que eu iria me esconder feito criança embaixo da cama e deixar nossa vida pessoal virar o prato do dia dentro do banco? Não temos razão alguma para nos escondermos. Desamarre essa cara agora!

— Tenho medo de que você se arrependa disso no futuro, Fabrício. A decisão que você tomou, a sua atitude diante de todos foi muito corajosa. Meu único receio é perdê-lo para a pressão que a sociedade fará sobre nossas vidas a partir de agora.

Fabrício sorriu com doçura.

— Minha mãe costumava dizer que o futuro a Deus pertence. Ela sempre afirmava que eu era filho do futuro. Sempre achei isso muito estranho. Agora entendo perfeitamente a mensagem que ela tentava me passar: o que importa é o aqui e o agora, Sérgio. Quero muito permanecer ao seu lado. Não sei como cheguei até esse futuro. Sei apenas que é a partir dele que vou caminhar. Tire essas bobagens da cabeça. Estou com você, e é isso que importa.

Pela rua, algumas pessoas riam, enquanto os dois passavam.

— Cambada! — explodiu Fabrício. Aquela velha me paga!

— Com o tempo eles vão parar. Estão nos provocando para ver se reagimos. Sobre a dona Odília, eu disse que nem sempre as rugas guardam bondade. Ela não vive sozinha e sem o auxílio de ninguém à toa.

Um grupo de homens jogava baralho à porta de um botequim. O que aparentava ser mais velho apanhou um copo de vidro, bebeu o conteúdo e cuspiu no chão.

— Cachaça é coisa pra macho! Não é pra boiola não!

223

Fabrício fez menção de parar e foi impedido por Sérgio.

— Já disse que uma hora eles vão cansar. Vamos para casa. Essa gente quer é uma reação da nossa parte. Vamos embora!

Já em frente à casa, Sérgio olhou para a casa de Odília. Enquanto Fabrício abria o portão, Sérgio virou-se e, num gesto com os braços, deu uma banana em direção à janela. Odília espreitava os dois com a cortina semiaberta.

— Que horror! São dois depravados mesmo! — exclamou. Será que aquele gerente não tomou as providências contra essas duas aberrações?

Sentindo muita raiva, a velha senhora fechou totalmente a cortina e foi para o quarto.

***

Mila ligou para Gustavo depois de ouvir comentários sobre Fabrício e Sérgio.

— Você já sabia?

— Sim. Há bastante tempo por sinal, Mila. Só não contei a você porque o assunto não dizia respeito à minha vida.

— Parece que a repercussão dessa história está sendo maior do imaginamos, meu amor. As pessoas são doentes e se alimentam de fofoca. O que me causa espanto é o porquê de Fabrício e Sérgio terem se transformado em alvo. Cansamos de conhecer casais homossexuais aqui em São Sebastião. Alguns já foram até molestados por grupos de rapazes truculentos, mas isso já faz tanto tempo.

Margarida apurava os ouvidos para saber o que o filho estava falando, sem conseguir. Não se conteve e perguntou:

— Com quem está falando?

Gustavo suspirou. Rezava para que aquela história não chegasse aos ouvidos da mãe.

— Estou falando com Mila, mãe.

Mila ouviu Gustavo falar com Margarida e o alertou.

— Gustavo, não deixe sua mãe saber dessa história. Ela pode rejeitar os meninos.

— Sei disso. Pode ficar tranquila.

— Mais tarde passo aí.

Gustavo desligou o telefone e riu ao perceber a mãe sedenta de curiosidade.

— O que é, mamãe? Está tudo bem?

— Sim, meu filho. Com quem mesmo você estava falando?

— Com Mila. Ela virá mais tarde aqui.

— Fazer o quê?

— Me ver. Ela é minha namorada, esqueceu?

Margarida amarrou a cara. Percebia as mudanças no comportamento do filho em relação a ela. Não entendia e se irritava com a aproximação de Mila.

— Você deveria fazer como seus amigos Fabrício e Sérgio. Eles não têm nenhuma menina grudenta andando atrás deles. Eles é que estão certos.

Gustavo fingiu não ouvir o que a mãe falava. Ela não poderia nem desconfiar da relação vivida pelos amigos. Era preconceituosa e, certamente, os faria sofrer.

Margarida foi para o quarto, pois não queria encontrar Mila. Lembrou-se do rosto de Sérgio. "Gosto muito daquele menino. Não sei bem por que, mas gosto muito dele. O outro não. O outro é esquisito. Um brutamontes".

A senhora apanhou o álbum antigo e começou a paginá-lo. Doíam-lhe no coração as recordações que aquelas fotos traziam. Decidiu trancá-lo. Colocou o álbum na caixa de couro onde ficavam guardadas algumas ferramentas do falecido marido, fechou o cadeado e olhou para a pequena chave antes de guardá-la na gaveta da cômoda.

— Meu passado está bem guardado e devidamente trancado. João era o único que poderia trazer todo aquele lamaçal à tona, e ele já está morto. Nunca ninguém saberá de nada! — disse enquanto fazia o sinal da cruz.

CAPÍTULO 27

O táxi parou à porta da mansão, e Pedro fez sinal para que o portão fosse aberto. Arthur ressonava no banco de trás pelo efeito dos medicamentos. Valéria se preocupou antes de saltar do carro.

— Pedro, ele não vai acordar? Está dormindo desde que saímos do hotel. Um comissário de bordo chegou a me perguntar se ele estava doente. Está completamente apagado.

— Não, Valéria! Ele só acordará mais tarde. Você ouviu quando o doutor Júlio avisou sobre essa reação nos primeiros dias de tratamento.

Luana, ansiosa, esperava pelo irmão. Ao perceber a aproximação do táxi, desceu correndo os poucos degraus da varanda na direção do carro. Valéria saiu primeiro do veículo, e Luana se aproximou.

— E Arthur? Cadê meu irmão? — perguntou, tentando enxergar através do vidro escuro do carro.

— Seu irmão está dormindo. Agora me deixe entrar. Estou exausta. Pedro trará Arthur no colo.

Pedro pagou a corrida e saltou do carro.

— Nada disso, madrasta. Fiz uma verdadeira peregrinação com meu irmãozinho no colo desde que saímos de São Paulo. Mande chamar um dos empregados, Luana. Arthur pesa demais.

— E por que não o acordam? Será mais fácil, não acham?

Valéria olhou para a filha com cansaço.

— Tente você acordar seu irmão. Eu não aguento mais também!

Dirce chegou acompanhada do jardineiro.

— Precisam de ajuda com a bagagem, dona Valéria?

— Com a bagagem e para tirar Arthur do carro também!

— Ele está doente?

— Não, Dirce. Arthur não está doente. Arthur é doente!

Luana abriu a porta do táxi e tentou acordar o irmão.

— Meu querido, acorde. Por favor, acorde...

O jardineiro chamou-a.

— Deixe, dona Luana. Eu levo o pequeno para o quarto.

Antes de Luana ceder espaço para que Arthur fosse retirado do carro, o taxista perguntou:

— A senhora é o que desse menino?

— Sou irmã dele. Por quê?

— Preste atenção nesses dois, então. O doutor e a madame não gostam do menino. É só um alerta.

No quarto, Luana ajeitou Arthur na cama. O irmão não esboçou nenhuma reação quando foi carregado escada acima. Estava abatido e mal cuidado. Cobriu Arthur com um lençol e pediu a Dirce que ficasse tomando conta dele. Saiu do quarto à procura de Pedro e Valéria. Encontrou-os na sala, degustando um licor.

— Podem me dizer o que aconteceu com meu irmão?

Pedro olhou-a com desdém.

— Agora não. Soube que papai foi até a cidade e repetir a mesma coisa é estafante.

Valéria concordou com o amante.

— Isso mesmo. Vamos esperar seu pai chegar.

Luana indignou-se.

— E podem, pelo menos, me dizer o motivo de meu irmão estar dormindo daquela forma? Ele não reage a nada!

— Efeito dos remédios. Depois explicaremos melhor.

Luana olhou para a mãe com espanto.

— Se essa reação partisse apenas de Pedro, eu entenderia. Mas da senhora? Parece a coisa mais natural do mundo Arthur estar praticamente desmaiado!

— Já disse que é efeito dos remédios. Quando seu pai chegar, explicaremos tudo. Ou melhor, Pedro explicará a parte médica, e eu as recomendações passadas pelo médico.

Luana retornou ao quarto do irmão.

— E então, Dirce? Algum movimento, alguma reação?

— Não, Luana. Nada. Nunca vi esse menino assim.

— Não sei o que fazer. Se Luciano ainda estivesse aqui, tudo seria mais fácil. Sozinha, sinceramente, não sei o que fazer.

— Você não está sozinha — disse Dirce com carinho. — Vi você nascer e crescer. Estarei sempre ao seu lado e ao lado de Arthur. Ligue para o professor. Peça para ele vir até aqui. Doutor Luiz não o proibiu de visitar a mansão e nem o seu irmão.

— Vou fazer isso, Dirce. Quero que Luciano ouça as explicações de Pedro e de minha mãe. Tenho certeza de que algo muito errado está acontecendo.

Luana ligou para Luciano e relatou tudo o que estava ocorrendo.

— Preciso de você aqui ao meu lado, Luciano. Venha, por favor.

— Você disse que Luiz está na cidade? Sabe me dizer onde exatamente?

— Foi ao cartório regularizar a questão dos bens. Optou por passar o que é de direito para o nome de Pedro.

— Entendi. Vou até lá e chego aí com ele. Direi que estou com saudades de Arthur.

Luciano trocou de roupa rapidamente e foi procurar Luiz.

***

Luciano fingiu encontrar Luiz casualmente.

— Luiz, que coincidência! Está passeando na cidade?

Luiz cumprimentou-o amistosamente.

— Vim resolver algumas pendências. Fico feliz por não estar aborrecido comigo, professor.

— E por qual motivo eu ficaria aborrecido? Você é pai de Arthur e sabe o que é melhor para ele.

Luiz verificou a hora no relógio de pulso.

— Pedro e Valéria já devem ter chegado com Arthur.

— Posso ir até lá? Estou com saudades de meu ex-aluno.

— Claro. Só preciso assinar mais um documento. Preferi fazer pessoalmente a transferência de parte de meus bens para Pedro. Por vezes, os advogados e contadores especulam muito sobre minhas decisões. Espere aqui um pouco. Já volto.

Luiz conversou bastante com Luciano durante o trajeto. Afirmou estar feliz com a mudança de Pedro e sobre a surpresa que faria à esposa: uma viagem ao exterior.

228

— Não quero errar novamente, Luciano. Darei a Valéria tudo o quanto uma mulher merece. Decidi gastar meu dinheiro com a minha felicidade. Com Pedro à frente de meus negócios, posso aproveitar um pouco a vida.

— Você dará a Pedro esse poder?

— Que mal há nisso? Ele é meu filho mais velho.

Luiz estacionou o carro na mansão. Luana esperava por Luciano com grande expectativa. Ao vê-lo sair do carro do pai, acalmou-se. "Pelo menos nele eu posso confiar", pensou. Iria aguardá-lo no quarto. Sabia que Luciano pediria para ver Arthur.

Pedro saudou o pai com alegria.

— Papai! Já estava agoniado com sua demora!

Luiz o abraçou com força.

— Estava com saudades de você também, meu filho!

Olhou para Valéria com carinho.

— E você, meu amor, está cada vez mais linda!

Pedro amarrou a cara quando se deparou com Luciano.

— O professor também veio nos receber? Quanta honra!

— Sou amigo da família e encontrei Luiz na cidade. Estou com saudades de Arthur. Posso vê-lo? Onde ele está?

Luiz apanhou um cálice, serviu-se do licor e voltou-se para Luciano.

— Ora, professor, parece que não conhece ainda seu aluno. Deve estar no quarto como sempre. Vá até lá vê-lo. Você sabe o caminho.

Luiz, Pedro e Valéria ficaram conversando na sala, e Luciano subiu. Sentia o coração disparado e um desconforto na altura da nuca. Ao entrar no quarto do menino, deparou-se com Luana chorando baixinho. Envolveu-a com os braços ternamente.

— Calma. Vamos conversar com Arthur e dizer a ele o quanto nós o amamos.

— Mas ele está dormindo um sono pesado. Já tentei de tudo para acordá-lo, e ele nem se mexe.

Luciano sentou-se na cama ao lado de Arthur, deu a mão a Luana e começou a falar.

— Arthur, eu e Luana amamos você. Sua vida é importante para nós dois. Seja o que for que estejam tentando fazer com você, nós vamos impedir. Acorde, Arthur. Estou pedindo.

Luciano esfregou uma mão na outra e espalmou-as sobre a cabeça do menino e depois sobre o tórax. Luana fez o mesmo. Arthur começou a abrir os olhos lentamente.

— É você, professor?

— Sou eu, Arthur. Luana também está aqui, bem a seu lado.

— Estou vendo tudo embaçado — disse o menino com voz triste.

Luana direcionou ao irmão um olhar de piedade.

— O que fizeram com você, meu querido?

Arthur voltou a fechar os olhos para dormir. Luciano tentou acalmar Luana.

— Devem ter dado algum medicamento forte para ele. O efeito vai passar. Enquanto Arthur dorme, tentaremos descobrir o que foi feito em São Paulo.

Luana beijou a testa do irmão e desceu com Luciano. Os dois junta-ram-se a Valéria, Luiz e Pedro, que conversavam animadamente.

Luana resolveu introduzir o assunto sobre o irmão:

— Já que estamos todos juntos, podemos agora conversar sobre a consulta de Arthur, não é mesmo? Assim, ninguém vai ter de repetir nada. Vamos lá: como foi a consulta de Arthur e por que ele está pratica-mente desmaiado?

Pedro amarrou a cara.

— Isso é uma arguição, maninha? Precisamos tratar desse assunto em família. Somente em família, querida irmã.

— Pois estamos em família, Pedro. Luciano não é nenhum estra-nho e também é parte interessada no diagnóstico dado a Arthur. Foi ele quem acompanhou meu irmão por meses seguidos.

Luiz interferiu. Não queria brigas em família.

— Pode falar, Pedro. Luciano é nosso amigo, embora não trabalhe mais nesta casa.

Pedro apanhou sua pasta e retirou um grande envelope.

— Vejam vocês mesmos. Neste envelope, estão os exames aos quais Arthur foi submetido e o diagnóstico dado por um competente psiquiatra, amigo de meu pai. Bate com meu diagnóstico inicial, com alguns agravantes no quadro.

Luiz apanhou o envelope e o abriu. Colocou os exames sobre a poltrona e se ateve ao diagnóstico escrito à mão.

— Isso pode ser revertido, Pedro?

— Com o uso dos remédios de forma contínua, sim.

— Mas Arthur ficará dopado o tempo todo? Ele é só um menino! É meu filho... Por mais que ele seja agressivo, é só uma criança.

Pedro deu à voz uma entonação de seriedade.

— O organismo de Arthur só está se acostumando aos remédios. Com o tempo, ele não ficará tão sonolento assim.

— Deixe-me ler isso, pai. Me passe os exames também.

Luana e Luciano examinaram cada detalhe do parecer médico e dos exames.

— Quero a opinião de um segundo médico! – – sentenciou Luana.

Pedro exasperou-se.

— Eu perco meu tempo, viajo, faço contato com um médico sério, um laboratório mais sério ainda, volto com a solução, e você quer procurar outro profissional, Luana? Por que não fez isso antes? Me responda! Por que não se preocupou com seu irmão antes da esquizofrenia atingir esse estágio?

Luana abaixou a cabeça. Os argumentos e questionamentos de Pedro eram ponderados. Algo, entretanto, dentro dela, dizia que havia alguma coisa errada com tudo aquilo. Não queria acreditar que a mãe fosse tão relapsa a ponto de não perceber o quanto os remédios poderiam prejudicar a infância de Arthur. Contudo, não teve forças para reagir.

— Você está correto, Pedro. Não quero falar mais sobre o assunto — concluiu Luana, sinalizando a Luciano para que saíssem dali.

No corredor, Luciano tornou:

— Não discuta mais com ele, Luana. Vamos para o quarto de Arthur esperar até que ele acorde. Pensaremos numa forma de levar seu irmão a outro especialista.

— Sinto que há alguma coisa errada acontecendo.

— Também sinto — disse Luciano. — Estamos sendo inspirados pelos espíritos iluminados a averiguar esse quadro melhor, mas precisamos ter cautela. Se Pedro estiver fazendo alguma coisa para prejudicar Arthur, não deve saber que estamos agindo contra ele. Sinto que seu irmão é perigoso e capaz de tudo para conseguir o que quer.

Um medo invadiu o coração de Luana que, instintivamente, abraçou Luciano buscando proteção.

***

Pedro estava bem seguro de tudo que estava fazendo. Sabia que se Arthur tomasse os remédios regularmente, ficaria em estado de torpor absoluto. Inicialmente, optara, então, por doses espaçadas dos remédios, para que o menino retomasse o comportamento agressivo. "Acham mesmo que sou burro a esse ponto?", indagou-se intimamente. "Não quero machucar o menino. Quero é que todos sofram bastante com as crises dele, intercaladas pela apatia".

— Faça o que é correto — Luiz interrompeu os pensamentos íntimos do filho. — Confio em você. Agora vamos ao escritório. Precisamos tratar de negócios — disse isso e levantou-se sorridente e orgulhoso do filho mais velho.

Valéria sussurrou no ouvido de Pedro ao ver Luiz se afastar:

— Quando vamos nos encontrar?

A resposta foi ríspida:

— Não seja ridícula, Valéria! Parece uma cadela no cio! Se enxerga!

Dirce aproximava-se para apanhar os cálices sujos que haviam ficado na sala e ouviu tanto a pergunta de Valéria quanto a resposta de Pedro.

***

Luciano e Luana conversavam na janela do quarto de Arthur. Estavam dispostos a esperar que o menino acordasse, quando o ouviram chamar:

— Professor... Luana... Vocês estão aqui?

A voz do menino, quase um sussurro, fez com que os dois se virassem ao mesmo tempo. Luana tentava impedir que o choro se manifestasse, enquanto uma lágrima denunciava sua emoção. Luciano girou o corpo em direção à cama.

— Ei, meu amigo! Quero um abraço!

Arthur ficou em pé na cama e sentiu-se tonto.

— Minha cabeça está doendo, professor...

Luciano suspendeu-o no ar e o abraçou.

— Você está forte, rapaz! Veja, Luana! Acho que seu irmão está mais forte do que nunca!

Luana abraçou o irmão com ternura.

— Você está com fome? — perguntou.

— Estou sim. Estou com muita fome. Só não quero descer. Quero comer aqui.

— Pode deixar. Dirce já vai trazer para você um lanche daqueles!

232

— Fala pra Dirce não falar pra ninguém que eu acordei — suplicou Arthur.

— Pode deixar. Vou falar com ela.

Luana foi ao encontro de Dirce na cozinha e encontrou-a sentada, com as mãos unidas, a cabeça voltada para o alto.

— Está rezando, Dirce?

Dirce fez o sinal da cruz e voltou-se para Luana.

— Sim. É sempre bom rezar. Por mim, por você, por Arthur e por todos desta casa.

— É verdade, Dirce... Além de suas orações por minha família, você pode me fazer um favor de forma discreta?

— Claro, Luana. O que quer?

— Arthur acordou e está faminto. Prepare um lanche reforçado para ele e leve até o quarto sem que ninguém perceba. Eu e Luciano precisamos conversar com Arthur antes que outra pessoa se aproxime dele.

— Pode deixar. É melhor mesmo que vocês conversem com Arthur antes de outras pessoas. Vá lá. Daqui a pouco levo um lanche caprichado pra ele.

***

Luciano estava à porta do banheiro do quarto de Arthur quando Luana entrou e trancou a porta.

— Como ele está, Luciano?

— Atordoado ainda.

— Dirce já vai subir com o lanche dele. Pedi discrição. Preciso conversar com meu irmão antes que venham com mais remédios.

Arthur se vestiu e se olhou no espelho.

— Às vezes, não sei quem eu sou. Não sei se sou seu irmão, Luana. Não sei se sou filho de Valéria e Luiz... Não sei.

— Não importa quem você seja: amamos você independente de qualquer coisa — Luana falou, acariciando o rosto do menino.

Dirce bateu à porta.

— Ouça. Deve ser Dirce com seu lanche.

Arthur sentou-se na cama e, com a bandeja no colo, comeu com apetite.

— Nossa! Você estava com fome mesmo! — brincou Luciano. — Está satisfeito agora? Quer mais alguma coisa?

— Não, professor. Obrigado.

Luana deixou que Luciano conduzisse a conversa com Arthur.

— E você quer conversar? Quer contar como foi sua viagem?

— Não sei se vale a pena contar alguma coisa — respondeu o menino desanimado.

— Claro que vale, Arthur. Queremos ouvir você!

Arthur respirou fundo.

— Valéria e Pedro não gostam de mim. Pedro me levou ao médico. Ele ficou com medo do que falei.

— Ele quem? Pedro ou o médico?

— O médico. Pedro não tem medo de nada.

— E por qual motivo o médico ficaria com medo de você? Você fez algo errado com o médico?

— Não. Só falei a verdade.

— Que verdade, Arthur?

— Que ele iria me matar — o menino respondeu carregado de certeza.

— E você acha que o médico quer matar você por quê? Que razões ele teria para isso? Os médicos salvam vidas. Não matam pessoas.

Arthur riu.

— O senhor é professor, mas não sabe muita coisa. Os padres também deveriam cuidar das pessoas e acabam matando muita gente. Os médicos também. O doutor vai me matar com os remédios, professor. Ele é covarde e gosta de dinheiro. Pedro é corajoso e tem dinheiro.

Luciano e Luana se entreolharam. Estavam assustados com o encadeamento de ideias apresentado por Arthur. Luciano decidiu encerrar a conversa.

— Outro dia conversaremos mais sobre sua viagem. O que você quer fazer? Quer desenhar?

— Quero sim. Só falta um desenho para terminar minha história. Eu não queria desenhar isso, mas sou obrigado.

— Então, não desenhe. Eu e Luana poderemos levar você para passear no jardim. O que acha?

— Preciso desenhar, professor, para que depois todo mundo possa entender o que aconteceu.

Luciano entregou o envelope com os desenhos e a caixa de lápis de cor a Arthur. O menino cuidadosamente apanhou uma folha em branco, ajeitou-a na prancheta de madeira e começou a rascunhar um rosto. Luciano e Luana permaneceram em silêncio, observando a agilidade

234

mecânica de Arthur. Após alguns minutos, um rosto estava devidamente desenhado no papel.

— É... Acho que ficou bem parecido mesmo — Arthur falou, olhando orgulhoso para o resultado do desenho.

— Posso ver, Arthur?

— Pode sim, Luana.

Luana apanhou o papel e admirou-se.

— Veja Luciano! Arthur fez o próprio rosto! Está perfeito!

— Falta pouco agora. Depois dos outros remédios, desenho mais.

Pedro mexeu na maçaneta da porta com violência.

— Abram a porta. Preciso dar os remédios a Arthur.

Luana tentou impedir a entrada de Pedro, mas Arthur pediu com carinho.

— Deixe ele entrar. Agora, no início, só vou dormir mesmo. Quando eu acordar, termino minha história.

Pedro entrou no quarto com um copo d'água e dois comprimidos.

— Vamos tomar seus remedinhos, meu querido irmão?

— Eu tomo os remédios porque quero, e você fica preso em meus desenhos mesmo sem querer. Essa é a diferença.

Arthur ingeriu os comprimidos e não tardou a pegar no sono. Luana, indignada, olhou para Pedro.

— Espero que você saiba o que está fazendo, Pedro! Para o seu próprio bem, espero que você saiba o que está fazendo.

— Irmãzinha sonhadora, sou um médico de renome. Não me formei nesses becos acadêmicos brasileiros, onde falta até defunto para estudar. E sou irmão de Arthur. Não faria nada que pudesse prejudicá-lo.

Olhando com profundo desprezo para Luana e Luciano, Pedro saiu batendo a porta com um estrondo.

CAPÍTULO 28

O sábado estava nublado. Fabrício e Sérgio estavam acuados com os olhares maldosos e piadas inconvenientes todas as vezes que passavam pela vizinhança. Haviam combinado com Gustavo de ir ao cinema. Estavam arrumados quando ouviram um barulho no telhado.

— O que foi isso, Sérgio? Você ouviu? — perguntou Fabrício assustado.

— Ouvi sim. Parece que jogaram alguma coisa no telhado. Vamos lá fora ver.

Quando chegaram ao quintal, ouviram novamente algo cair sobre o telhado e, em seguida, escorregar pelas telhas até o chão.

— Olhe isso, Fabrício. É uma pedra. Deve ser coisa de algum moleque desocupado. Vamos até a porta dar uma bronca neles.

— Deixa pra lá. Já devem ter corrido há muito tempo. Cansei de fazer isso quando era garoto.

Sérgio abriu o portão da rua e se horrorizou. O muro da casa estava pichado com toda ordem de insultos e palavrões dirigidos a ele e a Fabrício.

— Fabrício, veja isso aqui! Até ameaça de morte já estamos sofrendo!

O rapaz ficou de frente para o muro da casa com o olhar fixo para o que estava escrito. O mesmo morador que o havia alertado sobre Odília passou de bicicleta e parou perto dos dois.

— Eu avisei que Odília era uma peste. Ela anda espalhando muitas coisas por aí e incitando os mais jovens. Tomem cuidado. Se eu fosse vocês, daria queixa na polícia.

— Obrigado, senhor. É isso mesmo que vamos fazer agora.

— Sou pedreiro. Tenho uns restos de tinta em minha casa. Vou pintar este muro para vocês, mas fotografem isso tudo antes.

— Agradecemos sua ajuda, senhor. Em quanto ficará seu trabalho? Qual é o seu nome?

— Não quero pagamento nenhum, rapazes. Quando meu filho morreu, prometi que passaria o resto de minha vida para limpar a memória dele. É isso que vou fazer.

— Como o seu filho morreu, senhor?

— Meu filho era homossexual, moço. Morreu pela ignorância da sociedade. Mas isso é história velha, guardada em meu coração. Tento apagar a minha dor trabalhando. Vão logo até a delegacia. Quando chegarem, o muro estará novo em folha, e se voltarem a pichar, eu repinto tantas vezes quantas forem necessárias.

Fabrício e Sérgio se fortaleceram com aquela presença tão digna e humilde. Trancaram a casa e saíram em direção à delegacia. Pelo telefone, falaram com Gustavo.

— Espero vocês dois lá. Essa decisão é a mais acertada.

Na delegacia, um inspetor de polícia sonolento atendeu os três.

— Se a polícia for dar conta de todas as ameaças rabiscadas em muros, não conseguiremos mais combater os crimes importantes e proteger a sociedade deles.

Gustavo irritou-se.

— Cumpra seu papel e faça o boletim de ocorrência. Meus amigos, além de sofrerem com o preconceito, estão sofrendo ameaças que podem ser concretizadas. Registre a queixa e cumpra a função que lhe foi determinada pelo Estado!

O policial fez o registro devido e pediu a Fabrício, Gustavo e Sérgio que assinassem alguns papéis. Fabrício tentou mostrar as fotos tiradas com o celular do muro pichado com xingamentos e ameaças, mas o policial recusou-se a examiná-las.

— Revele as fotos e traga até aqui, preciso anexá-las ao boletim de ocorrência, senhores — declarou mal-humorado.

Os três deixaram a delegacia e foram ao pequeno shopping encontrar Mila. Gustavo beijou-a.

— Demoraram muito. Eu já estava preocupada.

— Aquilo lá deveria se chamar "burocracia de polícia" e não delegacia — Gustavo brincou. — Dá tempo ainda de assistirmos ao filme?

Mila apontou desanimada para a bilheteria.

237

— Não. A bilheteria já fechou. Poderemos fazer outra coisa. Alguém sugere algo?

Fabrício e Sérgio estavam cabisbaixos. Na verdade, só se sentiam bem em lugares mais reservados.

— Podemos ir para sua casa, Gustavo? — perguntou Sérgio.

— Claro que sim, e acho que Mila não se importará de ir conosco, não é mesmo, meu amor?

— Só espero que sua mãe não se importe — ela respondeu.

Seguiram para a casa de Gustavo.

***

Gustavo chegou à sala chamando por Margarida.

— Mãe, onde você está?

— Aqui na cozinha, meu filho! Voltou cedo. O que houve?

— Temos visitas. Sérgio, Fabrício e Mila fizeram questão de vir visitá-la.

— Sua namorada não faz questão de estar comigo. Seus amigos eu sei que fazem. Mas, vamos fazer o quê, não é? Como boa mãe que sou, só me cabe aceitar a escolha que você fez.

Gustavo trincou o maxilar. Cada vez mais se dava conta do caráter manipulador da mãe. Disfarçou sua contrariedade e chamou os amigos.

— Venham porque reunião de pobre é sempre na cozinha e em volta da mesa.

Margarida recebeu o grupo sorridente.

— Que bom vocês terem vindo para me fazer companhia. Quando estou sozinha, sinto um aperto grande no peito. Tenho muito medo da solidão, meus filhos.

Gustavo decidiu interromper o discurso da mãe. Tinha certeza das intenções dela.

— Vamos pedir algo para comer? Estou com fome.

Após muito pensarem sobre o lanche, Mila providenciou os pedidos pelo telefone. Ao encerrar a ligação, riu:

— E tudo sempre acaba em pizza mesmo!

Em volta da mesa da cozinha, Margarida mantinha o olhar fixo em Sérgio, e Gustavo percebeu.

— Mamãe parece gostar muito de você, Sérgio. Ela não para de te olhar.

— Sérgio é um rapaz muito bonito, meu filho. Tão bonito quanto você!

Sem saber o motivo, Fabrício experimentou um estranho sentimento de rejeição.

Margarida ocupou-se conversando com Sérgio. Contava alegremente as traquinagens de Gustavo na infância, experimentando, novamente, as emoções que vivera. Num dado momento da conversa, Margarida perguntou a Sérgio.

— Você não tem fotos de seus pais?

— Tenho algumas no celular. A senhora quer ver?

— Gustavo, apanhe meus óculos. Quero ver as fotos no celular de Sérgio!

Gustavo foi até o quarto de Margarida e retornou com os óculos da mãe.

— Entrando na era da tecnologia, mamãe? Sempre odiou celulares!

Margarida resmungou para o filho, dirigindo-se, entretanto, para Mila.

— Odeio celulares quando as pessoas ligam toda hora, sem motivo algum.

— Vamos, dona Margarida. Vou abrir as fotos.

— E você, Fabrício? Não tem fotos para mostrar?

— Apenas de meus pais. Minha mãe dizia que eu era muito levado e nunca parava quieto. Até os dois anos, vivi com uma tia. Não me recordo dessa época e nem dessa tia. Minha mãe disse que ela morreu.

Fabrício apanhou o celular e mostrou para Margarida a foto dos pais.

— Veja, dona Margarida. Minha mãe e meu pai: Cristina e Salomão.

Margarida colocou os óculos e olhou a foto com atenção. "Isso só pode ser coincidência! Meu coração não aguentará isso!".

Disfarçando o nervosismo, voltou o olhar para as fotos que Sérgio mostrava.

Sérgio começou a procurar as fotografias em que estava sozinho.

— Veja! Nestas fotos aqui estou com oito meses.

Margarida examinou a imagem e sentiu um aperto no peito. O moço mostrou outra foto.

— Aqui já estou com quatro anos. Tenho poucas fotografias antes dessas. Naquela época, revelar fotos custava muito dinheiro.

Sérgio não notou a mudança no comportamento de Margarida e continuou a mostrar outras fotografias.

— Estas são minhas irmãs Sara e Joana. E estes dois aqui são meus pais.

Margarida colocou a mão sobre a boca para conter a exclamação de horror que estava prestes a fazer.

— Aumente esta foto, Sérgio — pediu incrédula.

Sérgio ampliou a foto o mais que pôde.

— Pronto, dona Margarida. Se eu aumentar mais, vou desfocar a imagem. Olhe bem. Minha mãe não é uma mulher linda?

Margarida sentiu o coração descompassado. "Não é possível, Meu Deus! Não é possível!", repetia em pensamento.

— Qual é mesmo o nome de sua mãe?

— Ana. E meu pai se chama Ricardo.

Margarida, sob intensa emoção, sofreu um desmaio. Sérgio gritou por socorro e Gustavo, seguido por Mila e Fabrício, chegaram até a cozinha.

— Chame o médico, Gustavo. Sua mãe está desmaiada!

Após alguns instantes, Margarida abriu os olhos devagar. Estava confusa e com os pensamentos em desordem.

— O que aconteceu?

O médico chegou e verificou-lhe a pressão.

— Sua pressão teve apenas uma pequena queda. A senhora sofreu alguma emoção, dona Margarida?

Margarida buscou Sérgio com os olhos.

— Não. Não sofri emoção nenhuma, doutor. Deve ter sido o coração.

— Seu coração está ótimo, dona Margarida. Procure descansar.

Gustavo acendeu a luminária ao lado da cama da mãe.

— Ficaremos na sala. Qualquer coisa, me chame.

— Pode deixar. Ficarei bem.

Ao ouvir a porta do quarto ser fechada, Margarida começou a chorar baixinho. "Será que isso é verdade, meu Deus? Será que é castigo de Deus? Será que é ele mesmo ou estou ficando louca?"

Na sala, Mila, Sérgio, Gustavo e Fabrício conversavam sobre os últimos acontecimentos.

— Vocês não podem se deixar abater. Se for preciso, saiam daquele bairro e aluguem uma casa mais próxima do centro — Mila ponderava.

— Daqui a pouco todos irão esquecer esse assunto e arrumar outro alvo. A cidade está fora de temporada, e as pessoas ficam muito paradas e aí focam na vida dos outros para se ocupar — Gustavo justificava.

— Meu cigarro acabou — disse Fabrício, nervoso. — Vou comprar outro. Estava pensando em parar de fumar, mas com todos esses acontecimentos, fica difícil... Já volto.

No quarto, Margarida apanhou a chave na gaveta da cômoda e abriu a caixa onde guardara o álbum. Trancou a porta para não correr riscos. Ouvia a conversação dos jovens em tom baixo, na sala, e julgou que eles estivessem agindo assim para não acordá-la.

— É bom mesmo que pensem que estou dormindo. Assim, ninguém me incomoda — Margarida sussurrou apanhando o álbum. Examinou cuidadosamente os espaços vazios, onde, no passado, havia arrancado algumas fotografias.

Pôs o álbum sobre a cama e abriu uma porta do guarda-roupa. Abaixou-se com dificuldade, puxou uma gaveta e tirou a madeira que servia como fundo: entre a base do armário e a madeira retirada havia um envelope empoeirado. Margarida o apanhou e soprou a poeira que o cobria. Tornou a se sentar na cama e retirou do envelope uma pequena pasta. As fotografias que estavam na pasta, guardadas com o passado, foram encaixadas uma a uma nos espaços em branco do álbum. Lá estavam os dois filhos entregues para adoção.

— Foi a vida que me obrigou a fazer isso. Só pude ficar com Gustavo. Meu Deus! E agora esses dois aparecem como fantasmas na minha vida. Ninguém saberá disso! Ninguém!

Retirou mais duas fotografias de um saco plástico que estava dentro da pasta: Ana e Ricardo seguravam Sérgio no colo. Na outra, Fabrício, com quase dois anos, chorava, agarrado no pescoço de Salomão. Ela, que sempre silenciara sobre o passado, ouvia o grito estridente dele, no presente de sua vida.

Profundamente amargurada, não conseguia entender porque a vida reuniu os três irmãos numa mesma cidade, tantos anos depois...

***

Fabrício atravessava a rua para chegar até o bar, do outro lado da praça, quando um grupo de motoqueiros passou. Ele desviou de uma das motos pulando para a calçada.

— Maluco! Não me viu atravessando a rua não? — esbravejou.

Os rapazes deram a volta na praça e cercaram Fabrício.

— Sai da frente, seu maridinho de bicha!

— Me deixem em paz! Não quero confusão! — gritou Fabrício.

Dois rapazes saltaram de suas motocicletas e começaram a empurrar Fabrício com violência. Ele reagiu e desferiu um soco em um deles. O rapaz atingido colocou a mão no rosto e ameaçou o rapaz.

— Vamos ver se sabe apanhar da mesma forma que sabe bater!

Cerca de dez rapazes saíram de suas motos e foram para cima de Fabrício. Chutes, pontapés e socos eram desferidos sem que Fabrício pudesse se defender. As poucas pessoas que passavam pela rua limitaram-se a observar o ato de selvageria, sem esboçar reação de defesa. O grupo de rapazes só parou quando se deparou com Fabrício desacordado e encharcado de sangue. O que parecia ser o líder gritou:

— Vamos! Esse macho de boiola aí já aprendeu a lição. Só falta o outro agora e isso não vai demorar!

Arrancando as motos com velocidade, partiram.

***

— Nossa! Como Fabrício está demorando! Faz mais de meia hora que ele saiu daqui! — Sérgio falou preocupado.

— Ligue para o celular dele — sugeriu Gustavo.

— Está caindo direto na caixa postal — Sérgio desligou o celular desolado.

Mila sentiu um arrepio percorrer-lhe o corpo.

— É melhor irmos até lá. Você fica aqui com sua mãe, Gustavo. Ela pode precisar. Vou com Sérgio procurar Fabrício.

Sérgio e Mila saíram deixando Gustavo na varanda. Ao se aproximarem da praça, Mila avistou o corpo de Fabrício estendido no chão.

— Olhe, Sérgio. Parece ser Fabrício!

Sérgio e Mila atravessaram a rua correndo. Sérgio soltou um grito de horror quando viu o rosto de Fabrício empapado de sangue. Em vão, tentava fazê-lo retomar a consciência.

— Meu Deus, Fabrício! Fale comigo! Por favor, fale comigo!

Mila ligou para Gustavo.

— Venha correndo para a praça! Fabrício está muito machucado!

Um casal parou ao lado de Mila.

— Esse rapaz foi espancado por um grupo de motoqueiros. Pensamos que fosse um assaltante.

Mila enfureceu-se.

— Mesmo que fosse um assaltante, vocês precisavam ter chamado a polícia.

Os dois deram de costas, e a mulher falou baixinho:

— Ele deve ter aprontado alguma! Ninguém apanha à toa.

Fabrício abriu os olhos ao ouvir a voz de Sérgio. A ambulância que Mila chamou logo chegou, e o barulho da sirene chamou a atenção de alguns moradores. Uma pequena aglomeração cercou Fabrício e foi rechaçada de forma firme pela moça:

— Saiam daqui, seus urubus! Deveriam ter aparecido para impedir a atrocidade que aconteceu.

Gustavo chegou esbaforido. Os paramédicos colocaram Fabrício em uma maca e o imobilizaram na altura do pescoço. Sérgio chorava como criança olhando para o amado.

— Calma, Fabrício. Vai dar tudo certo.

Mila contou a Gustavo o que ouvira do casal.

— Ele foi espancado, Gustavo, e imagino quais foram as causas desse espancamento. Enquanto sigo com Sérgio para o hospital, vá à delegacia. Exija que providências sejam tomadas. Esses monstros precisam ser identificados e presos.

Gustavo abraçou Sérgio e seguiu para a delegacia.

***

O médico chegou para avaliar o quadro de Fabrício.

— Parece que você se envolveu numa briga feia e levou a pior, rapaz!

— Não me envolvi em briga nenhuma, doutor. Fui espancado a troco de nada — Fabrício retrucou com dificuldade.

— Vou chamar a equipe de enfermagem para fazer a limpeza desses ferimentos e, enquanto isso, providencio os exames necessários para saber se há lesões mais sérias.

Sérgio puxou a cortina do biombo onde estava Fabrício e interpelou o médico:

— E então, doutor? Como ele está?

— Vamos ver daqui a pouco. Aparentemente somente lesões externas e possíveis luxações.

— Posso ficar com ele?

— Pode. Só não quero que ele se esforce para falar. Deixe a equipe de enfermagem limpar os ferimentos. Você sabe o que pode ter motivado esse espancamento? Os policiais de plantão no hospital vão querer saber.

— Infelizmente, sim, doutor. Um amigo já foi à delegacia registrar queixa.

Sérgio esperou para entrar até que duas enfermeiras concluíssem a limpeza dos ferimentos e fizessem os curativos. Fabrício deixou uma lágrima escapar.

— Os covardes me quebraram, Sérgio.

— Fique em silêncio e procure descansar. O médico vai pedir alguns exames e logo voltaremos para casa.

— Eu não tive como me livrar deles. Eram muitos... Eu tentei, mas não consegui.

Sérgio olhou para Fabrício com revolta. Sabia exatamente o porquê daquele espancamento. O preconceito era o motivo daquela atitude monstruosa. As ameaças pichadas no muro da casa deles, pela manhã, haviam sido cumpridas com requintes de crueldade e covardia.

Gustavo chegou ao hospital acompanhado pelo mesmo policial que havia registrado a queixa da ameaça sofrida por Sérgio e Fabrício.

— Pode deixar, rapaz. Vou aguardar o médico para fazer as anotações necessárias. Só adianto que será muito difícil encontrar os responsáveis por isso.

Gustavo irritou-se:

— Como assim será difícil? Um bando de motociclistas anda pela cidade cometendo atrocidades, e as autoridades não conseguem identificar esse grupo?

O policial deu as costas para Gustavo, e Mila aproximou-se.

— Fique calmo. Sérgio está lá dentro com ele. Tudo ficará bem. Só acho que precisaremos resguardar os dois quando Fabrício tiver alta. Tenho medo de que eles sofram outros ataques.

— Já pensei nisso também, Mila. Vamos esperar Fabrício ter alta para pensar melhor no que faremos.

Mila concordou, e os dois se puseram a esperar.

***

— Você não tem nenhuma lesão mais séria, rapaz — disse o médico olhando para Fabrício. — Seu tornozelo está luxado, vou imobilizá-lo e, por isso, deverá ficar em repouso por uns dias. Posso dizer que você teve sorte. Há alguns anos, atendi um rapaz que também foi vítima de um espancamento desse tipo. Infelizmente, ele não teve a mesma sorte que você. Era franzino e muito mais novo. Não conseguimos conter a hemorragia interna, e ele foi a óbito.

— E os responsáveis foram presos, doutor? — Sérgio perguntou, ao se lembrar da narrativa curta e dolorosa do homem que se dispôs a pintar o muro da casa.

— Presos não. Cumpriram medidas sociais, assumiram a postura de bonzinhos e logo depois voltaram a atacar. Mas isso não interessa agora. Vou prescrever alguns medicamentos para Fabrício e assinar a alta. O repouso será fundamental.

O rapaz saiu apoiado no ombro de Sérgio: estava com a perna imobilizada e sentia dores por todo o corpo. À porta do hospital, com Mila e Gustavo, Fabrício pediu a Sérgio:

— Chame um táxi. Quero ir para casa.

— Nada disso, amigos. Vocês vão para minha casa. Já combinei com Mila. Ela fará os curativos em você, Fabrício, e os dois ficam por lá. Não acho seguro voltarem sozinhos para a casa de vocês. Esse grupo pode voltar.

Sérgio e Fabrício tentaram argumentar com Gustavo, porém, em vão.

— Mila, você pode pegar o carro de seu pai para levar esses dois lá pra casa?

— Claro. Já volto.

Mila retornou com o carro do pai. Sérgio e Gustavo colocaram Fabrício no banco da frente e sentaram-se atrás.

— Vá devagar, Mila. Essas ruas são todas esburacadas — alertou Gustavo.

Mila percorreu as poucas ruas que separavam o hospital da casa de Gustavo e estacionou o carro.

— É melhor você preparar sua mãe antes de entrarmos, Gustavo. Ela pode se assustar com o estado de Fabrício.

Sérgio segurou Gustavo pelo ombro.

— Meu amigo, é melhor irmos para nossa casa. Não queremos incomodar sua mãe. Ela já passou mal hoje. Não pode ficar nervosa.

Gustavo apertou a mão de Sérgio com firmeza.

— Somos mais que amigos, Sérgio. Somos como irmãos. Vocês ficarão em minha casa pelo menos nas primeiras vinte e quatro horas.

Mila, fique com eles na varanda enquanto falo com minha mãe. Se ela estiver dormindo, deixo para falar só amanhã.

Gustavo bateu na porta do quarto de Margarida e estranhou que ela estivesse trancada à chave.

— Mãe, abra a porta! Está tudo bem? — perguntou nervoso.

Margarida colocou as fotografias dentro da pasta e jogou-a, junto com o álbum, embaixo da cama. Enxugou as lágrimas que lhe encharcavam o rosto, ajeitou os cabelos e abriu a porta.

— Desculpe, meu filho. Fechei a porta sem querer.

Gustavo observou os olhos vermelhos da mãe.

— A senhora estava chorando?

— Não. Acabei pegando no sono e só acordei quando você me chamou. Esfreguei os olhos com força, por isso, estão vermelhos — mentiu.

— Preciso de sua ajuda e compreensão.

Margarida notou a seriedade do pedido do filho.

— Não vai me dizer que sua namorada está grávida! Só me faltava essa!

Gustavo riu.

— Nada disso. Somos cuidadosos. Fabrício e Sérgio precisarão passar a noite aqui. É isso.

— Por que? Beberam demais?

— Não. Fabrício sofreu um acidente e está bastante machucado. Precisa de cuidado e atenção.

Margarida sentiu novamente o coração disparar.

— Onde ele está, meu filho? E Sérgio? Aconteceu alguma coisa a Sérgio?

— Calma, mãe. Eles estão na varanda. Só estou avisando antes porque ele está muito machucado, e não queríamos assustar a senhora.

Gustavo levou Margarida até a varanda.

— Meu Deus! O que aconteceu com você menino? Foi atropelado?

— Quase isso, dona Margarida. Fui espancado por uns dez caras.

— Mas por que fizeram isso? Bateram gratuitamente?

Gustavo adiantou-se para responder.

— Tentativa de assalto, mãe. Fabrício reagiu.

— Mas vocês não estavam aqui em casa? Não iriam lanchar? Por que ele saiu?

— Mãe, Fabrício saiu para comprar cigarro, e o abordaram na praça. Agora vou acomodá-lo em meu quarto. Ele precisa descansar.

246

Vendo Fabrício ser conduzido pelo irmão, que nem sequer imaginava o parentesco, Margarida sentiu o coração apertar cada vez mais. Não sabia até quando conseguiria guardar aquele segredo.

CAPÍTULO 29

Pedro abriu a janela do quarto. Chegava cada vez mais perto de seu objetivo: vingar não só a morte da mãe, mas, principalmente, vingar-se do sofrimento que Luiz impôs a ele e a Elisa.

— Ela perdeu o gosto pela vida quando esse canalha a expulsou daqui. Por causa dele, vivi privações e morei num prostíbulo. Se não fosse meu padrasto ter surgido em nosso caminho, eu não sei o que seria de mim. Talvez tivesse me transformado num marginal ou coisa pior. Vou mostrar a todos o que significa sofrer. Luiz e Valéria já estão em minhas mãos. Na hora certa, ele tomará consciência do peso da traição na vida de uma pessoa. Arthur já está como eu quero. Luiz também conhecerá a dor que minha mãe sentiu ao me ver sofrendo todo tipo de privação quando menino.

Com as palmas das mãos suadas, fechou as janelas com violência e ligou o ar-refrigerado. O celular sobre a cama tocou, e ele identificou o número de Júlio.

— Por que você está me ligando? Deixei bem claro que eu faria o contato.

— Uma pessoa me ligou querendo marcar uma consulta, doutor Pedro.

— E o que tenho com isso, sua múmia?

O velho médico reagiu:

— O fato de eu ter recebido dinheiro de suas mãos não lhe dá o direito de me xingar!

Pedro gargalhou sarcástico.

— Olha aqui, seu lobo velho! As pessoas que se vendem acabam pagando juros. Receber xingamentos é só um percentual desse ágio.

Júlio engoliu a seco. Precisava do restante do dinheiro e estava ligado a Pedro em toda àquela sujeira. Por um instante, se arrependeu por se submeter àquela proposta, mas não teve opção. Encontrava-se endividado e falido. Chegou a realizar abortos clandestinos para conseguir se manter. Respirou fundo e voltou a falar:

— Como eu estava dizendo, marcaram uma consulta comigo ontem. Eu atendi a pessoa, conversei e cheguei à conclusão de que se tratava de um quadro bem próximo de esquizofrenia. Receitei os medicamentos apropriados, e a acompanhante do paciente me interrogou sobre o uso de outros medicamentos.

Pedro esbravejou, quase espumando de raiva.

— Você quer o meu auxílio profissional? É isso, seu incompetente?

— Não. Não é isso, doutor Pedro.

— O que é então, sua anta?

— Os remédios que essa acompanhante citou e perguntou, inclusive, sobre a eficácia deles no tratamento da esquizofrenia, eram os mesmos que o senhor indicou para o seu irmão.

Pedro ficou calado por alguns instantes. Não acreditava que Luciano ou Luana pudesse querer investigar o tratamento de Arthur daquela forma. "Não. Esse não é o perfil deles! São certinhos demais para isso!", pensou. Em seguida, tratou de despachar o médico.

— Só volte a me ligar se esse paciente não retornar à consulta.

— Quanto a isso, não fique preocupado. A consulta de retorno já foi remarcada e a acompanhante da paciente tem me ligado para informar sobre os efeitos dos medicamentos.

Pedro, rindo, despediu-se de Júlio com agressividade e deboche.

— Só uma pessoa com inteligência tão pequena como a sua iria temer uma situação tão banal como essa. Não me encha mais com essas tolices!

Desligou o telefone com raiva e esmurrou o travesseiro.

— Nunca convivi com tanta gente burra assim! Só por isso vou descer e convencer a raposa do Luiz a vender alguns imóveis para aplicar o dinheiro. Depois, é só fazer a transferência do dinheiro aos poucos para o exterior. Não será difícil encontrar alguém que mascare as minhas transações naquela agência bancária interiorana. Quero todos aqui pobres.

249

Terão que sobreviver com migalhas, exatamente como aconteceu comigo e com minha mãe!

Antes de descer, passou pelo quarto de Valéria.

— Posso entrar? — perguntou fingindo timidez.

Valéria desandou a chorar.

— Pensei que você nunca mais fosse me procurar.

Pedro demonstrou profundo pesar.

— Minha consciência, Valéria, me atormenta demais. Papai veio se queixar comigo. Disse que está preocupado com você. Ele vai acabar desconfiando de alguma coisa se você continuar assim. É preciso que você também procure me entender. Sou filho dele.

— Você não me quer mais? — Valéria perguntou, embora temesse a resposta.

Pedro puxou-a para si e beijou-a de forma apaixonada.

— Você precisa ser uma esposa exemplar, não pode dar bandeira. Vou dar um jeito de encontrar você fora daqui. Não quero correr o risco de ser pego por ninguém, muito menos por meu pai ou por minha irmã. Se arrume, fique linda e seja boa com meu pai. Essa é a minha condição para que continuemos juntos.

— E o que faremos no futuro?

— Calma, Valéria. Tudo está bem arrumado em minha cabeça. Faça o que pedi e o futuro será esplêndido...

***

Luana chegou ao hotel, cumprimentou a recepcionista e se dirigiu ao quarto de Luciano, ansiosa. Ele a recebeu com um beijo.

— E então, Luciano? Alguma resposta de sua mãe e de seu advogado?

— Sim. Como o combinado, Minha mãe acompanhou Jaime na consulta que marcaram com o doutor Júlio, simulando sintomas de esquizofrenia. O tal médico passou os remédios, e Jaime interrogou-o sobre a eficácia dos medicamentos usados por Arthur. Tanto Jaime quanto minha mãe notaram o nervosismo do médico. Minha mãe perguntou se os remédios aos quais Jaime havia se referido não seriam mais eficazes no tratamento da esquizofrenia, e o doutor Júlio ficou sem saber o que responder. Minha mãe insistiu por medicamentos mais fortes, e o doutor Júlio se negou a prescrevê-los, alegando reações indesejáveis para o paciente.

— Isso quer dizer que doutor Júlio negou-se a prescrever para um adulto os mesmos remédios que passou para uma criança? Isso é, no mínimo, estranho, Luciano. Quando levaremos Arthur a outro médico?

— Já marquei uma consulta. Levaremos os nomes dos remédios que Arthur está tomando. Jaime vai levantar a ficha desse médico. Como está Arthur?

— Ele anda apático. Quase não se alimenta direito. Está cada vez mais robotizado.

— Ele tem desenhado?

— Sim. Desenhou o rosto de papai e hoje, pela manhã, tracejou uma cena. Quando perguntei do que se tratava, ele disse que eu saberia no momento em que ele terminasse o desenho.

— E a possibilidade de um tratamento espiritual, Luana? Será que encontraríamos apoio aqui em São Sebastião?

— Tenho certeza que sim. Conheço uma pessoa que pode nos ajudar com isso. Vou ligar para ela.

Mila atendeu o celular com alegria.

— Luana! Que surpresa!

— Mila, perdoe-me ligar tão cedo num domingo, mas preciso de sua ajuda.

Mila estranhou. Luana sempre parecera autossuficiente.

— Se eu puder ajudar em alguma coisa, fique certa de que farei com prazer.

— Podemos nos encontrar agora de manhã na praça? Lá eu explico tudo. Já estou na cidade.

— Encontro você agora mesmo.

Luana e Luciano chegaram, e Mila já os aguardava. Ela e Luana cumprimentaram-se amistosamente e sentaram-se perto de Luciano.

— Como posso ajudar você, Luana?

Luana e Luciano narraram toda a história de Arthur em pormenores. Mila ouvia a tudo com atenção.

— É essa a história de meu irmão, Mila. É para ajudá-lo que estou aqui. Luciano e eu achamos que Arthur sofre um processo obsessivo e transtornos pertinentes à mediunidade. Os desenhos que ele faz parecem ser conduzidos por mãos invisíveis.

— Muitos casos de mediunidade são encarados como sinais de loucura. A literatura espírita está repleta desses casos. Concordo com vocês: um tratamento espiritual pode ajudar e muito. Por que você não marca um dia para levá-lo ao grupo que eu frequento?

— É só você me passar o dia. Tenho medo da reação de Arthur perto de muitas pessoas.

Mila olhou com firmeza para Luana e Luciano.

— Vocês só têm uma saída: confiar na espiritualidade. Esse é o começo para a cura do pequeno Arthur. Vou fazer contato com o dirigente do grupo espírita. Falo com vocês assim que puder.

Luciano convidou as duas para um lanche. Quando retornavam, ao passarem no ponto da praça onde Fabrício havia sido espancado no dia anterior, Luana viu as manchas de sangue.

— Meu Deus! O que houve aqui? Parece que alguém se machucou seriamente!

Mila abaixou a cabeça com tristeza.

— A violência, Luana, também existe nas pequenas cidades. Um amigo de Gustavo foi espancado com brutalidade ontem. Ele é funcionário do banco.

— Mas foi espancado por quê? Alguma tentativa de assalto? — Luciano perguntou.

— Não sei ao certo o que seria pior, Luciano. Se uma tentativa de assalto ou o motivo que moveu os agressores. Mas esse assunto é muito particular para que eu toque nele sem a presença das pessoas envolvidas.

Luana respeitou o silêncio de Mila e se despediu.

— Obrigada, Mila. Aguardaremos seu contato.

Luana e Luciano retornaram para o hotel.

— Souberam alguma coisa sobre o que aconteceu ontem na praça? — perguntou a recepcionista.

Luciano tentou encerrar a conversa.

— Nossa chave, por favor.

A jovem, com o chaveiro na mão, continuou falando:

— Um grupo de rapazes deu uma surra num funcionário do banco que era todo metido a machão e agora foi descoberto que é homossexual.

Luciano esticou o braço para apanhar a chave.

— Quem bateu no rapaz deve ir para a cadeia. Os demais detalhes não nos interessam, senhorita. Me entregue a chave, por favor.

A jovem entregou a chave a Luciano.

— Mas eu nunca imaginei que Fabrício fosse...

252

Luciano reprovou-a com os olhos, e ela se calou. No quarto, Luana indignou-se:

— Essa gente é fofoqueira demais. Se permitirmos, nos envenenam com a fofoca. Parece que sentem prazer em ver a derrota e o sofrimento das pessoas. Agora eu entendo por que Mila estava tão abatida com a situação. O rapaz é amigo de Gustavo, namorado dela.

— Se o preconceito silencioso já fere e machuca, imagina o declarado através da violência — refletiu Luciano. — Espero que um dia o ser humano entenda que cada um opta por aquilo que lhe faz bem ao corpo e à alma.

— Sempre me pergunto por que é tão difícil aceitar o outro como ele é, sem invadir a vida de ninguém, sem querer mudar ninguém. Acho que se fizéssemos essa tentativa, o mundo seria bem melhor.

Luciano ligou o computador. Queria voltar a examinar os desenhos de Arthur.

— O mundo passará ainda por muitas transformações, minha querida Luana. Acho que as forças universais se congregam para impor limites à maldade e à falta de progresso do ser humano. Vamos dar uma olhada nos desenhos de Arthur. Você me disse que ele havia desenhado o rosto de seu pai. Vamos olhar a sequência desses desenhos com atenção.

Arthur abriu, um a um, todos os desenhos que havia escaneado enquanto estava na mansão.

— Veja. Parece que em todos esses desenhos há sempre a presença das mesmas pessoas. Os torturados e os torturadores são sempre os mesmos.

Luana pediu a Luciano para ele ampliar as imagens.

— Meu Deus! — exclamou horrorizada. — Veja, Luciano: este homem retratado por Arthur tem uma cicatriz no queixo, exatamente como meu pai!

— Sempre desconfiei de que todos os personagens estavam de certa forma ligados à sua família. Olhe esse aqui! — Luciano apontou para a imagem.

— Parece minha mãe, só que está grávida.

— Sim. E esses dois homens parecem disputá-la. Repare como o rosto deste aqui se parece com o de Arthur.

— Não quero mais ver isso, Luciano. Estou com um mau pressentimento, uma agonia. Espero que Mila ligue o mais rápido possível.

Precisamos levar meu irmão até o centro espírita. Tenho certeza de que somente lá encontraremos as respostas para todas as nossas perguntas.

— Só sei de uma coisa: todos esses desenhos são vivos em Arthur. Tão vivos que...

Luana tapou a boca com a mão direita para impedir-se de continuar a falar...

***

Luiz estava feliz com as decisões de Pedro.

— Pode deixar, meu filho. Assinarei a procuração necessária e você poderá negociar os imóveis que quiser.

Pedro esboçou um gesto terno.

— Obrigado pela confiança, papai. Farei ótimos negócios com os imóveis e resguardarei o patrimônio de nossa família.

Luiz olhou para o filho emocionado.

— Quando você chegou, pensei que estivesse aqui apenas para extorquir o meu dinheiro. Hoje, tenho certeza de que você veio em busca de sua família. Me perdoe, Pedro, pelo que fiz à sua mãe no passado.

Pedro ficou em silêncio por alguns segundos: "Que cena patética!", pensava, enquanto fingia emoção.

— Papai, estou aqui ao seu lado agora e tenho certeza de que minha mãe está bem feliz com isso tudo.

— Eu sei, meu filho. Eu sei. Vamos para a varanda agora. O dia está muito bonito para ficarmos trancados aqui dentro.

Valéria arrumou-se conforme Pedro havia pedido. Ao terminar de descer o último degrau da escada, encontrou Dirce com uma bandeja na mão.

— Onde está Luiz, Dirce?

— Na varanda com o doutor Pedro. Estou levando o que o doutor Luiz me pediu e depois vou para o quarto fazer companhia para Arthur.

Valéria respondeu sem interesse.

— Isso. Vá ficar com Arthur.

Dirce mordeu os lábios com raiva: "Como pode tanto descaso com o menino?", pensou, abaixando os olhos com tristeza.

Luiz abriu um sorriso quando viu a esposa.

— Você está linda, meu amor! Veja, Pedro, como sou um homem de sorte!

254

Pedro puxou para os olhos os óculos de sol que estavam sobre a cabeça antes de responder com um sorriso calculadamente frio no rosto.

— Verdade, papai! Valéria é uma mulher linda mesmo! Aliás, a nossa família é linda.

Dirce colocava a bandeja sobre a mesa e não disfarçou o olhar de contrariedade.

— O que foi, Dirce? Está aborrecida? — Pedro perguntou debochado.

— Não senhor. Não tenho motivos para aborrecimentos — respondeu voltando-se para Luiz: — O senhor deseja mais alguma coisa?

Luiz dispensou-a:

— Não, Dirce.

— Ficarei um pouco com Arthur. Se precisarem de mim, basta chamar.

Pedro retirou os óculos do rosto para falar com o pai.

— Papai, quero lhe fazer um pedido.

Luiz colocou uma dose de uísque no copo e olhou para o filho.

— Basta pedir. Como sempre, se eu puder atender você, farei com imensa alegria.

— Gostaria de ir à missa hoje à tarde e queria companhia.

— Pedro, isso não posso fazer. Não gosto muito de missas e nunca imaginei que você pudesse gostar. Mas se deseja ir, faça o seguinte: vá com Valéria.

— Você me acompanha, Valéria?

Valéria estampou um sorriso imediato no rosto.

— Claro que sim. Estou mesmo precisando de uma boa missa! Sinto falta de Deus em meu coração — mentiu com cinismo.

Junto a eles, sem que pudessem ver, os espíritos vingativos de Elisa e Marco entreolharam-se satisfeitos, envoltos pela ignorância e escuridão.

Marco comentou:

— Ele vai dar conta de tudo, Elisa. Vamos nos ocupar com Arthur. Mais um pouco e tudo estará terminado. Esperei séculos por isso.

Elisa respirou fundo sentindo imensa alegria pela vingança que julgava praticamente concretizada.

255

CAPÍTULO 30

Fabrício abriu os olhos com dificuldade. O rosto estava inchado e cheio de hematomas. Sérgio e Gustavo já haviam tomado café da manhã com Margarida. Os três aguardavam na sala que Fabrício acordasse.

— Não é melhor acordar Fabrício? — Margarida perguntou.

— Vou fazer isso agora, dona Margarida. Ele tem remédios para tomar — adiantou-se Sérgio enquanto retirava alguns comprimidos de uma caixa e dirigia-se para o quarto de Gustavo.

Margarida ficou a sós com o filho e toda hora apertava o peito, tentando controlar o coração disparado.

— Você gosta muito de seus amigos, não é?

Gustavo posicionou o corpo para frente e segurou as mãos da mãe.

— Gosto sim. Tenho os dois como se fossem meus irmãos.

Margarida inquietou-se na cadeira de balanço.

— Mas eles não são seus irmãos. Você é filho único! Você é o único filho que tive!

Gustavo riu da atitude aparentemente individualista da mãe.

— Não tenho dúvidas disso, mãe! Mas a senhora perguntou sobre os meus sentimentos em relação aos meus amigos e respondi. A intensidade de meu carinho por eles é exatamente desse jeito.

— Quanto tempo eles ficarão aqui?

— O tempo suficiente para Fabrício se recuperar um pouco mais. Amanhã é segunda-feira. Eu e Sérgio precisaremos trabalhar. Fabrício não poderá ficar sozinho em casa. Se a senhora quiser, peço a Mila para ficar aqui enquanto estivermos no banco.

— Sou obrigada a aceitar a presença de sua namoradinha aqui amanhã. Não aguento cuidar nem de mim, que dirá de um rapaz tão forte como Fabrício. Se ainda fosse o Sérgio, poderia tentar. Ele é mais dócil que o outro.

Gustavo suspirou.

— A senhora não consegue esconder sua predileção por Sérgio, não é mesmo?

— Isso mesmo. Nunca consegui isso. Não será agora — Margarida respondeu levantando-se.

— Vai aonde, mamãe?

— Para o meu quarto. Estou muito nervosa com isso tudo.

Antes de entrar no próprio quarto, Margarida abriu a porta do quarto de Gustavo. Sérgio estava sentado na cama, ao lado de Fabrício, segurando um copo com água e exclamou contrariado:

— Olhe só, dona Margarida, como Fabrício é manhoso! Está dizendo que não vai conseguir engolir estes comprimidos!

Os pensamentos de Margarida voltaram ao passado. João segurava o pequeno Fabrício no colo, e ela tentava, sem sucesso, convencê-lo a tomar o remédio.

"Não adianta, João! Esse daí não tem jeito! Nasceu junto com a teimosia! Bem que tentei me livrar dele quando ainda estava grávida, mas você com essa sua mania de santo não deixou. Olha no que deu! Deixa ele continuar doente. Daqui a pouco a febre passa sozinha!".

Margarida ouviu a voz de Sérgio chamá-la à realidade e ela piscou os olhos para se livrar daqueles pensamentos.

— O que foi, Sérgio?

— A senhora estava com o olhar perdido, dona Margarida. Está tudo bem?

Margarida procurou disfarçar o conflito de sentimentos que experimentava.

— Estou bem sim. Vamos, Fabrício, deixe de ser teimoso e tome logo esses comprimidos! Todos aqui têm mais o que fazer!

Fabrício sentiu o coração oprimido. Engoliu os comprimidos com dificuldade e se sentiu aliviado quando viu Margarida sair e fechar a porta do quarto.

— Sérgio, vamos para casa. Não quero ficar aqui. Essa mulher me passa um sentimento horrível.

— Que sentimento? Ela é mal-humorada, mas é boa pessoa.

257

— Não sei, Sérgio. Ela com você age de uma forma. Comigo, age de outra. É melhor voltarmos para nossa casa.

Gustavo entrou no cômodo e ouviu a última frase de Fabrício.

— Nada disso! Você só sairá daqui quando estiver melhor. Amanhã, eu e Sérgio precisaremos trabalhar. Você não tem condições de ficar sozinho naquela casa. Vou à rua para comprar algumas coisas e apanhar Mila. Fique aí bem quietinho e deixe que cuidamos de você. Será que é tão difícil assim para você receber carinho e atenção?

Vencido pelo argumento do amigo, Fabrício não disse mais nada.

***

Luciano despedia-se de Luana à porta do hotel quando Gustavo passou. Luana o chamou, e ele se aproximou com um sorriso.

— Há quanto tempo, Luana! Como você está?

Luana apresentou-o a Luciano, e os dois se cumprimentaram.

— Estivemos com Mila hoje cedo, Gustavo, e ela me falou de seu amigo quando me assustei com as manchas de sangue na praça.

— Espancaram Fabrício covardemente, Luana. Ele e Sérgio estão em minha casa.

— Vocês prestaram queixa na delegacia? Isso precisa ser apurado, e os culpados têm de ser responsabilizados criminalmente.

— Esse é o problema: encontrar os culpados. Fabrício e Sérgio já haviam registrado um boletim de ocorrência sobre uma ameaça na manhã de ontem. Pra variar, a polícia não deu atenção ao caso e, no fim do dia, cumpriram a ameaça pichada a tinta no muro da casa deles. Meu receio é que esse grupo de animais continue perseguindo os dois.

— Sentimos muito por isso tudo. Eu e Luciano estamos à disposição de vocês. Se precisarem de alguma coisa, é só falar.

— Obrigado pelo apoio. Estou chocado com tudo o que vem acontecendo com eles. Estão sofrendo todo tipo de abuso e constrangimento desde que o gerente do banco descobriu a relação dos dois por meio de uma vizinha deles. Chegamos a prestar auxílio a essa senhora depois daquele temporal horrível.

Luciano pôs as mãos nos ombros de Gustavo.

— Força, rapaz! O preconceito é, por si só, uma atitude criminosa. É preciso muita coragem para assumir uma postura contra qualquer tipo de atitude preconceituosa. Exijam da polícia a apuração dos fatos e a prisão desses criminosos.

— É verdade. Assim que Fabrício melhorar, marcaremos alguma coisa. Vou apanhar Mila. Preciso da ajuda dela lá em casa.

Após se despedirem, e Gustavo seguir seu caminho, Luana e Luciano ainda ficaram comentando o efeito daninho do preconceito.

***

Gustavo entrou em casa carregando algumas sacolas e colocou-as sobre a mesa da cozinha. Sérgio estava lavando a louça usada no café da manhã.

— Pra quê tanta coisa, Gustavo? Depois, dividiremos essas despesas! Não é justo que você, além de nos apoiar tanto, ainda tenha gastos extras.

— Deixa isso pra lá, Sérgio. Daqui a pouco Mila estará aqui para nos ajudar.

A campainha tocou e assustou Margarida: "Quem será agora, meu Deus! Daqui a pouco terei a mesma quantidade de gente aqui em casa que tenho de problemas!", pensou saindo da cama e abrindo a janela do quarto sem fazer ruído. Um carro da polícia estava estacionado na rua, e um policial fardado aguardava no portão. Quando Gustavo aproximou-se para atendê-lo, Margarida se escondeu atrás das cortinas e procurou apurar a audição. Ouviu o filho cumprimentar o policial.

— Bom dia. Em que posso ajudar?

— Bom dia, rapaz. Qual é seu nome?

— Gustavo.

O policial examinou o papel que estava em suas mãos.

— Foi você que registrou a ocorrência ontem, mas o delegado precisa do depoimento do senhor Fabrício. Um tal professor Luciano passou agora há pouco na delegacia exigindo providências. Você o conhece?

Gustavo sentiu-se honrado pela atenção dispensada por Luciano ao caso.

— Conheço sim. Só que Fabrício não está em condições de ir até a delegacia, senhor.

O policial dobrou o papel com desdém.

— Eu imagino que ele esteja todo quebrado mesmo, rapaz. Você é o caso dele? Deveriam ser mais discretos para não causarem tanta confusão assim...

Gustavo indignou-se.

— O senhor está me perguntando se sou o companheiro dele, é isso? E ainda está insinuando que meus amigos são os culpados pela violência sofrida?

— Entenda como quiser. É o companheiro dele ou não?

— Não, senhor. Sou amigo dele. Somos colegas de trabalho.

Sérgio foi até o portão em razão da demora de Gustavo.

— O que está havendo, Gustavo?

— Este policial veio até aqui para avisar que o delegado precisa do depoimento de Fabrício.

— Então você é o companheiro da vítima? — o homem insistiu no deboche.

Sérgio olhou-o com firmeza antes de responder.

— Sou eu sim. Sou o companheiro de Fabrício.

— Pois assim que seu amiguinho estiver melhor, leve-o à delegacia.

— Ele não é meu amiguinho, policial. Ele é meu companheiro.

Margarida sentiu o ar faltar-lhe. Um aperto no coração, seguido de uma forte dor no braço fez com que ela soltasse um grito. Gustavo e Sérgio saíram correndo e encontraram-na sentada no chão, com o rosto pálido e a mão apertando o peito. Sérgio ordenou que Gustavo chamasse uma ambulância.

— Ligue para um hospital, Gustavo. Sua mãe está enfartando...

***

Gustavo e Sérgio andavam no corredor do hospital de um lado para outro. O médico abriu a porta do quarto e caminhou em direção aos dois.

— Qual dos dois é filho de dona Margarida?

Gustavo apresentou-se.

— Sou eu, doutor. Como está minha mãe? O que ela tem?

— Sua mãe sofreu um infarto agudo e precisará de cuidados intensivos. Estou aguardando uma vaga no CTI do hospital para transferi-la.

Gustavo sentiu os olhos arderem. Tentava segurar o choro.

— Ela corre risco de morte?

— O quadro dela, no momento, é estável. Entretanto, precisamos evitar que outros episódios agudos ocorram. Vou providenciar a transferência dela e já volto. Se quiserem, podem entrar para vê-la. Só procurem não agitá-la. Ela não pode sofrer nenhum tipo de emoção mais forte.

Gustavo abriu a porta com cuidado e sinalizou para que Sérgio também entrasse. Margarida estava sob o efeito de sedativos e não tinha forças para falar. Uma leve alteração na máquina que monitorava os batimentos cardíacos da senhora fez-se perceber. Gustavo aproximou-se da cama e afagou os cabelos grisalhos da mãe.

— Calma, mãe. Tudo vai dar certo, e a senhora logo vai sair daqui.

— Isso mesmo, dona Margarida. Logo a senhora estará em casa, e eu vou fazer aquela moqueca especial para comemorarmos sua recuperação.

Os olhos de Margarida denunciavam o pavor que estava experimentando. Esforçando-se ao máximo, afastou a máscara de oxigênio do rosto e falou quase num sussurro.

— Vocês precisam saber a verdade.

Gustavo tentou recolocar a máscara no rosto da mãe, mas ela tornou a afastá-la.

— Preciso falar a verdade, Gustavo.

Sérgio tentou fazer com que ela ficasse mais tranquila.

— Haverá tempo para qualquer verdade quando a senhora se acalmar, dona Margarida.

Margarida insistiu.

— Preciso falar a verdade, meus filhos, antes que seja tarde para vocês.

Sérgio sinalizou para que Gustavo a deixasse falar, e Margarida buscou fôlego para iniciar a narrativa tão doída.

— O passado me fez tomar atitudes muito sérias. Sofri muito com as escolhas que a vida me obrigou a fazer. Eu e João vivíamos uma situação de miséria quando o mais velho de vocês nasceu. Naquela época, não tínhamos condições de evitar a gravidez. Quando o bebê nasceu, passamos muitas dificuldades. Ele cresceu e se mostrou uma criança teimosa. Perto de ele completar um ano, tornei a engravidar. João ficou desempregado, e eu fazia faxina e passava roupa para fora para nos sustentar. Aos nove meses de gestação, pari outro menino. Fiquei com os dois até que o mais velho completasse dois anos e o outro completasse oito meses. Tornei a engravidar e me desesperei. Uma senhora muito boa me indicou duas famílias que estavam à procura de crianças para serem adotadas. João e eu entramos num acordo. As famílias fizeram contato comigo, e a senhora que me ajudou fez as modificações nas certidões de nascimento. Entreguei às famílias os meus meninos com os mesmos nomes com os quais os batizei: Sérgio e Fabrício.

Depois de breve pausa, Margarida continuou:

— Voltem para casa. No meu quarto, vocês irão encontrar um álbum de fotos e uma pasta onde estão outras fotografias que provam tudo o que eu disse. Me perdoem. Me perdoem.

As máquinas que monitoravam Margarida começaram a emitir sinais sonoros de nova descompensação cardíaca, e ela desfaleceu. Uma equipe de enfermeiras entrou no quarto, seguida por dois médicos. Sérgio e Gustavo foram obrigados a sair, mas ainda assistiram à primeira tentativa para reanimá-la com um desfibrilador. Contudo, não adiantava mais. Margarida acabava de entrar em coma profundo.

CAPÍTULO 31

Mila esperava por Luciano e Luana na porta do centro espírita. Ao vê-los chegar, aproximou-se abatida. Luana notou o desânimo e as olheiras da amiga.

— O que há, Mila? Você está bem?

A jovem sorriu desconcertada.

— Aprendi que devemos sempre agradecer pelos problemas que surgem em nossas vidas. Cada um deles representa uma lição valiosa. Digamos que eu esteja aprendendo e agradecendo no momento. Onde está seu irmão? Não conseguiu trazê-lo?

— Ele anda muito agitado esses últimos dias, e os remédios que vem tomando só têm aumentado essa agitação. Não sei mais o que fazer.

— Não faça nada. Apenas acredite que a espiritualidade superior fará o melhor para todos. Vamos entrar. O dirigente já está esperando por vocês para uma entrevista.

Ademar cumprimentou os dois com alegria.

— Sejam bem-vindos. Mila me relatou superficialmente o problema do menino. Ele não veio com vocês?

Luciano procurou explicar-se:

— Arthur anda muito agressivo, e optamos por não trazê-lo.

— Mila mencionou que Arthur desenha compulsivamente. Vocês trouxeram esses desenhos?

Luciano colocou sobre a pequena mesa de madeira o envelope com os desenhos de Arthur.

— Imprimi todos os desenhos dele, senhor Ademar. Arthur está produzindo outro desenho, mas está fazendo isso aos poucos. Eu e Luana encontramos os instrumentos de tortura que ele desenha em livros de História e sites sobre a Inquisição. Veja o senhor mesmo.

O dirigente examinou cada folha desenhada por Arthur e colocou-as no envelope.

— Professor Luciano e minha cara jovem Luana, vamos deixar a espiritualidade superior agir. Não posso emitir um parecer porque seria uma atitude leviana de minha parte. Mila já se juntou ao nosso grupo para as preces e palestras do dia. Como nada acontece ao acaso, hoje, pelo menos até agora, não temos irmãos encarnados na assistência. Vamos entrar.

Uma senhora de meia-idade indicou os lugares em que Luana e Luciano deveriam sentar-se. Os dois se acomodaram e ficaram em silêncio. Uma breve prece, quase imperceptível sonoramente, foi realizada por Ademar, que, em seguida, suspirou de forma sentida e iniciou a palestra.

— Uma das formas de afastar a ignorância e as trevas é compreendê-las como estados temporários em nossas vidas, tanto na matéria quanto no espírito. Nada é para sempre, a não ser a vida e o amor divino pelo Universo. Na matéria ou no mundo espiritual somos os mesmos: se não perdoarmos nossos próprios pecados, jamais conseguiremos perdoar os equívocos de caminhada de nossos irmãos. Da mesma forma que deixamos a matéria através da morte física, chegaremos ao mundo espiritual. A morte não modifica ninguém. Quando regressamos ao cárcere da carne para cumprirmos as lições que deixamos para trás, voltamos com a disposição para novos empreendimentos, embora essa disposição por si só não nos modifique o caráter. O caráter ainda não moldado pelo verdadeiro progresso e a consciência equivocada pela culpa atraem para a caminhada terrena muitos espinhos. A loucura, os crimes brutais, a ambição, a vaidade e o desejo de vingança cegam o homem apenas por um curto período de tempo em relação à eternidade da vida. O passado pode agir com força, empurrando todos para a reconciliação e evolução.

Ademar concluiu a rápida palestra e se dirigiu a Luciano e Luana:

— Fiquem certos de que Deus não desampara ninguém. Arthur precisa se libertar de si mesmo e do passado. Essa é a única mensagem que minha curta sensibilidade pode deixar para vocês.

Luana e Luciano se despediram de todos e abraçaram Mila.

— Você quer vir conosco? — perguntou Luciano.

— Obrigada. O trabalho de desobsessão começa agora. Amanhã falo com vocês. Levem esta garrafa de água fluidificada e deem a Arthur. Vai ajudar no tratamento dele.

Despediram-se, e Mila entrou novamente na casa espírita.

***

Luana pediu a Luciano que fosse até a mansão com ela.

— Passe o resto da tarde comigo e Arthur. Estou com um pressentimento muito ruim, Luciano.

Luciano a beijou com ternura.

— É claro que eu vou. Não precisa me pedir novamente. A cada dia, fica mais difícil permanecer longe de você, Luana. Vamos passar a tarde juntos.

***

Arthur estava na janela quando viu a irmã estacionando o carro e gritou com alegria.

— Luana! Professor! Venham pra cá!

Luciano abriu a porta do carro e olhou para cima rindo.

— E por que você não desce para ficar conosco? Está quente para ficarmos trancados no quarto, Arthur.

— Vou descer, professor! Vou descer!

O menino desceu as escadas cambaleando. Pedro, Luiz e Valéria conversavam na sala e se surpreenderam com a presença inusitada de Arthur. Desde que haviam retornado de São Paulo, ele se mantinha no quarto dormindo ou desenhando. Valéria notou que o filho estava com os passos trôpegos e foi ao encontro dele.

— Deixa eu te ajudar a descer!

Arthur empurrou Valéria com força.

— Não chegue perto de mim! Não chegue perto de mim!

Luiz indignou-se com o comportamento do filho e levantou-se para ajudar Valéria.

— Você não vai fazer com sua mãe o que fez comigo, seu moleque! Você é um monstro! — repetia o senhor enquanto segurava o menino pelo braço com força.

Luana e Luciano ouviram os gritos de Arthur e Luiz e entraram correndo. Luciano procurou acalmar os ânimos.

— Calma, Luiz! Arthur só está confuso.

— Confuso nada, Luciano! Este garoto precisa ser internado o mais rápido possível! Pedro, providencie a internação de seu irmão e, de preferência, bem distante de São Sebastião!

— Nem pensar, papai! Não vou permitir que Arthur seja internado em hospital nenhum!

— Calma, Luana! Nosso pai só está nervoso. Arthur jogou Valéria no chão. Ele pode acabar machucando alguém — Pedro interviu.

Arthur sentou-se na escada e riu ao ouvir Pedro falar:

— Ele está certo, Luana. Vou machucar mesmo!

Luiz apontou para o filho com raiva.

— Esse menino não é normal. Você ouviu o que ele disse?

Arthur saiu correndo em direção ao escritório, e Luiz o seguiu.

— Saia daí, seu moleque! Não quero você no meu escritório! Saia logo!

Arthur começou a abrir as gavetas da escrivaninha e jogou no chão os papéis e documentos.

Luana e Luciano tentaram se aproximar do menino para acalmá-lo, mas não tiveram tempo. Arthur encontrou em uma das gavetas uma pequena pistola de Luiz. Ele apanhou a arma e apontou para o pai.

— Depois que eu matar você, termino meu desenho e minha história.

Luciano gritou para que Arthur largasse a arma.

— Coloque isso na gaveta, Arthur, e vamos para o jardim!

Luana, Luciano, Pedro e Valéria ficaram inertes quando ouviram o estampido da arma e, logo em seguida, o corpo de Luiz caindo no chão. Arthur colocou a arma de volta na gaveta e saiu andando calmamente.

— Agora vou terminar o meu desenho, professor.

Luana sentou-se no chão e colocou a cabeça do pai sobre o colo. Pedro aproximou-se e rasgou a camisa de Luiz.

— Nossa! O estrago foi grande aqui. Vamos levá-lo para o hospital.

— E o que vamos dizer? Que foi Arthur quem atirou nele?

— Não. Ninguém vai falar nada sobre isso. Não se esqueça de que o dinheiro faz com que as pessoas acreditem com mais facilidade nas histórias contadas. Agora vamos. Luciano, me ajude aqui com papai. Vamos colocá-lo no carro. Diremos que foi um assalto. Luana, fique com Arthur e não o deixe sair do quarto de jeito nenhum.

Luana subia as escadas enquanto olhava o pai ser carregado por Pedro e Luciano. Nunca havia lhe passado pela cabeça que presenciaria uma cena daquelas. Estava perdida e não sabia o que fazer ou o que dizer a Arthur. Dirce e os demais empregados da mansão foram reunidos por Valéria na sala.

— Tivemos um incidente na casa. Mas nenhum de vocês está autorizado a comentar o assunto com ninguém. Se eu souber que alguém aqui abriu a boca, vou colocar na rua sem dó e sem piedade. Ouviram?

Os empregados sinalizaram com a cabeça afirmativamente, e Valéria os dispensou.

— Podem ir. Voltem aos seus afazeres.

Apenas Dirce permaneceu na sala com Valéria.

— E o doutor Luiz? Ficou muito ferido, dona Valéria?

— Não sei, Dirce! Não sei! Por favor, limpe os vestígios de sangue que estão no escritório.

De frente para o grande espelho da sala, Valéria esboçou um sorriso quando a empregada saiu.

— Se ele morrer, posso assumir meu romance com Pedro e o controle desta casa — falou em voz baixa desejando que aquilo se realizasse...

***

Luana entrou no quarto e ficou olhando para o irmão. Não sabia ao certo se devia falar alguma coisa. Arthur mostrava-se tranquilo.

— Não se preocupe, Luana. Eu estou bem e precisava fazer aquilo. Se ele morrer, conseguirei terminar a minha história.

Luana começou a chorar. Sentia-se completamente perdida. Temia perder o pai e temia pelo futuro do irmão.

— Não chore. Deite aqui comigo e vamos dormir. Dormir é bom, Luana. Não pensamos em muita coisa quando dormimos. Deite-se aqui do meu lado. Não vou fazer mal a você.

Luana deitou ao lado do irmão e o abraçou com carinho.

— Amo você, meu irmão. Amo você.

Arthur pegou no sono rapidamente, e Luana se pôs a orar abraçada a ele. O celular tocou, e Luana afastou-se da cama para não acordá-lo.

267

— Luciano, como está meu pai?

— Mantenha-se calma. A bala atravessou o ombro de seu pai, perfurando alguns ossos. Ele passará por uma pequena cirurgia, mas felizmente não é nada grave. Ficará internado aqui por uns dias para se recuperar adequadamente.

— Graças a Deus! Graças a Deus! — exclamou liberando o pranto de medo e dor.

— E Arthur? Como ele está?

— Está dormindo profundamente agora.

— Ele tocou no assunto, disse alguma coisa? Você acha que Arthur tem consciência do que fez?

— Infelizmente, ele tem essa consciência sim, meu amor. Ele afirmou que precisava fazer aquilo para terminar a história dele.

— Calma. Assim que a cirurgia terminar, volto para lhe fazer companhia.

— E Pedro? Está com você?

— A presença de Pedro foi bem providencial hoje. Ele conseguiu driblar a segurança do hospital quando chegamos com Luiz. Disse que havíamos sido assaltados quando vínhamos para a cidade. Está acompanhando a cirurgia agora. Vamos orar para que tudo dê certo e termine bem. São nessas horas que mais precisamos de Deus.

Luana deixou que lágrimas sentidas rolassem teimosas por sua face. Quando Luciano desligou o telefone, ela recomeçou a orar.

***

Na sala de cirurgia, Pedro acompanhava os movimentos hábeis do cirurgião.

"Mas o senhor não vai morrer mesmo. Não agora e por um tiro daquele débil mental. Vai morrer aos poucos, papai. Vai definhar dia após dia.", falava para si mesmo.

A seu lado, cheios de ódio, os espíritos de Marco e Elisa prosseguiam inspirando-o sem cessar.

268

CAPÍTULO 32

Gustavo e Sérgio ficaram transitando nos corredores do hospital até serem recebidos pelo médico.

— Preciso falar com vocês sobre o quadro delicado de dona Margarida.

Gustavo olhou para Sérgio com os olhos cheios de lágrimas.

— Pode falar, doutor. Como ela está?

— Dona Margarida está em coma e só se mantém viva por conta dos equipamentos que estão ligados a ela. O coração dela parou mais de uma vez.

— Mas não há esperança de que ela saia desse estado, doutor? — Sérgio perguntou.

O jovem médico olhou para a janela do corredor.

— Vocês estão vendo aquele céu lá fora?

Gustavo e Sérgio balançaram a cabeça afirmativamente.

— Então. A força que sustenta aquele céu todos os dias é capaz de qualquer outro milagre. É melhor vocês irem para casa. Amanhã, retornem na hora da visita.

Gustavo e Sérgio saíram do hospital sem saber o que fazer. Sérgio estava desnorteado pela revelação de Margarida.

— Não quero acreditar que o destino tenha sido tão cruel comigo e com Fabrício. Sempre soube que fui adotado, mas ser irmão dele é duro demais para mim.

— Calma, Sérgio. Talvez minha mãe estivesse delirando, sei lá. Vamos chegar em casa e fazer o que ela falou: procurar as fotografias.

Mila já estava esperando pelos dois na varanda.

— Fabrício acabou de dormir. Achei melhor não contar nada a ele. Como está dona Margarida?

— Em coma, Mila. Acho que vou perder minha mãe — Gustavo se lamentou.

Sérgio respirou fundo e chamou Gustavo à realidade.

— Vamos até o quarto dela. Preciso eliminar qualquer dúvida antes que Fabrício acorde. Mila, você sabe do que estou falando, não sabe?

— Sei sim, Sérgio. Gustavo me contou.

— Então, fique atenta a Fabrício. Se ele acordar, não o deixe saber que já chegamos.

— Podem ficar tranquilos. Não deixarei que ele perceba que estão em casa.

Gustavo e Sérgio entraram no quarto de Margarida e começaram a vasculhar os armários e as gavetas da cômoda. Sérgio encontrou a pequena chave e mostrou para Gustavo. Na parte de cima do armário, a antiga caixa de ferramentas do pai chamou a atenção de Gustavo, que disse:

— Esta chave deve ser do cadeado da caixa. Minha mãe nunca deixou que eu me aproximasse dela.

Gustavo pôs a caixa sobre a cama, e Sérgio a abriu. O álbum e uma pasta estavam lá. Sérgio apanhou o álbum e o folheou.

— Neste álbum não há nada que indique que eu, você e Fabrício somos irmãos. Me passe a pasta.

À medida que Sérgio apanhava as fotografias, seu rosto se contraía. Duas certidões de nascimento e a foto dele no colo dos pais adotivos puseram por água abaixo qualquer esperança de que Margarida havia delirado por conta do delicado estado de saúde.

— Veja você mesmo, Gustavo. Olhe as certidões de nascimento das quais ela falou. Temos aqui a original, com o nome dela como nossa mãe, e as que constam os nomes de nossos pais adotivos. Somos irmãos! E o pior: eu e Fabrício temos laços de sangue. Somos irmãos! Vou para casa arrumar as minhas coisas antes que ele acorde. Voltarei para São Paulo. Não conte nada a ele por enquanto. É melhor que ele pense que o abandonei do que descobrir que, além de homossexuais, tivemos uma relação incestuosa.

Gustavo abraçou Sérgio com pesar.

— Eu sinto muito... Por mim, por você e por Fabrício. Eu sinto muito. Poderíamos ter tido uma vida diferente se tivéssemos crescido juntos.

Sérgio limpou o rosto com as costas da mão.

— Eu também sinto, Gustavo. Vou embora antes que Fabrício acorde. Por favor, não conte nada a ele. Farei contato para saber de dona Margarida.

— E o banco?

— Tentarei minha transferência para outra cidade. Não posso mais viver aqui, ao lado do homem que amo, sabendo que ele é meu irmão e que, por isso, jamais poderei tocá-lo ou amá-lo novamente. Que Deus possa nos perdoar pelo crime que cometemos tantas vezes, mesmo sem saber a verdade. Minha vida acabou! A partir de hoje sei que nunca mais serei feliz.

Antes de Sérgio sair, Gustavo o chamou.

— Sérgio! Por favor, perdoe nossa mãe!

— Não tenho do que perdoá-la. Nunca tive o hábito de julgar ninguém. Não sou a pessoa mais adequada para julgar e condenar a mulher que me trouxe à vida. Ela me entregou a pais amorosos. Nesse sentido, a vida foi bastante generosa comigo. Adeus, Gustavo. Guardarei sempre você em meu coração.

Sem olhar para trás, Sérgio partiu com a alma profundamente infeliz, deixando Gustavo igualmente infeliz e lastimando a triste sina que os uniu daquela maneira.

***

Margarida olhava para o próprio corpo assustada. As máquinas e sua inércia não eram condizentes com o que ela sentia. Viu quando duas enfermeiras aproximaram-se da cama e cochicharam entre si.

— Os filhos estavam desolados. Passaram o dia todo no hospital — disse uma.

— O médico chegou com aquela conversa de que tudo é possível. Mas sabemos que não é — afirmou a outra.

Margarida entrou em desespero.

— Minha Nossa Senhora, não quero morrer. Não posso morrer!

Uma força superior à dela afastava-a cada vez mais do próprio corpo. Aos poucos, Margarida sentiu-se mais leve. Um intenso foco de luz fez com que ela, por alguns segundos, fechasse os olhos. Quando voltou a abri-los, enxergou com nitidez o ambiente ao seu redor. O céu era surpreendentemente iluminado por estrelas que ela jamais percebera. Ouviu quando foi chamada pelo nome e reconheceu a voz. Era João.

— João? É você mesmo? Eu morri?

— Não, Margarida. Você não morreu. Até porque a morte não passa de uma transição entre a vida na matéria e a vida no espírito, que é eterno.

— Eu estou aonde? Por que você está me aparecendo dessa forma?

— Porque é preciso. Porque a vida de Gustavo, Sérgio e Fabrício dependem de você.

— Meu filho é Gustavo, João. Apenas Gustavo foi criado por mim. Com os outros não tive nenhum contato.

— Dessa vez você não irá separar Sérgio e Fabrício, Margarida.

— Mas eles são homens, João! Os dois são homens e ardem de paixão um pelo outro!

— Margarida, como você ainda está presa ao preconceito... Você, e só você, poderá acabar com a dor de Sérgio e Fabrício.

— Quando eu acordar, vou manter a história que contei.

Margarida começou a sentir um leve torpor.

— Estou sonolenta... O que está acontecendo comigo?

— É preciso que você se recorde de algumas coisas, Margarida.

— Que coisas?

— Essas, olhe!

De repente, uma grande tela surgiu e iluminou-se. Margarida, coração aos saltos, começou a prestar atenção às imagens.

Viu-se em meio a um acampamento cigano. Estava sentada à frente de uma velha carroça, e o frio era intenso. Yerik, Dimitri e Ania passaram rindo, e ela se incomodou.

— Por que riem dessa forma? Parece que não sabem que o exército Romanov anda à espreita?

Yerik dirigiu-se a ela, chamando-a Elke.

— A velha cigana Elke sempre atraindo coisas ruins para nosso clã. Não temos culpa se Ania foi destinada a mim.

— Mas por causa de Ania, meu filho Yuri se juntou aos guardas do czar Alexandre II, e só me restou a vergonha diante de meu povo. Sou a única que vive só. Saiam daqui! A alegria e a união de vocês me incomodam!

Yerik chamou Dimitri e Ania.

— Vamos! A carroça já está cheia. Em São Petersburgo conseguiremos trocar nossas coisas por comida e roupas. O frio só tem aumentado. Nossas crianças e os mais velhos precisam de agasalhos.

Dimitri e Ania compadeceram-se de Elke.

— Não se preocupe, Elke. Traremos agasalhos, cobertas e alimento para você também.

A velha cigana esperou que eles subissem na carroça e cuspiu no chão.

— Que a má sorte acompanhe vocês! Vocês me roubaram a vida quando repudiaram Yuri! Que a má sorte seja a única companheira de vocês!

***

Dimitri parou a carroça em frente à Catedral de São Petersburgo e logo foi cercado por um grupo de pessoas. Algumas sacolas com pão, frutas secas, grãos e roupas foram entregues aos três em troca das semijoias feitas com pedrarias e couro. Yuri montava guarda perto da Catedral e avistou a alegria do grupo. A visão de Ania fez com que ele se enfurecesse e, imediatamente, ele chamou os outros soldados e se aproximou dos três.

— Vão embora daqui! O czar não os quer perto da Catedral. Saiam!

Ania e Yerik resistiram.

— Por que sairíamos daqui como se fôssemos cães ladrões? — Ania o interrogou com deboche.

— E não esqueça que você é um de nós, Yuri! Sua mãe vai se beneficiar da comida e dos agasalhos que estamos levando para nosso povo — Yerik exclamou.

Yuri ordenou que um guarda Romanov os dispersasse com açoites. Ania foi a primeira a sentir a dor da chibata no braço. Dimitri gritou com Yerik.

— Coloque-a na carroça e vamos embora!

Os três seguiram até o acampamento. Dimitri puxou as rédeas dos dois cavalos que puxavam a carroça e parou. Yerik colocou Ania no colo e a levou para sua cabana. Dimitri distribuiu a comida e as roupas para todos do bando. Ao se aproximar de Elke, reclamou:

— Veja só, Elke. Sabe quem deu a ordem para açoitar Ania?

Elke tirou da sacola um pedaço de pão.

— Quem?

— Yuri. Seu filho. O mesmo cigano que era responsável pela manutenção do fogo em nosso bando. Ele nos desonrou, Elke. Desonrou o nosso povo.

Elke tornou a guardar o pão na sacola de juta e a devolveu a Dimitri.

— Tome. Não quero sua piedade, Dimitri. Criei vocês junto com meu filho. O leite que eu dava a Yuri era o mesmo que eu oferecia a vocês três. Sempre tive pena dos órfãos. Mas vejo o quanto vocês foram ingratos comigo e com meu filho.

— Não foi ingratidão, Elke. A união de Yerik e Ania já havia sido anunciada por meu pai. Aprendemos a respeitar a decisão dos mais velhos. Assim é o nosso povo. Nós reconhecemos a sua dedicação de nos criar quando meus pais e de Yerik e os pais de Ania foram covardemente assassinados por andarilhos malditos. Mas não podemos aceitar a traição de Yuri. Tome, pegue sua sacola. Apanhamos para você.

Elke voltou a apanhar o pedaço de pão. Estava com fome. Aprendera que só se consegue pensar quando o estômago está cheio. Dimitri continuou a distribuir a comida e as roupas entre seu povo. Yerik saiu da tenda e o chamou.

— Meu irmão Dimitri, precisamos decidir o que fazer com nossa gente. O inverno será rigoroso demais e depois do que aconteceu hoje, dificilmente poderemos voltar a São Petersburgo. É lá que garantimos o alimento e as roupas.

— O que vamos fazer então, Yerik?

— Há um grupo de moldávios como nós nos Montes Altai. Estão acampados lá. Podemos nos juntar a eles.

— Então, está decidido. Vamos anunciar aos nossos que amanhã, nos primeiros instantes da claridade da manhã, partiremos em direção aos Montes Altai. Ficaremos mais seguros lá — determinou Dimitri.

— Vou avisar a todos. Ania tomou um chá e está dormindo.

Dimitri olhou para o irmão mais velho com extremo orgulho. Ele era zeloso com todos os ciganos e gentil com os outros povos. Nos embates para defender o clã, nunca era covarde ou injusto.

Yerik passou pela carroça de Elke para avisá-la sobre a mudança do acampamento.

— Junte suas coisas, Elke. Amanhã de manhã partiremos.

Elke olhou-o surpresa.

— Não quero ficar longe de meu filho! Não sairei daqui!

— Minha obrigação é cuidar dos mais velhos e dos mais jovens da tribo. Você vai conosco. Sou seu filho também. Você me alimentou com seu leite. Não se esqueça disso.

274

Elke esperou que todos fossem dormir e saiu do acampamento. Desde que Yuri deixara a tribo, saía todas as noites para enviar a ele pequenos presentes que eram entregues a um guarda Romanov, que morava próximo ao acampamento. Se esgueirando entre as árvores, Elke chegou à velha palhoça onde morava o soldado. Bateu e um jovem apareceu na porta.

— O que é dessa vez, cigana? Não vou servir de menino de recados para a senhora. Todos os presentes que entrego a Yuri, em seu nome, ele joga fora. Não adianta. Vá embora e me deixe descansar.

Elke forçou a porta e insistiu com um ar de doçura.

— Desta vez, é só um recado. Yuri vai gostar. Diga a ele que Yerik está levando Ania para os Montes Altai. Sairemos daqui amanhã bem cedo, assim que o dia chegar.

Elke retornou ao acampamento e se recolheu. Yerik e Dimitri estavam ainda acordados, consultando a sorte. Kiria observava com os olhos vidrados um punhado de brasas que ardia num tacho de cobre.

— Yerik, você e Ania devem fazer o casamento antes de seguir viagem. Vocês estão unidos pelo baji[1]. Já foram um do outro em todas as vidas antes desta e serão por todas as que vierem depois.

Kiria falava e jogava pequenas porções de ervas no tacho. Quando a fumaça se dissipava, Kiria voltava a olhar para a brasa.

— Vejo sangue manchando as rodas de nossas carroças e os cascos de nossos cavalos. Os espíritos das árvores estão revoltados. Estão me dizendo que "alguém deu o alimento e o transformou em veneno".

Dimitri se preocupou.

— Não devemos viajar então, Kiria?

— As brasas se apagaram. Não posso falar mais nada.

Kiria apanhou as brasas cuidadosamente, abriu um buraco na terra coberta pela neve e enterrou uma a uma, levantando os braços para o céu.

— Que neste lugar fique gravada minha predição. Se os que nascerem depois de mim precisarem, poderão buscar essa memória aqui.

Yerik retornou com Ania e encontrou Kiria e Dimitri esperando por eles.

— Vamos, Kiria. Já conversei com Ania. Ela se tornará minha esposa esta noite. Hoje será cumprido o nosso destino.

Kiria apanhou um punhal e um lenço branco dentro de uma caixa de madeira. Yerik esticou o pulso, e Ania fez o mesmo. Kiria fez os pulsos

---

1   Palavra do dialeto de alguns grupos de ciganos que significa destino.

dos jovens sangrarem com o contato do punhal afiado e, em seguida, enlaçou-os com o lenço. Os dois trocaram um beijo, e Kiria voltou-se para Dimitri.

— Você, Dimitri, será a testemunha de todos os tempos futuros. Proteja-os.

Yerik, Ania e Dimitri despertaram antes de todos no acampamento. Com alegria, Ania batia com uma colher num tacho.

— Acordem! Os cavalos estão preparados! Acordem!

Elke levantou-se resmungando:

— Quero ver se continuarão felizes assim por tanto tempo.

Yerik foi à frente do grupo junto com Dimitri e Ania. O resto do grupo os seguia em carroças e cavalos de montaria. A última carroça era a de Elke. Estrategicamente, ela se mantinha na retaguarda na esperança de que Yuri aparecesse para resgatá-la.

A caravana já havia percorrido mais da metade do caminho. Embora estivesse frio, todos cantavam alegremente. Perto de um penhasco, Yerik fez sinal para que todos parassem.

— Hora de nos alimentarmos. Estamos chegando perto de Altai. Nossos irmãos moldávios estão reunidos no alto desses montes. Teremos festa hoje à noite para comemorar nossa chegada e minha união com Ania.

Yerik foi ovacionado pelo grupo, e Dimitri distribuiu a comida para todos. Quando ele se aproximava da carroça de Elke, ouviu o trotar de cavalos e gritou:

— Todos de volta às carroças. Temos invasores por perto.

Elke balbuciou.

— Yuri, meu filho, está chegando para me buscar...

A luta que se travou a seguir foi cruel e sangrenta. Os soldados da dinastia Romanov exterminaram as crianças e os mais velhos ante o olhar impotente de Yerik, Dimitri e Ania. Quando só restavam os três e Elke, Yuri se aproximou a cavalo. Elke sorriu com a visão imponente do filho.

— Yerik, primeiro vou acabar com Dimitri e Ania. Você ficará por último — disse desmontando do cavalo.

Yuri feriu Dimitri mortalmente e puxou Ania pelos cabelos.

— Cigana imunda! Você merece o fim que vai ter!

Yerik se desvencilhou do soldado que o mantinha preso tomando-lhe a espada e partiu em direção a Yuri.

276

— Solte Ania, Yuri! Venha! Estou aqui para que você se vingue do destino.

Yuri e Yerik lutaram por um tempo interminável e só pararam quando ouviram a gritaria dos outros soldados que, alucinados, violentavam Ania. Yuri se desesperou quando viu a mulher que ele amava sendo disputada pelos soldados comandados por ele. Aproveitou-se de uma distração de Yerik e cravou-lhe a espada no coração, correndo a seguir para tentar reanimar Ania. A pele fria e sem vida de Ania fez com Yuri buscasse a morte, jogando-se do penhasco em direção ao vazio. Elke se viu sozinha e definhou até a chegada lenta e dolorosa da morte...

***

Margarida abriu os olhos lentamente.

— João, a cigana Elke tinha o meu rosto. Eu experimentei os sentimentos dela, João. Você era Yuri... Dimitri, Yerik e Ania são Gustavo, Fabrício e Sérgio... Eu os levei à morte. Não consegui separar Yerik de Ania e os levei à morte...

João mantinha o olhar translúcido e conduziu Margarida de volta à paz.

— O passado, Margarida, é apenas a certeza de que precisamos aparar algumas arestas. Você desencarnou na solidão e manteve-se nela durante muito tempo. O amor é muito mais abrangente. Fizemos planos para a reconciliação: de filho retornei como seu marido; Dimitri, Yerik e Ania se juntaram a nós para que pudéssemos amá-los como filhos.

— Mas Fabrício e Sérgio... Eles são homens agora.

— O espírito guarda sempre as experiências mais fortes e marcantes que viveu. Eles se amaram por muitas existências e experimentaram esse amor de diversas formas. A prova que estão experimentando agora é muito forte: manter o amor, mesmo sofrendo toda ordem de sofrimentos e dúvidas. Mais uma vez, eles dependem de você, Margarida. Mais uma vez, você será a responsável por mantê-los unidos, permitindo que vivam esse amor. Você poderá aprender com a oportunidade que a vida está oferecendo ou viver novas situações dolorosas no futuro, impondo aos meninos mais sofrimentos. A escolha é sua.

— A escolha é minha? Como posso escolher, João? Deus é quem sabe! Estou aqui e não sei se estou sonhando. Meu corpo está quase morto...

— Não seja covarde, Margarida. Deus não tem nada com isso. A escolha é sua. Volte e faça o que tem de ser feito. Quando você entregou Sérgio e Fabrício aos outros pais, você tentou separá-los. A vida e o amor que sentem um pelo outro tratou de uni-los novamente. Será assim até que os dois consigam viver plenamente este amor na matéria. O amor que já existe espiritualmente.

Margarida relembrou todas as passagens terrenas em que separou Sérgio e Fabrício. Com as mãos escondendo o rosto, pela primeira vez, se deu conta do próprio egoísmo.

— O que posso fazer, João?

— Volte e os liberte! Você também ficará livre quando fizer isso.

— Só há essa saída?

— Só!

Sem permitir que a mulher dissesse mais nada, João deu-lhe um delicado beijo no rosto e desvaneceu-se no ar.

***

Gustavo e Mila aguardavam a autorização para a visita no CTI. Já haviam sido orientados pelo médico para que conversassem com Margarida naturalmente. Assim que entraram, Gustavo teve uma crise de choro diante do corpo quase sem vida da mãe. Mila tentou acalmá-lo.

— Gustavo, tenha fé. Vamos orar e fazer o que o médico recomendou. Sua mãe se beneficiará de nossas orações e de nossa conversa.

— Ela está em coma, Mila. Como poderá ouvir ou sentir algo?

— O corpo material de sua mãe está em coma, profundamente adormecido, mas o espírito dela não. O espírito tudo percebe e tudo sente. Nunca está inativo.

— Gostaria de ter a sua fé, mas não a tenho. Minha mãe está aqui, inerte, com a vida dependendo de máquinas. Descubro que tenho dois irmãos maravilhosos e que, por conta de não saberem que eram irmãos, viveram uma relação homoafetiva e incestuosa. Tudo isso é muito difícil. Quase impossível de digerir ou aceitar.

— Então não aceite ou tente compreender. Vamos fazer nossas orações em silêncio e conversar com dona Margarida. Temos a obrigação de deixá-la tranquila.

Margarida ouviu claramente a prece silenciosa feita por Mila e, em seguida, com emoção, tudo o que Gustavo falava quase sussurrando:

— Mãe, você sempre foi e sempre será importante para mim. Independente dos erros que tenha cometido no passado, sou grato por ter tido a coragem de me trazer à vida e me criar. Não se preocupe, mãe. Sérgio comprovou toda a verdade que a senhora trancava a sete chaves no coração. Ele foi embora. Ele e Fabrício não se encontrarão mais. Fique tranquila.

Uma oscilação nos batimentos cardíacos de Margarida foi detectada pelos equipamentos do CTI. Imediatamente, a equipe de enfermagem entrou. Gustavo julgou que a mãe estivesse morrendo.

— O que está havendo? Ela está morrendo? Minha mãe está morrendo?

Uma enfermeira checou todos os equipamentos e sorriu.

— Não, rapaz. Sua mãe está abraçando a vida novamente! Chamem o médico responsável por esta paciente, por favor!

O médico entrou e examinou os sinais vitais da senhora, comparando-os aos apresentados pelas máquinas. Virou-se para Gustavo e apontou para o corredor.

— Você se lembra daquela janela que apontei para você e seu irmão? Pois bem, ela se abriu novamente para sua mãe. Seja bem-vinda, dona Margarida!

Uma lágrima correu pelo rosto da mulher, anunciando o compromisso que ela havia abraçado durante a experiência do coma. Gustavo e Mila abraçaram-se emocionados. João, ao lado da cama de Margarida, agradecia a ela pela decisão tomada.

CAPÍTULO 33

Pedro chegou à mansão e foi recebido por Valéria.

— Como ele está, Pedro?

— Está bem. Dessa armadilha, ele escapa sem problema algum.

Valéria suspirou contrariada, e Pedro percebeu.

— O que foi? Não gostou de saber que seu marido vai sobreviver? Por que essa contrariedade?

— Pensei que ficaríamos livres.

— Livres? Você é louca, Valéria? Livres para quê?

— Para vivermos nosso amor.

Luana estava descendo a escada e colocou a mão na boca para conter o horror experimentado ao ouvir palavras da mãe. Do alto da escada, gritou em descontrole:

— Quem é você, mamãe? Um monstro saído dos filmes de terror? Você queria que meu pai morresse e seu filho se transformasse num assassino para conseguir ficar ao lado de Pedro? Me diga quem você é!

Valéria e Pedro ficaram atônitos com a fúria de Luana. Pedro tentou remediar a situação.

— Calma, irmãzinha! Calma! Sua mãe só pode estar delirando!

Convicta do amor que Pedro sentia por ela, Valéria se colocou à frente dele.

— Eu e Pedro nos amamos, Luana! E vamos ficar juntos! Não vou passar o resto de minha vida aqui nesse fim de mundo!

— Eu repito, Luana! Sua mãe está louca! Deve ser um surto!

— Pedro, diga a ela que você e eu somos amantes! Não há mais nada para esconder!

Pedro desferiu uma bofetada em Valéria.

— Sua vaca! Você quer acabar comigo? Suma da minha frente! Você é uma velha ridícula! Tenho nojo de você! Suma da minha frente ou dou um fim a essa opereta de quinta categoria que você inventou!

Valéria subiu as escadas chorando e se trancou no quarto. Estava perdida e não sabia o que fazer. Abriu a gaveta da cômoda em busca de um tranquilizante. Tremendo, apanhou a caixa e tirou um comprimido da cartela. Olhou-se no espelho e enxergou-se derrotada. Num gesto impensado, apanhou todos os demais comprimidos e engoliu-os uma a um. Em poucos segundos, estava sem vida, caída no chão do quarto.

***

Pedro trancou-se no escritório e ligou o computador.

— Essa louca acabou com meus planos! Preciso tentar fazer algumas transferências antes que Luiz retorne para casa. Se eu não conseguir vender os imóveis, faço qualquer outra coisa, mas quero que essa gente experimente a miséria!

Pedro entrou na conta de Luiz e, de posse da senha, efetuou a transferência de grandes quantias para as contas que mantinha no exterior. Deixou apenas o suficiente para que Luiz não notasse o desfalque assim que retornasse para casa. Precisaria ganhar tempo para conseguir se desfazer dos outros bens do pai. Limpou o histórico do computador e bloqueou a senha eletrônica para que Luiz não tivesse acesso à conta temporariamente. Desligou o computador e saiu. Luana mantinha-se na sala, esperando por ele. Assim que ele apareceu, ela tornou com ódio:

— Não quero conversar com minha mãe. Minha história é com você!

— Sua mãe está louca. Ela vivia me assediando, e eu sempre me esquivei. Ninguém pode me acusar de nada! Nem você e nem ninguém! Vou conversar com meu pai assim que ele voltar para casa. Ele conhece Valéria melhor do que eu!

— Você é um cínico, Pedro! Minha mãe não inventaria uma coisa dessas à toa!

— Pois acredite você ou não, ela inventou, irmãzinha. Os antecedentes de sua mãe não são nada bons, e você sabe disso.

Dirce chegou com uma bandeja de chá. Havia escutado toda a gritaria na sala. Tinha certeza de que Valéria falava a verdade.

— Acalme-se, minha menina. Tome este chá.

Pedro deu um sorriso cínico ao dizer:

— É isso mesmo, tome o seu chazinho enquanto vou para o meu quarto tomar um banho e descansar. Acabei de sair da cirurgia de papai. Estou exausto. Procure se acalmar e pensar direito no que você ouviu. Não me acuse sem fundamentos, minha querida.

Pedro subiu rapidamente as escadas e passou pelo quarto de Valéria e Luiz. Irritado, quis socar a porta, mas se conteve.

— Vadia velha! Você também vai morrer na miséria!

Na sala, Dirce sentou-se ao lado de Luana.

— Tudo vai ser desvendado, Luana. Desde que esse rapaz chegou aqui, não tivemos mais paz.

Luana enxugou o rosto.

— Quando isso tudo vai acabar, Dirce? Quando?

— Logo. Não vai demorar muito e tudo isso vai passar. Vocês merecem viver com sossego. Você quer um conselho?

— Fale.

— Tire seu irmão daqui. Leve Arthur para ficar no hotel com o professor. Talvez ele melhore longe desta casa.

Luana beijou a testa de Dirce.

— Seu conselho parece um aviso, é isso que farei. Me ajuda a arrumar as coisas dele?

— Ajudo sim. Vamos lá.

***

Assustado, Luciano abriu a porta do quarto ao ver Luana.

— O que houve? Alguém tentou algo contra Arthur? — perguntou colocando o menino sobre a cama.

— Uma história longa e muito doída. Segui o conselho de Dirce e trouxe Arthur para cá. Você se importa?

— Meu Deus! Que pergunta tola é essa? Claro que não me importo!

Luana narrou todos os acontecimentos a Luciano.

— Mas você acha mesmo que Pedro e sua mãe têm algum tipo de envolvimento?

282

— Tenho quase certeza de que sim. Na conversa que ouvi, apenas minha mãe se declarou abertamente, mas percebi o receio de Pedro de ser descoberto. Minha família está desmoronando.

A voz alterada da irmã acordou Arthur, que abriu os olhos e custou a acreditar no que sentia.

— Luana, onde estou? Você me libertou? Eu estou livre agora?

— Trouxe você para ficar aqui comigo e com Luciano por uns dias. Gostou da surpresa?

O menino se agarrou no pescoço da moça e começou a pular sobre a cama.

— Adorei, adorei! Eles não sabem que estou aqui! As vozes ficaram presas lá na mansão! Estou livre, professor! Estou livre, Luana!

Luciano e Luana trocaram um olhar emocionado.

— Está, meu lindo. Você está livre — Luana sussurrou.

O menino abraçou a irmã num gesto de carinho e gratidão, e ambos ficaram assim por longos minutos.

***

Pedro desceu para jantar e estranhou a mesa com apenas dois pratos.

— Ninguém vai jantar? Onde está Luana? Você já levou o jantar de Arthur?

— Dona Luana saiu com Arthur. Mostrei a ela onde o senhor guardava os remédios do menino, e ela os levou. Mandou avisar que o senhor não fique preocupado porque ela vai dar os remédios do menino direitinho.

— Luana não poderia ter feito isso sem minha autorização!

— Ela é irmã do menino, doutor. É uma pessoa responsável. O pobrezinho não pode ficar no meio dessa confusão.

— E Valéria? Onde está?

— Está no quarto. Deve estar dormindo.

Pedro jantou contrariado. Via os planos de destruir Luiz irem por água abaixo. Os espíritos de Elisa e Marco, entretanto, comemoravam as primeiras vitórias. Tinham certeza de que Luana retornaria com o irmão para casa, e poderiam voltar a influenciá-lo para a ruína total de Luiz e Arthur.

Enquanto Pedro comia com muito ódio, eles permaneceram ali, em volta da mesa.

***

283

A mansão amanheceu em penumbra. Dirce vestiu o uniforme e se pôs a abrir as janelas.

— Nossa! Que sensação estranha! — afirmou enquanto afastava as cortinas pesadas das janelas da sala.

Em seu quarto, Pedro revirou-se na cama. Passara a noite sem conseguir dormir e sentia-se exaurido. Levantou-se, lavou o rosto e fez a barba. Olhando-se no espelho e determinou:

— Hoje, todos os imóveis de Luiz serão passados para o meu nome. Não posso esperar mais. O dinheiro comprará a agilidade deste cartório aqui de São Sebastião.

Desceu e encontrou Dirce preocupada.

— Doutor, dona Valéria ainda não saiu do quarto. Bati lá mais de uma vez, e ela não respondeu.

— E o que eu tenho com isso, sua empregada ousada? Não é da minha conta se Valéria está dormindo ou se está acordada! Vou tomar o meu café na cidade. Tenho que visitar papai. E deixe de ser enxerida antes que eu a ponha daqui para fora apenas com a roupa do corpo.

Pedro saiu com o carro, e Dirce, ignorando as ofensas recebidas, interfonou para os seguranças.

— Por favor, venham até aqui. Acho que temos mais problemas na mansão.

A porta do quarto de Valéria foi arrombada, e Dirce soltou um grito de horror quando a encontrou caída no chão.

— Minha Nossa Senhora! Dona Valéria, acorde!

Um dos seguranças verificou o pulso de Valéria.

— Ela está morta, Dirce. Precisamos avisar o doutor Pedro e a dona Luana. Não mexa nela. Não sabemos o que aconteceu aqui.

Dirce, extremamente nervosa, ligou para Luana:

— Luana, minha menina, é melhor você voltar para casa.

— O que houve, Dirce? Aconteceu alguma coisa com meu pai?

— Não. Seu pai deve estar bem.

— O que aconteceu então?

— Sua mãe sofreu um acidente. Venha para cá, por favor. Não sei o que fazer.

Luana desligou o telefone e chamou Luciano num canto do quarto.

— Parece que minha mãe se acidentou, Luciano. Dirce foi muito vaga, mas estou com o coração muito apertado. Eu vou para casa, e você fica com Arthur. Não quero levá-lo de volta.

284

Luciano procurou tranquilizar Luana.

— Vá tranquila. Tomarei conta de Arthur.

Luana chegou à mansão e sentiu o coração saltar do peito.

— O que a polícia está fazendo aqui? E esta ambulância?

Estacionou o carro e Dirce veio abraçá-la.

— Seja forte.

— O que estes policiais estão fazendo aqui, Dirce? — a moça voltou a perguntar com a voz já entrecortada pelo choro. — O que aconteceu com minha mãe?

Um policial, que descia as escadas junto com um médico e dois enfermeiros, dirigiu-se a Luana.

— A senhora é filha de dona Valéria?

— Sou sim. Quero ver minha mãe!

— Ela está morta, senhorita, eu sinto muito.

— O que aconteceu com minha mãe? — Luana perguntou gritando.

— Tudo indica que tenha sido suicídio. Já chamamos um legista. Somente após o parecer dele, poderemos remover o corpo — respondeu o médico.

Luana abraçou-se a Dirce e, pela primeira vez na vida, sentiu medo.

— Minha mãe está morta. O que mais há para acontecer aqui?

Cheia de maus pressentimentos, Dirce resolveu não dizer nada. Apenas abraçou Luana com mais força e continuou afagando os cabelos da moça.

Horas depois, o corpo de Valéria saiu da mansão envolto em um saco preto. O médico legista assinou o óbito e entregou a Luana.

— Encontramos esta caixa de tranquilizantes ao lado dela. Pelo que parece, ela ingeriu muitos comprimidos de uma única vez. Ela sofreu algum trauma que a levasse ao suicídio?

Luana balançou a cabeça afirmativamente. Sentia-se culpada pelas palavras duras dirigidas à mãe na noite anterior. Assim que o rabecão saiu, a ambulância e o carro da polícia o seguiram. Dirce e Luana ficaram paradas na varanda acompanhando o cortejo macabro.

— Minha mãe não suportou o que eu disse para ela, Dirce. Sou a culpada pela morte dela.

— Não é. Acho que sua mãe não suportou ser rejeitada por Pedro. Apenas por essa razão atentou contra a própria vida. Deus tenha piedade da alma dela. A essa altura, deve estar ardendo nas chamas eternas do inferno.

Luana chorou mais uma vez. Sabia que o inferno não existia, mas tinha certeza de que o espírito da mãe estaria preso ao corpo ou sofrendo intensamente no Vale dos Suicidas.

***

Pedro estava no banco quando ouviu o celular tocar. Olhou o visor, identificou o número da mansão e desligou o aparelho. Martins estava satisfeito com o atendimento que estava prestando a Pedro.

— Pode atender o celular, doutor.

— Não posso fazer isso, Martins. É proibido por lei.

O gerente olhou para Pedro com um sorriso nos lábios.

— A lei só existe para quem precisa. Em que posso ajudar o senhor?

Pedro mostrou a procuração de Luiz.

— Meu pai está hospitalizado, e precisei fazer algumas operações na conta dele. Preciso de um favorzinho seu.

— Pode falar.

— Farei algumas transações imobiliárias, mas não posso fazê-las em meu nome. Sabe como é, ainda não legalizei alguns documentos desde que cheguei ao Brasil.

— E em que eu posso ajudá-lo? — Martins perguntou excessivamente solícito.

— Serei bem claro, Martins. Sei que é muito amigo de meu pai e meu amigo também. Preciso passar para seu nome alguns imóveis para depois vendê-los.

Martins parou por alguns instantes para pensar na proposta. Pedro enxergou a dúvida no olhar de Martins e resolveu dissipá-la.

— É lógico que você receberá um percentual razoável sobre essas operações — falou abrindo uma pasta com dólares.

Martins pediu que ele fechasse a pasta.

— Aqui há câmeras muito indiscretas, doutor. Tenho tido problemas de sobra ultimamente. Podemos conversar em outro lugar? Posso sair a hora que eu quiser.

— Por favor, me acompanhe então. Vamos até o cartório. Lá você assina a documentação de que preciso — Pedro disse levantando-se da mesa.

***

286

No cartório, Pedro entregou um envelope para Martins e outro para o oficial.

— Pronto. Agora já posso ficar tranquilo. Já fiz o que meu pai me pediu.

Pedro despediu-se dos dois e retornou à mansão.

Na sala, encontrou Luana e Dirce abraçadas.

— Que choramingo é esse, Luana? Papai está bem e aquela história de ontem foi invenção de sua mãe!

— Minha mãe está morta! — respondeu de chofre.

— Que brincadeira é essa? Nunca que aquela biscate iria morrer assim, de graça.

— Não é brincadeira. Ela ingeriu todos os tranquilizantes que encontrou pela frente. Como o quarto estava trancado, não houve tempo para ninguém salvá-la.

Pedro sentou-se e apoiou a cabeça com as mãos. Intimamente estava feliz por Valéria ter se matado, livrando-o de mais um problema. Contudo, precisava fingir:

— Tudo acontecendo ao mesmo tempo... Tudo acontecendo ao mesmo tempo... Que triste, Luana. Papai não irá se conformar com isso assim tão fácil.

Luana ergueu-se na frente de Pedro, com a voz decidida.

— Ele vai querer saber o que levou minha mãe ao suicídio.

Pedro foi enfático.

— O que levou sua mãe a cometer este desatino foi o comportamento de Arthur. Foi difícil para ela aceitar o que nosso irmão fez. Valéria estava muito fragilizada com toda essa história.

— Eu e você sabemos que não foi isso. Não tente colocar nas costas de Arthur essa culpa. Não vou permitir. Contarei a meu pai o que sei, assim que ele estiver completamente recuperado. Enquanto isso, Arthur ficará comigo e com Luciano.

Luana abraçou Dirce e se encaminhou para a saída dizendo:

— Preciso tratar do sepultamento de minha mãe. Assim que tiver notícias, eu ligo para você.

Pedro dirigiu a Luana um sorriso cínico: "Pode falar ou fazer o que quiser, irmãzinha. Tenho pouquíssimas providências a tomar agora.", pensava enquanto acenava despedindo-se dela.

CAPÍTULO 34

Sérgio colocou a bagagem em um carrinho e olhou ao redor. Depois de passar tantos meses em São Sebastião, retomar a vida numa metrópole não seria muito fácil. Estava abatido, barba por fazer e com profundas olheiras. As irmãs vieram recepcioná-lo.

— Vocês estão lindas! Cada vez mais lindas! Me ajudem a encontrar um táxi. Quero logo chegar em casa.

Sara olhou para o irmão com surpresa.

— Você acha mesmo que aqueles dois iriam deixar que viéssemos até aqui sozinhas? Estão no estacionamento esperando por você.

Sérgio abraçou os pais com carinho. Decidiu que não mexeria no passado. Eles o haviam recebido como filho e como filho legítimo o criaram, embora, nunca tenham negado a adoção. Guardaria a história de sua verdadeira origem, de São Sebastião e de Fabrício e Margarida apenas em sua memória.

Entrou no carro e um pouco mais feliz, seguiu para casa.

***

Gustavo chegou em casa louco para contar a novidade a Fabrício. Ele andava cabisbaixo e infeliz com o afastamento de Sérgio.

— Fabrício, minha mãe saiu do coma. Ela vai sobreviver!

— Que bom, Gustavo. Fico feliz por você.

Gustavo olhou a mala de Fabrício arrumada sobre a cama.

— Você arrumou esta mala pra quê?

288

— Voltarei para minha casa ainda hoje. Só estava esperando você voltar. Preciso retomar minha vida. Acho que vou procurar uma casa menor. Não há mais sentido ficar lá sem o Sérgio.

— Fique por aqui mais um pouco. Pelo menos até minha mãe ter alta.

— Não. Preciso retomar minha rotina. Estou me sentindo um lixo. Não esperava por essa traição de Sérgio. Esperava por qualquer coisa, menos pelo afastamento e pelo silêncio dele. Já tentei ligar várias vezes, e ele nem atende e nem retorna minhas ligações. Sérgio foi embora sem deixar sequer uma mensagem. Enfrentei o mundo por causa dele. Me expus, fui espancado e o que eu recebi em troca? Nada. Absolutamente nada.

— Ele foi embora para que você não sofresse, Fabrício — ponderou Gustavo.

— Sérgio acabou com esse tal Fabrício aí. Não sei mais quem eu sou. Não sei o que vou fazer de agora em diante.

Gustavo estava prestes a contar toda a verdade a Fabrício quando Mila tocou a campainha.

— Vá atender, Gustavo. Deve ser Mila. Vou passar na delegacia antes de ir para casa e retirar a queixa. Não há mais sentido que essa história vá adiante.

— Você não pode fazer isso! Aqueles monstros atentaram contra sua vida!

— Gustavo, eles atentaram contra uma condição da minha vida. Essa condição não existe mais.

Mila voltou a tocar a campainha, e Gustavo saiu. Estava feliz com a recuperação da mãe e, ao mesmo tempo, confuso em relação a Fabrício. Abriu o portão para Mila e a abraçou.

— Como eu precisava deste abraço... Não sei mais o que fazer com Fabrício. Ele está com as malas arrumadas para voltar para casa. Está sofrendo muito. Não consegue entender o afastamento de Sérgio.

— A verdade será bem-vinda na hora certa, meu amor. Apenas a verdade pode libertar alguém — Mila falou com carinho.

— Tenho receio de que ele não perdoe minha mãe e que entre em parafuso quando souber de toda a história.

— Espere dona Margarida se recuperar por completo e voltar para casa. Depois, você conversa com Fabrício. Deixe-o ir embora. Essa tristeza só pode ser vivida por ele.

***

Fabrício chegou em casa de táxi e abriu o portão com dificuldade. A muleta que lhe dava apoio também o atrapalhava nas tarefas mais simples. Quando entrou, pensou em encontrar algum bilhete de Sérgio. Procurou por toda a casa em vão. Recostou-se no sofá, cansado. Ali mesmo adormeceu. Sonhou que beijava uma cigana de traços delicados e olhar penetrante. No sonho, tiravam-na de seus braços para açoitá-la. Fabrício, também vestindo trajes ciganos, conseguia libertá-la e, quando a tomava nos braços, novamente, via o rosto de Sérgio. Acordou suado e resolveu tomar um banho. "Preciso reagir!", repetia para si.

No quarto, de banho tomado e roupa trocada, buscou na parte de cima do armário a cocaína. Abriu o pequeno envelope, suspirou e se dirigiu para a cozinha. Abriu a torneira e deixou que a água levasse embora também aquele passado.

***

Mila recebeu a notícia da morte de Valéria por telefone.

— Claro, Luana! Pode trazer Arthur para cá. Fique tranquila: eu estou em casa com Gustavo. Tomaremos conta de seu irmão.

Gustavo perguntou com o olhar o que estava acontecendo.

— Era Luana ao telefone. Parece que todas as tragédias chegaram juntas. A mãe dela, dona Valéria, cometeu suicídio. Ela me pediu para tomarmos conta do irmão dela.

Em poucos minutos, Luana estava com Luciano e Arthur à porta da casa de Gustavo. Mila abraçou-a, manifestando as condolências.

— Obrigada, Mila. Obrigada pela ajuda. Pôr em prática tudo aquilo que nós estudamos por meio da leitura das obras espíritas é extremamente difícil, mas estou tentando. Arthur ainda não sabe de nada. Ele está bem calmo. Se ocorrer qualquer mudança no comportamento dele, me ligue imediatamente.

Luana abaixou-se para se despedir de Arthur, e o menino direcionou a ela um olhar de extrema compaixão ao dizer:

— A morte não existe. Mamãe vai ficar confusa por um tempo, mas depois ela vai melhorar. Ela poderá retornar, se quiser, para terminar o trabalho por aqui. Vou ficar bem. Vai lá enterrar o corpo. Foi só o corpo que ficou. A alma dela está longe, num lugar feio e escuro.

Luciano, Mila, Luana e Gustavo se olharam assustados.

— Quem lhe contou essa história, Arthur? Você ouviu alguma conversa minha com Luciano? — Luana perguntou assustada.

— Quem me contou foi uma amiga sua. Ela apareceu pra mim esta noite e disse que era sua amiga há muito tempo. O nome dela é Judite. Me disse também que tudo terminaria bem e conseguiríamos viver em paz.

— Não conheço nenhuma Judite.

— Conhece sim. Ela é um espírito muito bom e cuida de você.

"Estava evidente que Arthur tivera um contato espiritual com alguém que gostava muito dela", pensou Luana, reconfortada.

Percebendo que o menino não ia mais falar nada, a moça abraçou-o novamente e seguiu com Luciano.

***

Luana e Luciano passaram no hospital. Precisariam dar a notícia a Luiz. Contudo, Pedro já havia se antecipado e, quando os dois entraram no quarto, Luiz chorava como uma criança.

— Sua mãe cometeu esse ato por causa de Arthur, minha filha! Seu irmão... Ele tentou me matar e não conseguiu... Mas conseguiu acabar com Valéria... Conseguiu acabar com a vida da mulher que eu tanto amei!

Luana dirigiu a Pedro um olhar de extrema indignação e segurou a mão de Luiz.

— Não, pai. Minha mãe não se matou por causa de Arthur. Assim que o senhor voltar para casa, conversaremos melhor. Só garanto que meu irmão não é o culpado pelo suicídio dela.

Pedro impostou a voz e fixou o olhar em Luana e Luciano.

— Agora não adianta saber quais foram os motivos que levaram Valéria ao suicídio. E por falar em Arthur, onde vocês o deixaram? Não acredito que tenham deixado o menino sozinho no hotel! Irresponsáveis.

Luana respondeu com raiva:

— Isso não é da sua conta! E pare de me provocar! Arthur está seguro e bem longe da sua vista!

Pedro ajudou Luiz a levantar-se.

— Aonde o senhor vai, papai?

— Enterrar minha mulher. É meu dever e meu direito.

— Espere que vou ajudá-lo, providenciarei tudo para que saia daqui com segurança e enterre a mulher que tanto amou.

Quando Pedro saiu do quarto à procura do médico e dos enfermeiros, Luana, mesmo indignada com tanto cinismo, procurou manter a força moral e, junto com Luciano, falou palavras de conforto ao pai.

***

Luiz manteve-se sentado em uma cadeira durante todo o velório. Apenas ele, Luana, Luciano e Dirce velaram o corpo de Valéria. Num dado momento, o celular de Pedro tocou e ele se afastou para atender a ligação, olhando para os lados.

— Sim. Nos encontramos amanhã à porta do cartório. Levarei sua parte em dólares.

Pedro retornou e sentou-se ao lado de Luiz pensando com alegria: "Seu final está próximo também, papaizinho. Se eu conseguir vender a mansão amanhã, nada mais lhe restará!", pensava, enquanto, guardado pelos óculos escuros, observava Luana e Luciano cochichando num canto. Seu prazer aumentou ao pensar: "Rebanho de idiotas e imbecis! Todos vão ficar na rua da amargura. Uma pena que aquela cafetina que ajudou minha mãe já tenha morrido. Luana se sairia muito bem vendendo o corpo, única coisa que lhe restará para sobreviver!".

A hora do sepultamento chegou e foi com imensa tristeza que Luiz viu o caixão de Valéria ser colocado na sepultura. Luana e Luciano fizeram uma prece pelo espírito de Valéria.

Pedro, todo de preto, tapou o nariz com um lenço:

— Até os cemitérios desta terra têm um cheiro repugnante, parece que enterram urubus em vez de gente! Estou doido para acabar com isso e voltar para Nova Iorque! — sussurrava. Em seguida, assumindo um ar terno, abraçou o pai.

— Vamos, papai. O senhor passou por uma cirurgia delicada. Precisa descansar. Vocês vêm conosco? — perguntou referindo-se a Luana e Luciano. — Dirce virá em meu carro para ajudar papai.

Luciano apertou a mão de ex-patrão.

— Luiz, você sabe de minha amizade sincera por você e por sua família. Haja o que houver, estarei ao seu lado, o apoiando no que for preciso. Vá para casa e procure descansar. Daqui a pouco estarei lá com Luana.

— Não sei se vou conseguir permanecer na mansão depois desse acontecimento, Luciano. E Arthur? Coloque-o num colégio interno, por favor. De preferência, bem longe de mim. Ele é o causador de toda essa desgraça.

— Luiz, todos estão sob forte emoção. Imagino o tamanho da sua dor. Falaremos sobre isso mais tarde.

Luiz aquiesceu, e Pedro logo deu partida levando-os para a mansão.

***

Luana entrou no carro e colocou a chave na ignição. Viu Pedro afastar-se com o pai e Dirce.

— Pedi para Dirce ficar de ouvidos e olhos bem atentos, Luciano. Tenho quase certeza de que Pedro, na verdade, nunca perdoou meu pai. Vamos passar primeiro pelo hotel para tomarmos um banho e trocarmos de roupa. Depois, passaremos na casa de Gustavo para saber de Arthur.

Ao chegarem ao hotel, a recepcionista entregou a chave a Luciano e pediu que ele esperasse.

— Só um instante, professor. Ligaram para o senhor e deixaram um recado urgente.

— Qual o nome da pessoa?

— Tome o papel onde foi anotado o recado.

Luciano desdobrou o pedaço de papel e leu o nome Jaime. Fez um sinal para Luana e entrou no quarto rapidamente.

— Jaime me ligou. Vou retornar a ligação imediatamente.

Luciano digitou os números anotados no papel. Estava ansioso. Sabia que o amigo teria novidades.

— Boa tarde, Jaime. Como está?

— Boa tarde, amigo. Como vai o pequeno Arthur?

— Arthur está bem. Eu e Luana estamos tomando conta dele. Até agora não precisou de remédio algum. Você tem novidades?

— Tenho sim, e é melhor você se sentar para não cair duro.

— Pode falar, Jaime. Diante de tudo que tem acontecido por aqui, nada será tão grave.

— Não tenha essa certeza. Mas vamos lá. Como você me pediu, solicitei a um amigo, que é investigador particular, para levantar tudo sobre o médico que atendeu Arthur. Hoje, pela manhã, ele me entregou o relatório sobre o doutor Júlio. Em primeiro lugar, antes de Arthur ser atendido, este médico estava praticamente falido, com dívidas até o pescoço e atendia num consultório caindo aos pedaços, inclusive praticando aborto. Há

293

vários processos contra ele correndo no Conselho de Medicina. O médico vendia fórmulas para emagrecimento rápido, receitas e atestados para aposentar pessoas que nunca estiveram doentes. Foi visto conversando om Pedro em um botequim em frente ao consultório. Depois disso, sumiu do bairro, milagrosamente pagou todas as dívidas e adquiriu um consultório luxuoso na Avenida Paulista, onde Arthur foi atendido e onde eu e sua mãe estivemos. A compra da sala onde ele mantém atualmente o consultório foi realizada com a presença de Pedro. O porteiro do prédio identificou a foto que você me enviou e afirmou tê-lo visto duas vezes no edifício antes que o pequeno Arthur fosse levado até lá para a consulta.

Luciano havia colocado o telefone no modo viva-voz para que Luana também ouvisse a conversa.

— Quer dizer então que tudo indica que o diagnóstico de Arthur tenha sido fraudado? — Luciano perguntou.

Jaime foi direto na resposta.

— Sim, meu amigo. Há ainda um fato sob suspeita. O laboratório onde Arthur realizou os exames está sendo investigado. Uma das recepcionistas identificou Pedro como sendo a pessoa que entregou um pacote, provavelmente de dinheiro, ao técnico responsável pela digitação dos resultados. Meu amigo solicitou as imagens gravadas pelas câmeras de segurança. Apenas assim teremos certeza de que tudo não passou de uma fraude arquitetada por Pedro.

— Quando você terá acesso a essas imagens, Jaime?

— Hoje à noite. Se isso for confirmado, presto queixa na delegacia da área e sigo para São Sebastião. Você não pode enfrentar isso sozinho, e preciso atender ao pedido de sua mãe. Dona Elza está muito aflita com isso tudo. Esse Pedro tem o claro objetivo de prejudicar a família de Luiz, e não sabemos até que ponto ele pode ir. Assim que eu tiver notícias sobre as imagens, aviso. Peço que tenha cautela com Pedro, ele me parece um psicopata capaz de tudo para conseguir seus objetivos.

Luciano desligou o telefone. Ele e Luana estavam boquiabertos com tudo o que ouviram. Luana decidiu-se.

— Luciano, voltarei para a mansão. Meu pai não pode ficar à mercê de um crápula desses. Não sei mais o que ele é capaz de fazer. Vamos apanhar Arthur, e você toma conta dele. Ficarei em casa até que tudo se resolva.

— Temo por você sozinha lá com esse louco do Pedro. Não ficarei sossegado.

— Ore por todos nós e cuide bem de Arthur. Meu pai pode ter errado muito no passado, mas não merece sofrer mais. Sinto que Pedro pode até matá-lo.

Um arrepio de horror tomou conta do coração de Luciano.

— Por favor, não vá! — pediu quase em desespero.

— Preciso ir, meu pai corre perigo. Ore, ore muito. Sinto que só Deus poderá nos ajudar.

Luana beijou Luciano nos lábios e saiu. Assim que a porta se fechou, ele, de joelhos, começou a orar pedindo a ajuda de Deus, Jesus e dos espíritos amigos.

CAPÍTULO 35

Luciano parou numa lanchonete de mãos dadas com Arthur:

— Você está bem?

— Estou sim, professor. Mila leu para mim algumas histórias, e eu gostei muito. Gostei muito de Gustavo também.

— Que histórias ela leu?

— Do Evangelho. Gostei muito. Não sabia que existiam histórias boas.

— Mas existem. Eu estou com fome e você?

— Eu também.

— Vamos entrar nesta lanchonete? Você acha que é capaz de entrar e ficar lá por algum tempo até que nosso lanche esteja pronto?

O menino torceu as mãos demonstrando insegurança.

— Não sei. Mas vou tentar.

Luciano escutou chamarem por ele do outro lado da calçada. Era Sabino, que acenava sorridente.

— Venha até aqui, Sabino. Quero te apresentar um grande amigo.

Sabino deu a volta com a bicicleta e parou ao lado de Luciano, estendendo a mão.

— Eu já tinha visto o senhor aqui na cidade. Não está mais na mansão mal-assombrada?

Luciano olhou para Sabino com reprovação, e Arthur soltou uma gargalhada espontânea. Sabino coçou a cabeça desconcertado.

— Desculpa, professor. Eu não quis dizer que a mansão mal-assombrada era mal-assombrada!

Luciano tentou mudar de assunto.

— Vou lanchar com Arthur. Você quer nos fazer companhia?

Sabino, gaiato, retrucou:

— Só companhia? Isso não enche barriga, e eu estou com a boca do estômago doendo de tanta fome!

Arthur, pela primeira vez, interagiu com outra criança.

— E estômago tem boca?

Sabino esfregou a mão no corpo franzino.

— O de pobre tem boca, garganta e tudo mais! O estômago de pobre até pensa no lugar da cabeça!

— E pensa o quê? — Arthur perguntou se divertindo.

— Em comida, uai!

Luciano, Arthur e Sabino passaram algumas horas conversando na lanchonete. Arthur procurou saber tudo da vida do primeiro amigo de sua idade.

— E o que você faz, Sabino?

— Eu? Passo o dia esperando que alguém me peça para fazer alguma coisa.

Arthur, espantado, ergueu as sobrancelhas.

— E pra quê?

— Pra ganhar dinheiro, e o estômago não pensar no lugar da cabeça! Eu faço o que as pessoas pedem e sempre levo uns trocados por isso. Tem gente que só me paga com um agradecimento, mas eu não ligo. Faço mesmo assim.

Luciano estava feliz com a mudança brusca no comportamento de Arthur. Começava a acreditar que o menino realmente sofria influências espirituais negativas. As mesmas que levaram Valéria ao suicídio. As mesmas que, por pouco, não transformaram Arthur num assassino do pai e faziam de Pedro uma marionete dos próprios sentimentos.

— Agora já está na hora de irmos embora, Arthur. E você também, Sabino. Já está tarde para ficar andando de bicicleta por aí.

Sabino abaixou a cabeça e ficou com um olhar triste. Luciano percebeu.

— O que houve? Por que essa cara tão triste? Quer comer mais alguma coisa?

— Não tenho para onde ir, professor. Lembra a última chuva? O temporal acabou com o barraco da minha madrasta. Ela foi embora com os outros filhos. Fiquei por aqui. Ela disse que não daria pra me levar. Durmo na rodoviária.

Arthur olhou para Sabino e falou com Luciano.

— Ele agora tem onde ficar, não é mesmo, professor? Ele pode ir para o hotel com a gente. Sei que a Luana não vai se importar. Deixa, professor, por favor! Não é certo ele dormir na rodoviária! Não é certo!

— Está certo, Arthur. Sabino vai conosco para o hotel. Quando sua irmã voltar, veremos o que fazer.

Luciano chegou ao hotel com os dois meninos e solicitou à recepcionista a mudança de quarto.

— Preciso de um quarto com uma cama de casal e duas de solteiro. Os dois meninos ficarão aqui comigo.

A jovem olhou para Sabino com espanto.

— Mas este menino mora na rua, senhor! Não posso permitir que ele fique hospedado aqui!

— Deixa, professor Luciano. Vou apanhar minha bicicleta e durmo na rodoviária como sempre. Não precisa arrumar confusão com ninguém por minha causa — Sabino disse dando alguns passos para trás.

Arthur chegou perto de Sabino e o puxou pela mão.

— Fique calmo, amigo! O professor Luciano consegue resolver tudo.

Após falar com o gerente do hotel, o quarto solicitado estava pronto, em alguns minutos.

— Vamos, meninos. Vou precisar da ajuda de vocês para levar minhas roupas e as roupas de Luana para o novo quarto. Mas sem bagunça, por favor, ou alguém pode chamar nossa atenção.

Os meninos, felizes, ajudaram o professor. Logo estava tudo arrumado.

***

Luana entrou em casa e procurou Dirce.

— Onde está meu pai, Dirce?

— No quarto que era dele com dona Valéria. Tentei fazer com que ele ficasse no quarto de Arthur ou no que era do professor Luciano, mas não adiantou. Ele está lá, abraçado aos travesseiros e chorando muito.

— E Pedro? Onde ele está? Por que não impediu que meu pai ficasse naquele quarto?

Dirce puxou Luana para perto de si e falou cochichando.

— Menina, o doutor Pedro quer mesmo é que seu pai definhe. Acredite em mim.

298

— Acredito nisso também. Vou tirar meu pai de lá e colocá-lo no quarto que era de Luciano. Leve algo para que ele se alimente.

Antes de falar com o pai, Luana bateu à porta do quarto de Pedro.

— Quero falar com você, Pedro. Abra a porta.

Pedro revirou-se na cama contrariado e pensou: "O que essa cretina quer?".

O rapaz fez um grande esforço para não gritar com a irmã e disse:

— Tive um dia cheio. Preciso descansar. Amanhã conversaremos.

Luana decidiu ser ponderada em todos os seus passos, por isso, resolveu não insistir. Na verdade, ninguém naquela casa conhecia verdadeiramente Pedro. Esperaria para fazer contato com Luciano no dia seguinte. Abriu a porta do quarto do pai e o ajudou a se levantar. Luiz chorava como criança e estava completamente desequilibrado. Repetia sem parar que Valéria voltaria em breve.

— Valéria vai voltar. Ela queria muito fazer uma plástica e viajar para o exterior. Ela vai voltar, minha filha.

Luana acomodou o pai na cama e esperou que Dirce trouxesse o lanche. Calmamente, mas com o coração doído por mais uma vez ter de ser forte, auxiliou Luiz a tomar alguns goles de chá e a comer uma torrada.

— Agora se deite. O senhor precisa descansar. Amanhã tudo estará melhor. Deus te abençoe, pai.

Luiz demorou um pouco para pegar no sono, mas quando conseguiu, dormiu pesadamente. Luana, preocupada em deixá-lo sozinho, fez uma cama no chão e ficou deitada pensando nos últimos acontecimentos de sua vida. Nada estava sendo fácil e tinha certeza de que a vida os estava submetendo a uma provação difícil, que os ajudaria a evoluir. Mas só de pensar que Pedro estava no quarto ao lado, seu coração descompassou de medo, e ela voltou a orar.

***

Sabino e Arthur pegaram rapidamente no sono. Tanto um quanto o outro estampavam no rosto um sorriso de felicidade. Os dois tiveram, de formas diferentes, a infância roubada, e Luciano faria o possível para que pudessem recuperá-la. O visor do celular mostrou uma mensagem:

Estou seguindo viagem para São Sebastião. Jaime

Luciano puxou o ar: "Amanhã teremos todas as certezas necessárias.", pensou. Apanhou o telefone e ligou para Luana. Precisava tranquilizá-la.

Luana atendeu o celular no primeiro toque.

— Luana, como está seu pai?

— Péssimo. Quando cheguei aqui, ele estava no quarto dele, abraçado com os travesseiros que eram de minha mãe e chorando muito. Consegui trazê-lo para o quarto que você ocupava, Luciano. Está dormindo agora.

— Recebi uma mensagem de Jaime. Ele está vindo com todas as provas de que precisamos para incriminar Pedro. Não fale nada e nem responda nada a Pedro antes que eu chegue aí com Jaime.

— E meu irmão? Como está?

— Você não vai acreditar. Fui à lanchonete com Arthur e Sabino. Os dois se deram muito bem e estão dormindo agora. Precisei mudar de quarto. Assim que Jaime chegar, ligo para você. Já reservei um quarto para ele.

Luana ficou interessada em saber como Sabino entrara naquela história, e Luciano começou a contar. A história das duas crianças mudou seu foco e logo sua tensão diminuiu, esquecendo-se temporariamente de Pedro.

***

Gustavo sobressaltou-se com o celular tocando. Era cedo ainda. Desconhecia o número. Atendeu apreensivo e reconheceu a voz de Sérgio.

— Sérgio? É você?

— Eu mesmo. Liguei para saber de dona Margarida. Como ela está?

Gustavo sentou-se na cama, feliz com a ligação.

— Ela saiu do coma. Um milagre, segundo o médico. Em breve, estará em casa novamente.

— Fico feliz em saber. E Fabrício? Como está ele? Descobriu algo sobre a nossa origem?

— Não. Mas está inconsolável. Não entende os motivos que levaram você a sumir. Foi embora ontem. Disse que iria alugar outra casa. Como as coisas estão muito enroladas por aqui, não tive como fazer contato com ele ainda.

Sérgio manteve-se em silêncio do outro lado da linha, e Gustavo percebeu.

— Sérgio, não se preocupe. Minha mãe é capaz de não se recordar dos últimos episódios. Fabrício não saberá de nada.

— Será melhor assim. Esse é meu novo número. Se precisar de algo, me ligue. Tentarei levar minha vida adiante e esquecer tudo o que aconteceu.

— Pode deixar, Sérgio. Cuidarei de Fabrício. Eu prometo isso a você. Fique bem.

Mila chegou em seguida à casa de Gustavo. Luana já havia feito contato com ela para que cuidasse de Arthur. Foi com surpresa que ela viu Sabino chegar de mãos dadas com o menino, acompanhados por Luciano.

— Perdoe-me pelo trabalho que estamos dando a você, Mila. Sei que a mãe de Gustavo está hospitalizada, mas não temos outra opção — Luciano desculpou-se.

— Não é trabalho nenhum. Vejo que Arthur e Sabino são amigos agora. Fico feliz por isso.

— Eles se dão muito bem. Qualquer coisa, basta ligar. E Gustavo? Já saiu para o banco?

— Ainda não. Daqui a pouco, ele sairá, mas eu ficarei bem com os dois.

— E os dois rapazes, Fabrício e Sérgio? Como estão?

— Sérgio foi embora de São Sebastião, e Fabrício retornou para casa ontem. Uma longa história, Luciano. Mas vá tranquilo. Ficaremos bem.

Jaime esperava por Luciano à porta do hotel. Numa pasta estavam todas as provas contra Pedro.

Jaime foi direto:

— Como advogado, sugiro que você vá até a mansão e traga Luana. Ela, na qualidade de irmã de Arthur, deverá formalizar a queixa contra Pedro. Em São Paulo, já dei parte do médico. Estou com a cópia da queixa-crime para anexar à documentação que Luana apresentará ao delegado.

— Farei isso, Jaime. Muito obrigado pela ajuda.

Enquanto Jaime se instalava em seu quarto, Luciano apanhou um táxi e se dirigiu à mansão. Entrou e encontrou Pedro tomando o café da manhã na varanda.

— Tão cedo aqui, professor? Onde está meu irmãozinho? Espero que eu não precise adotar medidas judiciais contra a irresponsabilidade de vocês.

— Tenho certeza de que não será necessário, doutor Pedro.

Luana já o esperava na sala. Em voz baixa, pediu a Dirce que ficasse atenta ao pai.

301

— Vou trazê-lo para cá. Se ele quiser descansar, suba e fique com ele até que eu volte. Não deixe meu pai sozinho de jeito nenhum.

Quando Luana e Luciano saíram, Pedro já não estava mais na mansão.

***

Pedro estacionou o carro na porta do banco e esperou por Martins. Gustavo chegou no momento exato em que o gerente entrava no luxuoso veículo. O rapaz estranhou a cena.

— Vamos sair daqui, doutor Pedro. Não quero que me vejam na rua logo no início do expediente.

Pedro riu da ingenuidade de Martins, mas não deixou que ele percebesse:

— Vamos logo então. Quero terminar meus negócios ainda hoje. Você encontrou alguém para comprar a mansão de meu pai? Depois da morte trágica de minha madrasta, é bom que minha família mude de ares. Está me fazendo grande favor.

— Eu já iria encontrá-lo no cartório como combinei pelo telefone.

— Mas eu resolvi me antecipar, Martins. Será rápido. Sua parte em dinheiro está ali naquela pasta. Basta me apresentar ao comprador.

Em menos de duas horas, a mansão que Luiz construíra como refúgio e lar pertencia a outra pessoa. Os outros imóveis, que estavam em nome do gerente, foram vendidos para a mesma pessoa por preços irrisórios. Martins retornou para o banco e colocou a pasta com os dólares sobre a mesa. Gustavo aproximou-se da mesa dele. Atendera uma ligação da central de contas que exigia retorno urgente da gerência.

— Pode deixar, Gustavo. Vou ligar para a central.

Gustavo retornou para o seu lugar e ficou observando Martins. O gerente estava agitado e nervoso demais. Viu quando ele apanhou o telefone e começou a perder a cor. Martins colocou as mãos na cabeça calva, num sinal de desespero. Imediatamente, pegou o telefone e ligou para o celular de Pedro. Gustavo levantou-se na hora exata da ligação para apanhar um café e ouviu a conversa.

— Pedro, me ligaram agora da central de contas. O gerente regional me perguntou se havia um motivo especial para as transferências de grandes quantias da conta de seu pai. Eu acabei de olhar a conta do doutor Luiz. Ele é cliente do banco há muitos anos e nunca fez transferências tão altas assim. Até os investimentos foram movimentados. Você me disse que ele estava hospitalizado. Como ele fez essas transferências se estava hospitalizado?

— Isso não é da sua conta, seu gerente imbecil!

Martins engoliu em seco. Sabia que teria problemas sérios. Ia continuar indagando, quando percebeu que Pedro desligara o telefone na sua cara.

***

Luana formalizou a queixa contra Pedro na delegacia. O delegado examinou todas as provas apresentadas.

— Diante de tudo isso, não posso questionar nada. O inquérito policial será aberto, e o doutor Pedro poderá ser preso a qualquer momento. É isso mesmo que querem? Ele é filho do doutor Luiz.

Luana foi firme.

— É isso que tem de ser feito, independente de quem ele.

O delegado insistiu.

— Parece que a família de vocês tem passado por maus momentos. Vocês não querem primeiro conversar com o doutor Pedro, antes de transformar isso num caso de polícia?

— Parece que o senhor não entendeu. Faça o que a lei manda. Só isso! — encerrou Luana saindo apressada.

Antes de retornar à mansão, a moça passou pela casa de Gustavo para ver o irmão. Foi com felicidade que ela abraçou Arthur. Ele carregava uma bola de futebol nas mãos e atropelava as palavras, tamanha era sua alegria.

— Luana, este aqui é Sabino. Ele está me ensinado a jogar bola. Ele é muito bom nisso.

— Que bom, Arthur! Parece que você conseguiu um grande amigo.

— Consegui sim. Estou adorando brincar com ele.

Luciano chamou Arthur e Sabino.

— Já demos trabalho demais a Mila. Hora de ir embora. Prometo que num outro dia retornaremos.

Arthur devolveu a bola a Mila.

— Entregue ao seu namorado, o Gustavo. Outro dia volto com Sabino para brincar com você.

Mila abraçou os dois com carinho.

303

— Serão bem-vindos sempre! Agora vou visitar dona Margarida. Gustavo hoje não pode se ausentar do banco.

Todos se despediram, e Luana seguiu com Luciano e os meninos. Coração aos saltos, mal esperava a hora em que Pedro fosse preso.

304

CAPÍTULO 36

Pedro chegou de carro na mansão e viu que Luana já estava de volta.

— Espero que aquele professorzinho medíocre não tenha vindo com ela. E, se veio, não vai mais conseguir atrapalhar meus planos. Valéria já foi a nocaute por conta própria. Luiz está mais caído que estátua de anjo de barro, e meu irmãozinho louco não vai suportar viver em meio a esse desequilíbrio todo.

O rapaz estacionou o carro e entrou. Luana conversava com o pai na sala. Luiz estava tremendamente abatido e insistia para que Arthur fosse colocado num colégio interno, bem distante de São Sebastião. Quando Luiz viu Pedro, sorriu.

— Meu filho! Que bom que você chegou! Preciso de alguém que me compreenda. Você não acha que Arthur deve ser colocado num colégio interno?

Luana se surpreendeu com a resposta de Pedro:

— Não, papai. Acho que Arthur deve conviver com o senhor e com Luana. Vocês já têm problemas de sobra. Arthur é o de menos.

— Seu irmão atirou em mim. Minha mulher se matou por isso...

Pedro foi sarcástico.

— Acho que não... Aliás, tenho certeza de que não foi esse o motivo. Vou subir e trocar esta roupa. Acho que um banho de piscina me fará bem.

Sem entender a atitude do filho, Luiz olhou para Luana como que a buscar explicações, mas a filha manteve-se calada observando Pedro subir as escadas...

***

Pedro já estava pronto para mergulhar quando viu no celular o número de Martins chamando. Desligou o aparelho, esticou o corpo e saltou, entrando em contato com a água fria. Nos poucos segundos que levou para emergir, pensou: "Pronto, mãe. Sua vingança é a minha vingança. Está tudo terminado!". Saiu da água, secou-se com uma toalha na beira da piscina e se espreguiçou olhando as árvores e montanhas que rodeavam a casa.

"Pedro... Você foi demais! Agora já posso retornar para a civilização! Não quero ver árvores e miquinhos pulando em galhos nunca mais! Nunca mais!".

Demorou-se mais um pouco com aqueles pensamentos e depois subiu rapidamente para o quarto e arrumou as malas. Deixaria as roupas compradas em São Sebastião no armário, junto a outros objetos de uso pessoal para não levantar suspeitas. Sairia da mansão da mesma forma que chegou: de surpresa.

***

Gustavo chegou em casa e encontrou Mila animada.

— Que sorriso é esse, Mila? Parece que o contato com o irmão de Luana está te deixando mais feliz.

— Não é só isso. Dona Margarida já está sem o respirador mecânico e já conversou um pouco hoje. O médico pediu que você fosse amanhã até o hospital. Ele acha que em breve ela terá alta.

— Ela conversou com você? — perguntou Gustavo muito feliz.

— Conversou sim. Trocamos poucas palavras porque não quis cansá-la.

— Ela perguntou por mim?

— Só por você não. Perguntou por Sérgio e Fabrício também.

— Meu Deus, Mila! Isso é um milagre. Não há outra explicação!

— Gustavo, eu diria que é uma nova chance. Apenas isso. Ninguém sai da matéria sem concluir a sua missão. Sua mãe, certamente, tem muito o que fazer ainda. Muito que o fazer e muito o que viver.

— Pois vamos brindar a isso. Tenho guardada uma garrafa de vinho. Preciso também lhe contar uma coisa.

Mila ficou na sala esperando, enquanto Gustavo apanhava as taças e o vinho.

— O que você quer me contar?

— Hoje, no banco, ouvi uma conversa muito estranha do Martins com aquele irmão da Luana. O que veio de Nova Iorque. Pelo que entendi, o Martins questionou esse tal Pedro por umas transferências de valores da conta do senhor Luiz.

— E o que isso tem demais? Eles têm dinheiro de sobra, e quem tem dinheiro sobrando faz isso mesmo.

— Não teria nada demais se, no dia em que as transferências foram realizadas e a conta do doutor Luiz ficasse quase zerada, ele não estivesse internado por conta daquele incidente com o Arthur. E, para completar, quando cheguei ao banco pela manhã, o Martins estava entrando no carro desse tal Pedro.

— Você acha, então, que o Pedro pode ter desviado dinheiro da família?

— Estou desconfiado de que isso pode ter acontecido sim. E o pior é que não posso falar nada. Não tenho acesso às contas dos clientes especiais do banco.

— Isso é muito grave, Gustavo. Melhor ficarmos em silêncio.

— Sinto que Pedro deve estar fazendo um mal muito grande ao pai, não sei o motivo.

— Vamos orar por eles e depois esquecer isso. Deus cuida de tudo, e nada acontece sem a permissão de suas leis perfeitas.

Os dois namorados se uniram numa prece e depois conversaram um pouco mais sobre a recuperação de Margarida.

***

Ainda não tinha amanhecido quando Pedro colocou a bagagem na mala do carro. Ele queria pegar a estrada bem cedo. Em São Paulo providenciaria sua passagem de retorno para Nova Iorque e deixaria para trás todas as suas agonias. Sinalizou para que os seguranças abrissem o portão e saiu com o carro. Pelo retrovisor, olhou pela última vez a mansão.

— O que ele demorou a vida toda para construir, eu destruí em poucos meses.

O espírito de Elisa observou o filho sumir de sua visão sem poder fazer nada.

— E agora, Marco? Pedro foi embora. Nunca mais o verei. Tento sair daqui e não consigo. Por que você não me ajuda a sair daqui? — perguntou em agonia.

307

— Pedro fez o que queríamos. Arruinou Luiz, Arthur, Valéria e acabou com toda a família. O que você mais queria foi feito.

— Mas preciso ficar perto de meu filho, Marco — Elisa insistia.

— Isso não será possível. Não poderá ir atrás dele.

— Mas por quê? Cheguei até aqui, não cheguei? Quando morri, estava num hospital, em Nova Iorque, e acabei vindo para cá. Por que não posso ir atrás dele da mesma forma?

— Porque o desejo de vingança prendeu você a esta casa e aos espíritos da Falange dos Justiceiros. Não tenho recursos para ajudar você nesse sentido. São os sentimentos que nos unem aos encarnados. E o seu sentimento de vingança sempre foi maior que o amor por Pedro. Essa é a verdade.

Elisa sentiu uma onda de pavor acometê-la. Vendo que Marco estava saindo, ela gritou:

— Não me deixe aqui sozinha! Estou com medo!

— Você escolheu a vingança, e quem escolhe esse caminho fica escravo de si mesmo até que possa se perdoar e ver-se livre novamente. Não tive culpa se você, em vez de perdoar, quis se vingar. Você pensou ser forte ao estar se vingando, mas estava enganada. Forte não é quem se vinga, forte é aquele que perdoa, porque o perdão exige muito mais força moral e renúncia do que a vingança, que só exige o lado pior do ser humano, que é o ódio, o orgulho e a vaidade ferida.

Elisa estava estranhando as palavras do companheiro, embora soubesse que eram verdadeiras. Seu coração sentia aquilo. Perguntou:

— Você sempre me incentivou e ajudou na vingança. Por que vem com lição de moral agora?

— Porque eu também sou como você e preciso aprender tudo o que eu disse. Possuo o entendimento intelectual, mas minha moral não me permitiu ir além e também perdoar. Sou tão escravo quanto você. — Fez pequena pausa e prosseguiu: — Agora preciso ir. Minha tarefa com você terminou. Logo a milícia da Falange dos Justiceiros virá buscá-la.

Num fio de voz, Elisa ainda teve coragem para perguntar:

— Que falange é essa?

— É uma falange poderosa que existe no astral inferior há milênios. Todos os seus integrantes são disciplinados e desejam fazer justiça contra aqueles que os prejudicaram na Terra. Mas não fazem nada de graça, tudo é na base da troca. Eu a ajudei na sua vingança, agora você será obrigada a ajudar outros a se vingarem. Se um dia quiser ser livre, terá de fazer tudo o que o chefe mandar. Caso seja rebelde e não obedeça, será presa em um dos nossos calabouços e sofrerá torturas piores do que na época da Inquisição. Por isso, aconselho-a a ser obediente e fazer tudo certinho.

Derrotada com aquelas palavras, Elisa deixou-se cair no chão chorando desesperada a dor do destino que ela mesma traçara para si.

***

Gustavo acordou mais cedo que de costume para ir ao hospital. Estava ansioso para ouvir a voz da mãe. Arrumou-se com capricho e saiu. Antes, deixaria Mila em casa.

— Mas isso tudo é para dona Margarida?

Ele riu.

— Dessa vez sim. Vou deixar você em casa. Qualquer dia seu pai colocará um velho bacamarte no meu pescoço. Vamos.

***

Gustavo entrou no hospital ansioso. Apresentou-se na recepção, e a enfermeira que presenciou a reação de Margarida ao coma o felicitou.

— Esta dona Margarida tem uma sorte danada! Olha só como você está bonito! Pode entrar para ver sua mãe. As visitas estão liberadas, e ela acordou falante. Daqui a pouco o médico vai até lá conversar com você.

Gustavo abriu a porta do quarto com cuidado. Não queria assustar a mãe. Ela estava sentada em uma poltrona, sem nenhum dos aparelhos que a sustentaram. Ele se esforçou para não chorar e provocar emoções mais fortes nela. Abraçou-a como jamais a havia abraçado em toda a vida.

— Meu filho, que felicidade estar aqui! Que felicidade enxergar a vida com outros olhos!

— Também estou muito feliz, mãe.

— Gustavo, preciso reunir você, Fabrício e Sérgio. Preciso conversar com vocês três quando eu sair daqui.

— Mãe, a senhora se recorda de tudo o que viveu antes de entrar em coma?

— Sim, meu filho. Por isso, preciso conversar com vocês três.

— Sérgio não está mais em São Sebastião. Só Fabrício permaneceu aqui. E, sinceramente, não acho que seja adequado que ele saiba de tudo. Já está sofrendo demais. Saber que teve uma relação incestuosa com Sérgio será demais para a cabeça dele.

— Sabe, meu filho, quando entendemos o que é a morte, quando vivemos essa experiência de quase morrer, de ficar meio cá e meio lá, tudo muda em nossa cabeça e em nosso coração.

O médico entrou sorrindo como sempre e interrompeu a conversa:

— Como vai, dona Margarida?

— Estou ótima, doutor, melhor impossível. Acho que o ar do outro lado é bem melhor que o daqui. Nunca respirei tão bem.

— Tenho certeza de que sim, dona Margarida. Vou deixar sua alta na recepção. Aqui estão a receita e a dieta que a senhora deverá seguir para continuar saudável. Os remédios são apenas medidas preventivas. Posso lhe fazer um pedido?

— Claro, doutor.

— Volte assim que estiver mais forte. Quero continuar a fazer as minhas anotações sobre suas sensações durante o período do coma.

Margarida levantou-se com a ajuda de Gustavo e fez um carinho no rosto do médico.

— Voltarei. Sou parte interessada em seu estudo.

Gustavo auxiliou a mãe a entrar no táxi estacionado à porta do hospital. No caminho de volta para casa, mais uma surpresa ao ouvir Margarida pedir:

— Por favor, pare um instante na casa de Mila. Quero falar com ela. Sei que Mila permaneceu ao seu lado o tempo todo e fez orações por mim. Ela me ajudou muito.

Gustavo olhou para a mãe com certo estranhamento.

— Como é que a senhora sabe que ela fez orações pela senhora?

— Porque eu ouvi, meu filho... Eu ouvi...

O táxi parou, e Gustavo chamou a namorada. Mila atendeu de imediato.

— Mamãe está comigo, Mila. Ela fez questão de passar aqui.

Mila aproximou a cabeça da janela do carro e sorriu.

— Bom dia, dona Margarida! Vejo que a senhora está a cada dia melhor.

Margarida acariciou o rosto de Mila.

— Você é linda, minha querida. Muito obrigada por tudo. Me faz um favor?

— Claro, dona Margarida. Basta pedir.

— Dê um jeito de trazer Sérgio de volta a São Sebastião e marque com ele e Fabrício lá em casa. À noite, de preferência. Quero conversar com os três, mas faço questão de sua presença.

— Vou tentar, mas não sei se Sérgio voltará aqui com facilidade.

— Mila, eu preciso dessa reunião mais que tudo na vida, por isso, não apenas tente, consiga! Você é uma menina de muita fibra. Sei que, se fizer um esforço, trará Sérgio aqui.

Mila agradeceu pela confiança, e o táxi seguiu em direção à casa de Gustavo. Margarida sabia o que tinha de fazer e, desta vez, não perderia a oportunidade de acertar, como perdera em muitas vidas.

***

Gustavo levou a mãe para casa, e Mila apanhou a agenda onde havia anotado o telefone de Sérgio. Discou os números e esperou ansiosa até Sérgio atender.

— Sérgio? É Mila. Como vai?

Do outro lado da linha, Sérgio fechava e abria a mão esquerda em profundo nervosismo. Gostava de Mila e Gustavo, porém, estava disposto a encerrar aquele contato com o passado assim que Margarida se recuperasse plenamente.

— Como está dona Margarida, Mila?

— Está muito bem. Teve alta hoje e, confesso a você, que venho me surpreendendo muito com ela.

— Fico feliz com isso. Sinceramente, fico muito feliz.

Mila percebeu na voz de Sérgio a vontade finalizar a ligação.

— Sérgio, tenho um pedido de dona Margarida para fazer a você.

— Que pedido?

— Ela quer reunir você, Gustavo e Fabrício para conversar.

Sérgio prendeu a respiração por alguns segundos. Estava disposto a não mais voltar a São Sebastião. Doía-lhe profundamente o amor que sentia por Fabrício. Doía-lhe ainda mais saber que aquele amor era impossível. Fabrício era seu irmão. Ainda sentia as profundas emoções das inúmeras vezes que teve Fabrício dentro de si, mas, ao mesmo tempo, sentia-se sujo, como se tivesse cometido o pior dos pecados.

— Não posso atender a esse pedido, Mila. Não posso voltar a encontrar Fabrício.

Mila respirou fundo. Não sabia exatamente quais eram as intenções de Margarida, mas algo a intuía da necessidade de reunir os três.

— Sérgio, não adianta evitar o encontro com Fabrício. Ele não pode ser enganado desse jeito. Tanto quanto você, ele tem o direito de saber por que essa relação não deu certo. Fabrício pensa que foi abandonado e enganado por você. Não existe sofrimento pior. Se ele entender os motivos que promoveram esse afastamento, tudo ficará mais fácil. Providencie sua viagem e venha para São Sebastião. É cedo ainda. Há tempo suficiente para que você chegue à cidade ainda hoje. Eu, Gustavo e dona Margarida esperaremos por você. Fabrício aguarda pela sua coragem para se libertar.

Mila não deu chance para que Sérgio retrucasse. Desligou o telefone certa de que ele atenderia ao pedido dela e ao apelo de dona Margarida.

Duas horas depois, Sérgio desceu do ônibus na rodoviária de São Sebastião carregando apenas uma mochila. Ficaria na cidade somente até conversar com Margarida. Era cedo ainda, e ele resolveu tomar um café. Andou olhando ao redor. Tudo fazia com que ele recordasse os momentos vividos com Fabrício. Entrou numa lanchonete, escolheu uma mesa e fez o pedido. Estava com fome. Desde que falara com Mila ao telefone, não havia conseguido se alimentar corretamente. Distraía-se folheando um jornal da cidade quando ouviu um cumprimento.

— Sérgio! Que bom encontrar você aqui!

Sérgio desviou o olhar do jornal e levantou-se para saudar Luciano.

— O prazer é meu, professor Luciano. Vim apenas fazer uma visita à dona Margarida, mãe de Gustavo. Depois, retorno para São Paulo.

Arthur e Sabino ladeavam Luciano sorridentes. O professor apontou para Sérgio e pediu aos meninos:

— Cumprimentem Sérgio. Ele é nosso amigo.

Sabino adiantou-se sorridente e estendeu a mão na direção de Sérgio.

— Meu nome é Sabino. Muito prazer. O senhor precisa de alguma ajuda?

— Não, obrigado, Sabino. No momento, não preciso de nada.

— Mas se o senhor precisar, é só falar comigo.

Sérgio e Luciano riram.

— E este rapazinho aqui, quem é?

Arthur olhou para Sérgio como se o estivesse fotografando.

— Gostei dele, professor. Ele é uma boa pessoa.

— Então se apresente a ele e o cumprimente, Arthur — Luciano falou acariciando a cabeça do menino.

— Meu nome é Arthur. Não sei ajudar como o Sabino, mas sei desenhar.

Sérgio apertou a mão de Arthur.

— Arthur, você é um privilegiado. Não sei fazer nem bonequinhos redondinhos com pernas de palito.

— Qualquer dia vou fazer um desenho pra você. E vai ser um desenho bem bonito porque só coisas bonitas estão com você.

Sérgio olhou para Arthur com tristeza.

— Seria bom que isso fosse verdade, Arthur. Seria muito bom.

Arthur emoldurou o rosto com um sorriso de complacência e dirigiu-se a Luciano.

— Nós ainda vamos jogar bola na areia da praia, professor?

Luciano desculpou-se com Sérgio.

— Os dois estão ansiosos. Prometi uma partida de futebol na praia. Vamos deixar você tomar seu café em paz. Se encontrar Mila e Gustavo, diga que Arthur e Sabino estão com saudades.

Quase arrastados pelos meninos, Luciano se foi deixando Sérgio ansioso, pensando em qual reação teria ao rever Fabrício, e também com medo do que poderia acontecer.

CAPÍTULO 37

Dirce passou para Luana o telefone.

— Querem falar com o doutor Luiz. Achei melhor passar para a senhora.

Luana atendeu de pronto.

— Bom dia. Quem deseja falar com meu pai?

Luana foi perdendo a cor aos poucos.

— Não é possível. Deve haver algum engano, senhor. Meu pai não iria permitir que Pedro vendesse nossa casa.

Do outro lado da linha, uma voz firme:

— Não há engano nenhum, senhorita. Doutor Pedro me apresentou uma procuração do seu pai. Uma procuração com plenos poderes. Comprei a mansão e quero tomar posse daquilo que me pertence. Paguei por isso e fui bem claro nas condições da compra. Não posso esperar mais do que uma semana.

Luana colocou o telefone no gancho. Estava trêmula.

— Dirce, onde está Pedro?

— Deve estar no quarto ainda. É cedo.

— Vou até lá. Não quero acreditar que ele tenha sido tão canalha a esse ponto.

— O que está acontecendo?

— Pedro vendeu a mansão, Dirce. Papai deu a ele uma procuração, e Pedro vendeu a mansão. Espero que essa ligação não tenha passado de um trote de mau gosto. Vou subir e falar com ele.

Luana subiu as escadas pulando os degraus. Com o coração aos saltos, abriu a porta do quarto de Pedro. A cama estava impecavelmente arrumada, e a cadeira da mesa onde ficava o computador, afastada. Luana abriu gavetas e as portas do guarda-roupa. Alguns cabides estavam vazios, mas todas as roupas de Pedro estavam arrumadas. Suspirou aliviada e desceu ao encontro de Dirce.

— Pensei por um instante que Pedro pudesse ter ido embora. Graças a Deus as coisas dele estão no quarto.

— Acabei de falar com um dos seguranças, Luana. Doutor Pedro saiu antes de amanhecer.

— Só nos resta esperar.

— Pois eu acho melhor o doutor Luiz saber dessa ligação. Alguma coisa me diz que esse seu irmão foi longe demais.

— Estou ficando sem forças, Dirce. Não sei mais o que pode acontecer a nossa família. Tenho medo do futuro. Medo do que está por vir.

— Não tenha medo de nada, minha menina. Ter coragem é importante. A covardia só serve como roupa para os que são desprovidos de fé. Você sabe que sou católica. Sou devota fervorosa de Nossa Senhora e tenho certeza de que nem ela e nem o seu amado filho Jesus nos desamparam. Vou subir e chamar seu pai. Ele precisa reagir a tudo o que está acontecendo e tudo o que ainda pode acontecer. A coragem espanta qualquer acontecimento ruim de nossas vidas e, se não espantar, ajuda bastante a enfrentar qualquer coisa com a cabeça erguida.

***

Pedro chegou a São Paulo e hospedou-se num hotel luxuoso. Precisaria ficar na capital mais dois dias. As passagens para Nova Iorque estavam esgotadas. A proximidade das férias escolares havia sido a justificativa dada pelas companhias aéreas procuradas por Pedro. Já acomodado no quarto do hotel, ele não parou de reclamar.

— Povinho descarado! Compram pacotes turísticos parcelados em trinta mil vezes e transformam Nova Iorque num circo dos horrores. Só me livrarei desta terrinha de tamoios e tupis daqui a dois dias!

O celular de Pedro não parava de tocar. Era Martins que insistia nas ligações. Pedro decidiu atender.

— O que você quer, Martins? Não tenho tempo a perder. Fale logo.

A voz de Martins estava trêmula.

— Doutor Pedro, tentei falar com o senhor o dia todo. Estou muito preocupado.

— Preocupado com o quê? Você está com meia dúzia de propriedades em seu nome e ainda está preocupado? Estou rindo muito de sua preocupação.

Martins alterou o tom de voz.

— Escute uma coisa. A central de contas do banco me ligou. Estão querendo saber o porquê das transferências realizadas na conta do doutor Luiz. Fui verificar, e essas transferências foram realizadas quando ele estava internado. O senhor deixou a conta de seu pai quase zerada e ainda passou alguns imóveis para o meu nome. Isso não vai dar em boa coisa!

— Não me lembro de nenhuma transferência, meu caro Martins. E quanto aos imóveis, posso simplesmente deixar declarado que você me chantageou e me obrigou a passar esses imóveis para o seu nome. Você é um pobre coitado, Martins. É um verdadeiro idiota, um gerente burro, careca, suarento, fedido e medíocre. Não me incomode mais, por favor! Odeio pessoas como você!

Pedro desligou o celular e jogou-o sobre a cama.

— Hora de trocar de número e jogar essa porcaria de aparelho no lixo! Daqui a pouco, meu papaizinho vai descobrir que virou abóbora e vai tentar me procurar. Preciso de um banho para me livrar do ranço daquela cidadezinha com nome de santo.

Após o banho, Pedro deitou-se na cama e ligou a tevê sem interesse. Por mais que tivesse cumprido a promessa feita à mãe, sentia-se tomado por um grande vazio. Havia sido preparado por Elisa por toda a vida para a vingança. Por mais que Olegário tivesse tentado ofertar a ele um amor incondicional e puro, Pedro, na verdade, não conseguira desenvolver sentimentos de gratidão e piedade. Quando adolescente, gastava grande parte do dia arquitetando planos para se vingar de Luiz. Elisa fizera nascer na alma do filho a semente do ódio e, após a morte do companheiro de longa jornada, encontrou a condição propícia para regar essa semente e fazê-la florescer.

Pedro adormeceu em meio às lembranças doídas da morte da mãe. Ansiava por voltar para Nova Iorque, mas não sabia ao certo o que poderia fazer além de dirigir o grande hospital herdado de Olegário. Sonhou com Elisa maltrapilha e chamando por ele, com o olhar fixo voltado para a entrada da mansão. Pedro tentava em vão conversar com a mãe para contar tudo que havia feito, e ela apenas chorava, gritando que queria apenas ficar ao lado dele. O sonho se repetiu durante toda a madrugada até que ele, soltando um grito de pavor, despertou com o telefone tocando. Com a voz embargada pelo choro, Pedro atendeu.

— Alô! Quem é?

— Sou eu, Pedro. Seu pai. Preciso falar com você!

Pedro encerrou a ligação e desligou o celular. Não atenderia mais ninguém. Tentaria um voo para Nova Iorque naquele mesmo dia.

Luiz, incrédulo, deixou cair das mãos o aparelho telefônico.

— Ele desligou, Luana. Ele não me respondeu. Pode ser que seu irmão não tenha me ouvido. Vamos tentar ligar novamente.

— Não, papai. Não vamos ligar. Vamos retornar para a pessoa com quem eu falei. Vamos esclarecer tudo isso.

Luana ligou para o número que havia anotado e se identificou. O homem confirmou a compra da mansão e apontou Martins como o intermediário da compra, colocando os documentos comprobatórios à disposição dela e de Luiz.

— Papai, tudo indica que o gerente de sua conta seja o intermediário dessa transação suja realizada por Pedro. Agora vamos verificar sua conta bancária. Não sei até onde Pedro colocou em prática o desejo de nos arruinar. Eu e Luciano demos parte dele na delegacia.

— Como assim? Por que razão você denunciou o seu irmão? Não temos provas contra ele!

— Não temos provas em relação à venda da mansão. Mas temos provas do comportamento marginal dele contra Arthur. Ele comprou o médico que examinou meu irmão em São Paulo, assim como comprou o técnico responsável pela digitação do laudo dos exames. Os remédios que Arthur estava tomando não eram adequados e poderiam matá-lo com o uso frequente. Entenda de uma vez por todas que Pedro só veio a São Sebastião para vingar o sofrimento imposto à mãe dele. Vamos manter a cabeça fria e examinar sua conta.

Luiz, desolado, abriu a tela do computador e entrou no site do banco.

— A senha está bloqueada. Não acredito que Pedro tenha tido coragem de fazer isso comigo.

Luana olhou com piedade para o pai.

— É bom o senhor começar a acreditar, papai. Há uma maneira de desbloquear essa senha por telefone. Faça isso. Seja o que for, enfrentaremos juntos.

Luiz colocou as mãos na cabeça em desespero.

— E sua mãe? Por que ela cometeu aquele desatino?

— Porque foi desprezada e humilhada por Pedro. Eles eram amantes, e o senhor sabia disso.

As lágrimas de Luiz, inicialmente silenciosas, transformaram-se num choro convulsivo.

— Não posso acreditar que eu tenha sido ingênuo a esse ponto. Dei a Pedro o meu amor de pai e o meu orgulho de homem. Tentei recuperar a injustiça que cometi no passado contra Elisa. Eu era jovem e não queria perder sua mãe e acabei destruindo toda a nossa família por isso.

Luana nunca vira o pai evidenciando tamanha fragilidade.

— Papai, todos nós erramos muitas vezes durante a vida. Vamos encarar a realidade em vez de ficar lamentando o tempo perdido por não termos realizado nossas tarefas de forma correta. Já desbloqueei sua senha. Agora entre novamente no site do banco.

Luiz apontava para Luana todas as transferências realizadas por Pedro.

— Veja, Luana. Pedro transferiu todos os valores que eu tinha na conta. O que vamos fazer? Não consigo identificar a conta para onde o dinheiro foi enviado. E a nossa casa?

— Papai, quero que o senhor mantenha o equilíbrio. Vou à cidade conversar com Luciano. Pedirei a ele que faça contato com o advogado que nos ajudou no caso de Arthur.

— Quem é esse advogado?

— Ele é seu conhecido, pai. Foi ele quem indicou Luciano para dar aulas a Arthur.

— Doutor Jaime?

— Sim. Ele mesmo.

— Vá, Luana. Faça isso.

Quando a filha fechou a porta atrás de si, Luiz deixou-se levar novamente pelo pranto. O homem julgou está recebendo o castigo merecido por seus erros do passado.

***

Luciano e Luana aguardaram o retorno de Jaime. Após formalizar a queixa contra Pedro, ele havia resolvido passar o resto da semana numa pousada em uma das ilhas próximas a São Sebastião. Em menos de duas horas, o advogado se fez anunciar no hotel onde Luciano estava hospedado.

— Foi uma sorte a sua decisão de ficar aqui esses dias, Jaime. Temos problemas sérios e precisamos de sua ajuda profissional — Luciano falou cumprimentando-o.

Luana explicou ao advogado tudo o que havia ocorrido e perguntou sem esperanças:

— Será possível reverter essa situação, doutor Jaime?

— Se seu pai deu a seu irmão, através de uma procuração, poderes para negociar bens, não temos muito o que fazer. Em relação à conta bancária dele, entretanto, podemos tentar incriminá-lo por má-fé, já que as transferências foram realizadas com a posse da senha fornecida por seu pai, alegando que essas operações foram feitas à revelia do doutor Luiz durante o período em que ele esteve internado. Mais uma vez, vamos à delegacia. Faremos a denúncia e terminaremos de apurar os fatos no banco na segunda-feira. Vamos acrescentar essas novas provas à queixa já aberta contra ele de maus-tratos e falsificação dos laudos médicos de Arthur.

***

Pedro colocou numa pequena mala, que levaria a bordo, um sobretudo azul-marinho. As temperaturas de Nova Iorque já estavam muito baixas àquela época do ano, e ele ansiava pelo aconchego do frio. No aeroporto, aguardaria alguma desistência nos assentos da primeira classe. Pagaria o que fosse preciso para sair do Brasil naquele mesmo dia e esperaria quantas horas fossem necessárias para isso.

Enquanto isso, Jaime e Luciano acompanhavam os procedimentos para a prisão do Pedro. Martins, pressionado pelo delegado e temeroso de uma punição, contara toda a verdade desde seu primeiro contato com o rapaz, dando condições à justiça para uma ordem de prisão preventiva.

Pedro já se encontrava na fila de embarque quando foi abordado por um grupo de policiais.

— Vocês estão me abordando dessa forma por quê? Não posso atrasar meu embarque.

— O senhor está preso. A justiça determinou sua prisão. Só viemos cumpri-la — falou um dos policiais.

Pedro reagiu com cinismo.

— Só lamento por vocês. Sou cidadão americano. Não posso ser preso como um marginalzinho qualquer.

O comandante da operação mandou algemá-lo e devolveu-lhe o sarcasmo.

— Isso é entre o senhor e a justiça brasileira. Nosso dever será cumprido. Por favor, nos acompanhe algemado para que a sua segurança não seja colocada em risco por tantos brasileiros.

Na delegacia, Luciano e Jaime aguardavam a chegada de Pedro. Júlio já se encontrava detido e prestava depoimento na sala do delegado. O rapaz chegou escoltado pelos policiais.

— Me tirem essas algemas! Preciso tirar meu terno e afrouxar minha gravata. Isso aqui é uma sauna!

Luciano e Jaime levantaram-se quando ouviram a voz de Pedro.

— Nem aqui ele deixa de lado a empáfia! — Luciano exclamou.

Pedro passou pelos dois e olhou-os com ódio.

— Só aviso que não ficarei aqui por muito tempo. Não sei de que estão me acusando, mas vou fazer contato com meus advogados americanos. Vocês só conseguiram mesmo é atrasar o retorno à minha pátria.

Luciano esboçou uma reação, mas foi impedido por Jaime.

— Vamos, Luciano. O resto é com a polícia e a justiça. Prometo que farei o possível para que ele seja punido. Vamos retornar para São Sebastião. Marquei com Martins amanhã para reaver os imóveis de Luiz, que foram colocados no nome dele.

— Martins também será indiciado?

— Claro que sim. A imprudência também constitui um crime, e pelo que parece ele recebeu uma quantia para facilitar algumas transações realizadas por Pedro. Vamos deixar nas mãos da polícia a investigação e, da justiça, a punição para todos que se envolveram nessa história.

CAPÍTULO 38

Margarida estava sentada na sala quando ouviu a campainha tocar. Ajeitou os cabelos e chamou Gustavo.

— Vá logo ver quem é, por favor. Estou ansiosa para a chegada dos meninos.

Gustavo passou pela sala e dirigiu-se à mãe com seriedade.

— Mãe, por favor, eu não quero que se emocione de forma alguma. Está mesmo pronta para receber meus irmãos? A senhora conhece a dimensão do problema vivido por Sérgio e Fabrício?

— Claro que conheço. Mais do que ninguém, eu conheço, meu filho. Estou consciente do que estou fazendo e não vou causar mais problemas do que eles dois já têm.

— Mãe, a senhora sabe que eles...

— Gustavo, vá abrir a porta. Você me disse que Sérgio chegou ontem e não quis vir para cá. Deve ser ele. Vá logo abrir a porta.

Gustavo chegou à varanda e viu Sérgio cabisbaixo apoiado no portão de ferro.

— Venha, Sérgio. Vamos entrar. Mamãe está ansiosa para ver você.

— Também quero abraçá-la. Mas adianto que não vou esperar por Fabrício. Será me pedir demais. Não vim ontem para não encontrá-lo e vim mais cedo para sair antes que ele chegue.

— Por que tudo isso, Sérgio?

— Você conhece o peso da culpa, Gustavo? Esse peso é cruel demais para mim. Não consigo enxergar Fabrício como irmão. Eu o induzi ao relacionamento homoafetivo e, sem saber, sem me dar conta, a um relacionamento incestuoso.

— Vocês não tiveram culpa. Não há culpados nessa história.

— Mas a vida foi bastante cruel comigo, meu irmão. Tive uma vida razoável concedida por pais amorosos e poderia estar absolutamente feliz agora, ao conhecer minha história verdadeira e minha mãe biológica. Ter você como irmão é um grande presente. Mas saber que Fabrício também carrega nas veias o meu sangue é o meu maior castigo. Cheguei a pensar num castigo de Deus em função da minha orientação sexual.

Margarida havia chegado à varanda para receber Sérgio quando ouviu a última frase dita por ele.

— Você acha mesmo que Deus vai perder tempo para julgar e condenar você por algo tão particular, Sérgio? Venha até aqui, meu filho! Preciso abraçar você!

Sérgio se emocionou ao escutar as palavras de Margarida. Pediria a ela que não contasse a verdade para Fabrício. Seria mais fácil para todos.

A senhora abriu os braços para receber Sérgio. O choro foi inevitável. Os dois experimentavam a emoção de um reencontro tramado pela vida e por uma força extrema presente nos laços sanguíneos. Sérgio chorava pela revelação que acabara lhe destruindo os sonhos, por reconhecer na mãe biológica características que ele também possuía, e Margarida por ter a oportunidade de ser verdadeira o suficiente para recuperar o tempo perdido. Gustavo permanecia num canto, rindo feito criança.

— Sempre detestei ser filho único, mas vocês não precisam exagerar. Sou extremamente ciumento, sabiam?

Os braços de Margarida se estenderam em direção ao filho mais novo, e os três mantiveram-se abraçados até que um assobio anunciou a aproximação de Fabrício. Sérgio sentiu o corpo estremecer da cabeça aos pés.

— Este assobio é de Fabrício. Ele deve estar na esquina já. Não quero e não posso encontrá-lo, dona Margarida! Por favor, vou para o quintal e quando ele estiver dentro de casa, dou meia-volta e saio.

Margarida segurou com firmeza a mão do rapaz.

— Nada disso, Sérgio! Você ficará aqui e enfrentará o que for preciso!

Sérgio não teve como se desvencilhar das mãos de Margarida. De cabeça baixa, viu Fabrício chegar ao portão. Ele estava mais magro, com a barba por fazer e muito abatido. Usava no pescoço a corrente de ouro que havia recebido do ex-companheiro. Com a voz carregada pela surpresa, dirigiu-se a Sérgio.

— Você voltou? O que veio fazer aqui? Rir da minha cara, zombar da minha dor? O que você está fazendo em São Sebastião?

Margarida voltou-se para Fabrício, recebendo-o com um sorriso.

— Fabrício, entre! Nós quatro temos muitas coisas para conversar.

— Não vou entrar, dona Margarida. Voltarei outro dia para falar com a senhora. Estou feliz por sua recuperação, mas, hoje, não vou entrar. Voltarei outro dia.

Fabrício girou os pés para pegar a direção da praça. Margarida chamou-o com extrema autoridade, fazendo-o parar de imediato.

— Fabrício! Você não vai a lugar nenhum agora! Volte e entre! A presença de Sérgio aqui em casa é tão importante quanto a sua. Deixe de ser teimoso, menino! Entre!

— Não quero entrar, dona Margarida! Me perdoe, mas não vou atender ao seu pedido! Voltarei outro dia!

Margarida desceu as escadas com dificuldade. Estava ainda muito fragilizada pelo coma e pelos medicamentos ministrados durante o período de inconsciência física. Gustavo tentou impedi-la e foi afastado por ela apenas com o olhar. Margarida chegou perto do portão e olhou para Fabrício com seriedade.

— Rapaz, deixe de lado a teimosia, por favor. Por uma única vez, deixe de lado a resistência e a teimosia. Vamos entrar. Preciso conversar com vocês três. Eu suplico.

Fabrício rendeu-se, abriu o portão e abraçou a senhora.

— Me desculpe. Não queria aborrecê-la. Meu problema com Sérgio é particular. A senhora não tem nada com isso.

Fabrício cumprimentou Gustavo e saudou Sérgio apenas com os olhos. Fabrício estava visivelmente constrangido. Nunca fora rejeitado por mulher alguma. Nunca havia amado alguém com tamanha verdade. Experimentava sentimentos explosivos de raiva e mágoa. Julgou que não iria mais se deparar com Sérgio após ter sido abandonado por ele. O silêncio absoluto do ex-companheiro, desde que ele se descobriu sozinho, deixou marcas profundas em Fabrício. Margarida encaminhou-se para a cozinha e chamou os três.

— Vamos nos sentar na cozinha. Sérgio fará um café, e conversaremos mais à vontade.

323

Os três seguiram Margarida em silêncio. Gustavo e Sérgio estavam apreensivos. Temiam a reação de Fabrício quando ele descobrisse que eram irmãos. Margarida sentou-se à cabeceira da mesa e indicou os lugares ao lado dela para que Sérgio e Fabrício se acomodassem. Para Gustavo apontou a cabeceira.

— Sente-se aí, Gustavo. Você é o homem desta casa. É aquele que me acompanhou durante todos esses anos, aguentando todas as minhas crises emocionais e chantagens de toda ordem. Esta cabeceira é sua por direito.

Gustavo tentou falar, mas foi impedido pela mãe.

— Por favor. Preciso que todos vocês me ouçam com atenção. Antes de começar, preciso que você apanhe o álbum e a pasta com os documentos. Você sabe do que estou falando.

Sérgio expressou todo o horror daquele momento nos olhos.

— Por favor, dona Margarida! Por favor, eu imploro que não faça isso!

Fabrício estranhou a reação de Sérgio.

— O que há de errado aqui? Por que tanto medo de fotografias e documentos?

Sérgio tentou levantar-se da cadeira, e Margarida segurou-lhe a mão delicadamente.

— Não vou mais conviver com mentiras, meu filho. Este momento exige mais coragem de minha parte do que da sua.

— Mamãe, isso definitivamente não é necessário! Será que nem o milagre de ter vencido a morte modificou seu coração? — Gustavo perguntou indignado.

Margarida, entretanto, permanecia serena.

— Foi justamente o reencontro com a vida que modificou meu coração. A vida e a morte se confundem sempre. Uma está intimamente ligada à outra. Se você não apanhar o álbum, pedirei para Fabrício fazer isso. Ele não pode continuar a ser enganado dessa forma!

Fabrício levantou o olhar, surpreso com a atitude de Margarida.

— O que eu tenho em comum com aquele álbum, dona Margarida? Por que razão a senhora me diz que eu estou sendo enganado? Enganado por quem? Por Sérgio? Por Gustavo?

— Calma, Fabrício. Você já vai saber.

— Ele não precisa saber de absolutamente nada, dona Margarida! Isso não é necessário! — Sérgio exclamava enquanto tentava convencer a senhora a manter silêncio sobre a origem dele e de Fabrício.

324

Margarida levantou-se e saiu em direção ao quarto, retornando com o álbum e a pasta.

— Isto que coloquei sobre a mesa é o resultado de minha covardia. Aqui, nesta pasta e nas fotografias que foram arrancadas do álbum, está a minha história e vou contá-la aos poucos. Preciso e quero rememorar cada detalhe. Só assim posso me libertar do passado.

Fabrício mantinha-se atento a cada palavra de Margarida. Sérgio e Gustavo, de cabeça baixa, oravam para que ela desistisse de contar toda a verdade. Quando Margarida começou a folhear o álbum, apontando para as fotos dela com Gustavo, a campainha tocou de forma insistente, e ela se impacientou.

— Gustavo, vá atender esta porta! Por favor, não quero que ninguém me atrapalhe.

Sérgio orava intimamente para que alguém interrompesse de forma providencial aquela conversa e, aliviado, viu Gustavo entrar na cozinha com Luciano, Luana, Sabino e Arthur.

— Veja, mamãe, quem veio visitar a senhora.

Luciano adiantou-se para se apresentar a Margarida.

— Desculpe se a incomodamos, dona Margarida. Soubemos de sua recuperação, estávamos passando aqui perto e os meninos insistiram para conhecer a senhora.

Margarida levantou-se amistosamente e cumprimentou Luciano.

— Muito prazer. Meu filho me contou que Mila tomou conta desses meninos lindos quando eu estava internada.

Luciano apresentou Luana, Sabino e Arthur a ela.

— Estou feliz pela visita. Estávamos aqui folheando um álbum de família. Mas agora acho melhor passarmos para a sala. Lá tem mais espaço.

Sérgio fez menção de seguir Margarida até a sala, e Fabrício o impediu.

— Fique, por favor. Será só um segundo.

O coração de Sérgio disparou. As mãos geladas deixavam pingar o suor de nervosismo.

— Não temos nada para conversar, Fabrício. Vou me despedir de dona Margarida e voltar para São Paulo.

— Por que você me deixou, Sérgio? Será que todas as demonstrações de meu carinho não foram suficientes para você? Você encontrou outra pessoa, é isso? A troca de parceiros é um hábito entre os homossexuais?

325

Você só se esqueceu de me informar sobre esse comportamento gay, Sérgio.

— Você está me ofendendo. Nunca fui promíscuo, não seria agora, e nunca fui de ninguém antes de você. Tenho certeza que sabe disso.

Fabrício fechou ambas as mãos para conter a fúria e falou quase sussurrando:

— Não tenho mais certeza de nada. Vá, Sérgio, siga o seu caminho, cara! Eu estou fazendo um papel ridículo. Estou parecendo um maridinho traído, cobrando atitudes de fidelidade e lealdade da sua parte. Some da minha frente, cara! Some da minha frente!

Gustavo se deu conta da ausência dos irmãos e, temeroso de uma discussão, retornou à cozinha para chamar os dois. Sérgio anunciou que iria embora.

— Estou indo, Gustavo. Volto depois para falar com dona Margarida.

— Nada disso, Sérgio. Você e Fabrício vão ficar aqui. Minha mãe está determinada a levar essa conversa até o final. É melhor vocês ficarem, ou ela será capaz de arrumar um jeito de mandar Luana, Luciano e os meninos embora. A emenda pode sair pior que o soneto.

Sérgio e Fabrício seguiram para a sala com Gustavo. Arthur passou a observar os dois sem disfarçar. Margarida percebeu o olhar fixo do menino.

— O que foi, Arthur? Você quer alguma coisa?

O menino riu de forma matreira.

— Quero nada não, senhora. Só estou sentindo que eles são bem ligados, não é?

Fabrício e Sérgio ficaram sem graça. Margarida se interessou pela percepção do menino.

— Sabe que eu também acho isso, Arthur?

Luana procurou se desculpar pela atitude do menino.

— Não liguem. Meu irmão é uma criança bem sincera e sensível.

Sabino cutucou Margarida com um ar de seriedade.

— Sabe, dona Margarida, o Arthur vê espíritos e, às vezes, conversa com eles.

Luciano chamou a atenção de Sabino.

— Sabino, já avisei que esse não é um assunto para ser falado a toda hora. Cada um tem as próprias crenças, a própria religião, e há pessoas que não acreditam nisso.

Margarida chamou Sabino e Arthur para perto dela e acariciou a cabeça dos dois meninos.

326

— Sabem de uma coisa? Eu era uma dessas pessoas. Eu não acreditava em nada. Não acreditava em espíritos, não acreditava em vida após a morte, não acreditava em absolutamente nada. E acho que se eu contar a minha história, muitas pessoas também não irão acreditar. Mas eu vou contar mesmo assim. Vou repetir muitas vezes até encontrar alguém que acredite em mim. E acho que vocês devem fazer o mesmo.

Arthur e Sabino se mostraram interessados no que Margarida falava.

— Então a senhora acredita em mim, dona Margarida? — Arthur perguntou com um sorriso nos lábios.

— Claro que acredito. Você deve ser mesmo uma criança muito especial. Não é qualquer um que tem a capacidade de ver e de conversar com aqueles que já deixaram o corpo de carne.

— Corpo de carne? Que coisa mais engraçada é essa? — Sabino inquiriu divertido.

Luciano e Luana limitaram-se a observar a conversa entre Margarida e os garotos. Fabrício, Gustavo e Sérgio surpreendiam-se com a desenvoltura dela. Margarida realmente havia mudado a sua maneira de enxergar o mundo e de se posicionar diante dos fatos e das pessoas. Em nada lembrava a mulher amarga e manipuladora de antes. Sabino insistiu na pergunta.

— O que é corpo de carne?

— É o nosso corpo, Sabino. Não dizem por aí que quando cometemos erros somos feitos de carne e osso? Então, esse corpo de carne e osso termina, acaba, mas o espírito continua vivinho e muito mais esperto, meninos.

— Então é por isso que Arthur vê os espíritos? Porque eles continuam vivos?

— É sim, Sabino.

Arthur estava encantado com aquela senhora.

— Os seus olhos brilham, dona Margarida.

— Meus olhos brilham agora, mas já foram apagados, sem luz.

Arthur e Sabino perguntaram ao mesmo tempo:

— Por causa de sua história, dona Margarida?

Ela riu.

— Sim, meninos. Por causa da minha história. Vocês querem ouvir o que tenho pra contar?

Novamente juntos, os dois responderam:

— Sim.

— Pois bem. Eu passei muito mal porque achei que poderia usar as pessoas e fazer o que queria com elas. Eu não conseguia me livrar desse mau hábito de jeito nenhum, e meu coração não suportou quando eu ouvi algumas pessoas conversando. Ele quase parou, e eu fui perdendo a vontade de ficar viva. Quando estava no hospital, eu me emocionei demais. Coloquei peso demais no meu coração, e ele não aguentou. Acho que ele se cansou de mim, das minhas reclamações e lamentações. Vi Sérgio e Gustavo saírem da sala onde eu estava, e o médico com as enfermeiras entrarem. Colocaram em meu corpo um tubo para que eu pudesse continuar respirando e obrigavam meu coração a bater com a ajuda de uma máquina.

— Mas a senhora viu isso tudo, dona Margarida? — Arthur indagou.

— Sim. Meu espírito se desligou do corpo. Ficou acima da maca onde eu estava acomodada, como se eu estivesse voando. Eu senti muito medo e não entendia nada do que estava acontecendo. Achei que tudo aquilo era um pesadelo, do qual eu tentava acordar e não conseguia. Eu já estava me desesperando quando ouvi uma voz conhecida. Era a voz de João, meu marido. Ele me levou para um lugar com muita luz, e eu quase não conseguia enxergar direito. João conversou muito comigo. Me explicou muitas coisas, me ajudou a relembrar um passado muito distante, num tempo que eu não acreditava ter existido. Enquanto eu me lembrava de todas as histórias desse passado, meu espírito ficava muito triste porque eu começava a ter a consciência de que havia errado muito com algumas pessoas. Depois disso, João me fez tomar uma decisão muito séria: eu precisaria escolher entre voltar para o meu corpo e para esta vida que tenho agora ou ficar no mundo espiritual e, mais uma vez, errar. Decidi voltar e acho que foi a decisão mais acertada de minhas existências.

— Que maneiro, dona Margarida! Que sinistro isso tudo! — Sabino exclamou.

— A senhora foi muito corajosa, isso sim! — Arthur complementou com seriedade.

— Sim. Acho que fui corajosa sim. Aliás, a coragem para enfrentar qualquer erro é o principal remédio para muitas dores.

— A senhora acha que eu posso enfrentar os meus erros também?

— Todos nós podemos.

— E quando a gente enfrenta esses erros, o que acontece?

— A culpa desaparece e nos sentimos livres, meu querido Arthur. Nos libertamos de todos os nós que damos nas nossas almas e nas daqueles com quem convivemos.

— Preciso fazer isso, dona Margarida. Preciso desmanchar os nós que dei em muita gente. A senhora acha que eu consigo?

— Claro que consegue. É a sua vontade que faz esses nós serem desmanchados. Cada um de uma vez, mas o primeiro nó que você deve tentar desfazer é o seu.

— E como eu posso fazer isso? A senhora me ajuda?

— Os bebês sabem andar, Arthur?

— Claro que não! Eu acho que ficaria com medo se visse um bebe-zinho andando.

Todos riram da espontaneidade de Arthur, e Margarida continuou.

— Se um bebê tentar andar, ele vai cair, não é mesmo? Da mesma forma somos nós. Vamos crescendo aos poucos e, às vezes, quando tomamos decisões erradas ou fazemos algo que pode nos prejudicar se-riamente e prejudicar outras pessoas, é porque ainda não sabemos fazer a coisa certa. Somos como os bebês que só conseguem andar direito quando crescem e depois de muitos tombos, entendeu?

Arthur abriu um largo sorriso para Margarida e beijou-a com gratidão.

— Acho que já fui um bebê que errou muito, dona Margarida. Quero crescer e não cair mais.

— Você vai conseguir. Tenho certeza de que você vai conseguir — Margarida concluiu enxugando discretamente uma lágrima no canto do rosto.

Luciano e Luana estavam claramente emocionados. Em poucos minu-tos, Margarida havia desvendado e solucionado todos os problemas que perseguiam Arthur. Gustavo, boquiaberto, olhava para a mãe sem acreditar em tudo que ouvira. Fabrício e Sérgio se esqueceram dos próprios proble-mas e admiravam a beleza externada por Margarida.

— A senhora teve uma experiência de quase morte, dona Margarida. A ciência já considera esses relatos como verdadeiros — Luciano ponderou.

Luana agradeceu a interferência da narrativa de Margarida no ânimo do irmão.

— Muito obrigada. Veja só a cara de felicidade do Arthur!

— E a cara de susto do Sabino! — Margarida completou rindo.

Algum tempo depois, Luana e Luciano despediram-se de todos. Sabino e Arthur saudaram a todos e se dirigiram para Margarida ao mesmo tempo:

— Podemos voltar outro dia?

— Por favor, eu exijo que vocês voltem! E me comprometo a fazer um bolo de chocolate bem gostoso!

Gustavo levou-os até o portão e, quando retornou, tentou induzir Margarida ao descanso.

— Mamãe, acho que a senhora precisa descansar um pouco. Qualquer exagero pode prejudicar sua saúde.

— Só descanso depois que conversar com vocês três. Parte da conversa eu já adiantei aqui na sala com o Arthur. A outra parte vai acontecer onde estávamos antes que nossos amigos chegassem: lá na cozinha.

Sentados na mesma posição determinada anteriormente pela matriarca, a conversa foi reiniciada.

***

Luana e Luciano retornaram ao hotel e surpreenderam-se com Luiz aguardando na recepção. Arthur amedrontou-se quando viu o pai, e Sabino percebeu.

— Lembra-se da dona Margarida, Arthur? Ela disse para você ter coragem — Sabino sussurrou no ouvido do amigo.

Arthur se encaminhou na direção de Luiz e deu-lhe um beijo rápido no rosto, antes de sair correndo em direção ao quarto junto com Sabino. Luiz surpreendeu-se com o gesto inesperado do filho.

— O que houve com Arthur? Nunca recebi desse menino nenhum tipo de carinho!

— Pai, Arthur está muito modificado desde que o tirei da mansão. Ele nunca mais sofreu nenhum tipo de crise.

— Que bom. Pelo menos uma boa notícia. Soube que Pedro foi preso. Isso é verdade?

— É sim, papai. Luciano acompanhou com o doutor Jaime a prisão de Pedro.

— E como ele está?

— Mantém a empáfia e a arrogância, Luiz. Não sei quais serão os procedimentos da justiça neste caso. Pedro é cidadão norte-americano.

O padrasto cuidou da naturalização dele. Não sabemos se continuará preso por muito tempo.

— Quero ver Pedro. Preciso conversar com ele.

— Por que, pai? Já não basta todo o sofrimento que ele está causando a nossa família?

— Você não está considerando o sofrimento que eu causei a ele, minha filha — Luiz respondeu cabisbaixo.

Luciano observava a reação de Luiz com admiração.

— Seu pai tem esse direito. Pedro é filho dele.

— Exatamente. Pedro é meu filho. Ele errou porque, de certa forma, eu errei com Elisa. Pensei apenas no meu bem-estar e acabei fazendo mal a outras pessoas e, principalmente, a ele. Quero vê-lo o mais rápido possível. O comprador da mansão esteve comigo. Já pedi aos empregados que arrumem nossas coisas. Ele irá transformar a mansão num hotel-fazenda. Será mais proveitoso para a cidade do que manter aquela casa vazia e cheia de sombras. Martins vai me devolver os imóveis que Pedro passou para o nome dele. Há uma casa perto da praia que está fechada, e me fará bem ficar perto do mar. Perdi cada um de vocês quando enclausurei todos naquela fortaleza tão cheia de luxo e tão vazia de bons sentimentos. Assim que tudo estiver arrumado, nos mudaremos para lá.

Luana e Luciano mostraram-se surpresos com a atitude de Luiz. Luana mal conseguia conter as lágrimas.

— Eu aqui, querendo ver Pedro apodrecer na cadeia, e o senhor me dando essa lição de compaixão, pai.

— A compaixão é por mim mesmo. Não aguento mais sofrer e nem fazer ninguém sofrer. A justiça decidirá o que fazer com seu irmão, mas eu não quero mais ter o ódio e o ressentimento como alimentos diários.

— O senhor perdoou Pedro, pai?

— Sim, Luana. Espero que ele também consiga me perdoar. Como eu já disse, ele só reagiu às minhas ações. É mais vítima do que eu.

Luana viu o pai sair do hotel e entrar no carro amparado pelo motorista. Estava anestesiada pela mudança de Arthur e pela mudança do pai. Envergonhou-se da raiva que ainda nutria pelo irmão.

— Ainda não consigo me desvencilhar desse sentimento, Luciano. Todo o sofrimento que Pedro causou ao meu irmão, à minha mãe e ao meu pai não me sai da cabeça.

Luciano abraçou-a com carinho.

— O relato de dona Margarida me faz ter a convicção de que seu pai está tomando a atitude mais acertada para ele e para todos nós. Se ele não fizer isso, os nós não serão desfeitos nunca.

***

Margarida apontava para cada página do álbum e mostrava para os filhos. Sérgio sentia o coração sair pela boca e guardava a esperança de que ela não contasse toda a verdade. Num determinado momento, Fabrício voltou-se para um espaço onde uma foto havia sido arrancada.

— Dona Margarida, por que há tantos espaços em branco neste álbum? Parece que algumas fotografias foram retiradas, mas esses buracos só existem até as primeiras fotos de Gustavo bebê. Depois disso, não há mais espaços.

— Você sempre foi um menino muito esperto, Fabrício. Dos três, sempre foi o mais esperto, por isso me irritava tanto com você.

Sérgio e Gustavo apoiaram a cabeça nas mãos em claro desespero. Fabrício estranhou a forma como ela se referia a ele.

— Minha mãe e meu pai sempre me diziam que minha esperteza acabava me atrapalhando, dona Margarida.

Ela abriu cuidadosamente a pasta e retirou dela as certidões de nascimento e as fotografias arrancadas do álbum. Colocou os documentos virados para baixo sobre a mesa e começou a encaixar, uma a uma, as fotos nos espaços vazios. Fabrício julgara, a princípio, que Margarida estivesse apresentando sintomas de senilidade e desviou o olhar do álbum e fixou-se em Sérgio: "Meu Deus, por que ele fez isso? Por que está agindo dessa forma?", perguntava-se.

A voz de Margarida chamou-o à realidade.

— Você reconhece esse casal, Fabrício? — perguntou apontando para uma fotografia desbotada.

Fabrício apanhou a foto e a aproximou dos olhos.

— São meus pais! Como a senhora conseguiu essa foto?

— Eu mesma a tirei.

— Como assim? A senhora conheceu meus pais?

— Conheci muito bem. Salomão e Cristina são muito mais jovens que eu.

Sérgio socou a mesa gritando.

— Chega, dona Margarida! Por que está fazendo isso? Já não basta o que eu e Fabrício já passamos?

Margarida olhou para Sérgio com resignação, e Fabrício reagiu à forma grosseira como o rapaz se dirigiu a ela.

— Você está nervoso por qual motivo, Sérgio? Se a conversa não lhe agrada, é melhor você ir logo embora!

— Nada disso, Fabrício! É extremamente importante que Sérgio continue aqui. A foto dos pais dele também está aqui. Estes são Ana e Ricardo, e a criança que seguram no colo é Sérgio. Veja esta outra foto: é você fazendo pirraça. Não queria ir embora de jeito nenhum.

— Então a senhora era amiga de meus pais e dos pais de Sérgio também?

— Eu posso dizer que eles foram mais meus amigos do que eu era deles. — Fez pequena pausa e prosseguiu: — Porque eles se incumbiram de fazer o que eu, com minha covardia, me neguei a fazer: criar vocês dois, mesmo enfrentando dificuldades de toda ordem.

Fabrício mostrou-se confuso ante o olhar de desespero de Gustavo e o choro de Sérgio.

— Não estou entendendo aonde a senhora quer chegar e muito menos o desespero desses dois. A senhora pode me explicar melhor tudo isso?

— Posso sim, meu filho. Você e Sérgio eram para terem sido criados como irmãos, mas fui covarde diante dos desafios que a vida me impôs e entreguei vocês dois às pessoas que os criaram: Ana e Ricardo; Salomão e Cristina. Eu e João éramos muito pobres, Fabrício. João ainda tentou me convencer a criar vocês, mas eu não aceitei. Estava grávida de Gustavo e nos faltava, inclusive, comida. Uma senhora fez contato com os pais adotivos de Sérgio e, em seguida, descobriu o endereço de Salomão e Cristina.

O lábio inferior de Fabrício tremia por conta da conclusão daquela história.

— A senhora está querendo dizer que eu e Sérgio somos seus filhos? É por isso que você foi embora, Sérgio? Por que descobriu tudo isso antes de mim?

Sérgio e Gustavo permaneceram de cabeça baixa. Margarida, tranquilamente, retomou a palavra.

— Fabrício, como eu estava dizendo, você sempre foi o mais esperto dos três. Era teimoso e pirracento. Não acatava minhas ordens de jeito nenhum. Sérgio sempre foi mais dócil e era muito agarrado a você.

Sempre que chorava, bastava você chegar perto que ele parava. Aquilo me irritava profundamente. Tudo me irritava profundamente: o desemprego de João, a barriga enorme que guardava e protegia Gustavo do mundo, a falta de perspectiva de uma vida melhor. Decidi, então, entregar vocês dois para adoção. Ou melhor, entregar Sérgio para adoção e devolver você aos seus verdadeiros pais, Salomão e Cristina.

Sérgio e Gustavo levantaram a cabeça lentamente.

— Por favor, mãe, explique essa história direito — suplicou Gustavo.

— Depois de ouvir a conversa entre Sérgio e Gustavo com o policial que veio à procura de Fabrício, no dia seguinte ao espancamento que ele sofreu, senti uma forte dor no peito. Quando despertei, já no hospital, chamei os dois. Minha cabeça estava transtornada pela ignorância, e eu já sabia que Sérgio e Fabrício haviam sido acalentados em meu colo como filhos e, portanto, irmãos. Julguei e condenei vocês dois segundo os meus padrões de conhecimento. Achava a relação de vocês uma aberração e queria separá-los para sempre. Contei a história que minha alma havia registrado como verdadeira: os dois eram meus filhos. Quando me vi fora do corpo, me dei conta da loucura cometida. Me enchi de arrependimento e resolvi retomar minha vida para desfazer esse nó tão apertado por minha ignorância. Você, Sérgio, é meu filho. Foi gerado em meu ventre e entregue aos seus pais do coração pela minha covardia. Eles foram corajosos e transformaram você num verdadeiro homem. Sua mãe, Fabrício, trabalhava como doméstica na mesma casa onde eu passava e lavava roupas. Ela engravidou do filho do patrão e, em desespero, com medo da reação do patrão, desapareceu durante nove meses. Quando você nasceu, ela buscou meu auxílio pedindo que eu o criasse. Meu marido se encantou por você e acabamos assumindo o compromisso de criá-lo como filho. Fizemos isso até você completar dois anos. Você, como eu já disse, era teimoso e desobediente, e seu apego por Sérgio me irritava. Seu pai, apaixonado, com o auxílio de seu avô, procurou Cristina com a ajuda de muitos detetives. Ela estava se prostituindo num bordel em São Paulo, mas seu pai, louco de paixão, a tirou daquela vida prometendo casamento e uma vida confortável. Foi aí que vieram procurá-lo e o levaram.

— Dona Margarida, a senhora então está me dizendo que eu e Fabrício não somos irmãos? — Sérgio perguntou esperançoso.

— Sim. Estou dizendo exatamente isso. Quis separar os dois por considerar a relação de vocês pecaminosa e imoral. Depois da experiência que vivi no hospital, jurei que, dessa vez, iria reparar esse erro. Me perdoem, se vocês conseguirem fazer isso.

Sérgio cobriu o rosto com as mãos para esconder a emoção. Fabrício sentia o corpo adormecido por tantas revelações. Gustavo olhava para a mãe com extremo orgulho.

Margarida terminou de mostrar as fotos, narrando cada acontecimento relacionado a elas e apanhou as certidões.

— Vejam: tudo isso comprova a história que acabei de contar. Se tiverem qualquer dúvida, basta perguntar aos pais de vocês. Estou disposta a recebê-los, se assim quiserem.

Ninguém ousava dizer uma palavra, até que Sérgio, sem mais conseguir se conter, levantou-se e, correndo, atirou-se nos braços de Fabrício. A alegria que os envolveu foi tanta que se esqueceram de tudo o mais e entregaram-se a um beijo longo e apaixonado. Estavam livres. Livres para amar e serem felizes.

CAPÍTULO 39

Luiz chegou à delegacia de São Paulo acompanhado por Luana e Jaime. Estava decidido a conversar com o filho. Pedro chegou com o mesmo ar de deboche de sempre.

— Quer dizer que minha família veio me visitar? Como estou emocionado com isso!

Jaime se retirou da sala.

— Esta conversa é entre vocês. Vou tomar as providências que você me pediu, Luiz. Não sei se ainda há tempo para isso, mas vou tentar.

Pedro insistiu no cinismo.

— Onde está a anomalia da família? Não veio também? — perguntou zombeteiro se referindo a Arthur.

Luiz respirou fundo antes de começar a falar.

— Pedro, vim em missão de paz.

— Ah! Já entendi! Está mesmo pensando que vai conseguir recuperar sua fortuna? Está perdendo tempo! Vou distribuir todas as suas parcas economias assim que chegar ao meu país! Ninguém pode me incriminar de nada relativo a isso. Foi o senhor mesmo quem me deu a procuração e a senha do banco e me disse que eu poderia fazer o que bem quisesse. Pois bem, segui sua orientação e fiz o que quis! Meus advogados já fizeram contato com profissionais decentes nesta terra. Minha defesa já está montada e sairei desta cadeia imunda assim que o juiz expedir o *habeas corpus*.

— Não vim até aqui para isso, Pedro. Não quero dinheiro nenhum de volta. Jaime está tentando encerrar o processo contra você, e tenho certeza de que ele irá conseguir. Quanto ao processo relativo a Arthur, a história é outra. Você poderia ter prejudicado seriamente seu irmão se Luana não o tivesse tirado da mansão.

— Pare com isso, velho esclerosado! Não preciso de seus favores!

— Você não precisa de meus favores. Eu sei disso. Mas eu preciso de seu perdão. Hoje, tenho noção de tudo o que fiz você passar. De todo mal que causei a Elisa.

— Não pronuncie o nome de minha mãe nessa boca imunda!

— Vou pronunciar quantas vezes eu quiser. Onde quer que Elisa esteja, sei que um dia ela conseguirá me perdoar. Fui cruel, covarde e desumano quando a coloquei para fora da mansão, para poder continuar vivendo de aparências. Reconheço toda a minha culpa nessa história e preciso me libertar desse peso.

— Você acha que é simples assim? Você abandona minha mãe, ela é obrigada a se prostituir e me criar dentro da casa de uma cafetina e agora quer se libertar do peso da culpa? Se não fosse Olegário, eu teria me transformado num cafetão ou coisa pior.

— Mas você e Elisa tiveram a sorte de encontrar esse homem tão bom. Ele foi melhor pai do que eu. Deu a você e à sua mãe dignidade, amor e carinho.

— Minha mãe sofreu a vida inteira por sua causa. Sofreu a dor da rejeição e adoeceu por causa dessa dor. O câncer apenas lhe consumiu o corpo, porque por dentro ela não tinha mais vida. Você foi o câncer de minha mãe.

Luiz sentia como se setas terrivelmente pontiagudas tivessem sendo atiradas em seu coração. Por trás de cada palavra derramada com tanto fel por Pedro, existia uma grande verdade. Ajoelhou-se em frente ao filho e, chorando, pediu:

— Me perdoe, meu filho, e peça, em suas orações, que Elisa também me perdoe. Sei que um dia conseguirei a redenção de todo o mal que causei a vocês.

Luana percebeu lágrimas discretas no canto dos olhos de Pedro, que pareceu está minimamente tocado, vendo aquele senhor idoso ajoelhado à sua frente.

Emocionado e com as mãos postas, Luiz continuou:

— Ninguém está livre de cometer erros. Sou um ser humano, não um robô. Infelizmente, não dei atenção a meu coração, que pedia para não desamparar sua mãe, e valorizei as regras da sociedade. Que erro, meu

Deus! Mas reconhecer um erro é um grande passo. Posso afirmar para você que dói mais ter a noção do erro do que estar aqui lhe pedindo perdão, pois você até pode me perdoar, enquanto eu vou me condenar para o resto da vida.

Luana, vendo que Pedro deixou escapar uma discreta lágrima, aproveitou-se do momento e disse carinhosa:

— Pense nisso, meu irmão. A mágoa adoeceu sua mãe. Não faça o mesmo com você. Se liberte disso. Sua vingança já foi concluída. Não há mais guerra nenhuma para você lutar. Desarme-se.

Pedro parecia ter saído do pequeno transe que havia entrado, limpou uma lágrima com rapidez e vociferou:

— Saiam daqui! Não sou obrigado a ouvir tantas bobagens! Nunca o perdoarei, seu velho asqueroso, nem que seus joelhos sejam consumidos por esse chão imundo. Saia da minha frente e poupe meus olhos dessa cena patética de ver um velho horripilante ajoelhado igual a um mendigo na minha frente.

As palavras de Pedro eram ditas com tanto ódio que Luana pegou o pai pelo braço, fez com que ele se levantasse e o tirou dali. Ainda saíram da sala ouvindo os gritos de Pedro amaldiçoando-os e pedindo para voltar para a cela.

Na antessala do delegado, Jaime conversava com um grupo de advogados contratado por Pedro. Luana acomodou-se em uma cadeira e abaixou a cabeça para fazer uma oração. Sentia o coração oprimido pela tristeza daquela cena deprimente. Por mais que vivesse, jamais esqueceria aquilo. Luiz, tentando juntar os pedaços do coração, equilibrou-se e se aproximou de Jaime com ansiedade.

— Você conseguiu?

— Sim. Como eu expliquei, Pedro ficará livre das acusações relativas ao seu patrimônio, mas seria irresponsabilidade livrá-lo das questões relativas a Arthur, até porque há outros acusados envolvidos. Estes senhores são advogados dele e me informaram que já conseguiram o *habeas corpus*. Pedro sairá daqui hoje ainda, Luiz.

— Que bom. Fico feliz em receber essa notícia. Espero que ele fique bem. Embora a dureza de seu coração não lhe tenha feito me perdoar, me preocupo com ele. Acompanhe o processo e me dê notícias, por favor.

Luiz e Luana despediram-se de Jaime e retornaram a São Sebastião. Nenhum dos dois esqueceria por um bom tempo o que presenciaram e seguiram calados o caminho de volta, cada um imerso nos próprios pensamentos.

***

Muitos meses se passaram, e Luiz, agora já morando na casa da praia, olhava para o mar quando ouviu a voz de Arthur.

— Ei, pai! Olha quem chegou para me visitar!

Luiz virou a cabeça com alegria.

— Luana e Luciano! Que bom que vocês vieram!

— Viemos apanhar o senhor, papai. Queremos que veja a reforma da casa que o senhor doou para o centro espírita da cidade. Todos nós estamos muito felizes.

— Vocês atenderam ao meu pedido?

Luciano colocou a mão sobre o ombro de Luiz.

— Claro que sim. O orfanato foi a nossa prioridade. Há alojamento adequado para atender mais de trinta crianças. Vamos, hoje é a palestra inaugural. Sua presença é indispensável.

— Arthur, sabe quem estará lá para contar uma história e tanto? — Luana perguntou segurando o queixo do irmão.

— Dona Margarida? — o menino indagou sorrindo.

— Ela mesma. Sabino também irá. Vamos logo, que o compromisso espiritual tem hora certa para começar. Nossos amigos espirituais não podem ficar à nossa disposição.

— Eles têm muito trabalho a fazer, não é? — perguntou Arthur, curioso pelos assuntos espíritas.

— Têm sim. E como têm.

Sorrindo e felizes, eles partiram...

***

Pedro, carregando apenas uma bagagem de mão, cumprimentou a aeromoça em inglês e acomodou-se em um assento da primeira classe do avião. Olhando pela janela, resmungou:

— Até que enfim vou me livrar desta terra cheia de mosquitos e gente idiota.

Mal sabia ele que, ao não perdoar o pai, ficara preso ao ódio e, como todo prisioneiro, viveria por muito tempo no inferno da infelicidade.

O avião passou por uma leve turbulência, e Pedro, que havia tirado um cochilo, acordou ainda ouvindo uma voz suave que lhe dizia: "Perdoa teu inimigo enquanto ainda podes andar com ele. Assim ensinou Jesus".

Resmungou:

— Só faltava essa, sonhar com frases de Jesus, e ainda me pedindo para perdoar. Jamais! Jamais farei isso!

Mal Pedro terminou de dizer aquelas palavras, o avião sofreu nova turbulência, agora mais grave. O piloto tentou fazer uma aterrissagem forçada, mas não havia mais tempo. O avião perdeu completamente o controle e caiu com violência, explodindo em seguida.

Não houve nenhum sobrevivente.

***

Fabrício chamou Sabino, que ainda estava no banho.

— Anda com esse banho, Sabino! Vamos acabar nos atrasando. Sérgio já está lá fora no carro nos esperando.

Sabino saiu do banheiro todo arrumado e perfumado.

— Posso te fazer um pedido, Fabrício?

— Claro que pode! Se não for algo parecido com soltar pipa durante a semana, pode sim.

O menino coçou a cabeça encabulado.

— Não sei como pedir isso.

— Da forma mais simples possível: falando sem muitos rodeios. Você sabe que não gosto de enrolação.

— Posso chamar você de pai?

Fabrício esfregou os olhos ao sentir um nó na garganta.

— Moleque, claro que pode me chamar de pai. Eu sou seu pai, Sabino. Eu e Sérgio ganhamos na justiça esse direito. Somos seus pais, meu filho! Agora, vamos embora logo, senão o nervosinho do seu outro pai vai ficar reclamando e dizendo que sempre nos atrasamos.

***

Mila e Gustavo recepcionavam as pessoas à porta. Luana estacionou o carro, e Luiz saltou apressado, seguido por Arthur.

— Meu Deus, Luana! Que lindo está este lugar!

— Vamos fazer muito mais, papai. Como Luciano costuma dizer, tudo acontece a seu tempo.

Luiz ficou admirando cada centímetro da reforma feita. Sentia-se em paz. Arthur abraçou Mila e se dirigiu a Gustavo com ansiedade.

— Dona Margarida já chegou? E Sabino?

— Estão todos lá dentro. Sabino também perguntou por você.

Uma assembleia silenciosa já estava devidamente acomodada nas cadeiras espalhadas pelo salão. Arthur e Sabino se posicionaram atrás de uma mesa onde jarras de vidro com água e pequenos copos estavam arrumados em bandejas.

Fabrício, Sérgio e Gustavo olhavam extasiados para Margarida, que palestrava com desenvoltura diante de todos. Ao término do relato, Mila e Luciano fizeram uma prece, e Luana iniciou a leitura de uma página do Evangelho e uma reflexão. Sabino observou a mudança no olhar de Arthur, que se fixou em determinado ponto do salão.

— O que houve, Arthur?

— O homem que me perseguia. Ele está chorando muito.

— Mas esse homem é espírito ou é de carne e osso?

Arthur respondeu com a naturalidade costumeira.

— É espírito. E tem outros aqui. Perto dele tem um senhor que parece um médico e uma moça. Sei lá, mas estão martelando aqui dentro da minha cabeça o nome deles.

— Que nomes, Arthur? Fala logo.

— Os nomes do que parece médico e da moça.

— E como eles se chamam?

— Olegário e Judite. É esse o nome deles. O senhor chamado Olegário está levando o homem, que me perseguia, embora. Parece que está ajudando ele, Sabino.

— Que sinistro, Arthur! E a moça chamada Judite?

— Está perto de minha irmã. Ela fala, e Luana repete as palavras dela. Algumas palavras são modificadas por minha irmã, outras, ela fala igualzinho. Agora para de me fazer pergunta que eu não sou comentarista de centro espírita não.

Todos foram encaminhados à sala de passes e, ao retornarem, beberam a água servida por Arthur e Sabino.

Quando toda a assistência deixou as dependências do centro, Luana convidou os amigos presentes para conhecerem as instalações do orfanato. Fabrício e Sérgio foram os primeiros a entrarem, de mãos dadas com Sabino. Luiz observava com orgulho o trabalho realizado por aqueles jovens, sob o comando e a orientação da filha e do genro. Abraçado a Arthur, agradeceu pela oportunidade.

— Só posso agradecer todos vocês. Meses atrás, pensei que não suportaria tantas adversidades e tantos sofrimentos, hoje só posso ser grato por essas condições que tanto me favoreceram.

— E eu, doutor Luiz, que estive com o pé na cova e hoje posso contar a minha história para todos que quiserem ouvi-la? — Margarida perguntou divertida.

Luana e Luciano posicionaram-se à frente do pequeno grupo, e Luciano tomou a palavra.

— Bom, meus amigos. Eu e Luana temos uma novidade para vocês.

— Teremos mais obras para enfrentar? — Gustavo perguntou.

— Nada de obras, por enquanto. Não precisa ficar assustado. Já temos um grupo de vinte crianças para receber a partir da próxima semana e, quem puder colaborar, a ajuda será bem-vinda. Mas não é essa a novidade.

— Conta logo, professor! — Arthur solicitou.

— Você vai ser titio, Arthur. Luana está grávida!

Todos aplaudiram a boa notícia recebida. Arthur aproximou-se de Sabino e cochichou:

— É uma menina, Sabino! É uma menina!

— Você é sinistro, Arthur!

Sabino puxou a mão de Fabrício e pediu que ele abaixasse para ouvi-lo melhor.

— Fale, Sabino. O que é?

— Posso falar alguma coisa?

— O que você quer falar vai ser útil para alguém?

Sabino balançou a cabeça afirmativamente.

— Então, fale.

Sabino levantou o dedo e pediu permissão para falar. Luana e Luciano solicitaram o silêncio do grupo. O menino pigarreou para conter o nervosismo.

— Todos vocês sabem que vivi um tempo na rua. Foi o professor Luciano que me apresentou uma nova vida e me deu o meu melhor amigo, que é o Arthur. Acabei ganhando uma nova família também. Uma família diferente dessas que todo mundo vê por aí e que aparece nos filmes e nas novelas da televisão. Na minha família, não existe nada demais. Eu

342

tenho dois pais que me respeitam e me amam e sou muito agradecido por isso.

Fabrício e Sérgio tocaram as mãos de leve e olharam-se com profundo carinho. Gustavo aproximou-se dos dois e os abraçou. Margarida, de longe, admirava a felicidade dos filhos. Sérgio voltou-se para Fabrício e falou em voz baixa:

— Foi difícil, mas valeu a pena.

— Valeu não, Sérgio. Está valendo a pena.

No espaço astral do centro espírita, Judite e Olegário derramavam energias coloridas sobre todos. Eles sabiam que mais uma etapa havia sido concluída, mas outra estava para começar na vida daquele grupo de almas afins, principalmente porque sabiam que o espírito que reencarnaria como filha de Luana e neta de Luiz era Elisa que, por muito se arrepender e rogar amparo do alto, fora libertada das mãos dos justiceiros, e se dispôs a renascer entre eles para a harmonização final de que tanto precisavam.

Fim

GRANDES SUCESSOS DE
ZIBIA GASPARETTO

Com 19 milhões de títulos vendidos, a autora
tem contribuído para o fortalecimento da literatura
espiritualista no mercado editorial e para a popularização da
espiritualidade. Conheça os sucessos da escritora.

Romances
pelo espírito Lucius

A força da vida

A verdade de cada um

A vida sabe o que faz

Ela confiou na vida

Entre o amor e a guerra

Esmeralda

Espinhos do tempo

Laços eternos

Nada é por acaso

Ninguém é de ninguém

O advogado de Deus

O amanhã a Deus pertence

O amor venceu

O encontro inesperado

O fio do destino

O poder da escolha

O matuto

O morro das ilusões

Onde está Teresa?

Pelas portas do coração

Quando a vida escolhe

Quando chega a hora

Quando é preciso voltar

Se abrindo pra vida

Sem medo de viver

Só o amor consegue

Somos todos inocentes

Tudo tem seu preço

Tudo valeu a pena

Um amor de verdade

Vencendo o passado

Crônicas

A hora é agora!

Bate-papo com o Além

Contos do dia a dia

Conversando Contigo!

Pare de sofrer

Pedaços do cotidiano

O mundo em que eu vivo

Voltas que a vida dá

Você sempre ganha!

Coletânea

Eu comigo!

Recados de Zibia Gasparetto

Reflexões diárias

Desenvolvimento pessoal

Em busca de respostas

Grandes frases

O poder da vida

Vá em frente!

Fatos e estudos

Eles continuam entre nós vol. 1

Eles continuam entre nós vol. 2

Sucessos
Editora Vida & Consciência

Amadeu Ribeiro

A herança
A visita da verdade
Juntos na eternidade
Laços de amor
O amor não tem limites
O amor nunca diz adeus

O preço da conquista
Reencontros
Segredos que a vida oculta vol.1
A beleza e seus mistérios vol.2
Amores escondidos vol. 3
Seguindo em frente vol. 4

Amarilis de Oliveira

Além da razão (pelo espírito Maria Amélia)
Do outro lado da porta (pelo espírito Elizabeth)
Nem tudo que reluz é ouro (pelo espírito Carlos Augusto dos Anjos)
Nunca é pra sempre (pelo espírito Carlos Alberto Guerreiro)

Ana Cristina Vargas
pelos espíritos Layla e José Antônio

A morte é uma farsa
Almas de aço
Código vermelho
Em busca de uma nova vida
Em tempos de liberdade
Encontrando a paz
Escravo da ilusão

Ídolos de barro
Intensa como o mar
Loucuras da alma
O bispo
O quarto crescente
Sinfonia da alma

Carlos Torres

A mão amiga
Passageiros da eternidade
Querido Joseph (pelos espírito Jon)
Uma razão para viver

Cristina Cimminiello

A voz do coração (pelo espírito Lauro)
As joias de Rovena (pelo espírito Amira)
O segredo do anjo de pedra (pelo espírito Amadeu)
Além da espera (pelo espírito Lauro)

Eduardo França

A escolha
A força do perdão
Do fundo do coração
Enfim, a felicidade
Um canto de liberdade
Vestindo a verdade
Vidas entrelaçadas

Floriano Serra

A grande mudança
A outra face
Amar é para sempre
Almas gêmeas
Ninguém tira o que é seu
Nunca é tarde
O mistério do reencontro
Quando menos se espera...
A menina do lago

Gilvanize Balbino

De volta pra vida (pelo espírito Saul)
Horizonte das cotovias (pelo espírito Ferdinando)
O homem que viveu demais (pelo espírito Pedro)
O símbolo da vida (pelos espíritos Ferdinando e Bernard)
Salmos de redenção (pelo espírito Ferdinando)
Cheguei. E agora? (pelos espíritos Ferdinando e Saul)

Jeaney Calabria

Uma nova chance (pelo espírito Benedito)

Juliano Fagundes

Nos bastidores da alma (pelo espírito Célia)
O símbolo da felicidade (pelo espírito Aires)

Lucimara Gallicia
pelo espírito Moacyr

Ao encontro do destino
Sem medo do amanhã

Márcio Fiorillo
pelo espírito Madalena

Lições do coração
Nas esquinas da vida

Maurício de Castro

Caminhos cruzados (pelo espírito Hermes)
O jogo da vida (pelo espírito Saulo)

Meire Campezzi Marques
pelo espírito Thomas

A felicidade é uma escolha
Cada um é o que é
Na vida ninguém perde
Uma promessa além da vida

Priscila Toratti

Despertei por você

Rose Elizabeth Mello
Como esquecer
Desafiando o destino
Livres para recomeçar
Os amores de uma vida
Verdadeiros Laços

Sâmada Hesse
pelo espírito Margot
Revelando o passado

Sérgio Chimatti
pelo espírito Anele
Lado a lado
Os protegidos
Um amor de quatro patas

Stephane Loureiro
Resgate de outras vidas

Thiago Trindade
pelo espírito Joaquim
As portas do tempo
Com os olhos da alma
Maria do Rosário

**Conheça mais sobre espiritualidade
com outros sucessos.**

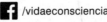 vidaeconsciencia.com.br 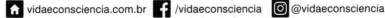 /vidaeconsciencia  @vidaeconsciencia

ZIBIA GASPARETTO
Eu comigo!

"Toda forma de arte é expressão da alma."

Zibia Gasparetto convida você a mergulhar no seu mundo interior. Deixe os problemas de lado, esqueça o negativismo e libere o estresse do dia a dia. Passeie por entre as figuras, inspire-se com cada mensagem e coloque cor em seu mundo. Use suas tonalidades preferidas, libere o potencial criativo que existe dentro de você.

Eu comigo! é um livro para quem quer fugir da rotina e buscar aquela sensação de paz que a arte pode proporcionar. Inspire sua alma com as frases de Zibia Gasparetto criadas especialmente para você e ricamente ilustradas com desenhos encantadores.

Bem-vindo ao seu mundo interior.

www.vidaeconsciencia.com.br

Rua das Oiticicas, 75 — SP
55 11 2613-4777

contato@vidaeconsciencia.com.br
www.vidaeconsciencia.com.br